Thank you
very munch
Shade Bow

Accepter

Shade Bow & Kaylin Louvel

Accepter

Mix Editions

N° ISBN: 978-2-37521-036-9
Disponible également en numérique N°ISBN : 978-2-37521-037-6

Suivi éditorial et correction : Charlotte Arnaud
Dépôt légal : Août 2017
Date de parution : Août 2017
Mix Editions :
Impasse des Mares, 76970 Grémonville
Site Internet : www.mix-editions.fr

Merci à tous ceux qui y ont cru plus que nous, cela nous a donné confiance,
Et merci aussi à ceux qui n'y ont jamais cru, ça nous a poussées en avant.

Table des matières

Prologue

C'était distrayant comme jeu. Il fallait juste agiter cet objet rouge devant ses yeux, très rapidement. Et la couleur traçait comme des traits devant ses prunelles. S'il le secouait assez vite, il pourrait dessiner dans le ciel. Cette idée lui plut au point de s'arrêter et de se relever pour aller vers l'extérieur. On l'en empêcha. Un grand entoura son petit corps d'un long bras, et ce fut plus fort que lui : il hurla. Il détestait qu'on le touche. Sa peau collait à celle de l'autre, il sentait la sueur, c'était répugnant. Alors il cria, à s'en arracher les cordes vocales, serrant son jouet rouge dans ses mains pour ne pas qu'on le lui vole.

On répéta le même son plusieurs fois. Mais il s'en fichait. Il ne voulait pas voir les autres. Il voulait juste dessiner dans le ciel avec des traits rouges. On le lâcha enfin, et il put repartir, mais eut juste le temps de voir la porte se refermer sur le ciel bleu. Encore un grand. Qui répétait ce mot dont il se fichait complètement. Il allait hurler de nouveau. Il voulait tellement dessiner et peindre le ciel de rouge. Quand son regard se posa sur le sol, il se figea. Des carrés de toutes les couleurs parsemaient la moquette grise. Il en lâcha l'objet rouge et se laissa tomber devant. Aucun grand ne l'en empêcha cette fois. Alors il commença à décorer le sol de ces couleurs amusantes.

Le monde ne l'intéressait pas, ne l'atteignait pas. Il y avait juste les couleurs, leur disposition, le mouvement. Pourtant il releva la tête quelques minutes plus tard en entendant le piano. Il n'avait jamais prêté attention aux sons. Les grands parlaient, mais il ne les écoutait jamais. Les bruits du dehors l'indifféraient. Mais ce jour-là, le son attira son oreille et il abandonna là ses carrés de couleur pour en découvrir l'origine. Sur l'estrade d'ordinaire vide, un adulte nimbé de gris se tenait devant un objet rectangulaire d'où sortait le son. Il s'en approcha.

Il hurla quand on l'empêcha de monter sur l'estrade. À son cri, on le lâcha presque aussitôt, et il put rester debout près du grand gris. Les doigts au-dessus des touches blanches et noires allaient si vite qu'elles formaient des traits beiges devant ses yeux. Le pianiste dessinait sur le blanc et noir. Et il en ressortait une mélodie qui le fascina.

Le pianiste aux doigts magiques

Il passa la porte, les épaules voûtées, la tête baissée, une main tenant sa capuche, dissimulant ses cheveux et son visage. L'écharpe enroulée autour de son cou montait jusqu'à son menton. Il avait sûrement très chaud vu les températures de saison, mais il ne fit pas mine de se dévêtir en pénétrant dans le hall. Il évita soigneusement chaque surveillant avec une rapidité gracieuse et discrète. Puis il resta là, au milieu du hall, complètement courbé, se triturant les doigts, à fixer ses baskets trouées, sans même s'apercevoir du regard qui le fixait avec une attention pointilleuse.

Katherine Reins était la directrice de l'institut Jefferson depuis presque dix ans maintenant, une institution réservée aux enfants atteints de troubles neurologiques et psychologiques. Ici, chaque patient était traité de la meilleure des façons, recevait un suivi personnalisé et des soins adaptés à sa pathologie. Elle cherchait toujours ce qu'il y avait de mieux pour eux.

Lorsqu'un confrère lui avait conseillé la musique, elle avait trouvé l'idée très bonne. Ce n'était pas la première fois qu'elle y avait recours. Les mélodies donnaient de bons résultats. Ce même collègue lui avait fourni le nom de Lucas Rominster. Il avait aussi indiqué quelles démarches effectuer pour s'assurer de sa venue. Ce que Katherine, avec sa droiture habituelle, avait respecté à la lettre. Quelle n'avait donc pas été sa surprise quand Lucas avait débarqué une semaine plus tôt. Car s'il avait effectivement accompli une très belle performance au piano, son comportement était peu habituel. Il n'avait pas dit un mot, s'était installé devant l'instrument, avait joué, et s'était enfui aussitôt après. Elle ignorait même à quoi il ressemblait car, avec sa capuche constamment rabattue sur sa tête, elle n'avait pu distinguer son visage. Aujourd'hui encore, elle ne discernait rien de l'homme trop arqué vers le sol qui patientait dans le hall, engoncé dans un sweat gris trop grand et un pantalon noir informe.

Mais il avait éveillé l'intérêt de Maxime Chapman.

Alors elle avait reproduit la procédure. Elle avait envoyé une lettre spécifiant une date, une heure, avait programmé le taxi aller et retour, et elle l'avait fait revenir. Car Maxime était l'un de ces autistes qui s'enfonçaient trop dans la maladie pour qu'elle reste sans réagir. Le piano de Lucas l'avait éveillé, l'avait attiré, l'avait fasciné et, toute à sa stupéfaction, elle avait contemplé l'étrange échange entre les deux individus. Un enfant autiste qu'elle soignait depuis plusieurs années et cet inconnu au visage dissimulé qui semblait mal à l'aise lorsqu'entouré de trop de gens.

Maintenant, Lucas était à nouveau dans le hall de son institut, toujours aussi perturbé par l'environnement. Elle allait s'avancer pour le guider vers le piano quand, à sa grande surprise, Maxime abandonna tous ses jouets et se dirigea vers Lucas.

Maxime était un enfant atteint de TSA[1], c'était la formulation la plus correcte. Il avait donc des difficultés pour communiquer ou pour établir la moindre interaction sociale. Plus les années passaient, et plus l'enfant se renfermait. Il parlait un peu au début, lors de son arrivée, mais plus maintenant. Il ne

---

1 Trouble du spectre de l'autisme

parvenait pas du tout à se faire comprendre, ne participait jamais aux jeux collectifs. Et depuis deux ans, son état se dégradait tellement qu'il ne prêtait plus la moindre attention au monde qui l'entourait. Alors que, plus jeune, il parvenait à manger, à se laver, à s'habiller seul, aujourd'hui, chacune de ces tâches était une épreuve ardue pour ses infirmiers. Car ils devaient l'exécuter pour lui, et Maxime possédait une hypersensibilité sensorielle au toucher. Il détestait ça et hurlait à chaque contact. Katherine avait dû chercher pendant des mois avant de parvenir à trouver une infirmière qu'il acceptait. Mais il n'allait jamais au contact, ne le supportait qu'à grand-peine et, surtout, le monde alentours ne semblait pas exister pour lui. Alors le voir aller vers un inconnu laissa Katherine Reins sans voix.

Maxime ne toucha pas Lucas, ne leva pas les yeux vers lui, ne lui parla pas. C'était comme s'il ne se tenait pas juste devant lui. Mais il fixa ses mains. Les doigts qui se tortillaient nerveusement. Katherine comprit qu'il avait parfaitement saisi que c'était les mains de Lucas qui avaient produit la musique. Parce que Maxime n'avait jamais été stupide. Il ne savait pas demander, il ne parvenait pas à communiquer mais, à cet instant, elle comprit qu'il voulait juste que Lucas joue de nouveau. Et Lucas sembla le saisir également, car il se pencha en avant pour vérifier la présence du piano sur l'estrade dans la salle. Une fois qu'il en fut assuré, il hésita mais, devant l'enfant, il finit par se décider et alla droit vers l'instrument. Katherine n'essaya même pas de l'arrêter.

Stupéfaite, elle fixa Maxime qui lui emboîtait le pas.

La mélodie fut plus rapide que la dernière fois. Elle ne reconnut pas l'air pourtant familier, elle n'était pas assez calée en musique pour mettre un nom sur le compositeur auquel Lucas faisait honneur ce jour-là. Elle se contenta d'observer Maxime, debout juste à droite de Lucas. Il lui arrivait à l'épaule grâce à l'assise voûtée de Lucas, et il observait ses mains qui allaient et venaient rapidement. De là où elle était, elle ne voyait pas le visage de l'enfant. Mais elle le devinait fasciné, comme la première fois. Et elle ne s'en remettait toujours pas.

Elle observa le comportement des autres. Certains réagissaient positivement au stimulus musical comme elle l'avait espéré, mais aucun ne présentait cette réaction émerveillée qu'affichait à présent Maxime.

— Aaron, interpella Katherine dans un murmure, et l'un des surveillants de la salle la rejoignit. Veillez à ce que monsieur Rominster vienne me voir après sa prestation.

— Bien, Madame.

— Oh, et ne le brusquez pas, il a l'air assez…

— J'ai vu, Madame, acquiesça le surveillant en hochant la tête.

Elle sourit, le laissant s'éloigner, joignant ses mains devant elle. Elle ignorait qui était exactement Lucas Rominster, mais une chose était certaine, il allait passer beaucoup de temps ici. Elle allait y veiller. Pour le bien de son patient, de Maxime. Peu importe ce que dirait Lucas, il reviendrait, encore et encore, elle s'en chargerait personnellement.

***

L'enfant ne regardait que ses mains. Il les fixait avec une fascination si extrême que Lucas sentit son cœur se gonfler, comme s'il allait éclater. Maxime n'essayait pas de les toucher ni même de jouer une note. Il contemplait ses mains, les suivait du regard, et son expression était complètement inattendue, à mi-chemin entre l'émerveillement le plus total et la fascination absolue. Et cela soulageait Lucas, le faisait planer.

Il n'avait pas joué pour quelqu'un d'autre depuis des années.

Il ne le faisait que pour lui. Soudain, il redécouvrait des émotions auxquelles il n'était plus habitué. Quand il interprétait un morceau, il parvenait à oublier ses angoisses, ses peurs, son dégoût et sa colère. Il se libérait, il respirait, et il n'était plus qu'un être fait de notes et de mélodies, respirant au rythme de la musique. Et aujourd'hui, il offrait ce répit à un autre, à un enfant si renfermé qu'il n'avait pas osé le regarder, n'avait pas envisagé de le toucher. Pourtant, Lucas avait tout de suite compris qu'il voulait qu'il se mette au piano. Et il avait voulu le faire, pour l'aider, pour le soulager. Il s'était installé et l'avait laissé venir vers lui avant de laisser les premières notes s'échapper.

Lucas avait reconnu l'émotion qui l'avait traversé. Ce petit respirait soudain au son des notes, au rythme de la mélodie, il se libérait, il rêvait, il volait. Lucas aurait été incapable de s'arrêter. Pour la première fois depuis des mois, des années, il ne pensait plus à lui. Il oubliait tout le reste, les surveillants, la directrice, les autres enfants. Il n'y avait que ce petit et lui, tourbillonnant dans les torrents de la musique. Ils entamèrent, l'espace de quelques minutes, une danse solitaire, à l'insu de tous, une danse imaginaire, aussi insaisissable que les notes de musique.

Lucas prit alors conscience de la solitude dans laquelle il se terrait depuis si longtemps. Il n'avait pas eu le sentiment qu'elle lui pesait tant mais, alors qu'il partageait cet instant avec ce petit garçon, il se sentit tellement mieux. Il adora cela. Il retrouva la sensation d'offrir à un autre, la joie de donner, de soulager, d'aider. Il aima susciter ces sentiments dans les yeux de cet enfant. Alors il poursuivit sur un nouveau morceau, plus gai encore, plus rythmé, ce qui sembla ravir le petit.

Il ignorait tout de cet enfant et, à ce moment, ce n'était pas important. Parce qu'il avait l'air si émerveillé que cela suffisait.

Lorsque la musique se tut, un long moment plus tard, Maxime continua de fixer les mains de Lucas qui ouvrit les paumes devant son regard plein d'un intérêt excessif, presque inconvenant. L'enfant les fixa, immobile, émerveillé puis il se détourna, quitta l'estrade dans un saut malhabile et s'éloigna. Lucas le regarda faire en remettant sa capuche en place, bien qu'elle n'ait pas vraiment bougé, avant de se lever. Il descendait de l'estrade à son tour quand l'enfant revint avec un jouet dans la main. Il le lui tendit, avec un regard plein de joie enfantine et de curiosité exacerbée.

Lucas le prit avec le plus de douceur possible et comprit après de longues secondes que Maxime attendait après lui, car il le fixait avec obstination. Ce qui aurait pu le mettre mal à l'aise. Il étudia donc le Rubik's cube qu'il tenait maintenant dans la main et hésita avant de commencer à le résoudre. Mais dès qu'il fit bouger un pan, Maxime frappa l'objet avec un cri silencieux, une expression de colère sur son visage. Le Rubik's cube échappa des mains de Lucas qui ne s'était pas attendu à une telle réaction, et il le regarda tomber avec incompréhension.

Posant un genou à terre pour le ramasser, il se retrouva à la hauteur de Maxime qui le fixait toujours, la colère dissipée, à nouveau dans cette attente. Mais Lucas ne comprenait pas ce que le petit garçon espérait de lui. Il essaya de lui tendre le cube, mais l'enfant ne fit pas un geste et le regarda fixement, faisant soupirer Lucas qui se sentait presque gêné sous un regard aussi insistant. Il ne put pas s'empêcher de vérifier que sa capuche était en place, il baissa à nouveau la tête et contempla le cube dont toutes les couleurs étaient mélangées, signe que personne n'avait essayé de le résoudre. Il le fit pivoter entre ses doigts pour contempler chacune des faces et l'enfant rit soudain, doucement, ramenant le regard de Lucas sur lui.

Alors il recommença à tourner le carré et toute colère déserta l'enfant, faisant naître un sourire alors qu'il s'agitait enfin, les yeux fixés non plus sur Lucas, mais sur le cube. Ce dernier accéléra son geste, bougeant la main de gauche à droite en même temps. L'enfant frappa dans ses paumes et rit. Puis il se détourna et courut à l'autre bout de la pièce sous le regard de Lucas. Il en ramena une caisse qu'il renversa devant le pianiste.

Elle était pleine d'objets, pas uniquement des jouets. Outre les cubes et les petites voitures multicolores qui y avaient leur place, Lucas découvrit aussi un portefeuille, un sac multicolore, un collier féminin d'un bleu criard, une écharpe d'un rouge vif, un livre à la couverture émeraude et un stylo turquoise.

Il observa Maxime se mettre à quatre pattes et commencer à les disposer autour de lui dans un ordre complètement chaotique, en agitant un objet dans ses mains parfois, en tendant plus rarement un autre à Lucas. L'enfant s'entoura de mille et une couleurs avec une joie sans doute disproportionnée, mais merveilleuse.

***

Il faisait nuit dehors. Le ciel n'était plus parsemé de toutes ces nuances de rouge, de violet et d'orange que Maxime avait contemplées avec émerveillement il n'y avait pas une heure, juste à côté de Lucas. L'enfant semblait nourrir une fascination pour les couleurs, alors Lucas lui avait présenté des objets de différentes teintes, notant avec curiosité les préférences de l'enfant.

Il aurait aimé ajouter au ciel une couleur qui en était absente. Lucas s'en était fait la réflexion juste avant que le soleil ne disparaisse, emportant le sourire de Maxime avec lui. Parce qu'il avait adoré les objets verts et gris. Il s'était extasié lorsque Lucas avait simplement laissé flotter son propre foulard gris au-dessus des yeux de Maxime, au gré du vent.

— Monsieur Rominster, vous m'écoutez ?

La voix de la directrice le détourna de la fenêtre, lui fit baisser la tête, et il contempla à nouveau ses propres chaussures, le trou au bout de sa basket droite, comme si c'était une chose passionnante.

— Écoutez, Lucas, souffla directrice d'une voix douce, je sais que vous n'êtes pas à l'aise quand il y a du monde autour de vous, j'ai parlé avec le docteur Kamar.

Lucas se tendit en entendant le nom de son psychiatre. Il aurait dû s'en douter. Personne d'autre que son psy n'aurait pu indiquer le seul moyen de le faire sortir. Et en cet instant, il ignorait s'il devait lui en vouloir ou le remercier. Parce qu'il avait passé des heures avec Maxime en oubliant ses propres problèmes. Il avait cessé de se focaliser sur lui-même pendant un moment pour penser à un autre être.

— Ne vous inquiétez pas, il ne m'a rien révélé de vous, le rassura la directrice. Mais je voudrais que vous reveniez au Centre. Le docteur Kamar pense qu'il est bon pour vous de sortir de temps à autre et, surtout, Maxime vous apprécie beaucoup. L'enfant avec lequel vous avez passé l'après-midi, précisa-t-elle, sachant que Maxime n'avait pas dit un seul mot et sûrement pas son prénom. Il est autiste, vous savez, il ne joue jamais avec d'autres personnes, il n'avait jamais tendu un de ses jouets avant aujourd'hui. Votre présence l'ouvre et cela tient presque du miracle. Alors j'aimerais que vous reveniez. Pour jouer du piano et jouer avec lui. Comme vous l'avez fait. Parce qu'il n'existe pas de remède pour le guérir, mais vous le soulagez et c'est le mieux qu'on puisse faire pour lui. Vous comprenez ce que je vous dis, Lucas ?

Elle n'y croyait plus trop quand elle le vit finalement hocher la tête. Il n'avait pas décroché un seul mot. Pas même quand l'infirmière était venue chercher Maxime, ni quand le surveillant lui avait indiqué le chemin pour venir dans son bureau. Il s'était laissé guider, évitant les contacts et s'était assis sans un mot. Et depuis le début de l'entretien, il la laissait parler. Ce hochement de tête était le premier signe qu'elle obtenait de lui. Jusque-là, il avait contemplé la fenêtre et ses pieds.

— Je peux programmer un taxi pour qu'il vienne vous chercher chez vous comme aujourd'hui, et il vous ramènera. Je peux vous envoyer une lettre pour vous communiquer les dates, mais je préférerais qu'on établisse des jours fixes, ça vous est possible ? Vous auriez le temps de venir régulièrement ?

Un nouveau hochement de tête, et elle sut qu'il allait falloir s'en contenter. Heureusement qu'elle avait l'habitude des comportements sociaux perturbés. Elle finit par tendre une feuille avec un planning qu'elle avait établi dans l'après-midi, pendant que Lucas et Maxime jouaient, si on pouvait appeler cela comme ça. Elle le ferait venir deux à trois fois par semaine sur tout le mois d'avril. Il sembla s'y intéresser, car il fixa le papier un long moment avant de tendre le bras pour attraper l'un des stylos qui traînaient sur son bureau, et elle le regarda entourer des dates, en rayer une ou deux et lui rendre le planning. Elle lui sourit, mais il se tassa presque aussitôt en remettant précipitamment le stylo à sa place.

— Je programmerai votre transport, et vous pourrez manger ici les jours où vous venez. Un repas vous sera offert.

Il hocha à nouveau la tête et finit par se lever. Elle ne le retint pas et le laissa quitter la pièce à petits pas rapides, complètement recroquevillé, la nuque voûtée et les pieds rasant le sol. Elle baissa les yeux sur le planning aux dates entourées de rouges, remarquant qu'il viendrait encore plus souvent que prévu et elle en fut fière. Elle reposa la feuille et saisit son téléphone malgré l'heure tardive.

— Madame Chapman, s'exclama-t-elle lorsque son interlocutrice décrocha, ravie de vous entendre… Non, ne vous en faites pas, il n'y a aucun problème. Je voulais juste vous prévenir que j'essaie quelque chose de nouveau avec Maxime. Quelqu'un est venu jouer au piano, et il aime beaucoup, il a l'air déjà plus enthousiaste… Bien sûr, je vous tiendrai au courant, mais j'ai bon espoir qu'il s'ouvre enfin un peu… Évidemment, vous savez que vous venez quand bon vous semble mais, dans un premier temps, j'aimerais qu'il découvre ça un peu seul. Je vous préviendrai quand il sera plus confiant et plus apte à accepter une autre présence. Bonne soirée, madame Chapman.

Elle raccrocha. La famille de Maxime avait toujours été très présente et le fait qu'il se renferme année après année les anéantissait. Elle était donc heureuse d'entrevoir une solution pour les soulager. Sa solution viendrait trois fois par semaine à partir de lundi.

Le retour du héros

— Non !

Le cri fut atroce et laissa l'infirmier stupéfait alors que l'enfant se détournait déjà pour s'intéresser à ses jouets. Émilien s'occupait de Maxime depuis des années. Les infirmiers et aides-soignants ne tournaient pas beaucoup. Les autistes ne supportant pour la majorité pas le changement, ils avaient besoin de repères, il fallait donc une équipe stationnaire. Ils avaient souvent les mêmes enfants à charge pour les entourer de la stabilité nécessaire. Émilien avait commencé à s'occuper de Maxime lorsqu'il avait été placé ici, à l'âge de cinq ans, il en avait neuf aujourd'hui. À cinq ans, Maxime parlait un peu et hurlait beaucoup, n'allait pas vers les gens, mais acceptait que son frère et une autre aide-soignante le touchent. Il aimait regarder les images dans les livres et son passe-temps préféré était d'entrer dans l'armoire de sa chambre pour s'entortiller dans les vêtements de la penderie en riant.

Puis, un an après son arrivée, son état s'était dégradé. Il avait progressivement arrêté de parler, avait jeté les livres à travers la pièce, accordé de moins en moins d'attention à ce qui se passait autour de lui. Sa famille avait même pensé à le retirer de la clinique, mais les médecins avaient annoncé que cela aurait sans doute amplifié les symptômes, que briser la stabilité que Maxime avait trouvée ici le plongerait dans des émotions trop fortes. Il fallait juste éveiller son intérêt, trouver quelque chose pour le soulager et qui l'empêcherait de s'enfermer dans sa bulle.

Et le mois dernier, Lucas avait débarqué. Il avait interprété un morceau au piano, puis avait joué avec Maxime. Il avait fallu trois visites pour que l'enfant ne soit plus aussi fébrile à l'arrivée du musicien. Mais depuis, le jeune homme le rejoignait en lui ramenant un petit objet, toujours insolite, qui ne manquait jamais d'étonner les infirmiers. Mais aussi inattendu que soit le cadeau, Maxime le serrait presque à chaque fois contre lui puis l'agitait comme un nouveau trésor. Et Lucas passait des heures avec Maxime.

Aucun des infirmiers ne comprenait ce qui se tramait entre les deux garçons. Ils ne parlaient jamais, restaient souvent assis, à l'intérieur ou à l'extérieur, entourés d'objets ou à côté du piano. Maxime avait même appuyé sur les touches, tirant des notes de l'instrument avec une fascination extrême. Pourtant, cela se voyait qu'il préférait regarder Lucas jouer. Émilien aurait aimé demander à ce faiseur de miracles comment il parvenait à provoquer autant d'expressions ravies chez Maxime, mais Lucas évitait les adultes. Les autres enfants aussi d'ailleurs. Il ne venait que pour Maxime. Il réussissait même à le faire manger, ce qui tenait de l'exploit, car seule Magda, son infirmière attitrée, y parvenait dans la clinique. Lucas semblait saisir des choses qu'eux-mêmes ne comprenaient pas. Mais il paraissait impossible de lui soutirer la moindre information.

Cela faisait un mois qu'il venait, trois à quatre fois par semaine, passant des journées entières au Centre. Émilien, l'un des surveillants, observait les choses se construire de loin. Il constatait les progrès de Maxime à chaque visite. Mais c'était la première fois que Maxime parlait.

Depuis qu'il avait cessé de parler, des années plus tôt, sa bouche ne laissait sortir que des cris, des hurlements ou des grognements. Des rires dans les meilleures journées. Mais pas de mots. Pourtant, il venait de dire non.

Emilien en resta figé un bon moment, observant Maxime qui jouait sur la moquette de sa chambre, seulement vêtu d'un pantalon. Il baissa le regard sur le petit pull beige qu'il tenait toujours et le reposa sur le lit, avant d'aller dans l'armoire pour tirer un tee-shirt rouge.

— Et celui-là, Maxime ?

L'enfant ne lui répondit pas et ne leva pas le regard de ses jouets avant qu'il n'agite le tee-shirt non loin de son visage. Alors seulement Maxime observa le vêtement et accepta de se lever et de se laisser faire tandis qu'Émilien terminait de l'habiller, louant les progrès du petit garçon. Parce que l'habillement se faisait facilement alors qu'auparavant, il fallait lutter et se battre. Mais aujourd'hui, il trouva cela magique et cela lui rappela pourquoi il aimait son métier.

Il finit par lui faire gagner la salle commune où les patients passaient le plus clair de leur temps, avant d'apercevoir la directrice qui émergeait de son bureau et lui faisait signe. Il se dirigea donc vers elle, sachant que son petit patient était surveillé par les trois infirmiers constamment présents dans la salle avec les enfants.

— Madame Reins ?

— Comment est Maxime aujourd'hui ?

— Il a parlé, raconta aussitôt Émilien avec un sourire sincèrement réjoui. Et il se laisse enfin habiller.

— Qu'a-t-il dit ? s'étonna la directrice qui ne put dissimuler une expression ravie.

— Juste « non ». Il ne voulait pas mettre le pull, plutôt un tee-shirt.

— Sa famille va venir, l'informa la directrice. N'hésitez pas à les rassurer, à leur raconter l'évolution de Maxime, finit par murmurer Katherine Reins. Je leur ai déjà vanté l'effet bénéfique de la présence de Lucas, ils veulent constater par eux-mêmes. Je crois que madame Chapman avait perdu espoir de le voir aller un peu mieux.

— Mais Lucas ne vient pas aujourd'hui.

— Non. Je voulais qu'ils voient simplement leur fils. Et je n'ai pas vraiment parlé de Lucas. J'ai préféré ne pas entrer dans les détails. Il est assez spécial.

— Oui, Madame, acquiesça l'infirmier en se tournant à nouveau vers la salle.

Maxime jouait, isolé des autres enfants, accroupi dans un coin, et Émilien reconnut dans sa main le flacon de vernis d'un jaune criard que Lucas avait apporté la dernière fois. C'était un cadeau assez étrange pour un petit garçon et, pourtant, Maxime était fasciné. Il l'ouvrait régulièrement, traçant des traits colorés sur ses mains avec une joie infinie.

Emilien leva la tête une bonne demi-heure plus tard en entendant des voix inhabituelles. Il croisa le regard de Stéphane qui entrait dans le hall, accompagnant de nouveaux visiteurs. Émilien reconnut tout de suite madame Chapman, bien qu'elle ne soit pas venue depuis plusieurs semaines, démoralisée par une visite à son fils qui n'avait été que cris et larmes. Elle était toute menue, frêle, et paraissait très réservée. Elle respirait l'élégance dans son pantalon en tissu blanc et son pull cachemire d'un rose très pâle. Elle devançait deux adultes plus jeunes, et Émilien reconnut Pauline, la sœur de Maxime qui devait avoir la vingtaine maintenant. Elle était comme dans son souvenir : grande, fine, élancée, perchée sur des talons hauts qui sculptaient son corps déjà gracieux. Son visage aux traits fins mais expressifs était entouré de cheveux blonds comme les blés parfaitement lissés. Elle était engagée dans une conversation virulente avec celui qui devait être l'aîné de la famille, Dray. Mais Pauline rendait toujours tout plus virulent que ça ne l'était. Elle semblait déborder d'une énergie inépuisable, et on ne pouvait manquer de la remarquer alors qu'elle était toujours élégamment vêtue de mille couleurs.

Dray carrait ses épaules larges, marchant d'un pas droit dans ses boots, souvenir de son passage à l'armée. Les épaules musclées, son corps athlétique était serré dans un simple tee-shirt bleu qui faisait ressortir ses cheveux blonds foncés. Ses yeux verts et or regardaient partout, semblant étudier son environnement avec rapidité, dans une attitude faussement détendue, les mains dans les poches de son jean. Sa voix était claire, presque tranchante, mais un sourire amusé flottait sur sa bouche. Son allure semblait à la fois stricte du fait de son maintien droit, mais également nonchalante avec sa main qui passait régulièrement dans ses cheveux taillés en brosse. Il avait quitté l'armée depuis un peu plus d'un an, avait disparu un moment et n'était revenu dans la région que depuis quelques mois.

Stéphane finit par désigner Émilien qui se leva lorsque le regard de madame Chapman se posa sur lui, et il les accueillit avec un sourire rassurant en tendant une main que la mère de Maxime serra sans hésitation.

— Ravi de vous voir, souffla Émilien en tournant la tête. Monsieur Chapman n'est pas des vôtres pour la visite familiale ?

— Non, mon mari n'a pas pu se libérer, urgence médicale, répondit la femme que les aides-soignants commençaient à connaître. Mon fils…

— Il est dans le coin là-bas, répondit l'infirmier. Il joue. Il a dit un mot ce matin, ajouta Émilien, voyant le visage de la mère s'éclairer un peu.

Il attendit de savoir qui allait se diriger vers l'enfant. Les familles prenaient vite le pli dans l'établissement, ils n'allaient que rarement voir un autiste en groupe. L'enfant pouvait le percevoir comme une intrusion, une agression même, et certains réagissaient violemment. Alors par prudence, ils n'y allaient qu'un par un, ou à deux grand maximum.

— Je vais y aller, trancha Dray avec un sourire, se tournant déjà vers l'enfant.

Dray n'avait pu le voir qu'une ou deux fois depuis son retour de l'armée. Mais il avait eu besoin de plusieurs mois pour s'éloigner de tout. Quitter l'armée avait été un choix terrible pour lui. Il avait ressenti le désir d'oublier, de voir le monde pour s'ouvrir l'esprit et ne pas laisser l'amertume prendre place en lui. Pourtant, il avait toujours entretenu une relation spéciale avec son petit frère. Le trentenaire se montrait, quoi qu'il arrive, très protecteur vis-à-vis de sa fratrie et de ses quelques amis. Alors il s'approcha doucement de l'enfant et vint s'installer à côté de lui, essayant de se faire petit malgré son imposante carrure.

Maxime ne réagit pas immédiatement, continuant de s'amuser avec le tube de vernis jaune flashy, l'agitant au-dessus de sa tête. Il le laissa finalement tomber avant de se pencher sur la boîte en plastique transparente qui contenait tous ses jouets. Il en sortit plusieurs avant d'en sélectionner quelques-uns qui trouvaient grâce à ses yeux. Il s'assit au sol en enroulant un foulard rouge autour de sa paume. Puis finalement, il déposa un simple stylo juste devant les pieds de Dray. C'était un de ces mini stylos colorés, très appréciés des collégiennes. Ce fut le vert foncé que Maxime offrit à son frère avant de s'intéresser à nouveau à l'écharpe enroulée autour de sa main. Il reprit le vernis jaune, l'ouvrit et commença à tracer des traits imprécis sur le tissu.

— Bonjour, bonhomme, souffla doucement Dray avec un sourire tendre en prenant le stylo.

Il commença à jouer avec entre ses grands doigts. Lorsqu'il le fit tourner, Maxime releva enfin les yeux et observa le mouvement, le regard fixé sur le stylo qui pivotait. Avec toutes les précautions du monde, il défit l'écharpe rouge tachée de jaune de sa paume pour l'approcher de Dray sans lâcher le stylo du regard. Dès que son frère faisait mine d'arrêter ou de ralentir, Maxime se figeait complètement en fixant le stylo vert avec une intensité étrange, comme s'il voulait le remettre en route par la pensée.

Puis, toujours avec une précaution lente, il enroula l'écharpe rouge autour du poignet droit de Dray. L'aîné sourit en continuant de bouger le stylo dans sa main, reprenant de sa voix grave.

— Alors, il paraît que tu fais des progrès, murmura-t-il doucement. Tu deviens un super grand, comme un super-héros.

Maxime pencha la tête sur le côté alors qu'il laissait retomber l'écharpe, formant comme un rideau rouge sous la main de Dray, et il éclata de rire en tapant dans ses mains, fier du résultat.

— Je suis sûr qu'une cape rouge te plairait, remarqua Dray en voyant sa main. Je vais aller parler avec les grandes personnes pour discuter de choses ennuyeuses. Je reviens après, mon grand.

Il enleva délicatement l'écharpe de sa main, reposa le stylo devant l'enfant en lui souriant, blessé de ne pas pouvoir le toucher. Maxime cessa de rire en récupérant le crayon pour se détourner et recommencer à fouiller dans sa boîte, sans prêter attention à son frère qui se relevait pour s'éloigner. Dray lui jeta un dernier regard attristé avant de se détourner pour de bon. Il fronça les sourcils en arrivant près de sa mère et sa sœur qui discutaient avec la directrice de l'établissement, arrivée alors que Dray était avec son frère.

— J'aurais préféré le rencontrer avant que vous…

— Maman, l'interrompit Pauline en apercevant son frère, va voir Maxime.

Alice Chapman fronça les sourcils en se tournant vers la salle, remarquant Dray près d'elles. Elle lui adressa un sourire avant de s'éloigner à son tour pour rejoindre le plus jeune de ses fils.

— Alors ? demanda Pauline en souriant tristement à Dray. Comment va-t-il ?

— Qu'est-ce qui se passe ? préféra-t-il grogner en remarquant que quelque chose n'allait pas. Maxime a un problème ?

— Non, Maxime n'a aucun problème, le rassura Pauline.

— Au contraire, il fait des progrès, intervint Katherine Reins avec un sourire qui se voulait rassurant.

— Mais ça ne va pas te plaire, coupa sa sœur avec un rire amusé. Car c'est quelqu'un d'extérieur au personnel soignant qui lui fait faire ces progrès.

— Qui ? lâcha aussitôt Dray en s'avançant d'un pas vers madame Reins, ses yeux verts et or s'illuminant de rage.

— C'est un musicien qui est venu jouer il y a un peu plus d'un mois, expliqua la directrice sans se départir de son calme. Il a fasciné Maxime, et il a accepté de revenir pour passer du temps avec lui. Grâce à cet homme, Maxime est un peu sorti de sa bulle. Il a même dit un mot ce matin, le premier depuis des années.

Les yeux de Dray étincelaient alors que ses mains venaient se cacher dans ses poches, comme s'il se retenait de faire quelque chose. Dray n'avait jamais totalement accepté que Maxime parte de la maison, pensant que c'était une mauvaise idée, que seule sa famille pouvait lui faire du bien. Il avait fini par faire peu à peu confiance au personnel et s'était fait une raison. Mais savoir que quelqu'un de l'extérieur, qui n'était peut-être même pas formé, avait eu la possibilité de faire du mal à son petit frère le mettait clairement hors de lui. C'était complètement aberrant et irresponsable pour lui.

— Un simple musicien ? cracha Dray avec dégoût, sa voix claquant comme un fouet. Vous savez au moins qui c'est ? Il a une formation ? Et si quelque chose s'était passé ? La sécurité de Max, vous y avez seulement pensé ?

— Écoutez, la sécurité de Maxime n'a jamais été mise en péril, ils sont toujours restés dans cette salle sous la surveillance de mes infirmiers. Grâce à ce musicien, Maxime mange mieux et plus facilement, on parvient à l'habiller sans qu'on soit obligé de se battre avec lui. Alors non, Lucas n'a pas de formation, mais il est celui qui aide le plus votre frère aujourd'hui.

— Qu'est-ce que…

Dray détourna les yeux une seconde, passant la main dans ses cheveux courts avant de revenir vers la directrice.

— Je veux son nom, ordonna-t-il.

— Pour quoi faire ? s'insurgea la directrice en se redressant. Votre mère veut le rencontrer, je peux le faire venir s'il faut. Vous n'aurez qu'à vous joindre à nous.

— Son nom. C'est tout ce que je demande.

La directrice le fixa un long moment, comme pour jauger sa détermination, et son regard se posa sur Pauline une brève seconde, cette dernière lui adressant un sourire d'excuse. Katherine refusait de mettre Lucas face à une situation oppressante. Elle savait que ce dernier n'avait pas les épaules pour recevoir la visite d'une famille soupçonneuse. C'était contraire à toute éthique que de donner son nom.

— Son identité est confidentielle. Si vous devez le rencontrer, ce sera dans l'enceinte de cet établissement.

Dray affichait un air déterminé et il carra les épaules, froissé qu'on contrarie son instinct de protection.

— Vous ne pouvez pas nous cacher des choses sur mon frère !

— Je ne vous dissimule rien, je vous invite à le rencontrer même. Mais ici. Nous arrangerons une date qui vous conviendra.

— Ben voyons. Pourquoi le cacher s'il n'a rien à se reprocher ?

— Parce que Lucas souffre de troubles qui perturbent ses comportements sociaux. Il n'est pas capable de vous recevoir. Alors si vous devez le rencontrer, ce sera à l'institut, répéta la directrice d'un ton inflexible.

— Pardon ?! s'énerva aussitôt le soldat en s'approchant soudainement. Vous êtes en train de dire que vous laissez quelqu'un d'instable s'approcher de mon frère ?

— Il n'est pas instable, le contredit Katherine en levant la main pour l'inciter à ne pas s'approcher davantage. Et il n'est pas dangereux. Il ne parle pas, ne se montre pas. En attendant, merci de sortir, votre colère et vos cris vont agiter nos patients.

— S'il arrive malheur à mon frère..., la menaça Dray d'un œil furieux.

— Cela suffit, Dray, intervint Pauline en posant une main sur son torse pour le faire reculer. Tu sais que Max est en sécurité ici. Nous n'avons jamais eu à nous plaindre du professionnalisme de madame Reins.

— Sortez prendre l'air, s'il vous plaît, finit par soupirer cette dernière en observant les patients les plus proches qui s'agitaient de plus en plus.

Dray voulut répliquer, mais son regard se porta vers les enfants. Il soupira sa frustration de ne pouvoir continuer cette discussion. Il se détourna et prit aussitôt la direction des couloirs. Le son de ses pas témoignait de sa fureur. Il n'arrivait pas à croire que cette directrice ne prenne pas plus en considération la protection de son petit frère. *Notre famille n'aurait jamais dû laisser Maxime ici*, pensa-t-il en passant devant le bureau des infirmiers. Et avant que son cerveau ne comprenne vraiment, son corps s'était arrêté. Il fixait la porte grande ouverte comme une invitation. La personne de garde avait dû être appelée pour régler un problème.

Les yeux de Dray balayèrent le couloir de chaque côté avant

de rentrer. Ce n'était pas illégal s'il jetait un coup d'œil dans le dossier de son frère. Il se précipita sur le meuble et identifia la lettre C, et enfin le dossier de son frère. Il l'ouvrit et parcourut le compte-rendu de nombreux examens, les lettres de spécialistes et finit par trouver une annotation de la directrice elle-même avec le nom qu'il cherchait. Lucas Rominster. C'était donc cet homme qui pouvait faire du mal à son frère. Il le nota mentalement avant de tout remettre en place et de sortir du bâtiment. Il rejoignit la voiture et attendit ses proches.

Sa mère et sa sœur finirent par quitter le bâtiment et se dirigèrent vers lui. Le bras de Pauline entourait les épaules d'Alice, dont les lèvres délicates affichaient un sourire triste. Elle semblait avoir vieilli de plusieurs années depuis son arrivée.

C'était ainsi chaque fois qu'elle voyait Maxime. Elle avait aimé chacun de ses enfants, et découvrir le diagnostic de Maxime l'avait vieillie d'un coup. Ne pas pouvoir communiquer avec son propre fils, ne pas pouvoir jouer avec lui, devoir le placer ici, loin d'elle et du reste de sa famille, l'avait anéantie. Elles s'immobilisèrent près de Dray et Pauline lui adressa un regard interrogateur, mais n'eut pas le temps d'ouvrir la bouche.

— Chaque fois qu'elle m'annonce qu'il a fait des progrès, j'attends toujours tellement, murmura Alice d'une voix affligée à l'intention de son aîné.

Dray passa aussitôt un bras protecteur autour des frêles épaules de sa mère pour l'amener contre son torse.

— Il a fait des progrès, Maman, c'est tout ce qui compte, chuchota-t-il à son oreille d'une voix douce.

— C'est tellement minime. Et ça m'inquiète cette histoire de musicien. On ne sait rien de lui et il passe des heures avec notre petit Maxime.

— Je vais m'occuper de ça, déclara-t-il aussitôt en frottant doucement les épaules de sa mère. Tu peux compter sur moi là-dessus. Personne ne fera de mal à Maxime.

— Heureusement que tu es là, murmura simplement Alice en appuyant sa tête contre le torse de son fils.

Le jeune homme sourit tristement avant de ramener sa mère dans ses bras.

— Je suis content d'être rentré, murmura-t-il en regardant de loin son petit frère.

Un simple jeu de couleurs

Le ronronnement de sa moto n'apportait même pas de réconfort à Dray. Pourtant sa belle Harley avait été sa meilleure amie depuis son retour de l'armée. Sillonnant le pays pour chasser la blessure d'avoir eu à quitter son unité, sa moto avait constitué un exutoire. Mais pas cette fois. Rouler dans le soleil levant ne lui mettait nullement le baume au cœur habituel. Sans doute était-ce d'avoir dû consoler sa mère et sa sœur la veille, après leur retour de l'institut. Enfin surtout sa mère. Pauline gérait un peu mieux, mais il la connaissait par cœur. Il savait qu'elle souffrait aussi. Tous auraient aimé avoir un frère qu'ils auraient pu simplement prendre dans leurs bras, pour le cajoler, partager des choses avec lui. Dray devrait pourtant se sentir chanceux : Maxime le reconnaissait toujours, lui. Du moins à sa manière. Cependant il aurait tellement aimé pouvoir le toucher, l'enlacer comme il le faisait si souvent avec sa sœur. Vivre tout simplement avec lui.

Le jeune homme tourna à une intersection, écoutant le GPS de son téléphone grâce à son kit mains libres. Muni de son nom, il avait trouvé l'adresse de Lucas Rominster sur internet. Il lui fallait rencontrer cet inconnu qui semblait capable de tellement plus que la propre famille de Maxime. Il devait s'assurer de la sécurité de son frère. Coûte que coûte. C'était plus fort que lui. Pauline disait toujours qu'il était trop protecteur, mais il n'en avait rien à cirer. Il voulait juste le bien-être de ceux auxquels il tenait. Il arrêta sa moto noire lorsque la voix lui indiqua qu'il était parvenu à destination, et coupa le moteur. Il enleva son casque aux couleurs sombres puis ses gants pour glisser une main dans son blouson de cuir usé et éteindre son téléphone.

Faisant claquer ses boots sur les dalles, il monta les quelques marches. C'était une petite maison toute simple, toute en longueur, entourée de haies hautes et épaisses, à la façade blanche dont la peinture avait vécu. Les volets des trois fenêtres visibles de la rue étaient fermés. Dray jeta un coup d'œil au nom sous la sonnette et passa son casque dans son autre main, avant de littéralement tambouriner à la porte. Il lui fallut cogner à plusieurs reprises sur le bois avant d'entendre enfin des pas à l'intérieur. On aurait pu croire que le propriétaire était négligent, car le petit porche de l'entrée aurait eu bien besoin d'un coup de nettoyage, et la pelouse de devant d'une tonte. La porte elle-même paraissait en mauvais état.

Le bruit d'une clé dans la serrure se fit entendre, et après de nombreuses autres longues secondes, la porte s'entrouvrit finalement de quelques centimètres sur une silhouette encapuchonnée dont il ne pouvait pas distinguer le visage.

— Lucas Rominster ? attaqua aussitôt Dray en plaçant une main ferme sur la porte pour éviter qu'elle ne se referme.

La silhouette eut un sursaut, et l'une de ses mains dissimulées sous un gant de tissu noir se crispa sur la porte alors qu'elle acquiesçait d'un hochement de tête très silencieux. La seconde d'après, Dray força le passage, poussant fermement la porte pour entrer dans la maison.

— Faut qu'on parle, trancha-t-il en s'avançant.

Lucas ne lutta même pas. Il lâcha la porte, recula à petits pas rapides en baissant la tête, ses mains se serrant l'une contre l'autre alors qu'il fixait ses pieds. Et il resta là, en plein milieu de l'entrée qui s'ouvrait sur une cuisine à gauche et un petit salon juste derrière lui. Tout semblait parfaitement rangé, mais la maison était plongée dans une pénombre étrange. Seule la porte ouverte derrière Dray délivrait un faible halo, lui permettant de voir les lieux, car les volets étaient tous clos, ne laissant passer pour certains qu'un mince filet de lumière.

OK, c'était clairement étrange. Cet homme était plus que louche. Et dire que Maxime avait été en contact avec lui... L'atmosphère de la maison semblait froide, sans vie. Et cette attitude, cette personne cachée par des tonnes de vêtements... Ce n'était que secrets et mystères. Il n'y avait rien de bon pour Maxime ici. Son petit frère avait besoin de stabilité, pas d'une personne douteuse qui pourrait lui faire du mal. Peut-être que cet homme avait des penchants tordus et avait jeté son dévolu sur son frère. Une bouffée de haine s'empara de Dray et il eut du mal à se contrôler.

— Je peux savoir ce que c'est que ce bordel avec Maxime ? grogna-t-il, bien campé sur ses pieds.

Il croisa les bras tant bien que mal, un peu gêné par son casque, faisant ressortir ses muscles, alors qu'il jetait un vague regard à la silhouette ramassée, prête à subir une attaque. Il voyait à peine le garçon en face de lui. Et il trouvait ça bizarre, tout comme l'absence de lumière. Il avait raison : ce Lucas ne devrait pas s'approcher de son frère. Mais aucune réponse ne lui parvint. Lucas resta simplement là à se triturer les doigts et à fixer ses pieds, les épaules complètement voûtées.

— Je te parle !

Dray sentait l'agacement le gagner. De plus, il manquait réellement de patience. Sûrement à cause des larmes de sa mère la veille. Il posa rapidement son casque sur une commode toute proche avant d'attraper le bras gauche de l'homme, cherchant à lui faire lever les yeux vers lui.

— Regarde-moi, putain !

Mais dès qu'il saisit le coude de Lucas, celui-ci poussa un cri de douleur. Il gémit, et son corps se tordit pour lui échapper. Dray relâcha immédiatement sa prise et Lucas ramena son bras contre lui avec un geignement, reculant jusqu'à ce qu'un mur l'arrête, la tête basse. Dray leva un sourcil surpris, ne comprenant vraiment pas ce qui venait de se passer, avant de soupirer.

— Désolé. Je ne pensais pas avoir tenu si fort, maugréa-t-il, passant une main dans ses cheveux.

Il eut soudain un peu honte de son comportement en voyant l'homme si petit et chétif, ainsi replié sur lui-même. Lucas resta recroquevillé contre le mur, le bras serré contre son torse, et un murmure s'éleva de sous la capuche. Il répéta un mot en boucle, et il fallut de longues secondes à Dray pour comprendre, tant Lucas parlait à voix basse.

— Partez.

Dray ferma un instant les yeux, se traitant d'idiot avant de mettre les mains en avant en signe de paix.

— Hé, je suis désolé, j'ai dit. Je veux juste savoir ce qu'il se passe entre Maxime et toi. Je suis inquiet, c'est tout. Rien de plus. On peut bavarder une seconde.

Mais Lucas recommença à murmurer cet unique mot en se laissant glisser au sol avant de se taire pour contempler ses chaussures, son bras serré entre son torse et ses jambes repliées. Dray le regarda faire, examinant chacun de ses mouvements, et cette espèce de crise de panique amena un écho en lui, rappelant des choses désagréables. Des choses qu'il préférait oublier.

Il vint s'agenouiller à un mètre de Lucas, sans réfléchir. Il devait juste faire cesser tout ça. Personne n'avait à rester dans le monde des angoisses lié aux crises de panique. Il contempla l'autre homme, ou plutôt sa capuche, avant de reprendre d'une voix calme.

— Respire profondément, et compte avec moi. À dix, tu sauras que tu es en sécurité. Un… Deux…

La voix était grave, profonde. Chaque mot était prononcé de façon exagérée comme s'il voulait que ses paroles forcent l'esprit de l'homme devant lui. Lorsqu'il arriva à quatre, Lucas murmura à voix basse, à six, Dray entendit parfaitement que Lucas comptait. Il comptait avec lui, les doigts crispés sur son jean noir, recroquevillé sur lui-même. Quand ils arrivèrent à dix, le corps de Lucas se détendit un peu, et il resta immobile, la respiration un peu plus lente, la tête toujours baissée. Le motard lui laissa encore un moment, écoutant son souffle pour examiner son état.

— Calmé ? demanda-t-il en se penchant pour essayer de voir le visage de son vis-à-vis.

Il y eut un mouvement de tête qui voulait dire oui. Tout en cherchant à échapper au regard de Dray, l'une de ses mains vint remettre sa capuche en place.

— Pourquoi tu te caches ?

— Ce n'est pas beau, murmura péniblement Lucas en ramenant encore sa capuche, comme si c'était un tic qu'il ne contrôlait pas.

Dray haussa un sourcil alors qu'il pouffait légèrement.

— Mec, j'ai vu des choses assurément pires que toi lorsque j'étais à l'armée, s'amusa-t-il avec un sourire. Ce n'est pas deux boutons d'acné qui vont me faire fuir.

— Ce n'est pas beau, répéta simplement Lucas d'une voix enrouée en tirant une nouvelle fois sa capuche.

— T'es borné, grommela Dray en se redressant sur ses deux pieds. Bien, soit, reste caché dans ta capuche. Mais dis-moi, c'est quoi cette histoire avec Maxime ?

— Maxime est gentil, répondit Lucas dans un murmure

presque tendre. Il aime ma musique, ça l'aide.

— Évidemment que Maxime est gentil, se pavana presque Dray avec un sourire fier avant de se reprendre. Qu'est-ce qu'elle a, ta musique ? Ce n'est pas la première fois qu'il en entend.

— Que du piano. Il n'aime pas les autres instruments que le piano. Qui êtes-vous ? finit par ajouter Lucas en fixant davantage ses chaussures.

Dray pencha la tête vers lui, intrigué.

— Tu ne me regardes même pas. Qu'est-ce que cela peut te faire que je te donne mon nom ? Tu ne me reconnaîtras jamais si tu continues à fixer mes chaussures. Même si j'adore mes boots. Pauline dit que c'est parce que mes rangers me manquent, d'ailleurs.

— Qui êtes-vous pour Maxime ? répéta Lucas avec lenteur, comme s'il peinait à articuler.

— Je suis son grand frère. L'aîné. Celui qui casse la gueule à ceux qui emmerdent les plus petits.

— Je ne fais que jouer avec lui, murmura Lucas en se tassant sur lui-même. On joue.

— Il ne joue avec personne. À peine avec moi. Alors que je suis celui avec qui il réagit le plus.

— On joue, répéta Lucas. À sa manière, mais on joue. Pourquoi vous êtes là ? Qu'est-ce que vous me voulez ?

Dray leva les yeux au plafond qu'il voyait très mal à cause du manque de lumière, avant de soupirer.

— Au début, je voulais te casser la gueule. Quelque chose avec des poings, tout ça.

— Et maintenant ?

Dray se laissa retomber sur le sol, cherchant toujours le

regard fuyant.

— Tu m'apprendrais à jouer avec mon frère, s'il te plaît ? chuchota-t-il, un peu gauche.

Pour le coup, Lucas releva la tête, surpris par la question presque maladroite, et Dray put apercevoir l'éclat d'un regard bleu avant qu'il ne tire sa capuche, mal à l'aise. Il ne s'attendait visiblement pas à cette demande, et il finit par hocher la tête de bas en haut.

— On peut jouer. Maxime aime bien jouer.

— Merci, souffla Dray, soulagé, avant de tendre la main pour l'aider à se relever. Je m'appelle Dray.

Lucas hésita un long moment avant de finalement glisser sa main droite dans celle de Dray. Il frémit des pieds à la tête en se levant et retira vivement ses doigts comme s'il s'était brûlé au contact de la peau de l'homme, malgré ses gants.

— Demain. Je dois aller le voir demain.

— Qu'est-ce que tu as, toi ? demanda Dray en le fixant. La directrice a dit que tu étais spécial, et vu la crise que tu viens de faire…

— Je ne suis pas spécial, le contredit rapidement Lucas d'une voix hachée. Juste… perturbé.

— Oh. Comme Maxime ?

— Demain, répéta Lucas, comme s'il espérait en finir au plus vite. S'il vous plaît.

Dray finit par remarquer son malaise et se passa une nouvelle fois la main dans les cheveux.

— Je ne voulais pas t'agresser, tu sais. Mais quand il s'agit de Maxime, j'ai tendance à être un peu excessif, désolé.

— Maxime est gentil. C'est bien pour lui d'avoir quelqu'un

qui le protège, murmura Lucas en baissant à nouveau les yeux vers ses chaussures.

— Je ne vais pas te frapper. Il paraît que j'aboie plus que je mords, tenta Dray avec un sourire.

— Mais ça vous arrive de mordre, déduisit Lucas avant de se tasser davantage.

— Pas les plus petits que moi, plaisanta Dray en lui faisant un clin d'œil, contemplant leur demi-tête de différence.

— Heureusement que vous êtes grand alors.

Le motard sourit avant d'aller récupérer son casque.

— On va dire ça. On se voit demain alors ?

Lucas acquiesça d'un hochement de tête en se triturant les doigts. Dray l'observa et soupira encore.

— Je… Je n'ai pas été correct en débarquant ici. Comme ça. Je me répète, mais je suis désolé. Je ne veux pas que tu paniques, OK ? Tout va bien.

— Je ne… suis plus habitué à voir du monde ici, ou à discuter, finit par murmurer Lucas. En fait, votre simple présence me panique, et j'essaie de me retenir. Alors si vous pouviez partir avant que je refasse une crise, ce serait aimable.

C'était la phrase la plus longue que Lucas ait prononcée jusque-là. Son souffle un peu haché donnait un accent de vérité à ses paroles. Dray hocha la tête avant de changer son casque de main pour saisir la poignée de la porte.

— Alors n'oublie pas qu'à dix, tu es en sécurité, mec, lui rappela-t-il avec un autre clin d'œil.

La seconde suivante, il disparut, refermant la porte derrière lui. L'instant d'après, le vrombissement du moteur s'éloignait dans la rue. Lucas resta un long moment debout, à contempler le battant, dans l'obscurité la plus totale. Puis d'un seul coup, après plusieurs longues minutes, son corps s'affaissa complètement, et il se laissa tomber au sol avant de se recroqueviller en position fœtale.

Cela faisait des années qu'il ne discutait plus avec des inconnus. Personne n'avait passé le pas de sa porte en sa présence depuis si longtemps qu'il ne se rappelait plus qui était la dernière personne à être venue, s'il omettait son infirmière attitrée, la seule en dehors de son docteur avec qui il parvenait à échanger malgré l'angoisse et la terreur constantes. Il n'avait plus tant parlé depuis des mois, si bien que sa gorge lui faisait mal maintenant. La crise de panique qu'il retenait depuis un moment s'abattit sur lui. Il resserra ses bras autour de ses jambes en fermant les yeux, complètement terrorisé. Son cœur battait la chamade, tout son corps se mit à trembler alors qu'il cherchait son souffle. Il avait l'impression d'étouffer. Cette angoisse oppressante, amenée par l'impression qu'il allait mourir, le prit à la gorge et ses doigts se crispèrent sur ses jambes. Chacun de ses muscles était tendu à l'extrême, le faisant trembler davantage.

Son cœur battait si vite qu'il pensa aussitôt qu'il n'allait pas tenir le choc et faire un arrêt. L'angoisse lui noua les tripes, sa respiration déjà laborieuse et chaotique devint encore plus difficile, et il commença à suffoquer. La panique courait dans ses veines et, avec elle, la certitude qu'il allait mourir comme cela aurait déjà dû être le cas. Il ferma les yeux si fort que c'en fut presque douloureux. Puis il commença à compter dans sa tête. Tentant de calmer les battements de son cœur, il essaya de respirer plus lentement, cherchant son souffle alors que ses membres tremblaient. Les chiffres. Redire les chiffres encore et encore.

La douleur irradiait dans son corps, sa poitrine et sa gorge le brûlaient, chacun de ses membres était douloureux d'être si tendu, mais il chercha à faire abstraction de cette souffrance. Il était complètement retourné, bouleversé. Parce qu'un homme s'était introduit de force chez lui, l'avait bousculé. Avant de le rassurer et de lui demander de l'aider à jouer avec son frère. L'idée qu'il allait le revoir le fit trembler davantage. Parce que Dray allait encore attendre de lui qu'il parle, qu'il l'aide, qu'il explique, qu'il communique. Il voudrait voir son visage. Il allait attendre tellement de lui, et cela l'effraya encore plus. Lucas n'avait plus rien. Il aurait dû rester enfermé dans sa maison. Jamais il n'aurait dû sortir. Parce qu'il n'était rien de plus qu'une chose brisée et anéantie. Il n'était rien.

***

Dray éteignit le moteur de sa Harley adorée devant l'institut avec un énorme sourire avant de descendre de l'engin. Il attacha son casque au guidon et se dirigea vers l'entrée. Il empocha ses gants et ouvrit son lourd blouson pour prendre un peu de frais. Le soleil était doux et lui avait agréablement réchauffé le corps pendant qu'il roulait. Il était heureux. Car Dray était persuadé que quelque chose allait se passer aujourd'hui. Il ne savait pas quoi, mais il avait cette impression au creux du ventre, comme lorsque son unité allait être attaquée. En positif cette fois. Il avait vaguement rassuré sa mère et sa sœur au sujet de cet étrange musicien, mais il ne savait pas vraiment quoi en penser. Ce qui était sûr, c'était que Dray l'avait terrorisé. Il ne s'était pas douté un seul instant que Lucas aurait pu être perturbé à ce point. *Il allait devoir trouver un moyen de se faire pardonner*, pensa-t-il en entrant dans le bâtiment.

— Monsieur Chapman, l'interpella presque aussitôt le surveillant près de la porte. La directrice voudrait vous voir.

Dray le regarda en fronçant les sourcils, étonné.

— Et pourquoi donc ?

— Elle n’a pas précisé. Elle est dans son bureau.

Le motard soupira en s'y rendant avec la vague impression de se retrouver au lycée, convoqué chez le proviseur. Il toqua vivement avant de s’introduire dans la pièce. Katherine Reins était au téléphone, assise derrière son grand bureau en acajou, et elle lui fit signe d’approcher en répondant à son interlocuteur. Elle mit rapidement fin à l’entretien et raccrocha et se redressant tout en fixant Dray.

— Monsieur Chapman, est-ce que vous avez réfléchi ne serait-ce qu’une seule seconde aux conséquences de vos actes, quand vous vous êtes rendu précisément là où je vous avais interdit d’aller ? s’agaça la directrice avec une dignité froide. Lucas Rominster est complètement perturbé et le faire venir ici trois fois par semaine était déjà un véritable défi. Vous l’avez terrorisé ! Comment avez-vous obtenu son nom ?

OK, Dray était vraiment dans le bureau du proviseur à se faire réprimander. Il se passa une main dans les cheveux, gêné, mais resta bien campé sur ses pieds, assumant parfaitement ses actes.

— Quelque part. Mais pour ma défense, je ne pensais pas qu’il… était perturbé à ce point, avoua-t-il avec une grimace. Je me suis excusé.

— Si j’ai refusé de vous donner son nom, c’est bien pour ça. Son psy m’a fait la leçon ce matin, à moi, parce qu’il l’a récupéré dans un état catastrophique. Qu’espériez-vous au juste ?

— Je voulais protéger mon frère. Voilà tout.

— Le protéger ? Vous m’avez prise pour qui ? Je suis la première à veiller sur sa sécurité, je n’aurais jamais fait venir Lucas s’il avait représenté un quelconque danger. Maintenant, je ne suis même plus certaine qu’il accepte de voir Maxime !

Sous sa froide indignation, les yeux de la directrice

étincelaient de colère. Parce que Dray Chapman, malgré tout le bien qu'il avait espéré faire, avait peut-être anéanti la jolie bulle de son frère. Elle avait l'habitude des familles qui désiraient le mieux pour les leurs. Mais ils ne comprenaient rien. Les proches étaient toujours paumés. Face à ce genre de maladie, ils étaient complètement désarmés. Il ne fallait pas brusquer un autiste. Jamais. Il ne fallait pas chambouler son monde. Et on n'avait pas le pouvoir de choisir sur qui ou sur quoi il allait porter son attention. On ne pouvait que surveiller et empêcher ce qui pourrait le blesser de s'approcher.

Jamais Lucas ne serait entré ici s'il avait représenté un quelconque danger. Elle ne l'aurait pas permis. Parce qu'elle n'était pas désarmée, pas comme les familles. Avec les années, elle avait appris comment gérer au mieux. Elle s'était renseignée avant de le laisser venir, et Lucas ne représentait aucun danger puisque, même s'il était socialement handicapé, s'il était perturbé, complètement brisé, il n'était jamais violent. Elle s'en était assurée. Alors même si on ne pouvait pas prévoir ses réactions, même si elle ne pourrait jamais avoir de certitude, elle s'était assurée de faire au mieux.

Elle comprenait le désarroi de Dray. Il avait un frère qui ne le regardait pas, ne le touchait pas, ne jouait pas avec lui. Il n'avait jamais dû prononcer son prénom. Elle comprenait, elle ressentait de la compassion pour lui. Mais elle ne pouvait pas laisser les membres de ces familles perdues et désorientées intervenir dans sa gestion. Elle faisait au mieux pour ses patients. Toujours. C'était son seul but. Dray, comme les autres, devait le savoir et apprendre à lui faire confiance. Même si elle avait voulu aller trop vite : elle aurait dû avertir la famille avant d'essayer avec Lucas, c'était la procédure. Elle, si droite, qui la respectait toujours, n'avait pas voulu leur donner de faux espoirs. Elle avait eu du mal à croire que l'effet magique de Lucas durerait sur le long terme.

— Il m'a assuré qu'il viendrait aujourd'hui, déclara juste Dray en détournant les yeux comme un petit garçon pris en faute.

— C'était avant ou après la crise de panique qui a bien failli obliger son psychiatre à le placer en institut surveillé ? laissa tomber la directrice avec froideur.

— Je l'ai calmé quand il s'est affolé, s'indigna Dray. Pour qui me prenez-vous !

— Pour une brute, monsieur Chapman, qui a été déranger un homme déjà fort perturbé sur le simple motif qu'il aidait son frère et…

Elle s'interrompit lorsqu'on frappa à la porte et expira de soulagement en voyant l'infirmier entrer.

— Madame, le taxi de Lucas vient de passer le portail.

La directrice soupira, visiblement soulagée, son corps se détendant enfin dans son fauteuil, et elle posa un regard moins agacé sur Dray.

— Je vous l'avais dit, fanfaronna l'homme qui souriait à présent de toutes ses dents.

— Ne lui faites plus peur, ordonna-t-elle avec sévérité.

— Ce n'est pas ce que je cherche.

La voix de Dray était sûre et son attitude détendue. Il essayait clairement de rassurer la directrice, et cette dernière eut un haussement d'épaules exaspéré.

— Alors faites plus attention, parce qu'en attendant, c'est moi que son psychiatre engueule comme une enfant, rétorqua la femme avec dignité. Allez donc voir votre frère, et soyez sage.

— Je ne suis pas un enfant non plus, vous savez ? Ne reportez pas vos frustrations sur moi, souffla-t-il en ouvrant la porte pour sortir.

Elle le laissa s'en aller avec un geste agacé et posa son regard sur l'aide-soignant.

— Surveillez-les, et faites attention à Lucas aussi.

— Bien, Madame, souffla le surveillant avant de refermer la porte.

Lorsqu'il atteignit la salle, la porte ouverte laissait voir la silhouette voûtée de Lucas qui se noyait dans un sweat gris trop grand. Cela ne prit que quelques secondes pour que Maxime délaisse ses jouets et se précipite vers l'homme qui s'accroupit dès que l'enfant arriva près de lui. Il sautilla autour de Lucas en tapotant dans ses paumes, cherchant ses mains du regard. Celui-ci finit par en sortir une de ses poches. Et du bout de ses doigts à peine visibles à cause de ses manches longues, il tendit à Maxime un minuscule bol en plastique rouge que l'enfant saisit à pleine main avant de repartir en courant vers l'une de ses boîtes de jouets.

— Qu'est-ce que c'est ? demanda Dray en s'avançant vers lui.

Lucas se releva en le voyant arriver, glissant sa main dans sa poche, et il se tourna vers Maxime qui retournait déjà toute sa boîte à la recherche d'une chose que lui seul connaissait. Lucas prit le temps d'observer la fascination de l'enfant avant de hausser les épaules.

— Un cadeau, finit-il par répondre d'une voix cassée, très basse. Maxime aime les objets insolites.

Dray le fixa un moment, légèrement surpris, et soupira, s'avouant vaincu.

— Je suis encore désolé pour hier. Je ne voulais pas te traumatiser. Je peux faire quelque chose pour que tu me pardonnes ?

Lucas tourna la tête vers Dray avant de la baisser en

remettant sa capuche en place d'une main anxieuse. Il ne savait plus comment faire. C'était tellement stupide, mais il ne savait plus s'y prendre avec les autres. « Interactions sociales perturbées », avait dit son psychiatre. Repli sur soi dû à sa peur constante et à son angoisse. Et derrière toutes ces grandes phrases scientifiques, Lucas trouvait cela stupide, mais c'était plus fort que lui. Des mots venaient, parfois instinctivement, mais ça ne franchissait pas la barrière de ses lèvres. Ça l'angoissait. Sans raison apparente, sans motif. Il était effrayé depuis tellement longtemps. Baisser la tête était un réflexe de protection. Le silence était son refuge depuis des années. Il n'aurait pas dû parler à Dray la première fois. Quand les gens comprenaient que Lucas ne disait jamais un mot, ils arrêtaient simplement d'essayer de communiquer avec lui. Alors que maintenant, Dray allait lui parler le plus normalement du monde, attendre des réponses, et chacune de ses phrases lui apporterait à nouveau cette angoisse sourde. C'était terrifiant.

Il eut soudain la bouche très sèche. Les mots ne voulaient pas sortir, alors il haussa juste les épaules et se dirigea vers Maxime. Dray le contempla, haussant un sourcil.

— Tu veux plus me répondre maintenant ? demanda-t-il avant de se diriger vers eux, arborant un grand sourire à l'intention de son petit frère. Hé, salut, mon super héros préféré.

— Maxime ne parle pas, vous savez ? parvint à articuler Lucas avec peine en s'installant en tailleur près de l'enfant, sortant la main droite de sa poche pour fouiller parmi les objets étalés.

— Et alors ? Cela veut dire que je ne peux pas lui parler ? s'amusa Dray en s'asseyant à son tour, posant son manteau derrière lui.

— Si, c'est juste que ça peut être une angoisse. Parce que ça peut vouloir dire que vous attendez une réponse qu'il n'est pas capable de donner, murmura péniblement Lucas avant de lui tendre une bille complètement bleue. Tenez.

L'homme haussa les épaules et prit l'objet sans quitter son frère des yeux.

— Qu'il ne réponde pas ne me dérange pas, je n'attends rien. Et je pense qu'il le sent. J'ai besoin de ça. De lui parler. Qu'il m'écoute ou pas, ce n'est pas grave. Ce n'est pas l'important.

— Mettez-la dans le bol rouge, finit par articuler faiblement le jeune homme en désignant l'objet qui se trouvait tout près du genou de Maxime.

Dray fronça les sourcils, mais obéit, conciliant. Le *ploc* que fit la bille en tombant dans le petit bol en plastique attira l'attention de Maxime qui eut un rire bref. Il arbora soudain une expression émerveillée et amusée qui se tarit en voyant l'objet rester immobile. Lucas tendit la main vers le pot et le pencha d'un côté. Il le lâcha lorsqu'il fut bancal et la bille tournoya tranquillement, faisant rire Maxime.

— Faites pareil, murmura Lucas.

Dray lui jeta un regard étonné, remarquant que la capuche tombait un peu, laissant apparaître la pointe d'un nez, et prit le bol.

— Tu sais pourquoi il est fasciné par ça ? murmura-t-il en le faisant tourner.

Maxime éclata de rire en observant Dray et tapa dans ses mains avec amusement.

— Le mouvement, je crois. Et le contraste des couleurs. Plus ça va vite, et plus ça l'amuse.

— Je n'avais jamais remarqué, murmura Dray en recommençant.

Une étrange bouffée de culpabilité l'assaillit. C'était quelque chose de simple. Rien de recherché. Il aurait pu le trouver, le comprendre. Mais non. Il avait remarqué que quelques couleurs attiraient l'attention de Maxime quand il était petit, mais Dray pensait que cela lui était passé. Et voir quelqu'un qui le connaissait à peine, qui n'était même pas de leur famille comprendre ça si rapidement, le faisait se sentir pitoyable. Il n'était même pas capable de s'occuper de son petit frère. S'il était un peu honnête avec lui-même, il aurait dit qu'il était jaloux de Lucas. Rien que le fait que son frère se soit précipité vers lui lorsqu'il était arrivé avait été un choc pour Dray. Jamais Maxime ne s'était comporté ainsi avec son grand frère. Oui, Dray était jaloux de la relation qui existait entre ces deux-là.

— Cela dépend des jours, rajouta Lucas alors que Maxime se dressait sur ses genoux en suivant du regard la bille bleue.

— Comment ça ?

— J'essaie, Dray. Je n'ai aucune certitude, articula Lucas en cherchant parmi les autres jouets. Un autre jour, cela ne l'aurait pas amusé, il n'aurait pas réagi.

— Mais tu le comprends, résuma Dray en fixant son frère.

— Un peu, parfois, rarement en fait, souffla Lucas en baissant la tête. Personne ne le comprendra jamais vraiment, j'essaie juste de le faire rire. Qu'il s'amuse.

Dray hocha la tête, contemplant son frère, admirant ses traits rieurs. Cela faisait tellement longtemps qu'il ne l'avait pas vu comme ça. Lorsqu'il était revenu de l'armée et après avoir retrouvé sa famille, il avait filé ici pour rendre visite à Maxime. Car il lui avait vraiment manqué. Mais il était tombé sur un mauvais jour. Ou plutôt, c'était de sa faute. Il avait voulu le toucher. Après autant de temps, il en avait eu besoin, et les choses avaient très mal fini.

— Je sors, déclara soudainement Dray en se redressant, retenant de justesse un geste vers Maxime pour se diriger vers l'extérieur.

Il avait besoin de prendre l'air, il étouffait ici. Il avait eu du mal à comprendre à l'époque comment Maxime serait mieux ici qu'à la maison. Mais il devait avouer qu'il semblait plus heureux à l'institut. Et cela faisait plus de mal que de bien à Dray. Il était frustré. Frustré de ne pas pouvoir offrir un environnement convenable à son petit frère. Et c'est pour ça qu'il plongea la main dans le manteau qu'il avait pris en partant et en sortit un paquet de cigarettes en très mauvais état. Il essayait d'arrêter. Vraiment. Mais là, il en avait besoin. Quelques secondes plus tard, il relâcha la première bouffée avec un certain soulagement.

Il en eut besoin de plusieurs pour se calmer, jusqu'à ce qu'il voit une voiture d'un joli vert pomme se garer juste devant l'entrée. Lucas finit par sortir du bâtiment et hésita en voyant Dray. Incertain, il resta immobile quelques secondes avant d'oser passer la porte. Il était effrayé, et il ignorait complètement comment se comporter socialement. Toujours la même raison stupide. Devait-il juste aller dire au revoir ? Le saluer ? En même temps, il savait que s'il s'approchait, sa gorge allait se serrer, il aurait une montée de stress et serait sans doute incapable d'articuler le moindre mot, tétanisé. Alors il baissa la tête et renonça. Il allait se contenter de descendre les marches et de monter dans la voiture. C'était habituel, rassurant, cela ne provoquerait pas d'angoisse. C'était ce qui était le plus facile.

— Lucas, appela aussitôt Dray en se tournant vers lui.

Lucas se figea au milieu des marches, tendu comme si une horreur allait lui tomber dessus. Il mit de longues secondes avant de se tourner vers Dray, complètement voûté, la tête basse, triturant le bout de ses doigts qui dépassait à peine de ses manches.

— Hé, je ne vais pas te mordre, s'esclaffa Dray en prenant une autre bouffée, s'avançant vers lui.

Lucas était pour une fois plus grand lui, permettant à Dray de voir un peu de son menton.

— Je dois m'en aller, articula Lucas en tirant sa capuche.

— Je peux te ramener, si tu veux. Pour te remercier, proposa aussitôt Dray en éteignant sa cigarette dans le pot prévu à cet effet. Et pour me faire encore pardonner.

— Sur la moto d'hier ? couina Lucas avec angoisse.

— Je te laisse mon casque et mon manteau. Et crois-moi, je suis très prudent, souffla-t-il avec un clin d'œil.

— Non, laissa échapper Lucas avec une terreur poignante. Je vais prendre la voiture verte.

— Pourquoi ?

Lucas bredouilla, sentant monter la panique en lui.

Il finit par se taire, complètement tétanisé en sentant revenir tous les souvenirs.

— C'est la seule que je peux prendre, articula-t-il péniblement.

— Oh ? D'accord. Tant pis, soupira Dray, déçu, avant de lui tendre la main pour le saluer. Merci pour ce que tu fais pour mon frère.

Lucas hésita clairement, fixant la main puis le visage de Dray de sous sa capuche, tout en gardant la nuque ployée. Puis, après une longue hésitation, il finit par tendre le bout de ses doigts vers ceux de Dray qui les referma sur les siens. Dray lui adressa un sourire brillant.

— Merci. Vraiment, mec. Honnêtement, je suis jaloux de toi.

Pour la première fois, Lucas releva la tête vers Dray pour le fixer. Il resta figé quelques secondes, ébahi par cet illogisme sans bornes. Jaloux de lui ? C'était tellement incompréhensible qu'il mit un long moment avant de retirer sa main, le regard fixé sur le sourire éclatant. Parce qu'il n'y avait rien chez lui qui pouvait susciter de la jalousie. Surtout pas pour quelqu'un comme Dray qui semblait posséder tout ce qu'il voulait. Lui, il n'avait plus rien.

— Il ne faut pas, finit-il par souffler en baissant à nouveau la tête.

— Bien sûr que si, souffla Dray en détournant le regard, passant la main qui venait de serrer celle de Lucas dans ses cheveux, signe évident de stress chez lui. Je n'arrive pas à communiquer comme tu le fais avec Maxime. Il… Il s'est précipité vers toi. Il n'a jamais fait ça avec n'importe qui dans la famille.

— Amenez-lui un objet la prochaine fois. Un cadeau. Et remettez ce tee-shirt, murmura Lucas d'un souffle haché avant de se détourner pour se diriger vers son taxi.

Dray fronça les sourcils en le suivant des yeux.

— Pourquoi ? demanda-t-il, perdu.

— Une intuition, marmonna Lucas de façon à peine audible en ouvrant la portière avant du taxi. Je crois qu'il aime lorsque l'on porte toujours la même couleur.

— Merci, Lucas, s'écria Dray avec un grand geste de la main pour le saluer.

Lucas se glissa dans la voiture sans un mot de plus, se tassant sur le siège. Le chauffeur attendit qu'il s'attache avant de démarrer, et la voiture s'éloigna très lentement dans l'allée. Dray sourit doucement, se disant que, finalement, les choses s'étaient plutôt bien passées. Il prit une grande respiration avant de se diriger vers sa moto. Il avait hâte de raconter à Pauline qu'il avait fait rire Maxime.

Devenir un super héros

Lucas resta assis un instant dans la voiture, tête baissée, fixant le bout de ses doigts qu'il triturait machinalement. Le chauffeur avait coupé le moteur dès leur arrivée et attendait sagement. Depuis le temps qu'il le conduisait, l'homme commençait à avoir l'habitude de l'attitude de Lucas, étrange et renfermée. Il n'essayait même plus de communiquer avec lui. Alors Lucas prit le temps de respirer, pour calmer l'angoisse qui montait.

C'était toujours aussi stupide et pourtant, ses membres tremblaient, il commençait à avoir l'impression d'étouffer. Il avait chaud, puis froid et à nouveau chaud. La crise le menaçait. Il avait revu le docteur Kamar pour tenter de surmonter son angoisse. Le médecin était fier de lui, il avait parlé et échangé avec quelqu'un, chose qu'il réclamait à Lucas depuis des années. Le médecin avait fait part de sa satisfaction et avait encouragé son patient à continuer. D'autant plus que c'était avec Dray, celui qui l'avait paniqué dès les premières secondes de leur rencontre.

Mais contrairement à ce que disait le docteur, Lucas ne se sentait pas fier ou assuré. Bien au contraire, c'était terrifiant. Parce qu'aujourd'hui, il savait que Dray serait de nouveau là. Qu'il allait falloir qu'il parle, qu'il réponde, qu'il échange, qu'il dialogue. Et il n'arrivait pas à surmonter cette peur. Il se sentait si minable. Il aurait tellement mieux fait de mourir.

Il ferma les yeux très forts à cette pensée, se remémorant les mots de son psychiatre. Il ne fallait pas qu'il songe à ça. Il essayait tellement de s'affranchir de cette idée, de passer outre. Il échouait si souvent, mais il ne pouvait se laisser aller à raisonner de la sorte, et échouer à survivre. Il le leur devait. C'était comme ça, il devait vivre pour ceux qui étaient partis. Et il ne pouvait le faire dans cette voiture. Alors, malgré la crise toute proche, il se força à respirer plus calmement, profondément, et ouvrit la portière.

Il gravit les marches en espérant ne pas s'écrouler. Il atteignit le hall, et son regard trouva Maxime presque tout de suite. Le petit garçon le vit dès qu'il entra dans la salle et hésita. Lucas comprit alors qu'il n'était pas dans un bon jour. Maxime était plus réceptif à certains moments que d'autres. Des bons et des mauvais. Lucas se sentit peiné pour lui. Alors il s'accroupit en sortant une toupie de sa poche. Son rose très flashy et ses petits points jaunes attirèrent Maxime qui arriva à petits pas rapides et s'en saisit. Il la fit tourner dans tous les sens, mais s'en désintéressa rapidement. Lucas la lui reprit délicatement des mains, content que Maxime ne hurle pas lorsqu'il lui touchait les doigts, puis il l'approcha du sol et la fit tourner. Le mouvement ramena l'attention de Maxime sur le jouet, et il laissa échapper un sourire en se laissant tomber à genoux devant. Pourtant, s'il sourit brièvement, il s'en détourna très vite. Lucas se redressa et jeta un regard dans le coin de la salle.

La directrice avait fait installer un piano, trônant là désormais de façon permanente. Il avait été acheté d'occasion, Lucas avait même dû le choisir. Il ne demanda pas à Maxime de le suivre, il ne lui indiqua rien. Il s'éloigna juste. L'enfant parut comprendre, car il attrapa la toupie et lui emboîta le pas avec curiosité. Il était déjà debout près de Lucas quand celui-ci s'assit devant l'instrument. Puis il commença à jouer.

Le morceau était rapide. Maxime semblait aimer les morceaux rythmés, au tempo impétueux. L'enfant retrouva une expression de fascination absolue, d'émerveillement sans bornes avec un sourire ravi sur ses lèvres, les mains serrées sur sa toupie. L'angoisse de Lucas s'évanouit. Il se sentit soudain libéré. C'était tellement mieux ainsi. Quand il jouait, toutes ses peurs et ses stupides angoisses disparaissaient, et il trouvait cela merveilleux. Il oubliait même qu'on pouvait voir sa main gauche marquée, que le reste du monde pouvait l'entendre. Il oubliait tout. Il ne restait que lui. La musique. Et Maxime. Et tous les trois dansaient sur une mélodie qui leur permettait de s'affranchir de leurs angoisses.

Dray avait d'abord entendu la musique avant d'entrer dans la pièce. Il avait souri, heureux d'être arrivé alors que Lucas était encore là malgré son retard. Il avait aussitôt dirigé son regard vers la scène lorsqu'il avait passé le pas de la porte, les bras chargés. Il avait remis le même tee-shirt. Son casque pendait à son bras duquel un tissu rouge dépassait, mais il n'en avait cure. Depuis qu'il était revenu de l'armée, il trimbalait son casque un peu partout. C'était comme un porte-bonheur, le moyen de se dire qu'il était libre. Mais en cet instant, ses yeux comme son esprit étaient accaparés par cette scène quasi surréaliste. Maxime n'avait jamais paru aussi à l'écoute, les yeux suivant chaque mouvement, chaque détour. Voir Lucas pour une fois redressé, stable, était plus que stupéfiant. De l'endroit où il se tenait, Dray pouvait deviner les épaules dénouées, les gestes fluides. L'autre homme avait presque l'air normal. De plus, la musique était envoûtante, caressante. Dray n'était pas un spécialiste du classique, mais il savait reconnaître le talent quand il l'entendait. Et là, ses oreilles le remerciaient d'un si beau concert.

Ces trois éléments réunis lui laissèrent une curieuse sensation. Ni joyeuse ni triste. Quelque chose de beau à admirer, mais qu'on ne devait pas toucher. Alors il s'avança doucement, lentement, pour ne pas les déranger, sentant encore cette pointe de jalousie refaire surface. Maxime paraissait tellement fasciné.

Lucas arriva au bout du morceau beaucoup trop rapidement à son goût, et il tourna les yeux vers Maxime qui était toujours près de lui et qui s'avérait hésitant, la main tendue. Lucas sourit sous sa capuche, acheva les dernières notes avec un plaisir infini. Il avait réussi à capter l'attention de Maxime. C'était très difficile dans un mauvais jour, parfois impossible. Mais aujourd'hui, Maxime tendait les doigts. Alors lorsque le morceau s'acheva, Lucas resta immobile et posa les doigts de sa main gauche sur les touches, sans leur tirer de son, juste pour indiquer silencieusement à Maxime qu'il pouvait l'imiter. L'enfant arracha une note puis deux à l'instrument, et son émerveillement se mua en un rire doux qui apaisa Lucas l'espace de quelques secondes.

Puis il aperçut Dray et frémit en remettant sa capuche en place, un geste instinctif. Maxime perçut son mouvement, car il laissa retomber sa main. Ses yeux se posèrent sur le tissu rouge qui dépassait du casque et il hésita, juste une brève seconde, le regard curieux. Puis il alla vers son frère sans lâcher des yeux l'objet convoité, sa main toujours serrée sur la toupie rose et jaune.

Dray en fut tellement étonné qu'il n'osa même pas bouger. Un étrange sourire apparut sur ses lèvres. Les larmes qu'il sentait monter en lui accentuèrent sa gaucherie avant qu'il ne pose son manteau et son casque par terre pour en sortir le morceau de tissu. Une cape de super-héros pour enfant.

— Je t'avais dit que tu étais mon super-héros, murmura doucement Dray en se mettant à genoux, agitant un peu l'objet.

L'enfant rit doucement en passant ses mains sur le tissu dont il apprécia la texture.

— Accrochez-lui, murmura Lucas qui était resté assis devant le piano.

Dray lui jeta un regard ahuri, sachant que Maxime n'aimait

pas être touché, mais il finit par accorder sa confiance à Lucas, uniquement à cause de la scène dont il venait d'être témoin. Il se déplaça calmement autour de son frère, faisant un peu plus voler le tissu rouge, et l'accrocha avec le velcro. Le tout sans presque effleurer Maxime.

Étrangement, celui-ci se laissa faire. Lorsque les mains de son frère s'éloignèrent, il tourna pour attraper la cape. Celle-ci suivit son mouvement, virevoltant, et il arrondit les yeux avant de rire et de commencer à tournoyer. Il cria de joie avant de se mettre à courir en regardant par-dessus son épaule. Il faillit trébucher sur un autre enfant, mais cela ne l'arrêta pas dans son élan. Lorsqu'il atteignit le milieu de la pièce, il se mit à pivoter sur lui-même, et son rire emplit la salle, attirant même l'attention de plusieurs autres enfants. Et il rit encore en faisant des tours à n'en plus finir, à s'en donner le tournis. Il rit jusqu'à en avoir le vertige. Il continua de rire lorsque la tête lui tourna trop pour qu'il reste debout, qu'il perde l'équilibre et tombe au sol.

Lorsqu'il se blottit sur la moquette, s'enroulant dans la cape, il riait toujours, doucement, tranquillement. Il caressait le tissu entre ses doigts comme si c'était la huitième merveille du monde. Et Dray se mit à pleurer. Tout simplement. Car il n'avait jamais vu Maxime comme ça. Alors peu importait qu'il soit au milieu de tout le monde, qu'il ne soit pas du genre à larmoyer. Même sous la douleur. Cette fois, les larmes coulaient toutes seules. Sans discontinuer et silencieuses. Des larmes de bonheur. Car Maxime n'avait jamais autant ri qu'en ce jour. Un présent magnifique pour ce petit garçon qui aurait toujours dû être comme ça. Et Dieu que cela faisait du bien.

En se passant une main sur le visage pour l'essuyer, il tira son téléphone portable de sa poche et s'empressa de faire plusieurs photos avant de se tourner vers Lucas qui n'avait toujours pas bougé.

— Merci.

Juste ça, car Dray n'était pas capable de mieux. Pourtant on ressentait toute sa reconnaissance dans ce simple mot. Il n'aurait jamais cru pouvoir regarder Maxime comme cela, et il le devait à ce jeune homme encapuchonné et trouillard. Et c'était très bien comme ça. Sous sa capuche, Lucas sourit en hochant la tête. Il n'avait même pas été sûr de ce que ça produirait. Mais le mouvement et les couleurs avaient toujours attiré Maxime. Alors cette coloration qui se mouvait selon ses déplacements, qui ne dépendrait que de lui, Lucas s'était dit que ça lui plairait. Et il était ravi d'avoir eu raison. Parce que le regard et les mots de Dray ne lui firent pas peur cette fois. Il en fut touché. C'était émouvant de voir un homme assez heureux pour son petit frère au point de pleurer, parce qu'il avait réussi à le faire rire avec une cape. Ça lui serrait le cœur, et il fut content d'avoir pu l'aider un peu. Soulagé parce que le mauvais jour de Maxime devenait bon.

Puis il la sentit revenir. L'angoisse. Ça lui noua les tripes. Cela remonta jusqu'à sa gorge. Car cela faisait trop de bons sentiments. Fier, satisfait et content. C'était tellement mauvais. Cela faisait tellement longtemps. Le souvenir de la dernière fois où il avait été fier lui noua la gorge. Il eut du mal à trouver son souffle. Alors il se leva. Il voulait sortir. Il ne voulait pas tout gâcher, mais il la sentait s'abattre sur lui. Il peinait à respirer. Il commença à chanceler dans le hall et ferma les yeux en arrivant en bas des marches. Il s'éloigna sur le côté et se laissa glisser contre un mur au moment où la crise le tétanisa complètement.

— Lucas, s'écria soudainement Dray en courant vers lui.

Il l'avait vu s'en aller. Il avait regardé Maxime pendant un moment avant de se diriger vers l'extérieur pour retrouver Lucas, sentant que quelque chose n'allait pas. Et visiblement, il avait eu raison. L'ancien soldat s'agenouilla aussitôt en face de lui.

— Hé, encore une crise ? demanda-t-il en adoptant un ton plus calme. Rappelle-toi, il faut respirer, et à dix, tout va bien. Écoute ma voix. Juste ça. Ne pense à rien d'autre et aide-moi à compter. Un… deux…

Lucas ferma les yeux en tentant de se concentrer. Ça avait déjà marché après tout. Mais quand il essaya de murmurer le chiffre suivant, il faillit s'étrangler, s'étouffer, et le son refusa de franchir sa gorge déjà trop nouée. Même ses sanglots désespérés restèrent coincés dans sa poitrine, l'asphyxiant alors que tout son corps tremblait violemment. La peur était trop forte, avait pris trop d'ampleur. Il abandonna, se laissa emporter par sa violence en oubliant la voix qui comptait. La sensation de mort imminente était toujours aussi présente, écrasante. Pire que la mort, un désastre. Une catastrophe. Et il n'y avait plus rien à quoi se raccrocher.

Une main saisit soudainement la sienne, alors qu'une autre faisait tomber sa capuche. Dray chercha aussitôt son regard, plongeant dedans une fois qu'il l'eut capté. Il se força à ne regarder que ses yeux, à ne pas l'étudier, juste l'aider à remonter, serrant davantage ses doigts autour des siens.

— Allez, tu peux le faire. Respire. Et n'écoute que ma voix. Juste ça. Reviens vers moi.

Ce geste déstabilisa complètement Lucas. Cela faisait tellement longtemps qu'il n'avait pas senti le contact de quelqu'un d'autre que le choc lui fit presque oublier son angoisse. Puis son regard s'ancra dans celui de Dray, et l'autorité de sa voix le cloua sur place. Il souffla bruyamment, l'air fut expulsé de ses poumons d'un coup alors qu'un sanglot lui échappait, libéré sans qu'il ne réalise. Ses doigts serrèrent de toutes ses maigres forces ceux de Dray. Il se focalisa sur les mots. Il ne voulait plus abandonner. Il n'en avait pas le droit. Mais il avait beau se le dire et se le répéter, il le faisait pourtant constamment. Seulement ce jour-là, quelqu'un l'aidait à tenir bon. Alors il ne lâcha pas son regard ni sa main et il se concentra sur sa respiration en la calant sur les mots profonds et calmes de Dray. Et peu à peu, ses tremblements diminuèrent alors que son souffle se calmait, déclenchant aussitôt un sourire chez Dray.

— C'est bien, continue comme ça. Serre plus fort si tu veux. Tu vois que tu peux le faire.

Il patienta encore de longues secondes, respirant en même temps que Lucas, exagérément pour forcer un rythme lent et profond. Une fois qu'il fut certain que Lucas était apaisé, il lui adressa un large sourire, serrant sa main avec douceur.

— Bonjour, toi, souffla-t-il, légèrement amusé.

Lucas eut du mal à croire qu'il en revenait. D'ordinaire, il s'évanouissait, à cause de la panique ou du manque d'air, et se réveillait à même le sol, épuisé, endolori. Il ne parvenait que rarement à calmer lui-même ses crises désormais régulières. Alors il cligna des yeux plusieurs fois en réalisant que Dray avait réussi à l'aider à s'apaiser, et il contempla ce sourire éclatant qui le rassura et acheva de l'ancrer dans la réalité, sans qu'il ne comprenne vraiment pourquoi.

— Merci, fut tout ce qu'il parvint à articuler de sa voix brisée.

— C'est moi qui dois te remercier pour ce que tu as fait aujourd'hui, contredit-il doucement.

Dray passa doucement ses doigts entre ceux de Lucas, glissant un peu vers le poignet pour écouter discrètement les battements du cœur qui ralentissait peu à peu.

— Je vais te ramener, décida-t-il d'une voix joyeuse. Je suis venu en voiture cette fois. Et tu n'as pas le choix. Je peux te laisser une minute ? J'ai mon casque à aller chercher, et je veux dire au revoir à Maxime.

Lucas releva les yeux vers Dray. Son regard était d'un bleu sombre tourmenté, et il resta immobile un moment en réalisant tout ce que disait Dray. Mais les mots se coincèrent dans sa gorge. Parce qu'il ne pouvait pas monter avec Dray. Parce que la voiture, c'était une épreuve qu'il ne parvenait pas à endurer. Le chauffeur de taxi avait été briefé sur ce qu'il devait faire pour que Lucas parvienne à ne pas faire de crise, mais Dray ne pouvait pas savoir ce dont il avait besoin. Lucas ne se sentait pas en mesure de lui expliquer et incapable de supporter un voyage en voiture normale. Alors sa main libre se porta à sa capuche, dans un geste d'angoisse habituel, et il réalisa qu'il ne l'avait plus. Dray devait tout voir. Son visage trop maigre à la peau blanche qui n'avait pas vu le soleil depuis trop longtemps. Ses cheveux brun clair trop longs dont les mèches retombaient sur son front, jusque devant ses yeux pour certaines. Ses traits fins, trop délicats pour un homme et, surtout, il devait voir l'infâme peau marquée du côté gauche de son visage.

Il s'agissait d'une grave brûlure qui datait de plusieurs années, mais qui avait laissé une peau striée, irrégulière et rêche, plus foncée que le reste de son visage. Cela partait du centre de sa mâchoire, évitait de peu ses lèvres et remontait jusqu'au milieu de sa joue, puis se glissait jusqu'à la tempe avant de disparaître sous le cuir chevelu. Sur certaines zones, les cheveux ne poussaient même plus, mais il les avait assez longs pour que ça ne se voie pas trop. C'était laid. Lucas trouvait ça horrible, à tel point qu'il n'y avait plus aucun miroir dans sa vie.

Il fut étonné, l'espace de quelques secondes, de ne pas avoir perçu de réaction d'écœurement ou de pitié sur le visage de Dray, mais il ne chercha pas plus loin, et sa main vint tirer sa capuche dans un geste heurté alors que son souffle se bloquait dans sa gorge. Non, il ne devait pas être vu. Il était horrible. Un monstre. Qui ne pouvait pas monter en voiture.

— Je vais attendre le taxi, répondit-il d'une voix hachée par l'effroi et son dégoût de lui-même.

— Hé, s'inquiéta aussitôt Dray en se penchant vers lui. Cela ne me dérange pas, tu sais. Tu es même moins amoché que je ne le pensais, avoua-t-il avec un sourire. Et comme je te l'ai dit, j'ai vu bien pire. Oh ? Tu veux voir mes cicatrices à moi ? ajouta-t-il en ouvrant son manteau, comme prêt à se déshabiller.

— Quoi ? s'étonna Lucas, choqué, avant de tendre les mains vers Dray. Non, ce n'est pas la peine.

L'ancien soldat retint son geste, mais garda la main sous son tee-shirt.

— Tu es sûr ? Cela ne me dérange pas. Je ne veux pas que tu sois gêné avec moi pour ça. J'ai été soldat, j'ai vu des jambes arrachées, tu sais. J'ai trouvé des bras abandonnés. J'ai déjà traîné mes frères d'armes dans le désert. Alors je veux que tu comprennes que cela n'a aucune importance. C'est clair ?

Sans même s'en rendre compte, alors qu'il évoquait juste quelques souvenirs de son séjour en Irak, sa voix se durcissait, devenait plus sèche, retrouvant sans le vouloir cette attitude propre à hurler des ordres. Mais Dray finit par réaliser et secoua la tête.

— Désolé, murmura-t-il, le regard fuyant.

— Ce n'est juste pas beau, se contenta de répondre Lucas en s'assurant que sa capuche cachait bien son visage.

— Moi, je trouve que tu as de très beaux yeux, avoua Dray avant de se rendre compte de ce qu'il venait de dire, et son tic le reprit : il passa aussitôt une main dans ses cheveux. Désolé. Tu m'attends là, OK ?

Lucas eut soudain très chaud, et il mit quelques secondes à comprendre qu'il rougissait sous sa capuche. Il ignorait même à quand remontait le dernier compliment qu'on lui avait adressé. Oh, son psy lui en faisait mais, lui, il était là pour ça, payé pour ça, et ça ne l'avait jamais autant gêné. L'idée que Dray trouve quoi que ce soit de beau chez lui était étrange, agréable. Lucas finit par se rendre compte que Dray avait posé une question, et il hocha brièvement la tête en se calant contre le mur en entourant ses jambes de ses bras. Dray lui fit un signe et bondit sur ses pieds pour revenir à peine quatre minutes plus tard – l'habitude de chronométrer chaque action avait la vie dure –, son casque à la main, et esquissant un sourire sincère en voyant que Lucas n'avait pas bougé. Il s'agenouilla de nouveau devant lui, l'air espiègle.

— On y va ? demanda-t-il en montrant le parking d'un signe de tête.

Mais Lucas secoua négativement la tête, se levant tout de même en s'appuyant sur le mur derrière lui. Les crises le laissaient souvent sans force durant quelques heures. Mais il finit par se tenir debout et exécuta à nouveau un mouvement de la tête de gauche à droite.

— Je vais attendre le taxi.

— Tu tiens à peine debout, soupira Dray, dépité. T'es vraiment buté, tu sais ?

— Non, juste effrayé, avoua Lucas dans un souffle à peine audible.

Il n'en revenait pas lui-même de l'avoir dit. Son psy serait fier de lui. C'était l'une des choses sur lesquelles ils travaillaient encore beaucoup. Lucas apprenait à reconnaître ses faiblesses, ses sentiments. Il avait mis plus d'un an à confesser au docteur qu'il était terrorisé. Il s'étonnait lui-même de parvenir à l'avouer à Dray, comme ça. Peut-être parce que ce dernier venait de le rassurer. Ou parce qu'il n'avait pas le choix : c'était ça ou monter dans sa voiture.

— Tu montes bien dans le taxi, non ? C'est quoi la différence ?

— Il est vert et lent, souffla Lucas.

Ça paraissait tellement stupide dit comme ça. Et pourtant, c'était tout ce que Lucas se sentait capable d'expliquer. Même pour lui, ça semblait bête. Mais c'était vrai. C'était ses repères, les seules choses qui pouvaient le rassurer.

— Ah. Ma Jeep noire ne passe pas, alors ? le questionna Dray comme si, finalement, c'était lui qui demandait quelque chose d'étrange.

Il n'avait même pas sourcillé. Être avec Maxime et ensuite à l'armée lui avait appris à ne pas s'étonner des habitudes des autres. Il avait connu un camarade qui ne mettait ses sous-vêtements qu'à l'envers, persuadé que cela le garderait en vie. Ou encore un autre qui conservait les poils pubiens de sa femme dans sa Bible.

— Je promets de ne pas dépasser les trente kilomètres/heure, ajouta précipitamment Dray en fermant un œil à la manière d'une prière pour que Lucas accepte.

— Pas de voiture noire, couina Lucas comme si ça le terrorisait.

— Tu ne veux même pas venir voir ? soupira Dray avant de désigner un véhicule au loin.

Il s'agissait d'une vielle jeep un peu fatiguée. La toile marron qui servait de toit semblait usée, mais encore solide. Lucas l'observa avec curiosité.

— Elle est marron, fit-il remarquer.

— La toile était noire, mais elle a mal vécu, grimaça Dray. La carrosserie est noire. Mais je l'aime bien comme ça.

La voiture n'était pas ce à quoi Lucas s'attendait. Malgré sa couleur, elle n'éveillait aucune terreur en lui. Il n'y avait qu'une angoisse faible mais habituelle. Il jeta un regard en coin à Dray. Il lui devait quelque chose. Il avait réussi à le calmer, peut-être qu'il pouvait essayer de lui rendre la pareille.

— On peut aller plus près, finit-il par articuler avec peine.

— Super, s'écria Dray en se mettant à marcher à un bon rythme.

Mais à peine avait-il fait trois pas qu'il se retourna aussi sec.

— Tu veux que je te porte ? Tu as l'air sur le point de tomber.

— Non, gémit presque Lucas en se ratatinant sur lui-même, je peux marcher.

— C'était pour toi, se justifia Dray en levant son casque en signe de bonne foi.

Lucas resta complètement voûté, mal à l'aise, sans vraiment comprendre pourquoi. L'idée d'un contact prolongé était embarrassante. Alors il se mit en marche, la tête basse, à pas lents, la nuque assez ployée pour fixer le bout de ses chaussures. Il ne parvint pas à reprendre la parole avant d'arriver à la voiture. Lorsqu'il atteignit la jeep, ses doigts se tendirent vers la carrosserie noire et presque aussitôt, il la visualisa moins lisse. Elle était cabossée, froissée, couverte de liquide rouge qui glissait, lentement.

Il retira vivement ses doigts, comme brûlé par le contact, et ramena son bras contre lui. Il la voyait encore foncer droit sur lui. Il entendait le crissement de freins. La fumée des pneus sur l'asphalte. Le son du dérapage. La tôle qui se déchire. Il ferma les yeux en s'apercevant qu'il respirait à nouveau de façon chaotique. Coincé entre le toit et le siège. Non, il ne pouvait pas monter dans une voiture noire. Peu importait ce que disait son psy, il ne s'en sentait simplement pas capable.

— Houlà, Lucas. Lucas, reste avec moi, appela Dray en déposant son casque sur le capot pour s'approcher de lui.

L'instant d'après, il attrapait une nouvelle fois sa main pour le ramener à la réalité avec lui. Lucas rouvrit les yeux pour redécouvrir le réconfort qu'il avait déjà découvert dans le regard vert doré de Dray, et cela fonctionna encore. Sans même le réaliser, il calqua sa respiration sur celle de Dray pour retrouver son calme sans lâcher son regard une seule seconde, serrant sa main avec soulagement.

— Les voitures noires, je n'y arrive pas, avoua-t-il du bout des lèvres.

— Mais la capote est marron, tenta Dray. Et puis je peux mettre la musique. Oh si j'ouvre la capote, non ? Le vent pourrait te faire du bien, non ?

— Non, pas de musique, s'affola Lucas en serrant sa main plus fort. Vous pouvez enlever la capote ?

— Bien sûr, assura Dray avant d'ouvrir la portière passager.

Il sauta aussitôt dedans et commença à batailler avec les attaches. Il ne put s'empêcher de grogner et de jurer avant de parvenir à rouler la vieille toile et l'accrocher. Il sortit ensuite de la voiture pour récupérer son casque et le déposer sur la plage arrière.

— Alors, cela te semble plus raisonnable ?

La voiture était quasiment un cabriolet maintenant. Lucas l'étudia longuement, tentant de faire taire l'angoisse qui montait en lui. Monter dans un véhicule avait été un grand pas pour lui à l'époque, mais son médecin échouait à le faire aller plus loin depuis, car Lucas bloquait sur la couleur. Ça lui rappelait toujours des souvenirs. Des choses qu'il refoulait, qu'il n'arrivait pas à raconter.

— Vous roulerez doucement ?

Il n'en revenait pas de poser la question. Parce que ça voulait dire qu'il envisageait de monter dedans. Il l'envisageait vraiment. Il allait le faire. Parce que Dray venait de chasser une crise d'angoisse et d'en désamorcer une nouvelle. Comme si, près de lui, Lucas était capable de choses nouvelles, sur lesquelles il bloquait depuis ce jour fatidique. Alors si Dray promettait, il grimperait dedans. Il allait profiter de cette montée de courage qui venait d'il ne savait où, sans se poser plus de questions. Dray inclina la tête sur le côté pour tenter de lire en lui avant de s'avancer et de reprendre sa main. Il se pencha pour chercher son regard, ses yeux bleu sombre qu'il appréciait.

— Lucas, je roulerai doucement. Si jamais cela ne va pas, tu me le dis. Je veux simplement te ramener chez toi pour te remercier, et parce que tu te sens mal. Juste ça.

— Mais le taxi doit arriver.

Dray lui fit signe d'attendre avant de prendre son téléphone et de composer un numéro. La conversation dura à peine plus d'une minute. Dray fit annuler le taxi par la directrice après l'avoir rassurée en lui disant qu'il ne ferait rien de mal cette fois.

— D'accord, céda alors Lucas en se résignant. Mais ne démarrez pas tant que je ne suis pas attaché, s'il vous plaît.

— C'est toi qui donnes le feu vert, affirma Dray avant d'ouvrir plus largement la porte passager pour Lucas. Si Monsieur veut bien se donner la peine, ajouta-t-il avec un sourire amusé.

Lucas hésita encore longuement, déglutit difficilement avant de se glisser dans l'habitacle. Il ferma les yeux lorsque Dray referma la portière mais, finalement, l'angoisse ne s'avéra pas aussi vive qu'il le pensait. Sans doute parce que le véhicule n'avait pas de toit. Ne pas se sentir enfermé dans la voiture l'aida à ne pas se laisser submerger pas la panique. Il retint un soupir soulagé et attrapa la ceinture de ses doigts tremblants pour la boucler. Dray s'installa rapidement à côté de lui et le contempla, attendant le signal de départ. Lucas souffla, garda les yeux fermés quelques secondes et chercha à faire le vide en lui. Après une ou deux minutes, il se sentit prêt à tenter le coup.

— C'est bon.

— Bien.

Dray posa sa main près du volant, cherchant la clé avant de se rendre compte qu'elle n'était pas là. Il avait tellement été accaparé par la présence de Lucas qu'il ne savait plus ce qu'il en avait fait. Il commença à tâter ses poches, puis son pantalon, avant de se contorsionner pour les sortir de son jean.

— Désolé, grogna-t-il en mettant enfin le contact.

— Je ne suis pas pressé, tenta de plaisanter Lucas d'une voix pourtant pleine d'angoisse.

— Oh ? Tu sais faire de l'humour ? gloussa Dray en passant la marche arrière avant de reculer doucement. Je suis étonné. J'ai cru que tu étais une sorte de Jedi avec ta capuche.

Dray enclencha ensuite la première vitesse avant de s'avancer vraiment lentement sur la route.

— Peut-être plus Dark Vador avec tout ce noir, ajouta-t-il avec un autre sourire.

— Mon sweat est gris, rectifia Lucas dont l'une des mains s'était accrochée à la poignée de la portière.

Pourtant, ça allait. Il ne paniquait pas plus que dans le taxi. Dray roulait assez doucement pour lui laisser le temps de détailler les alentours.

— Un gentil Dark Vador ? proposa alors Dray.

— C'est un oxymore, c'est impossible un gentil Dark Vador. Les fans tomberaient de haut.

— Chacun a sa propre vérité, tu sais. Tout est une question de point de vue sur terre.

Dray lui envoya un rapide clin d'œil dans une attitude à la fois charmeuse et détendue. Parce que Dray était comme ça. Ou plutôt, il refusait de se comporter autrement. Avant la guerre, il était d’une nature enjouée, sociable et séductrice. Et maintenant il ne voulait pas que cela soit différent à cause des horreurs qu’il avait vécues. Il rejetait l’idée même de perdre foi en l’humanité. Alors il continuait : des clins d’œil, des gestes amicaux pour partager un lien avec autrui. Pour se rappeler qu’il n’y avait pas que la souffrance et les coups. Que d’autres liens existaient entre les humains.

Il se gara sur un petit parking où s'alignaient bon nombre de magasins.

— Où est-on ?

— Secret. Je vais juste prendre de quoi te retaper. Tu peux rester seul environ sept minutes ? demanda-t-il en coupant le contact.

— Si le moteur est éteint, je peux attendre.

— Alors je vole, souffla Dray en sautant de la voiture avant de le fixer, plissant les yeux sous la concentration.

Lucas se ratatina sous ses yeux. Depuis le temps qu’il fuyait les regards, les autres surtout, il était mal à l’aise d’être dévisagé de cette façon. Terrifié même, mais Dray l’avait calmé alors il avait moins peur. Ce sentiment ressemblait plutôt à de la gêne. Et chaque fois qu’il repensait au fait que Dray avait découvert sa laideur, il se sentait mal. Il ne voulait pas que les autres voient ça. Ça représentait tout ce qu’il était, tout ce qu’il devenait. Sa main se crispa sur la ceinture qu’il n’avait pas défaite et attendit simplement que Dray se lasse de le regarder.

— Vanille, pas vrai ? lâcha soudainement ce dernier.

— Quoi donc ? finit par réussir à demander Lucas.

— Dis-moi ton parfum préféré dans la vie, s’impatienta Dray en levant les yeux au ciel comme si Lucas était stupide.

— Menthe.

— OK, répondit Dray qui s'en allait déjà.

Lucas le regarda partir avec curiosité avant de finalement baisser à nouveau la tête. Il ferma les yeux pour tenter de se détendre, mais même en se concentrant sur sa respiration, ses muscles restèrent tendus. La brise effleurait la peau de son visage, mais il avait la conscience aiguë d'être dans une voiture et l'angoisse ne le quittait pas.

— Tu fais vraiment une sale tête quand tu es seul…

Dray se trouvait près de Lucas, de l'autre côté de la portière. Une coupelle de glace dans chaque main. En le découvrant si près, Lucas réajusta sa capuche pour vérifier que Dray ne pouvait pas voir sa tête pour de vrai. Il fut soulagé de constater qu'il était toujours dissimulé et finit par réaliser que Dray venait de lui acheter une glace. Il tendit la main pour récupérer les coupelles.

— Pas une sale tête dans ce sens-là. Je voulais dire que je sentais ta dépression du magasin, mec, soupira Dray avant de lever un sourcil, mutin. Tu souris et tu as la glace !

— Les sourires ne se commandent pas de la même façon qu'une glace, soupira Lucas dont les épaules s'affaissèrent, regrettant pour la première fois depuis longtemps de ne pas pouvoir répondre à une demande pourtant simple.

— Les sourires sont la chose la plus simple du monde, voyons. C'est ce que tu fais quand tu nais. Allez, tu n'as pas envie de ta glace ? demanda-t-il en secouant le petit bol rempli de crème verte devant Lucas. Je t'ai pris coulis chocolat en plus.

— Je souris, là, tenta Lucas en tirant sa capuche.

Il se surprit même à constater qu'un début de sourire jouait vraiment au coin de ses lèvres. C'était sans doute minime, mais il souriait tellement peu souvent que pour lui, c'en était bien un.

— Alors montre-moi. Je suis un homme de terrain, je ne crois que ce que je vois, s'amusa Dray en s'appuyant sur la portière.

— Non. Gardez la glace, parvint à dire Lucas. Ce n'est pas beau.

— C'est à moi d'en juger. Comme on dit, la beauté est dans l'œil de celui qui regarde. C'est le meilleur glacier de la ville.

— Je ne peux pas, il y a trop de reflets.

Il n'était pas capable de se regarder. Il ne supportait pas sa propre image. Même son reflet flou dans le pare-brise le dérangeait. C'était laid, et il ne voulait pas voir ça, plus jamais.

— Très bien, soupira Dray avant de lui tendre les deux glaces. Je t'aurai une autre fois, ajouta-t-il avant de faire le tour de la voiture pour reprendre la route.

Lucas se retint de demander pourquoi, gardant les mains crispées sur les coupelles. Puis, s'apercevant qu'il suivait Dray du regard, il se força à détourner la tête et retourna à sa position un peu voûtée. La voiture sortit du parking, reprenant sa route tranquillement. Le chemin n'était pas très long. Pourtant Dray ne cessait de jeter des coups d'œil vers Lucas.

— Tu peux manger si tu veux.

Il hocha négativement la tête, trop occupé à la secouer de gauche à droite. Tout son corps était tendu et on devinait qu'il était anxieux. La glace le gênait un peu, car il ne pouvait pas crisper les doigts sur son pantalon ou la ceinture comme il le faisait presque toujours. Quant à manger, il s'en sentait incapable. Il avait l'estomac tordu, la gorge nouée. Mais la jeep finit enfin par s'arrêter devant son porche. Dray ouvrit aussitôt sa portière, puis fit le tour jusqu'à celle de Lucas.

— Hé bien, nous y voilà, souffla-t-il avec douceur, reprenant les glaces, avant de se diriger vers les petites marches du perron.

Lucas suivit, se détachant presque précipitamment pour se jeter hors de la voiture et emboîter le pas à Dray. La nuque ronde, il contempla les boots de l'ancien soldat qui s'engageaient sur les marches, juste devant lui. C'était de grosses chaussures, faites pour la marche, rien de subtil. À l'image de Dray. Il était presque trop franc pour son propre bien. Lucas retint un soupir en secouant la tête, calant les mains au fond de ses poches. C'était dur à avouer, mais il se sentait intrigué par Dray. Personne ne l'avait plus approché, questionné ou complimenté depuis si longtemps qu'il était perplexe. Il avait oublié, après des années de solitude, ce que ça faisait d'être avec quelqu'un. Même s'il ne comprenait pas pourquoi Dray le ramenait, lui offrait des glaces ou calmait ses crises. Lucas avait pensé qu'il se contenterait de venir jouer avec Maxime et lui, que ça s'arrêterait là.

Il se rendit soudain compte qu'il suivait Dray alors que c'était chez lui qu'ils arrivaient, et il le dépassa à petits pas nerveux pour accéder à la porte. Il sortit une clé solitaire de la poche de son sweat, déverrouilla la serrure et ouvrit la maison, laissant voir l'intérieur sombre. Il hésita un peu sur le seuil. La dernière fois que Dray était entré chez lui, ça ne s'était pas très bien passé. Pourtant, il finit par se décaler pour laisser passer l'homme qui semblait déterminé à manger sa glace avec lui. Dray le fixa un moment, semblant encore une fois étudier le jeune homme pour finalement lui faire un signe de tête et s'installer sur les marches, posant la glace de Lucas à côté de lui.

— Le soleil est doux, ça ne te fera pas de mal, souffla Dray en commençant à manger la sienne.

Lucas hésita, figé sur le pas de la porte, et finit par la refermer. Glissant à nouveau la clé dans son sweat, il vint s'asseoir sur la même marche que Dray, laissant une certaine distance entre eux. Il fixa la glace un moment avant de prendre la petite cuillère plantée dedans. Il ne se souvenait pas la dernière fois qu'il en avait mangé. Il avait enfoui tellement de choses en lui puis s'était totalement dissocié de la réalité, que ses souvenirs étaient flous. C'était ce que lui avait expliqué le docteur et, aujourd'hui, il en prenait conscience. Il s'était coupé de tout. Il trouvait étonnant que ce soit le frère du petit autiste avec lequel il jouait qui lui fasse réaliser tout ça, sans même le faire exprès. Alors après un court soupir, il glissa la première cuillère dans sa bouche.

C'était glacé et le goût de la menthe explosa en lui. C'était bon. Cela réveilla des souvenirs. Il ferma les yeux pour se laisser le droit de les revivre. Quelques bons moments. Une glace accompagnée d'un rire, dans un parc au soleil, les cris des enfants. Il eut presque envie de pleurer. Ce qui l'étonna complètement, car il n'était pas triste. À part l'angoisse, il n'y avait plus grand-chose dans sa vie. Alors il reprit une cuillère, silencieusement, reconnaissant envers Dray.

— Elle est bonne, hein ? souffla celui-ci en se penchant vers Lucas. On ne dit jamais non à une bonne glace dans la vie.

— Délicieuse, confirma Lucas, le corps toujours voûté. Merci.

— Tu semblais en avoir besoin. Un peu comme je sentais que si j'entrais chez toi, tu allais t'effondrer. Je m'excuse encore pour le comportement que j'ai eu la dernière fois. Si j'avais su tout ce que tu faisais pour mon frère, je t'aurais plutôt embrassé.

Dray reprit un peu de glace avant de se redresser en se rendant compte de ce qu'il venait de dire. Lucas, lui, s'était complètement ratatiné sur lui-même face à cet aveu. Il n'en croyait pas ses oreilles et pensa même avoir halluciné pendant une seconde.

— En tout bien tout honneur, hein ! Je ne suis pas un violeur ou quoi que ce soit !

— J'aime juste jouer avec Maxime, bredouilla Lucas qui remuait distraitement sa glace du bout de sa cuillère tant il était mal à l'aise. Vous n'avez pas à faire quoi que ce soit pour moi.

— Ne sois pas stupide, mec, déclara Dray en lui donnant un petit coup d'épaule, avant de touiller un peu sa glace, un brin intimidé aussi. Je n'avais jamais vu Maxime rire autant. Il semblait si heureux avec cette cape. Je ne comprends pas comment tu fais pour communiquer si bien avec lui. Alors que je suis son frère... Je devrais le connaître par cœur. C'est moi qui te remercie. Grâce à toi, j'ai vraiment eu l'impression d'avoir un échange complet avec lui. Avant, il m'avait déjà fait quelques signes, bien plus qu'au reste de ma famille, mais là, cet après-midi... C'était magique.

— C'est juste qu'il n'arrive pas à parler comme les autres. Je comprends que ça lui soit difficile. Il faut trouver ce qu'il aime et vous le ferez rire. Allez jouer avec lui et vous finirez par le connaître comme vous le souhaitez.

Dray hocha doucement la tête, réfléchissant encore à ce qu'il avait vu ce matin-là.

— Tu veux bien continuer à m'aider ? S'il te plaît. Maxime semble t'adorer. J'ai vu comment vous étiez liés quand tu jouais du piano, c'était beau à regarder.

— La directrice a noté les jours où je venais, finit par murmurer Lucas après avoir repris une cuillère de glace. Je vais continuer à venir, et vous pouvez nous rejoindre les jours où vous voulez.

— C'est vrai ? Tu veux bien ? s'étonna Dray avant de sourire.

La seconde d'après, il passa un bras autour des épaules maigres pour le serrer abruptement, soufflant un merci intense. Lucas fut tellement surpris qu'il sursauta presque violemment et faillit faire tomber sa coupelle par terre, crispant les doigts dessus au dernier moment. Puis il resta complètement figé, tendu, ne sachant pas quoi faire du bras autour de ses épaules qui amenait quelques douleurs par son contact.

— Oui, finit-il par souffler avec une gêne tendue.

Dray se redressa, le visage clairement ému, puis sourit, amusé.

— Tu ne veux pas non plus arrêter de me vouvoyer ? Tu n'es pas si jeune par rapport à moi. Et puis cela me rappelle l'armée.

— Je vais essayer, bredouilla Lucas en lui jetant un regard en coin, venant tirer sa capuche d'une main.

Dray sourit en reprenant sa glace.

— Quand je viendrai à l'institut, je pourrais te ramener encore si tu veux, proposa-t-il avant d'engloutir une grosse cuillère.

— Il faudra en parler avec la directrice, c'est elle qui gère mon taxi.

— Je te demande si toi tu veux. La directrice, j'en fais mon affaire. Et puis je suis sûr qu'elle sera ravie que je me fasse pardonner après le savon qu'elle a passé.

— Si vous faites comme aujourd'hui, je peux monter dans la voiture, finit par lâcher Lucas avec difficulté, n'en revenant pas de dire ça.

— Cela ne me dit pas ce que toi tu en penses, s'amusa Dray en le fixant. Et tu me vouvoies encore. Suis-je donc si effrayant que ça ?

— C'est angoissant pour moi, avoua Lucas du bout des lèvres. De parler à quelqu'un.

— Je crois que j'avais compris quand tu as fait une crise la première fois, ou quand tu parles par monosyllabes, ou encore quand tout ton corps se crispe tellement qu'il donne l'impression que tu vas te briser. Mais je t'avoue que je suis content que ce ne soit pas qu'avec moi. C'est pour ça que tu comprends aussi bien Maxime, n'est-ce pas ?

— Peut-être, répondit le jeune homme avec un haussement d'épaule.

— Tu as quoi, toi ?

— TSPT chronique.

— Trouble de Stress Post traumatique ?

— Oui, aggravé avec le temps. Chronique.

— Ah. Je connais, murmura Dray en raclant le reste de sa glace, l'air soudainement plus sombre.

— Oui, ça arrive couramment aux vétérans. Il y en a beaucoup dans les groupes de parole.

— Ouais. Je suppose que tu ne veux pas en parler.

— Non.

— Je…

Mais une sonnerie de téléphone l'interrompit. Dray sortit un vieux portable de sa poche et lut rapidement le message qui venait de sa sœur.

— Je suis désolé, je vais devoir y aller, souffla-t-il en rangeant l'appareil. Ma sœur veut que je passe la prendre. J'ai été ravi de parler avec toi. Merci encore pour Maxime.

Lucas hocha la tête en posant la coupelle de sa glace pour mieux se relever, restant recroquevillé. Dray le fixa un long moment, étudiant l'attitude de gêne et de pression, avant de tendre la main.

— Alors à la prochaine, dit-il avec un clin d'œil uniquement destiné à le rassurer. On risque de se revoir rapidement.

Lucas hésita, finit par essuyer ses mains sur son pantalon, et par en tendre une vers Dray, touchant la sienne du bout des doigts. Le soldat la serra délicatement.

— Toujours pas de sourire ? demanda-t-il en penchant la tête sur le côté pour apercevoir le visage de Lucas.

Lucas dégagea sa main pour tirer sa capuche, cherchant à se dissimuler au mieux, avant de hocher négativement la tête en se ratatinant sur lui-même.

— Un jour, je suis sûr que j'aurai un sourire, s'amusa-t-il en s'éloignant.

Lucas le contempla avec nervosité. Quand Dray eut disparu avec sa jeep noire, son regard se reporta sur la coupe de glace à peine entamée. C'était tellement simple et, pourtant, ça représentait beaucoup pour lui. Il soupira et la ramassa avant de rentrer à l'abri, dans sa maison obscure. Là où personne ne pouvait l'atteindre.

Tant qu'il n'y a que nous

Lucas releva la tête en entendant Maxime rire, et un sourire effleura ses lèvres sous sa capuche. Cela faisait plus d'un mois que Dray venait jouer avec eux. Une à deux fois par semaine, il s'intégrait à leur séance sans trop de problèmes. La directrice lui faisait sans doute parvenir l'emploi du temps que Lucas lui donnait. Dray les rejoignait de façon aléatoire, et Lucas ne savait jamais quand il serait là ou non. Mais au fil de temps, il s'angoissait moins de sa possible présence. Il prenait ses repères, Dray devenait à son tour une habitude, il commençait à faire partie de son quotidien, à devenir moins effrayant. Moins inconnu, plus rassurant. Et ils passaient des fois des après-midi entières, voire des journées, à jouer tous les trois.

Lucas imprimait chaque moment dans son esprit. La première fois que Maxime avait lâché son jouet pour se diriger vers Dray à son arrivée avait été magique. La première fois que Maxime avait serré le doigt de son frère pour attraper le nouveau jouet qu'il avait apporté tenait du miracle. La première fois qu'il avait mangé seul avec eux à sa table sans faire de crise représentait une victoire fabuleuse.

Ils avaient eu des mauvais jours aussi. Maxime était toujours distrait, les regardait rarement, mais il y avait juste un ou deux détails qui prouvait qu'il s'ouvrait un petit peu, qu'il n'était plus autant dans sa bulle qu'auparavant.

Comme Lucas lui-même. Dray le ramenait presque à chaque

fois qu'il venait, et il commençait à se faire à la compagnie de quelqu'un. Cela venait plus naturellement, même s'il retenait encore certains mots, certains gestes. La présence de Dray le paniquait moins qu'au début. Lorsqu'il lui tendait la main, il n'hésitait plus autant à y glisser la sienne, et quand le soldat tentait de voir s'il parvenait à tirer un sourire à Lucas, celui-ci était plus gêné qu'effrayé. Parce que Dray ne cherchait pas à chambouler ses repères. Il parvenait même à déceler chaque début de crise et le balayait de sa voix grave d'une façon que Lucas ne s'expliquait pas.

Son psy était ravi de la tournure que prenaient les événements. L'arrivée de Maxime lui avait fait faire des progrès. Il avait enfin commencé à sortir de chez lui pour autre chose qu'assister à ses séances, et il avait partagé quelque chose avec une autre personne. L'apparition de Dray avait même amplifié le processus. Parce que Dray était quelqu'un de normal. Le docteur n'avait pas expliqué tout cela de cette façon, mais Lucas savait que toute la problématique était là. Dray agissait avec lui comme avec une personne lambda, l'obligeant à réagir, à parler, à se conduire comme tout humain savait le faire, sauf que Lucas avait oublié comment on s'y prenait.

Savoir qu'il était monté dans la jeep noire avait réjoui le docteur. Ça, et tout un tas d'autres choses. Mais Lucas se sentait dépassé par les événements. Il avait l'impression que tout était en train de changer, et il n'aimait pas ça. Pire, ça l'effrayait. La terreur revenait alors, parce que tout allait trop vite, et il sentait à nouveau venir les crises. Parfois Dray parvenait à la contenir. D'autres fois, Lucas était seul et recommençait à la subir, à s'étouffer, à trembler sur son parquet jusqu'à l'épuisement.

Il releva la tête, tiré de ses pensées par l'objet que Maxime posa devant lui. Lucas s'en saisit. C'était une petite pièce en bois gravée qui représentait un piano. Un piano gris dont les touches noires et blanches ressortaient bien. Lucas le lui avait apporté il y avait plus d'un mois. Il avait rapidement compris que lorsque Maxime le lui tendait, le lui donnait ou le posait devant lui, c'était sa façon de dire qu'il voulait l'entendre jouer. Alors Lucas joua pour lui, bien trop heureux de pouvoir observer son air émerveillé, et soulagé de chasser ses propres angoisses. La peur de savoir que ses tout nouveaux repères étaient en train de changer son monde, sa façon d'être, et il n'était pas certain de supporter ça, seul comme il l'avait toujours été.

Dray n'était pas loin d'eux, sortant un appareil photo, s'amusant régulièrement à prendre des clichés de Maxime, mais aussi de Lucas. Dray était complètement fasciné par sa nouvelle relation avec Maxime. Toutes ces choses inédites qu'ils arrivaient à faire ensemble le remplissaient de bonheur comme jamais. C'était tellement touchant.

Parfois, il prenait aussi un malin plaisir à embêter Lucas, essayant de le faire sourire ou même de croiser son regard. Il s'était pris d'affection pour le jeune homme en un rien de temps. Lorsqu'il était arrivé à l'armée, Dray ne s'en vantait pas, mais il avait été terrorisé. On avait beau dire, tenir une arme et se préparer à tuer des gens n'était clairement pas dans la nature humaine. Mais Dray l'avait fait, pour protéger ceux qu'il aimait. Et plus tard, ses premières crises d'angoisses étaient apparues. D'abord discrètes, puis envahissantes. Le retour de sa première mission s'était accompagné d'un choc post-traumatique. Son être complet se déchirait. Car il avait tué alors qu'il ne voulait à la base que protéger. Les deux faits avaient eu du mal à se faire une place en lui. C'était en cela qu'il se reconnaissait chez Lucas. Dans le mal-être qu'il avait ressenti.

Maxime rit lorsque Lucas termina le morceau, et le jeune homme lui rendit la petite sculpture en bois représentant le piano en guise d'au revoir. L'enfant la saisit avec un sourire ravi avant de se détourner pour retourner la mettre dans sa caisse à jouets. Les surveillants commençaient déjà à guider les enfants vers la cantine pour le repas du soir. L'heure de leur départ avait sonné. Alors Lucas se leva, attendant que Dray dise à son tour au revoir à Maxime pour quitter l'institut.

Ils marchaient l'un à côté de l'autre, et le trajet se passa dans un silence plutôt tranquille avant que Dray se gare devant chez Lucas. Mais cette fois, il sortit aussitôt de la voiture pour aller chercher un objet emballé dans un plastique, puis le tendit au jeune homme.

— Je me disais que cela te ferait plaisir, dit-il avec un sourire, gêné, et laissa sa main se balader dans ses cheveux courts.

— C'est quoi ?

— Si tu l'ouvres, tu sauras, s'amusa Dray en croisant les bras, faisant ressortir ses muscles sous son tee-shirt.

Lucas se saisit du paquet avec hésitation, le fixant comme si c'était un ovni. Il ne comprenait pas la plupart des choses que faisait Dray, et ce cadeau ne constituait pas une exception. Pourquoi Dray lui offrait-il quoi que ce soit ? Il ne le méritait pas. Il ne méritait rien de tout ce que Dray avait accompli jusque-là. Pourtant, il finit par refermer les doigts sur le papier pour découvrir ce qui se trouvait à l'intérieur. Il s'agissait d'un simple cadre noir où trônait une photo sur laquelle on voyait Lucas qui jouait, laissant apparaître le bas de son visage intact, ainsi que Maxime, juste derrière, qui suivait les touches des doigts. La photo avait été tellement bien prise qu'elle donnait une impression de mouvement. Le cliché était en noir et blanc. Seul le jouet rouge que Maxime tenait en main avait été laissé coloré.

Lucas observa longuement la photo, son propre reflet. Il l'horrifiait. C'était affreux. Pourtant l'image de Maxime était souvent source de sourire. Le jouet rouge qui se démarquait sur la photo représentait bien la passion de l'enfant pour les couleurs. Mais l'aversion monta en lui parce qu'il était présent sur le cliché, on voyait même un morceau de son visage. Une abomination. Alors sans un mot, il tendit le cadre à Dray en se ratatinant sur lui-même.

— Elle ne te plaît pas ? Je pensais qu'avoir un souvenir avec Maxime te ferait plaisir, souffla Dray, visiblement blessé par son refus.

— Une photo avec juste Maxime, ce serait mieux, souffla Lucas, la gorge un peu nouée.

— Pourquoi ? demanda Dray. Tu es très bien sur celle-là. J'ai fait attention à ce qu'on ne voie pas tes cicatrices.

— Mais j'y suis. Il aurait mieux valu que je n'y apparaisse pas.

Comme Dray ne reprenait pas le cadre, il l'enroula maladroitement dans le papier déchiré pour ne plus voir sa propre image. Puis il le déposa sur le siège arrière de la voiture sans un mot de plus. Non, il ne pouvait pas la garder. Il ne supporterait pas de voir sa propre image tous les jours dans sa maison. Il en avait banni tous les miroirs, ce n'était pas sans raison.

— Mais pourquoi ? s'agaça Dray en le regardant faire. Je pensais… Non rien. Laisse tomber. Je ne sais pas ce que j'attendais.

Lucas se tourna vers lui, étonné de le voir énervé. Il ne l'avait vu irrité qu'une seule fois, le jour de leur rencontre. Et cette idée le poussa à se ratatiner sur lui-même.

— Tu es un bon photographe, tenta-t-il de murmurer avec peine.

— C'est… Cela n'a rien à voir, soupira Dray en se massant le front. Je pensais que… qu'on était au-dessus de ça. Visiblement, je me suis trompé.

— Je ne comprends pas.

— C'était un geste d'amitié, Lucas. Je pensais qu'on avait… Je ne sais pas… Noué un lien d'affection, tu vois ? Mais apparemment j'ai eu tort. C'est pas grave, mec, je ne referai pas la même erreur.

Dire que Lucas fut choqué était un euphémisme. Un lien d'amitié. Voilà qui expliquait beaucoup de choses sur le comportement de Dray. Il avait oublié ce que c'était que d'avoir un ami. Des années de solitude avaient tout fait sombrer dans le néant. Il était tellement désolidarisé de cette existence qu'il n'avait rien vu. Il n'avait pas compris et Dray venait de mettre un mot sur cette réalité. Cela choqua Lucas. La simple idée qu'ils puissent être amis déploya une souffrance et une terreur habituelles en lui. Sans qu'il ne s'explique pourquoi, son envie première fut d'essayer de préserver ce petit lien que Dray venait de révéler. Parce que Dray était devenu un repère. Même s'il risquait de retourner son petit monde ordonné, Lucas ne voulait pas le perdre. Ce repère qui lui rappelait les petites choses de la vie. C'était effrayant mais souvent, c'était aussi agréable. Alors il ne retint pas les mots qui jaillirent pour sauver cette étincelle de magie entre eux. Parce que même si c'était terrifiant, il était incapable de briser volontairement ce qui était en train de se créer.

— Ce n'est pas ça. Mais je ne supporte pas ma propre image, avoua-t-il dans un souffle chaotique à peine audible. Je ne peux pas, je n'y arrive pas. C'est au-dessus de mes forces. Cela n'a rien à voir avec ce qu'on a ou non. C'est juste que la vue de moi-même me rappelle toujours quelle abomination je suis. C'est trop dur.

L'estime que Lucas avait de lui-même n'était pas nulle, elle était négative. Il ne s'agissait pas que des cicatrices, c'était son existence en elle-même le problème. Incompatible avec son désir de vivre pour ceux qui n'étaient plus là. Et ce dilemme le rendait un peu plus fou chaque jour. Il n'y arrivait pas. C'était au-dessus de ses forces. Il était un monstre. Et il ne s'expliquait pas comment il pouvait encore être en vie. Dray soupira en levant les mains au ciel comme s'il était désespéré, avant de prendre Lucas par les épaules pour le tourner vers lui. Il retira ensuite sa capuche, l'obligeant à le regarder.

— Hey, tu n'as rien d'horrible, compris ? Rentre-toi ça dans ta petite tête de Dark Vador ! expliqua-t-il en le fixant directement dans les yeux.

— Tu ne sais rien de moi, murmura Lucas d'une voix sombre. Tout ce que tu vois, c'est que j'aide ton frère. Alors tu m'offres des glaces et des photos. Mais si tu me connaissais, tu ne me toucherais même pas.

— J'ai tué des gens, Lucas. Je sais reconnaître des mauvaises personnes quand j'en vois.

— Je donne bien le change, répondit Lucas d'une voix neutre, complètement détachée. Je vais rentrer maintenant.

Dray fit claquer sa langue avant de le relâcher, se redressant de toute sa hauteur.

— Tu te fais toi-même du mal, là.

Lucas ne répondit même pas et se faufila hors de la voiture sans un mot de plus. Glissant ses mains au fond de ses poches, se ratatinant de nouveau, il s'éloigna vers la maison et y rentra sans se tourner une seule fois vers la jeep. Dray le regarda faire avant de donner un coup de pied dans le pneu, se disant qu'il avait gâché les efforts accomplis jusque-là pour que Lucas s'ouvre à lui. Il remonta dans le véhicule, fouillant dans ses poches avant d'en sortir son paquet de cigarettes. Il jeta un regard à la porte, puis balança l'emballage sur le siège. La clope ne devait pas être la réponse à tout ces derniers temps. Alors il démarra simplement en trombe.

Lucas écouta le bruit du moteur s'éloigner avant de se laisser glisser au sol. Il ferma les yeux pour ne pas voir tout son corps trembler. Malgré l'obscurité presque totale, il garda les paupières closes. Voilà tout ce qu'il savait faire : gâcher, ruiner. Dray était parti, l'air vraiment fâché. Et comme à chaque fois que Lucas voyait un de ses repères disparaître, l'angoisse le prit à la gorge. Il accueillit cette crise comme les autres, n'envisageant que le pire. Il ne reverrait jamais Dray, peut-être n'aurait-il plus le droit de jouer pour Maxime. Il allait se retrouver seul. Il allait mourir. La crise d'angoisse s'empara alors totalement de lui.

***

Dray savait que c'était puéril, mais il avait été blessé. Alors il avait agi comme un gamin. Il était revenu voir Maxime, mais aux horaires où Lucas n'était pas là. Il avait vraiment voulu créer une authentique amitié en lui offrant ce cadeau. Il pensait que le temps passé ensemble avait permis de construire quelque chose. Il se sentait bien avec Lucas. Il était fascinant à sa manière. Et avoir été rejeté de la sorte, c'était douloureux. Il n'avait vraiment pas pensé à mal. Il avait demandé l'avis de sa sœur pour la photo, et Lucas l'avait repoussé. Durement. Alors il allait voir Maxime seul. Même si son frère le reconnaissait, ce n'était pas pareil sans Lucas, et cela tourmentait deux fois plus Dray.

Alors qu'il était sur son ordinateur, travaillant sur quelques photos pour sa sœur, l'esprit clairement ailleurs, son téléphone sonna.

— Oui ?

— Monsieur Dray Chapman ? interrogea la voix d'un homme.

— Oui, c'est moi.

— Je suis le docteur Kamar, le psychiatre de Lucas, vous avez cinq minutes ? J'aimerais vous entretenir à propos de lui.

Dray se redressa aussitôt, se cognant contre une des planches de son bureau. Il se massa discrètement le genou avant de répondre. Sans comprendre pourquoi, il avait peur qu'il soit arrivé quelque chose au garçon. Peut-être s'était-il blessé ou était tombé malade ?

— Lucas a un problème ? Il va mal ? demanda-t-il en essayant de masquer son affolement.

— Je ne suis pas certain de pouvoir affirmer que, même en temps normal, Lucas aille vraiment bien, s'amusa tranquillement le docteur. Écoutez, je me permets de vous appeler même si ce n'est pas vraiment déontologique de ma part de m'immiscer dans votre relation. Lucas m'a expliqué qu'il vous avait fâché et qu'à cause de lui, vous ne voudriez sans doute plus jamais le voir. Est-ce le cas ?

— Je… Pardon ? s'étonna Dray avant de froncer les yeux. Mais de quoi je me mêle ?!

— Je sais, répondit tout aussi calmement le docteur, faisant comprendre qu'il avait conscience d'outrepasser son rôle. Mais je m'inquiète pour Lucas. Depuis qu'il m'a narré votre dispute, son état s'est détérioré.

— Détérioré comment ? Mais attendez, comment vous avez eu mon numéro ?

— La directrice de l'institut où se trouve votre frère me l'a communiqué. Écoutez, finit par soupirer le docteur en le sentant agacé, presque agressif. Je n'aurais pas dû appeler, veuillez m'excuser, je trouverai autre chose.

— Non, attendez, soupira Dray en se plaquant au fond de sa chaise. Désolé pour l'impolitesse. Allez-y. Je vous écoute.

— Bien, reprit le docteur après une brève pause. Je souhaite juste le bien de mon patient et votre disparition a déstabilisé Lucas. Je comprends qu'il vous ait offensé ou blessé et, en temps normal, je ne me permettrais pas d'intervenir, mais Lucas n'est pas capable de venir vers vous. Il s'en veut, il regrette, mais il n'est pas apte à faire la démarche de vous appeler pour s'excuser. Même si votre absence lui pèse. Il a perdu un repère essentiel et cela l'a bouleversé.

— Un repère essentiel, répéta Dray avec ironie avant de soupirer.

Merde, il avait été plus blessé par le refus de Lucas qu'il ne le pensait vraiment.

— Oui. Même si vous l'ignoriez sans doute. Lucas n'est pas capable d'interpréter ni même d'exprimer ce genre de lien. Jusqu'à ce que vous lui parliez d'amitié, il n'avait sans doute même pas conscience que cela existait entre vous. Il est seul depuis tellement longtemps qu'il a oublié. Il ne peut pas comprendre, encore moins le dire.

— Je vois.

Dray soupira encore une fois, laissant ses doigts s'égarer sur son crâne. Pourquoi se donnait-il autant de mal pour un gosse qu'il ne connaissait pas depuis longtemps ? Peut-être parce que Lucas lui rappelait un peu son frère, mais aussi certaines des personnes qu'il avait croisées à sa dernière mission dans le désert. Et cela réveillait son instinct de protection. Oui, quand il regardait Lucas, il voyait un petit chaton effrayé qu'il avait envie de rassurer. C'était plus fort que lui.

— Je ne me permettrais pas d'intervenir, mais Lucas commençait à s'ouvrir, et je trouve dommage qu'il régresse parce qu'il est simplement incapable de comprendre et de vous dire que le lien d'amitié dont vous avez parlé existe vraiment. Si je ne me trompe pas, votre absence aura changé les choses. Vous devriez essayer de le revoir, juste cinq minutes, et tenter de découvrir comment il agit. Je suis curieux de savoir ce qu'il ferait s'il vous retrouvait aujourd'hui. Pas vous ?

Dray attrapa soudainement la souris de son ordinateur et changea de dossier pour tomber sur toutes les photos qu'il avait prises à l'institut. Il contempla la capuche de Lucas avec un sourire désabusé.

— J'étais puéril, je voulais juste m'éloigner un peu. Je ne pensais pas que cela prendrait de telles proportions.

— Je comprends, croyez-le bien. Le problème, c'est qu'avec quelqu'un comme Lucas, tout prend toujours une dimension disproportionnée.

— Très bien, je ne voulais pas lui causer de problèmes. Je passerai le voir.

— Je vous en remercie, répondit le docteur d'un ton ravi.

— Je ne suis pas vraiment sûr que cela arrange les choses. Je l'ai traumatisé la première fois. Je suppose que vous êtes au courant.

— Traumatisé est un bien grand mot, il l'était déjà. Je pense que votre départ a fait bien pire que votre arrivée. Essayez, vous verrez bien.

— Très bien. Je verrai ce que je peux faire.

— Merci, monsieur Chapman.

— Au revoir, Docteur.

Dray jeta le téléphone sur le bureau avant de se tourner vers la fenêtre, fixant les arbres. Mais qu'est-ce qu'il faisait ? Il devait finir son travail pour la galerie et il avait encore trouvé quelques petits boulots, notamment avec les motos qu'il aidait à retaper. Il devait aussi s'occuper de sa sœur. Heureusement qu'il avait sa pension. Elle était bien maigre, mais cela lui permettait de passer du temps avec son frère. Et c'était le bien-être de Maxime qui lui importait. Mais Lucas avait vraiment déclenché quelque chose en lui. Quelque chose qui faisait écho dans son corps. Peut-être les crises d'angoisse ? Le syndrome post-traumatique ? Dieu qu'il connaissait tout ça ! Combien de ses anciens camarades avait-il entendu hurler, la nuit, à cause des cauchemars ? Il savait ce que c'était que de se perdre en soi, comme lorsqu'il avait été blessé. Sa main passa sans le vouloir sur sa hanche, avant de secouer la tête. Il ne devait plus penser à ça. Plus maintenant. Il était là et bien là. Et son problème, c'était Lucas. Il ne savait pas vraiment quoi faire. Mais il avait envie de l'aider. Encore. Et de s'asseoir sur sa fierté mal placée.

Alors le lendemain, il se retrouva devant la maison de Lucas, prêt à l'emmener voir son petit frère. Il attendait, appuyé contre le capot de sa voiture. Il cherchait ce qu'il allait dire. Devait-il s'excuser ou non ? Devait-il faire comme si de rien n'était ?

La porte finit par s'ouvrir sur la silhouette encapuchonnée de Lucas qui sortit dans un mouvement plutôt lent et referma derrière lui sans relever la tête une seule fois. Il glissa la clé dans sa poche et se dirigea vers la route. Ce fut au milieu des quelques marches de son perron qu'il hésita, brièvement. Puis, il redressa un petit peu le menton et s'approcha de Dray.

Il s'immobilisa sur le trottoir, à côté de l'ancien soldat, et ses épaules s'affaissèrent davantage pendant quelques secondes.

— Je suis désolé, lâcha-t-il soudain d'une voix piteuse. Vraiment. Je m'excuse.

— Wouah, je ne m'attendais vraiment pas à des excuses aussi directes. Toi qui parles si peu…, s'amusa Dray en croisant les bras.

— Je sais. Mais je me rends compte maintenant que ce n'était pas correct, et que j'ai dû t'offenser. Ce n'était pas mon intention.

Lucas lui-même s'étonnait de parvenir à dire tout ça. À son grand effarement, Dray lui avait manqué. Il adorait jouer avec Maxime mais, désormais, il ressentait une sensation de vide lorsque Dray ne le ramenait plus à la fin. Il avait appris à se faire à sa présence, devenue rassurante, bénéfique. En sa compagnie, l'angoisse était toujours moins oppressante. Le docteur avait beaucoup travaillé avec lui pour lui faire comprendre que sa réaction n'était pas compréhensible pour tous, y compris Dray, et qu'il était normal qu'elle soit mal prise. Jugée blessante. Il avait beaucoup réfléchi avant de saisir qu'il avait en quelque sorte rejeté la marque d'amitié que Dray lui avait offerte. Il regrettait que Dray ait interprété cela comme un refus de reconnaître leur relation, car cela n'avait rien à voir. Lucas avait juste vu sa propre image, et cela l'avait horrifié. Le reste avait été oublié. Dray finit par poser une main sur l'épaule de Lucas.

— C'est moi qui dois m'excuser, mec, avoua Dray. J'ai aussi réagi de manière excessive. Ce n'était qu'un cadre, c'était stupide. Je sais que tu es différent. J'aurais juste voulu comprendre.

— Je te l'ai dit, je ne supporte plus ma propre image, avoua piteusement Lucas en baissant la tête.

— Je pensais qu'avec Maxime, et le fait qu'on ne voit pas tes cicatrices, cela aurait suffi. Je ne voulais pas t'effrayer ou te dégoûter.

— Je l'ai compris maintenant. Mais ce n'est pas uniquement mes cicatrices. C'est juste… mon existence, finit par soupirer Lucas en se triturant le bout des doigts.

Dray glissa sa main de son épaule à son visage pour le forcer à le regarder. Encore une fois, quand il réagissait comme ça, Dray le comprenait. Lucas et lui possédaient quelque chose de semblable au fond d'eux. Une part sombre, des traumatismes qui les avaient marqués. C'était sûrement pour ça qu'il avait encore envie de l'aider, de le pousser en avant.

— Je suis content que tu fasses partie de mon existence, Lucas. Alors fais-moi un sourire, murmura-t-il en affrontant ses yeux bleu sombre.

— Je suis content, hésita Lucas avec un maigre sourire et une voix pleine de trémolos, que tu sois dans la mienne, Dray. Merci d'être revenu.

Il essayait de faire les choses comme il fallait, même s'il avait oublié comment parvenir à cet exploit. C'était difficile de se comporter avec quelqu'un d'autre, mais il se contentait de dire la vérité, juste ça. À cet instant, il aurait presque tout fait pour que Dray ne reparte pas. Parce que son absence avait créé un vide dont il avait pris conscience très rapidement. Sans doute se trouvait-il déjà là avant l'arrivée de Dray, mais ce dernier l'avait rempli et, en repartant, Lucas s'était enfin aperçu de l'existence de ce néant. La solitude, il avait appris à faire avec, il l'avait voulue à une époque, il n'avait désiré que ça. Mais la présence de Dray lui avait permis de reprendre goût à certaines petites choses. Une glace sur un perron, quelques mots sincères, le rire d'un enfant. Il ne voulait plus de ce vide constant. Il le redoutait même désormais. Non, il ne souhaitait pas que Dray reparte.

— Tu vois, ce n'est pas si difficile, s'amusa Dray en l'attirant à lui pour une accolade rapide avant de le pousser vers la voiture. Allez, Maxime nous attend.

— Mais le taxi devait venir, bredouilla Lucas, mal à l'aise, en ouvrant pourtant la portière.

— Je l'ai renvoyé quand je suis arrivé. C'est moi ton taxi aujourd'hui.

— D'accord, parvint à dire Lucas en se glissant sur le siège, s'attachant presque aussitôt.

— Alors dis-moi, qu'est-ce que tu as fait pendant ces deux semaines ? demanda Dray avant de prendre la route, toujours aussi lentement.

— C'est plutôt à moi de te poser la question, murmura

Lucas, un peu gêné. Moi je ne fais jamais grand-chose.

— Mais tu occupes comment tes journées alors ?

— Je joue du piano. Quand il fait beau, je m'occupe du jardin. Je fais des puzzles, et il m'arrive d'essayer de peindre.

— Oh j'aimerais beaucoup voir ça. Je pourrai ?

— Je ne les garde pas.

— Pourquoi ? Tu en fais quoi ?

— Je les déchire et je les jette. Elles me mettent toujours mal à l'aise ou elles m'effraient parfois.

— Tu es un vrai mystère, tu sais ça, mec ? Je trouve cela triste tout de même que tu les jettes.

— Il ne faut pas, elles ne sont pas belles, murmura Lucas avant de secouer la tête en se voûtant un peu. Je suis sûr que tes photos sont bien plus jolies.

— Je ne te sens pas objectif quand il s'agit de toi, pouffa Dray. Et merci. Tu n'en as vu qu'une. Mais si ça t'intéresse, tu pourras venir chez moi.

— Chez toi ? répéta Lucas avec une stupeur légèrement angoissée.

— C'était qu'une idée, ne t'enflamme pas. Tout va bien. Je ne vais pas te kidnapper et te garder dans ma cave. En plus, je n'ai pas de cave.

— Non, ce n'est pas toi. C'est juste les nouveaux lieux, ça a tendance à m'angoisser. Et quand je m'angoisse trop, je… Enfin, tu as déjà vu ce que ça faisait.

Il expliquait. C'était inédit pour lui. Mais il avait tellement peur que Dray se fâche de nouveau et reparte. Il ne voulait pas que ça arrive. Il était tellement soulagé qu'il soit revenu.

— Oui, je crois savoir ce qu'il se passe, s'amusa Dray,

cherchant par tous les moyens à alléger la discussion. Je pense que la prochaine fois, on va essayer l'alphabet, qu'est-ce que tu en penses ?

— J'ai toujours été plus à l'aise avec les lettres. Je crois, répondit Lucas en essayant de se caler un peu mieux dans le siège.

— Ah ? Vraiment ? Moi, ça a toujours été les chiffres, mais je pense que cela doit être le côté militaire.

— Tu as été militaire longtemps ?

Pour une fois, ce fut Dray qui se sentit mal à l'aise alors il tenta de se redresser un peu.

— Quelques années. Une dizaine environ.

— Tu as dû partir jeune. Ce ne devait pas être facile tous les jours.

— C'était ce que je voulais faire. Je voulais protéger ma famille et ma nation.

Il n'avait pas envie d'en parler. Pas qu'il en ait honte. Pas du tout. Mais cela lui rappelait pourquoi il avait dû arrêter. Et tous les souvenirs qui se mélangeaient à ça. Dray finit par se garer dans le parking de l'institut et adressa un sourire complice à son passager.

— Je note que tu n'as pas refusé que j'aille chez toi tout à l'heure pour voir tes œuvres.

— Tant que tu ne me sautes pas dessus avec ton air effrayant, je ne suis pas contre, tenta de plaisanter Lucas en se remémorant leur première rencontre.

Dray rit, de bonne humeur, avant de sortir de la voiture.

— J'ai dit que je ne mordais pas les plus petits que moi !

— Tu ne m'as pas mordu, mais j'ai quand même eu peur,

répondit doucement Lucas en suivant, content de voir Dray aussi enjoué.

— Ça, c'est parce que j'aboie fort, mec. C'est une des premières choses qu'on t'apprend à l'armée.

— Tu étais un chef ?

— Disons que j'ai gravi les échelons. Et que j'ai eu des hommes sous mes ordres. Donc fais attention, jeune Dark Vador. Je pourrais te contrôler, s'écria Dray avec une grosse voix en faisant mine de sauter sur Lucas, mais très lentement.

Ce dernier laissa échapper un bref rire, discret, en se décalant dans un geste automatique. Mais le son, aussi court fût-il, résonna étrangement à ses oreilles et le choqua. Pourtant il ne parvint pas à faire taire cette sensation douce au fond de lui. De l'amusement.

— Oui, je te vois bien, chef, s'égaya Lucas alors qu'ils entraient dans l'institut.

Maxime ne tarda pas à les rejoindre.

— Salut, mon super-héros préféré, souffla Dray avec un grand sourire.

Maxime frappa dans ses mains alors que Lucas s'accroupissait devant l'enfant. Il sortit de sa poche une figurine. C'était un jouet en plastique, une représentation d'un super-héros avec une cape rouge. Presque aussitôt, Maxime joua avec la petite cape flottante, riant avant de le tendre à Dray avec un sourire immense.

— Oui, on dirait toi, il vole dans les airs, comme ça…

Dray écarta les bras et tourna sur lui-même, soufflant pour imiter le bruit du vent. Cela fit rire Maxime qui applaudit en suivant la figurine du regard avec fascination. L'aîné sourit avant de s'agenouiller pour rendre le jouet.

— Vas-y, fais pareil.

Maxime attrapa la figurine entre ses doigts et commença à l'agiter autour de lui, à tourner sur place. Puis ses lèvres essayèrent de reproduire le son de Dray, pour faire le vent. Cela le fit rire, il sauta sur place avant de s'élancer dans la pièce pour faire voler son super-héros. Lucas le regarda en se relevant.

— Je n'en reviens toujours pas des progrès accomplis en quelques semaines, souffla Dray en se redressant, fixant son frère avec amour pour finalement se tourner vers Lucas. Et je te le dois. Ce soir, je t'invite. Je te le dis maintenant pour que tu te prépares psychologiquement.

— Tu m'invites ? Où ? s'angoissa aussitôt Lucas en se tournant trop vivement vers Dray.

— On va manger ensemble, déclara simplement Dray avec une moue complice. Mais pas d'affolement, mec, je sais que tu n'aimes pas les gens.

— Où ça ?

— Tu verras, c'est une surprise. Pour te remercier. Viens maintenant. Maxime veut jouer.

— Je ne suis pas sûr d'être capable d'endurer une surprise, gémit Lucas en le suivant.

— Ne t'inquiète pas. Un Dark Vador n'a pas peur. Regarde, la glace est bien passée. Je te l'ai juste dit pour ne pas que tu t'affoles après. Ne pense pas à ça pour l'instant, déclara Dray en lui donnant des jouets.

Lucas soupira en se baissant vers les jeux et, les voyant à côté de sa caisse, Maxime vint se laisser tomber près d'eux, son héros serré dans sa main. L'après-midi passa tranquillement. Les éducateurs ouvrirent les portes pour laisser les enfants sortir sur la terrasse. Le soleil était chaud et agréable, et les rires de Maxime bercèrent Lucas et Dray. Mais à la fin de la journée, en repartant, Dray lançait des regards appuyés à Lucas dont il sentait la nervosité.

— Arrête de paniquer, s'amusa-t-il en lui prenant l'épaule droite alors qu'ils se dirigeaient vers le parking. Regarde-moi ce temps. On a passé une bonne journée, le soleil est beau. Tout va bien.

— Ça ne dure jamais. Il suffit d'une seconde et tout dérape, murmura Lucas, tendu comme un arc. Je ne suis pas à l'aise avec l'inconnu, les situations nouvelles. J'ai besoin d'avoir des repères.

— On ne déprime pas, mec. Et je suis ton repère, non ?

— J'ai quand même peur, avoua le jeune homme du bout des lèvres. C'est plus fort que moi.

— Un Jedi ignore la peur, c'est bien ce qu'on dit ? s'amusa Dray en lui ouvrant la portière.

— Je ne suis pas vraiment un Jedi.

— Tu en as la capuche, c'est tout comme, éluda-t-il d'un geste de la main avant de démarrer la voiture.

— Alors disons que je ne suis qu'un apprenti Jedi, qui n'en est qu'au tout début de sa formation.

— Je vais t'apprendre la vie, Petit Scarabée.

— Je ne sais pas si je dois avoir peur ou être content, souffla Lucas, la respiration un peu hachée en se triturant les doigts avec nervosité.

— Promis, mec, je ne t'emmène pas en boîte de nuit !

— Alors où ?

— On va passer prendre un truc à emporter, finit par dire Dray en le voyant rapidement s'angoisser.

— Oh. On va manger des hamburgers ?

— Tu n'aimes pas ça ? Qui peut ne pas aimer les burgers ? T'es un alien pour de vrai ?

— Juste que je n'en ai pas mangé depuis des années, rectifia Lucas avec un sourire sous sa capuche. Mais je ne suis pas un alien.

— Ah, enfin une bonne nouvelle. Et zut, tu aurais pu me dire si l'affaire Roswell était vraie !

— Désolé de te décevoir.

— Personne n'est parfait !

Lucas secoua doucement la tête, observant les alentours d'un regard moins anxieux que la première fois où il était monté avec Dray. Ce dernier conduisait lentement, prudemment, et Lucas prenait presque l'habitude d'être là. Étonnamment, même les trajets en voiture avec Dray lui avaient manqué.

Dray finit par tourner sur le parking d'une enseigne bien connue, avant d'arrêter le véhicule.

— Si on va au *drive*, ça ira ?

Le but était que Lucas passe un bon moment, il ne voulait pas le paniquer davantage pour une broutille.

— Mieux que si on doit aller à l'intérieur, laissa échapper ce dernier qui observa l'endroit bondé une brève seconde avant de se tasser dans son siège.

— Ça, je m'en doutais un peu, souffla Dray en s'engageant dans la file de voitures.

Lucas tira sur sa capuche pour être sûr que personne ne pourrait le voir depuis une fenêtre du fast-food, tout en se ratatinant un peu plus sur lui-même. Dray passa rapidement commande et parla pour tous les deux, demandant ce que Lucas lui murmurait du bout des lèvres. Récupérer la commande fut tout aussi rapide et Dray lâcha le grand sac sur les jambes de son passager.

— Un coin tranquille maintenant, déclara-t-il en sortant du parking. Et interdiction de manger mes frites, sinon je te mords pour de vrai.

— Je n'oserais jamais, répondit Lucas qui tenait le sac de ses deux mains.

— J'espère bien, c'est un sacrilège, grogna Dray, prenant la direction pour sortir de la ville.

— Vraiment ? Alors je n'en ferai rien.

— Tu ne vas pas me dire que ce n'est pas agaçant quand on te pique des frites.

— Je n'en sais rien. Sûrement.

— Tu ne sors jamais, hein ? Même avant ?

— Pas depuis que je... Pas depuis que je suis comme ça, bredouilla maladroitement Lucas.

— Et tu es comme ça depuis quand ?

— Ce n'est pas vraiment défini, je ne suis pas devenu comme ça du jour au lendemain, tenta d'articuler Lucas d'un ton un peu tremblant.

— Mais il y a un point... de départ ? L'élément déclencheur.

Lucas garda le silence. Un long moment. Il ne repensait jamais à ce moment-là. Ce jour-là. Sauf dans ses cauchemars. Même le docteur n'arrivait pas à l'amener à en parler. Quant à lui, il avait tout enterré. Enfoui chaque détail, minutieusement. Avec précaution, pour que ça ne ressorte jamais.

— Dans quelques semaines, cela fera dix ans, finit-il par lâcher d'un ton détaché avant de fermer les yeux.

— Un peu comme moi et l'armée alors. Tu as quel âge ?

— Vingt-sept ans.

— Oh. Je suis plus vieux. Tu me trouves vieux ?

— Non. Tu es trop-plein d'énergie pour paraître vieux.

— Je suis vigoureux, souffla Dray avec un haussement de sourcil amusé qui se mua rapidement en un éclat de rire.

Lucas le regarda avec envie. Cela avait l'air si simple pour lui. Et il en était presque fascinant. Lucas ne comprenait pas tout à fait ce lien d'amitié et tout ce qui en découlait, mais il était content que cela arrive.

La route était douce et, bientôt, ils passèrent tranquillement sous des arbres, le soleil commençait à baisser, mais les rayons étaient encore chauds. Dray finit par conduire la jeep dans un petit chemin avant de quitter la voiture.

— Tu me suis ? souffla-t-il.

— Pour aller où ? s'enquit Lucas en descendant avec le sac dans les mains.

— À quelques mètres. Il faut passer les arbres.

Lucas se glissa donc à la suite de Dray. Ils ne marchèrent que quelques minutes avant d'arriver dans une petite clairière au fond de laquelle coulait un ruisseau. L'endroit était calme, lumineux, l'odeur de mousse leur montait aux narines avec délice. Dray prit une grande inspiration avant de se diriger vers un arbre couché un peu plus loin.

— Je viens ici depuis que j'ai le permis. C'est ma cachette secrète, confessa-t-il.

— Oh, souffla Lucas en regardant partout. C'est très beau. Mais elle n'est pas vraiment secrète si tu y emmènes des gens, tu sais.

— Je n'ai emmené que quelques personnes. C'était un très

bon endroit pour draguer avant, railla Dray. Mais depuis que je suis revenu, cela me permet de retrouver mon calme. Je me disais que cela te ferait du bien à toi aussi.

— C'est une bonne idée, c'est très joli.

— Allez, viens manger pendant que c'est encore chaud, proposa Dray, heureux d'avoir réussi à faire les choses bien pour une fois.

Il s'installa sur le tronc avec un certain plaisir. Venir ici lui apportait toujours la sérénité. Il aimait sa famille mais, la plupart du temps, elle ne le comprenait pas. Sauf peut-être sa sœur, et encore. Il avait vu trop de choses horribles à l'armée pour que cela ne le change pas un peu. Des familles décimées, des enfants soldats, la faim, le froid. Et cette peur omniprésente. Tout se mélangeait maintenant si bien qu'il se demandait parfois si c'était réel. Les choses ici étaient tellement simples, presque douces mais, de temps à autre, cette adrénaline, ses frères, ces moments de soulagements lorsqu'une mission était réussie, lui manquaient presque. L'armée avait été un tout pour lui. Une maison, une famille, une vie.

Lucas s'installa juste à côté et commença à sortir les hamburgers et les frites du sac, posant devant Dray ce qu'il avait commandé. Celui-ci mangea en silence, fixant le paysage, écoutant les oiseaux, savourant tranquillement la présence silencieuse de Lucas qui le regarda faire un moment avant de repousser un peu sa capuche pour pouvoir croquer dans son hamburger.

C'était étrange de manger ce genre de chose. Cela réveilla de nouveaux souvenirs chez Lucas, mais il les repoussa en s'attardant plutôt sur la saveur grasse et néanmoins délicieuse du hamburger. Dray remit toutes les boîtes vides dans le sac une fois qu'ils eurent terminé, désireux de ne surtout pas souiller ce petit coin de paradis.

— Ton docteur m'a appelé. Tu es au courant ?

Lucas soupira en tapant dans ses frites.

— Il m'a prévenu qu'il le ferait si je ne m'améliorais pas. Je pensais que c'était juste une menace en l'air. Désolé s'il t'a embêté.

— Non, j'ai juste été surpris. Je ne voulais pas te causer du tort.

— Ce n'est rien, le rassura Lucas. Je lui dirai de ne plus le faire.

— Non, ce n'est pas pour ça que je t'en parle. Si tu veux, je peux te donner mon numéro. Tu pourras m'appeler quand tu le voudras maintenant.

— T'appeler ? s'étrangla Lucas en avalant de travers. Je n'oserai jamais faire ça.

L'ancien soldat se tourna vers lui, écarquillant les yeux.

— Pourquoi ? Tu n'as pas de téléphone ?

— Si, j'ai un téléphone à la maison, J'ai été obligé d'en avoir un quand je me suis installé là-bas.

— Eh bien ? Quel est le problème ?

— Ça me… met mal à l'aise.

— Mais… Il n'y a aucune raison. Je ne peux pas te mordre par téléphone.

— Je sais. Il n'y a pas de raison. C'est souvent stupide. Ça m'angoisse. Tout m'angoisse.

— Récite l'alphabet avant de taper le numéro ?

— Tu sais, si c'était aussi simple, cela ferait longtemps que je serais… normal.

Dray grimaça aussitôt avant de s'étirer.

— Je le sais bien. Je te faisais juste une proposition. Pour que tu ne sois pas obligé de tout dire à ton docteur. Enfin… Désolé, j'ai un souci avec les docteurs. J'ai rien contre eux, vraiment, mais moins je les vois, mieux je me porte.

— Pourquoi, que t'ont-ils fait ?

— Je les ai un peu trop vus à mon goût !

— À ton retour de l'armée ?

— Avant, avec Maxime. Pendant, parce que je suis parti à la guerre. Et après, toujours pour Maxime.

— Je n'aimais pas trop les docteurs avant. En fait, je les détestais, avoua Lucas en se balançant légèrement d'avant en arrière. Mais j'aime bien le docteur Kamar, lui, il essaie de m'aider.

— Pourquoi tu les détestais ?

— Oh, il y avait les incompétents, ceux qui ne comprennent rien, ceux qui croient avoir raison sur tout, ceux qui crient ou ceux qui ne disent jamais rien, il y en a tellement, pour tellement de raisons.

— Je suis bien d'accord. Pour Maxime, ils ont mis longtemps à se mettre d'accord. Et ceux de l'armée sont à la fois bienveillants et tortionnaires. Un mélange étonnamment courant.

Dray n'arrivait même pas à trouver de mots. Beaucoup de médecins étaient au fait de ce qui lui était arrivé avant qu'il ne quitte l'armée. Beaucoup avaient fermé les yeux, d'autres avaient sciemment aggravé les choses, encourageant et couvrant les recrues en cause. Trop de mauvais souvenirs.

— Mais le docteur Kamar est un bon médecin. Il ne te causera pas de souci. Enfin, tu ne le verras jamais, donc je dis ça pour rien, dit Lucas qui terminait ses frites tranquillement.

— Il m'a l'air gentil, confirma Dray d'une voix lointaine.

Ses souvenirs venaient de resurgir. Ils lui sautaient à la gorge, et il avait encore l'impression de sentir la lame dans son flanc. Sentir la haine presque palpable dans les yeux de Henry. Et le reste. Le sable, l'étouffement, puis le froid. Le sang partout… Les doigts de Dray se serrèrent fermement sur son genou, et il ferma les yeux avec force. La douleur dans son corps était si vive… Des douleurs fantômes, comme disaient les médecins.

Lucas hésita, ses mains frottèrent son jean pour se débarrasser du reste du sel des frites, et surtout parce qu'il était mal à l'aise et hésitant. Puis finalement, il vint poser sa paume sur celle de Dray, trop crispée sur son genou.

— Tout va bien ?

Le soldat sursauta violemment et bondit sur ses pieds, les poings en avant, comme prêt à se défendre, avant de fixer Lucas. Pendant une seconde, il avait basculé. Replonger dans ses souvenirs n'était jamais bon. Il finit par se passer une main sur le flanc pendant que l'autre allait se nicher dans ses cheveux, gêné.

— Désolé, murmura-t-il en détournant le regard.

— Ce n'est rien, souffla Lucas en tirant à nouveau sa capuche qui le dissimula complètement, puis il glissa sa main dans sa poche.

Il touchait rarement les autres et cela le mettait mal à l'aise chaque fois que Dray le faisait. Poser sa main sur celle de Dray lui avait demandé un effort conséquent, il ne s'était pas attendu à déclencher une réaction presque violente qui ranimerait la peur en lui. Pourtant, il comprenait un peu. Dray avait eu l'air plongé dans quelque chose et Lucas devinait qu'il n'était pas le seul à fuir ses souvenirs.

— Tu veux me raconter ?

— Non. Je t'ai assez effrayé, soupira Dray en se rasseyant.

Je ne vais pas te frapper. J'ai… J'ai juste une… enfin je suppose que tu vois ce que c'est.

— Assez bien, murmura tristement Lucas.

Il se détourna de Dray et offrit son visage aux rayons de soleil qui parvenaient à percer le feuillage des arbres. La capuche ne laissait pas passer grand-chose, mais il sentit la chaleur effleurer ses joues. Il appréciait le soleil. Quand la peur le laissait tranquille, qu'il parvenait à sortir dans son jardin, il aimait ressentir cette caresse tiède sur sa peau. Malheureusement, la terreur ou l'angoisse revenaient toujours trop vite et, au moindre bruit, il se précipitait à nouveau dans l'ombre rassurante de sa maison.

— Tu sais, il n'y a personne, tu peux enlever ta capuche, proposa Dray, essayant de faire passer son malaise.

— Je préfère la garder, j'ai pris l'habitude, répondit simplement Lucas en haussant les épaules.

— Il n'y a personne qui vient ici, indiqua Dray avant de se retourner soudainement vers Lucas, agrippant son épaule pour l'obliger à le regarder. Écoute, mec, je ne veux pas que tu croies que je peux te blesser. J'ai besoin que tu me fasses confiance, c'est important pour moi. Je n'ai jamais levé la main sur quelqu'un sans une bonne raison. Même quand je dérive, OK ?

— Dray, reprit Lucas en le fixant avec une attention soutenue qui lui était totalement inhabituelle. Je ne crois rien du tout. Je suis effrayé par le moindre bruit, un objet inanimé ou un lieu nouveau. Tu ne me fais pas peur, je ne crois pas que tu vas me frapper. Je crains tout le reste. Comme toujours.

— Tu es sûr ?

Dray ne comprenait pas vraiment, mais là, à cet instant, il devait s'assurer qu'il n'effrayait pas Lucas. Qu'il n'était pas anormal. Que Lucas n'était pas dégoûté. Qu'il n'y avait aucune haine entre eux.

— Sûr ? Non, je ne suis plus sûr de grand-chose. Mais mon docteur m'apprend à accepter mes sentiments et à les avouer. Et je dois dire que quand tu es là, je me sens un peu plus rassuré. Pourquoi crois-tu que j'étais si mal quand tu es parti ? J'ai moins peur quand tu es là.

Dray retint un soupir de soulagement. Cela lui faisait tellement de bien de l'entendre dire ça.

— Je suis content si je peux t'aider un peu. Tu m'es sympathique, Petit Scarabée.

— C'est bien la première fois qu'on me dit ça, tenta de plaisanter Lucas.

— De quoi ? « Petit Scarabée » ? se moqua Dray, retrouvant sa bonne humeur.

— Oui, ça aussi.

L'ancien soldat se laissa aller à un grand sourire avant de se pencher vers Lucas. Ses lèvres si proches de son oreille, comme s'il désirait soudainement lui confier un secret.

— Tu veux me faire plaisir ? murmura-t-il en le fixant de ses yeux vert et miel.

— Oh, oui, j'aimerais bien.

— Laisse-moi faire alors.

Dray lui offrit un sourire doux, leva délicatement les mains pour prendre la capuche et l'abaissa prudemment. Sans mouvement brusque. Il la laissa tomber dans le dos de Lucas, effleura subtilement une mèche de cheveux qui encadrait son visage, pour ensuite laisser retomber ses mains, toujours avec précaution.

— Reste un peu comme ça, tu veux bien ?

Lucas le regarda un long moment, essayant d'oublier que Dray venait de mettre ses cicatrices à jour, son visage à nu. Son regard bleu sombre détailla les traits de Dray, alors qu'il sentait une pression immense enserrer sa poitrine. De l'angoisse et de l'appréhension. Mais il était aussi dans l'incapacité de comprendre pourquoi cela ferait plaisir à Dray. C'était tout à fait illogique pour lui. Pourtant ce jour-là, il ne posa pas de question et un faible sourire étira le coin de ses lèvres avant qu'il ne se détourne. Finalement, il se laissa tomber dans l'herbe, s'allongea sur le dos pour contempler le ciel entre les branchages. Dray s'était installé à ses côtés et ils profitèrent du reste de la soirée avant que la nuit ne commence à tomber. Dray était tellement bien, là, dans cette forêt, sans personne, juste eux et les bruits de la nature.

Dray devait admettre que Lucas le fascinait de plus en plus. Le plus jeune était bien plus qu'une personne atteinte de troubles. Il avait une histoire, des sentiments, et surtout une douceur qui séduisait Dray sans vraiment qu'il ne s'en rende compte. Et peu importe ce que disait Lucas, Dray le trouvait beau. Dans ses réactions, dans sa manière d'appréhender le monde. Ses yeux souvent terrorisés explosaient de joie lorsqu'il disait des choses stupides et cela plaisait beaucoup (trop) à Dray. Autant de cicatrices l'avaient étonné, mais pas rebuté, au contraire. C'était les marques d'une vie. Les traits fins de Lucas en étaient presque sublimés, soulignant la peau intacte et blanche. Oui, Dray trouvait Lucas beau et ne comprenait pas vraiment pourquoi il se cachait autant. Mais il n'avait rien dit. Ils n'avaient pas besoin de parler pour apprécier le moment. Cela n'avait aucune importance.

La noirceur de la nuit arrivait et Dray se redressa finalement.

— On va devoir y aller…

Lucas se releva presque aussitôt et attrapa sans un mot les sacs qu'ils avaient ramenés, avant de se remettre debout et de replacer sa capuche sur sa tête.

— Allons-y alors.

Dray ouvrit la marche, retrouvant sans souci la voiture et monta à bord. Il attendit que Lucas fasse de même, grattant une tache imaginaire sur le volant.

— J'ai passé une bonne soirée, merci. Cela m'a fait du bien.

— Merci à toi, répondit aussitôt Lucas après avoir déposé le sac à l'arrière, bouclant sa ceinture avant que Dray démarre. Cela faisait longtemps. Et si cela t'a fait du bien, alors j'en suis d'autant plus content.

— Bien. Alors, tu ne verras pas d'objection à ce qu'on recommence de temps en temps ?

— Non, aucune, répondit Lucas presque sans hésitation.

— Cool, dit Dray avant de mettre le contact, le sourire mordant clairement son visage.

Sous sa capuche, Lucas parvint à le lui rendre, avant de se cramponner à sa ceinture lorsque la voiture se mit en branle. Le chemin du retour se fit dans le même silence que celui de la clairière. Lorsque Dray s'arrêta devant la maison de Lucas, il se tourna vers lui et lui tendit la main.

— À plus, Dark Vador.

— À bientôt, Dray, répondit Lucas en glissant sa main dans la sienne. Et encore merci.

— Le plaisir est toujours pour moi.

Lucas sourit sous sa capuche puis se détourna et quitta la voiture pour se diriger vers sa maison, se retournant une dernière fois sur le perron au moment de franchir la porte. Dray regarda un moment l'entrée avant de soupirer et se tapa le front contre le volant. *Mais qu'est-ce qu'il faisait là ?* C'était stupide.

Honnêtement, il avait flirté. Purement et simplement. Il ne comprenait pas comment c'était arrivé, mais il avait bel et bien flirté. Certes, Lucas lui rappelait son petit frère, mais il avait un truc en plus qui l'attirait. Cette fragilité et cette innocence. Un truc qui ne devrait pas exister. Lucas refuserait sûrement de le revoir s'il savait ce que Dray avait pensé en caressant ses cheveux. Non, non, cela ne pouvait pas continuer comme ça. Et Dray était certain que c'était uniquement dû au fait qu'il n'avait pas été avec quelqu'un depuis longtemps, voilà tout. Il allait juste se trouver de la compagnie, pour évacuer toute cette pression de son corps, et tout serait terminé. Voilà, c'est ce qu'il allait faire.

Il prit aussitôt son téléphone et composa un numéro de son répertoire.

— Thomas, j'ai besoin de quelque chose, souffla-t-il directement.

Pour quelques secrets bien cachés

Dray soupira fortement. Il adorait sa sœur. Vraiment. Il n'avait quasi aucun secret pour elle. Lorsqu'il revenait pendant ses permissions, il partageait presque tout son temps entre elle et Maxime. Il veillait sur elle comme sur la prunelle de ses yeux. N'aimant que moyennement la voie qu'elle avait prise, le mannequinat, il la soutenait tout de même et l'aidait du mieux qu'il le pouvait. C'était d'ailleurs pour ça qu'il était là. Au milieu de toutes ces robes, ces tee-shirts, priant pour que quelqu'un le libère pendant que Pauline courait presque devant lui, montrant plusieurs vêtements pour avoir son avis.

— C'est joli, déclara-t-il mollement pour la septième fois.

— Tu dis ça pour tout, gloussa Pauline en reposant la robe pour prendre autre chose.

— Au cas où tu ne le saurais pas, je ne porte pas de robes, plaisanta Dray en la suivant pourtant docilement, les mains dans les poches. Je ne suis pas sûr que cela convienne vraiment à ma morphologie.

— Mais tu es quand même capable d'avoir un avis, s'exaspéra Pauline en levant les yeux au ciel.

— Oui, et je trouve que tu es magnifique quoi que tu portes.

— Tu es un flatteur qui espère que ses compliments écourteront son supplice, pouffa Pauline en continuant à fouiller dans le rayon.

— J'ai appris qu'on ne pouvait pas gagner certains combats en attaquant de front.

Dray accompagna ses paroles d'un baiser sur sa joue.

— Tu es très habile, s'amusa la jeune femme. Mais je n'ai toujours pas trouvé ma tenue pour le prochain gala auquel je suis invitée.

— Je sais, soupira Dray en s'appuyant contre un mur, prêt à patienter, avant que son téléphone ne se mette soudain à sonner. Allô ?

Très peu de personnes avaient son numéro. Il avait fait exprès d'en changer lorsqu'il avait quitté l'armée, ne le confiant qu'à quelques amis et connaissances locales. Dans un premier temps, personne ne parla, il n'entendit qu'une respiration un peu hachée puis il y eut un murmure tout bas. Dray mit un moment avant de parvenir à comprendre. Il saisit d'abord une lettre puis une autre. La voix en était au F quand il réalisa qu'on récitait l'alphabet au bout de la ligne. Dray ne put s'empêcher de sourire avant de s'éloigner un peu de sa sœur pour éviter les questions, cherchant malgré lui un peu d'intimité.

— Lucas ? C'est moi… Quelque chose ne va pas ? Écoute ma voix, ne panique pas. Ferme les yeux et imagine-moi devant toi.

— Dray, parvint à dire la voix de Lucas complètement nouée. Je… Tu avais dit que… j'ai pensé que…

Lucas bredouillait et s'embrouillait tout seul, ne parvenant pas à finir une seule phrase avec sa gorge paralysée par l'angoisse.

— Dis-moi. Ça ne va pas ? Tu veux que je vienne ?

— Non, je ne veux pas te… Enfin si, parce que je… Non, pardon, j'aurais pas dû…

— Lucas, j'arrive aussi vite que je peux, OK ?

— Non, pas la peine, geignit Lucas d'un ton précipité. Pardon.

La communication fut coupée sur ce dernier mot.

Dray fronça les sourcils avant de se diriger vers sa sœur.

— Je dois y aller, tu peux rentrer toute seule ? Ou je te ramène ?

— Ça dépend du prétexte que tu vas réussir à me donner pour t'échapper de ton supplice personnel, lui sourit Pauline avec malice.

— Un ami a besoin de moi, murmura Dray en passant un bras autour des épaules de sa sœur.

— Mmmm, tu as déjà fait mieux, répondit Pauline en entourant sa taille avant de se hausser sur la pointe des pieds pour lui embrasser la joue. Allez, file, je me débrouillerai.

— Sûre ? Tu ne vas pas avec n'importe qui !

— Eh oh, tu me connais quand même. Je suis grande maintenant.

— Non, tu es toujours ma petite sœur à qui j'essuyais le nez quand elle était gamine, plaisanta Dray en lui embrassant le front.

— Charmant. Allez, va-t'en avant que je ne change d'avis. J'espère que tu seras plus utile à ton ami que tu ne l'as été pour moi.

— Je suis toujours utile, grogna Dray. Prends quelque chose de bleu, cela fait ressortir tes yeux, ajouta-t-il avec un sourire en prenant la direction de la porte.

— Je t'aime, claironna Pauline avant de se tourner à

nouveau vers les rayons.

— Moi aussi !

La minute suivante, il était dehors, grimpant sur sa moto après avoir rangé le casque de sa sœur dans le porte-bagages. Il prit aussitôt la direction du domicile de Lucas, un peu inquiet, il devait bien l'avouer. Il savait que Lucas avait du mal à gérer le téléphone donc pour qu'il l'appelle, cela devait être important. Il força un peu l'allure et monta rapidement les marches du perron de Lucas sitôt arrivé. Il toqua trois coups, son casque à la main, enlevant ses gants avec les dents.

La porte s'ouvrit au bout d'une longue minute, et la silhouette encapuchonnée de Lucas se ratatina sur elle-même en voyant Dray.

— Pardon, je ne voulais pas te déranger, bredouilla-t-il avec gêne.

— Crois-moi, tu m'as sauvé. J'adore ma sœur mais, faire les magasins, ce n'est franchement pas mon truc.

Lucas lui jeta un regard par-dessous sa capuche et finit par se décaler pour le laisser passer, gardant sa main droite contre sa poitrine.

— Tu es sûre que je peux entrer ? Qu'est-ce qui se passe ?

— J'ai eu…

Lucas soupira avant de remonter sa manche pour laisser voir sa main bandée.

— L'orage de cette nuit a fait des dégâts, et je n'arrive pas à… Je ne savais pas à qui demander de l'aide.

— Comment tu t'es fait ça ? s'affola Dray en posant rapidement son casque. Pourquoi tu ne m'as pas appelé plus tôt ?

Il prit délicatement la main de Lucas pour l'examiner. Mais

elle était déjà soigneusement bandée, et on ne voyait pas la blessure qui se trouvait en dessous.

— L'habitude de me débrouiller seul, expliqua piteusement Lucas avant de faire quelques pas dans la maison. Je… Je vais te montrer.

— Houu, mec, je rentre dans l'antre de la bête… Je devrais peut-être m'équiper, pour me protéger en cas de piège.

— Il n'y a pas de piège chez moi, le rassura Lucas d'une voix gênée. Et c'est dans le jardin, dehors. Il y a juste à traverser le salon.

— Je n'ai pas d'armes à prendre alors. Mes parents ont subi des dégâts. On a passé la matinée à enlever toutes les branches tombées sur le terrain.

— Oui, j'en ai eu aussi, murmura Lucas en le menant jusqu'à une porte à l'arrière de la cuisine. Mais je n'ai pas réussi à dégager les débris.

Il poussa le battant, laissant voir un jardin clos. Les haies montaient assez haut pour empêcher un quelconque vis-à-vis. Ce n'était pas très grand, dans les deux cents mètres carrés, mais c'était magnifique. Il se trouvait là quantité de fleurs de toutes les couleurs, et un arbre au centre apportait majesté et sérénité au lieu. Il y avait également un petit bassin entouré de galets. Lucas désigna à droite les restes d'une cabane en bois qui avait dû être très jolie avant de s'écrouler contre le mur de la maison sur lequel grimpaient des fleurs multicolores.

— Les planches sont trop lourdes, il y a des clous et du verre partout. Mais je voudrais essayer de récupérer ce qu'il y avait dedans.

— Et qu'est-ce qu'il y a dedans ? demanda Dray, enlevant déjà son blouson de cuir pour le jeter par terre.

— J'avais toutes mes graines, mes prochaines plantations,

mes sacs d'engrais et de terreau, quelques outils, énuméra Lucas. J'espère que ça n'a pas été entièrement écrasé. Qu'est-ce que tu en penses ?

— On peut toujours vérifier. Tu veux garder les planches ou je les coupe pour qu'on puisse s'en débarrasser ?

— La majorité est déjà cassée.

— Très bien. Je fais un tas là-bas ? Si tu veux, je pourrai passer demain pour emmener les déchets avec la jeep.

— Je ne voudrais pas te déranger plus. Tu n'es pas obligé de faire ça.

— Ne t'inquiète pas, cela ne me dérange pas du tout. Tu as des gants ou ils étaient aussi là-dedans ?

— Dedans, sur l'étagère de droite, soupira Lucas en se ratatinant de nouveau.

— Hé, ce n'est pas grave, assura Dray en lui donnant un petit coup de coude. Tu peux aller me chercher mes gants de moto ? Ça fera l'affaire.

Dray commença à prendre une ou deux planches et les emmena de l'autre côté, faisant attention à ne pas se blesser. Lucas se dépêcha d'aller chercher lesdits gants et revint rapidement pour les lui tendre, la tête basse. Dray voulut les récupérer, mais un clou agrippa son tee-shirt dans le mouvement et le déchira sur tout le devant alors qu'il tentait de s'en dégager.

— Merde, grogna-t-il avant de passer ses bras au-dessus de sa tête pour enlever les restes du vêtement qu'il jeta sur son manteau. J'aurai plus qu'à passer en chercher un autre avant d'aller voir mes parents !

Dray sourit en prenant les gants, les enfila et reprit son travail, laissant son torse nu à la vue de Lucas. La peau légèrement bronzée et les quelques poils sur sa poitrine ne cachaient en rien les suçons présents un peu partout. Les muscles roulaient sous sa peau avec grâce, on pouvait d'ailleurs suivre du regard chaque tendon ou ligament du dos lorsqu'il bougeait. Mais ce qui attirait l'œil, c'était les deux cicatrices qui ornaient son épiderme. La première sur l'épaule. Une plaie par balle, cela ne laissait planer aucun doute. La blessure était nette, bien ronde, juste cernée de quelques éclats. L'autre cicatrice se trouvait sur la hanche, une ecchymose très profonde qui se dirigeait vers le ventre, bougeant au même rythme que les abdominaux de Dray.

Lucas rougit sous sa capuche en détournant les yeux. Il se recroquevilla légèrement, très gêné sans même s'expliquer pourquoi. Il fallait dire qu'il évitait tout et tout le monde depuis presque dix ans. Dray et Maxime étaient de nouveaux repères dans sa vie auxquels il se faisait à grand-peine. Il avait déjà du mal à réaliser que la solitude n'était plus vraiment ancrée en lui, mais voir des gens à moitié nus, ça, c'était une tout autre nouveauté.

Le regard de Lucas fut malgré lui attiré par les cicatrices de Dray. L'ancien soldat avait toujours eu quelque chose de captivant pour lui. Parce qu'il était vivant, souriant, plein d'énergie, plein de vie, et ça intriguait Lucas malgré son angoisse. Dray l'avait obligé à parler, il lui faisait partager un bout de cette vie dont il était rempli, et la reconnaissance remplaçait la peur qui avait émergé la première fois qu'il l'avait vu. Sauf qu'aujourd'hui, il percevait comme un défaut dans cette jolie apparence. Étrangement, cela ne diminuait en rien la fascination qui l'attirait vers Dray. Au contraire. Il tendit même la main pour l'approcher et toucher la cicatrice du flanc avant de se rendre compte de ce qu'il faisait, de ramener son bras vers lui et de baisser la tête.

— Je vais t'aider, bredouilla-t-il avec gêne en attrapant l'une des planches.

— Tu vas encore te blesser, le contredit Dray avant de le

fixer, comprenant que quelque chose n'allait pas. Qu'est-ce qui se passe ?

— Rien, répondit précipitamment Lucas en secouant la tête, ramassant rapidement une planche pour l'emmener plus loin.

— Lucas, soupira Dray en s'essuyant le front, commençant déjà à transpirer.

Il arrêta le jeune homme, attrapa son bras droit pour le tourner vers lui.

— Allez, dis-moi tout. Si c'est pour la cabane, je peux t'aider à en refaire une autre.

— Non, ça n'a rien à voir avec la cabane.

Il était complètement voûté et, pourtant, son regard se posa sur la cicatrice du flanc de Dray. Après une hésitation, il leva la main et, comme captivé, le bout de ses doigts vint toucher la peau boursouflée.

— Qu'est-ce qui s'est passé ?

Les yeux de Dray suivirent le mouvement de cette main et, malgré lui, il retint sa respiration lorsque les doigts effleurèrent sa peau. Le toucher était délicat, mais c'était toujours aussi douloureux pour lui, ramenant de mauvais souvenirs à la surface.

— Ce n'est pas une jolie histoire, marmonna-t-il dans un souffle.

— Je crois que j'aimerais l'entendre.

La voix de Lucas n'était qu'un murmure, calme pourtant, alors qu'il fixait la cicatrice. La main de Dray vint recouvrir celle de Lucas et l'obligea à appuyer entièrement sur l'ancienne plaie.

— Il y a des choses que tu ne sais pas sur moi… Et je ne suis pas sûr que tu puisses les entendre.

L'aveu était léger, Dray ne souhaitait vraiment pas

l'effrayer. Il n'était pas certain de vouloir raconter non plus. C'était la raison pour laquelle il était parti de l'armée après tout.

— Pourquoi ?

— Parce que tu paniques facilement, proposa Dray avec un sourire, se penchant un peu plus vers lui.

Dray profitait de l'air, mais la chaleur que dégageait Lucas lui faisait envie. Il souhaitait juste avancer un tout petit peu plus. Partager sa peau. Il voulait enlacer ses doigts. Il désirait encore effleurer ses cheveux et voir enfin tout ce que cachaient ses grands pulls.

— Moins quand il s'agit de toi, révéla Lucas avec un soupir léger.

Il ne se l'expliquait pas totalement. Mais c'était réel, il s'en rendait compte un peu plus chaque jour. Dray avait réussi à le faire monter dans une voiture noire, objet de ses hantises et de ses cauchemars depuis dix ans. Il parvenait à effectuer chaque trajet sans crise de panique. Il l'avait emmené dehors, l'avait amené manger. Aujourd'hui, Lucas avait été capable de décrocher un téléphone et de passer un coup de fil. C'était inouï pour lui. Il avait réclamé de l'aide. Ça n'arrivait jamais. Et quand Dray était là, l'angoisse était moindre. Inexplicable, mais c'était comme un miracle pour Lucas qui vivait dans la terreur chaque jour de sa vie.

Dray ferma les yeux une seconde avant de reculer d'un pas. Il lâcha la main de Lucas et garda les yeux baissés. Le nombre de fois où il avait dit à voix haute le secret qui gênait la plupart des gens se comptait sur les doigts d'une main.

— Je suis homosexuel, lâcha-t-il dans un chuchotis.

Lucas replia les doigts en levant les yeux vers Dray. C'était étrange car, pour une fois, c'était lui qui avait la nuque dressée et Dray la tête baissée. Il détesta cela. Puis il cligna des yeux, comprenant le sens des paroles de Dray.

— C'est pour cela ? La cicatrice ?

— C'est compliqué, éluda Dray avant de passer une main sur son crâne. Mais… Je te dégoûte ?

— Non, répondit Lucas sans une hésitation en glissant les mains dans ses poches pour éviter de toucher à nouveau la peau de Dray.

— Tu peux me le dire si c'est le cas. Tu ne serais pas le premier.

Dray se redressa, pour se donner du courage, effleurant l'endroit que Lucas voulait caresser.

— Si c'était le cas, je te le dirais. Mais non.

Lucas ne l'aurait même pas envisagé : que Dray puisse le répugner. Cet homme partageait son trop-plein de vie avec lui depuis qu'il avait débarqué dans cette maison. Il rappelait à Lucas qu'il y avait d'autres émotions que la peur et l'angoisse. Dray le fascinait, l'idée qu'il le dégoûte n'était simplement pas imaginable. Lucas avait oublié les normes sociales depuis si longtemps qu'il ne comprenait même pas comment c'était possible que ce genre de chose puisse écœurer quelqu'un.

— On m'a fait ça parce que j'étais gay, dévoila Dray en reprenant une planche.

Non, Dray ne pouvait pas raconter ça et se laisser happer par ses souvenirs, ce n'était pas une bonne idée. Vraiment pas. Alors il reprit son travail, jetant des regards en coin à Lucas. Il n'arrivait pas à croire qu'il allait faire ça. Qu'il ait révélé sa sexualité était déjà énorme pour lui. Dans sa famille, il ne l'avait avoué qu'à sa sœur. Ses parents étaient délibérément laissés dans le flou. Ils se doutaient de quelque chose, mais personne n'avait mis de mots là-dessus. Alors parler de ce qu'il s'était passé à l'armée… C'était… inconcevable. Pourtant, il était en train d'y songer.

— On t’a vraiment blessé pour ça ?

Lucas posait la question comme s’il n’envisageait même pas que la réponse soit positive. Cela semblait impensable pour le jeune homme. Il fixait Dray en attendant la réponse, confronté à une émotion qu’il ne comprenait pas vraiment. Était-ce de l’appréhension ? De la peine ? Dray esquissa une moue étrange, quelque chose que Lucas n’avait pas encore vu. Quelque chose entre la répugnance et l’écœurement.

— Ça… C’était de la haine pure, grogna-t-il en arrachant une planche qui fit s’effondrer ce qu’il restait de la cabane. Merde !

Lucas eut un sursaut et s’éloigna d’un petit bond quand tout s’écroula complètement. Puis il observa les ruines, la tête basse. Ses dernières plantations étaient fichues, c’était certain désormais. À cet instant pourtant, cela ne le toucha pas. Son regard revint se poser sur Dray pour observer son visage crispé. Il n’aimait pas le voir ainsi. Il avait pris l’habitude de son sourire, de ses taquineries, de ses mots rassurants. Il était toujours plein de vie, toujours positif.

— Ce n’est pas grave, finit-il par murmurer en s’approchant pour retirer les débris du dessus.

Dray soupira bruyamment, lançant un peu plus loin la planche qu’il tenait jusque-là pour grimper sur le tas de bois. Les muscles bandés, il essayait de pousser les décombres pour pouvoir fouiller au centre.

— C’est un gars de mon unité qui m’a fait ça, déclara-t-il soudainement en jetant plus loin les morceaux de bois qui le gênaient.

— À cause de ton homosexualité ?

— Ouais. Apparemment, j’étais une tare qui ne méritait que d’être égorgée.

On pouvait sentir la rage dans chacun de ses mots. Dray finit par extraire des décombres un petit pot qui avait survécu.

— Ce n'était pas la première fois que je subissais des brimades. Mais celle-là a été la plus violente.

Il n'avait évidemment pas avoué son homosexualité lorsqu'il s'était engagé dans l'armée. Au contraire. Il s'était fait petit, rigolant aux blagues sexistes, s'éloignant discrètement quand il ne supportait plus ça. Mais lorsqu'il avait pris du galon et commandé sa propre unité, une mission avait mal tourné et il avait perdu un homme. Un ami. Un camarade. Alors il s'était échappé, du moins avait-il attendu sa permission, et avait foncé dans un bar sordide pour s'alcooliser autant qu'il le pouvait et tout oublier dans les bras d'un homme qu'il ne connaissait pas. Il arrivait à peine à dire son nom lorsque son unité au complet avait débarqué pour soutenir leur chef, leur capitaine.

Ils l'avaient trouvé derrière le bar, dans une ruelle, la queue enfoncée dans la bouche d'un type dont il ne se souvenait pas du tout. Et tout avait basculé. Sa propre équipe s'était scindée en deux. Une première partie n'avait juste rien dit, se terrant dans un silence pesant. La deuxième avait commencé par l'entraîner dans une engueulade en bonne et due forme, hurlant injures et insultes. Puis les coups en douce, les brimades, les attaques lancées dans le dos à l'aveugle, peu importait que Dray soit leur supérieur. « Une tapette comme lui n'aurait même pas dû arriver jusqu'ici ». L'officier supérieur de Dray avait été obligé de temporiser. Sa propre équipe s'était calmée, mais d'autres soldats avaient pris le relais. Et finalement, les coups avaient commencé. Dans des endroits sombres. Dray avait refusé de se laisser faire, mais n'avait pas dénoncé pour autant. Alors les menaces n'avaient plus été voilées. On avait même tenté de le violer. Ce qui avait conduit à une bagarre où Dray avait reçu un blâme pour comportement inapproprié et violence sur un subordonné. Les autres avaient juste été affectés à une autre base.

Et puis il y eut cette dernière mission en Irak, juste avant la fin de la guerre. Celle où tout avait basculé. Il s'en souvenait comme si c'était hier…

L'air chaud d'Irak faisait battre le tissu des nombreuses tentes qui composaient le campement où la base était installée. Dray était furieux en rentrant là-bas. La colère avait bouillonné dans ses veines comme un serpent, aveuglant son regard et ses sens. Ses hommes, ses propres troupes, son équipe, avaient défié ses ordres. Elle avait refusé de suivre ses directives et ils étaient tombés dans une embuscade. Par miracle, aucune perte n'était à déplorer de leur côté. Dray avait donc annulé le reste de la mission et ramené ses hommes à grand renfort de hurlements.

À croire que son escouade ne comprenait pas que le seul but de Dray était qu'ils restent en vie pour pouvoir rentrer chez eux. Mais la guerre ne se déroulait plus uniquement sur le terrain, face à l'ennemi. Elle avait envahi sa propre équipe, divisant ses membres, leur faisant prendre des risques inconsidérés. Tout ça à cause de lui. Dray se sentait coupable. Car avant que ses frères d'armes n'apprennent la vérité, ils formaient une sacrée équipe, se comprenant à demi-mot, anticipant les réactions les uns des autres. Et il avait suffi d'un grain de sable dans l'engrenage, en l'occurrence les préférences sexuelles de Dray, pour mettre en déroute une formation militaire opérationnelle depuis des années.

Dray ne pouvait l'accepter. Que ce soit en tant que capitaine ou simple membre de ce groupe. Donc à peine avaient-ils tous déposé leurs armes dans la tente d'à côté que Dray les avait fait entrer dans celle de débriefing où une simple table les attendait avec quelques cartes des environs.

— Inutile de vous dire que vous n'êtes qu'une bande d'imbéciles qui ne sert strictement à rien, hurla Dray aux six hommes en face de lui.

Victor, José et Peter eurent au moins la décence de paraître gênés. Mais il n'en fut rien pour Sam, Marc et surtout Henry. Au contraire. Ils ne l'écoutaient pas, détournant la tête, enlevant des peluches imaginaires de leurs vêtements pourtant extrêmement sales. Dray tapa du poing sur la table, sentant la chaleur des lieux faire écho à celle de sa fureur intérieure.

— Cela suffit maintenant ! On ne peut pas continuer comme ça, car vous êtes incapables de vous conduire en véritables soldats ! Quelqu'un aurait pu mourir avec vos conneries, et les conséquences…

— Vous auriez pu mourir, le coupa Henry d'un l'air étrangement neutre.

Dray avait tellement l'habitude de ce genre d'insulte maintenant qu'il ne se laissa pas intimider une seule seconde.

— Non, chacun de nous aurait pu mourir, hurla-t-il en les désignant du doigt un par un. Vous auriez pu y passer, car vous ne m'avez pas obéi. Vous allez tous écoper d'un blâme et passer une nuit au trou pour la peine.

— Il n'en est pas question, intervint aussitôt Sam. C'est vous qui ne savez pas tenir vos hommes et nous qui sommes punis ?

— Qu'est-ce que tu veux qu'il garde un mec, railla Marc. Je suis sûr qu'il fait la fille.

Dray ne réfléchit pas plus, contourna la table où, de toute manière, personne ne s'asseyait jamais et colla un coup de poing à Marc avant de reculer.

— Vous n'êtes qu'une bande d'imbéciles, déclara-t-il froidement. Vous allez tous nous faire tuer.

Dray leur avait jeté un regard méprisant avant de chercher à sortir de la tente. Il n'arrivait plus à rien avec Henry, Sam et Marc depuis longtemps. Il devrait peut-être s'avouer vaincu maintenant. Victor, José et Peter gardaient le silence sur ce qu'il se passait et le feraient toujours. Pourtant Dray ne faisait pas mieux. Il essayait juste de protéger ses hommes…

Mais au moment de franchir la porte improvisée, la voix d'Henry l'avait arrêté.

— L'imbécile n'est pas celui que tu crois. Regarde-moi cette tantouze à remuer du cul comme ça. Tu me dégoûtes.

Dray se retourna brusquement. Il aurait pu être blessé et il l'était certainement au fond de lui, mais dans ce pays, dans cette guerre, cela faisait longtemps qu'il ressemblait davantage à un animal qu'à un être doué de sentiments.

— Moi ce qui me dégoûte, c'est que vous gâchiez votre potentiel de cette manière. Même pas fichus de comprendre une chose simple. Un ordre simple, cracha-t-il, le dos droit.

Jamais il ne montrerait que tout ceci le blessait, que c'était dur. Qu'il savait que demain et tous les jours d'après ressembleraient à ça. Qu'il change d'unité n'y ferait rien.

Mais en plongeant son regard dans celui d'Henry, il vit cette fois une émotion bien différente. Une chose qu'il apercevait parfois dans les yeux des personnes qu'ils avaient tuées. De la folie. De la folie pure. Et avant que Dray n'ait pu se mettre en position, Henry avait attrapé le couteau à sa hanche et fonçait droit sur lui.

— Tu salis l'honneur de l'armée ! hurla-t-il. Je vais t'égorger comme tu le mérites !

Dray le vit se rapprocher comme au ralenti et, pour la première fois depuis longtemps, se sentit pétrifié. La fureur qu'il avait ressentie se transformait en frayeur épouvantée. Car ce n'était pas un anonyme qui voulait le tuer, ce n'était pas un enfant qui ne savait pas ce qu'il faisait. C'était Henry. L'homme avec qui il travaillait depuis cinq ans. Un soldat à qui il avait confié sa vie. Ils avaient mangé, dormi, s'étaient blessés ensemble. Que les choses aillent mal n'était pas une raison suffisante pour attaquer de front, non ?

Non. Henry venait de dire que c'était Dray qui leur faisait honte, que c'était lui qui méritait de mourir. C'était lui la créature horrible, à peine humaine, qui devrait être saignée comme on tuait un cochon.

L'éclat de la lame réveilla l'instinct de survie que Dray avait développé depuis une dizaine d'années. Et ce fut sûrement ce qui lui sauva la vie. Il réussit à parer le coup grossier que tenta de lui asséner Henry, rendu fou par sa rage. Ils échangèrent quelques passes avant que la douleur explose dans chaque fibre du corps de Dray. Le temps s'arrêta quelques secondes qui lui parurent durer une éternité, alors que la lame continuait de se frayer un chemin dans sa chair, dans son flanc. Dray n'osait pas bouger, fixant les yeux fous de Henry. Image qui hanterait ses rêves pendant longtemps.

— Tous les gens comme toi devraient crever. Vous n'êtes même pas humains.

Henry avait tourné le couteau, la peau et les organes se déchirèrent sous son hurlement. Son camarade voulut retenter une seconde attaque que Dray n'était pas sûr de pouvoir parer, quand des voix affolées couvrirent la bagarre et le corps de Henry fut écarté du sien. Dray recula aussi, une main sur la plaie, fixant ses anciens compagnons qui essayaient de maîtriser Henry. Le couteau fut attrapé par Victor qui se porta ensuite au secours de Dray. Mais celui-ci ne leur faisait plus confiance, il le repoussa du bras, essayant de sortir de cette tente de malheur. Avant de finalement s'écrouler, arrachant une partie du tissu dans sa chute.

Ses yeux se tournèrent vers le soleil encore haut et il se demanda si tout cela valait vraiment le coup. Si vouloir protéger sa famille, son pays, méritait de subir tout ça. Les morts, les insultes, et maintenant ça. Le visage blême de Victor lui cacha une partie du ciel pour hurler des ordres dehors. Mais Dray n'entendait plus rien. La douleur monopolisait beaucoup trop son esprit pour que son corps lui permette de comprendre ce qu'il se passait autour de lui. La trahison qu'il ressentait envers ses frères d'armes lui occupait de toute manière suffisamment l'esprit.

Et pour la première fois de toute sa vie, Dray regretta de s'être engagé dans l'armée.

Lucas observait l'air sombre de Dray. C'était nouveau. La nouveauté, il n'aimait pas ça, ça le paniquait la majorité du temps. Mais ce jour-là, cela l'irrita. Lucas aurait aimé être en mesure de redonner le sourire à Dray, de parvenir à effacer son air blessé, mais il n'était capable que des pires choses. Il le regretta profondément à ce moment-là.

— Tu n'as rien d'une tare, soupira Lucas qui grimpa sur une planche en apercevant l'un de ses pots.

— Dommage que tout le monde ne soit pas du même avis, déplora Dray en sortant un petit sac en plastique qui contenait des graines. Enfin, au moins, tu vois que tout le monde a des cicatrices.

— Mais les tiennes sont différentes, murmura Lucas, penché sur le pot.

Il se rappela alors la clairière. Dray lui avait dit comment lui faire plaisir. Il ne comprenait pas pourquoi c'était le cas, mais il pouvait bien le faire. Juste pour voir si cela marchait, si cela réussirait à chasser son air sombre. Il avait envie de tenter. Peut-être qu'il pouvait faire quelque chose de bien aujourd'hui. Peut-être qu'il devait au moins essayer. Il se mordit brièvement la lèvre, puis sa main se leva et, de ses doigts tremblants, il repoussa sa capuche qui tomba dans son dos. Puis il recommença à farfouiller parmi les débris.

Il essaya de ne pas penser à son visage totalement découvert, à ses cheveux trop longs qui s'agitaient sous la légère brise et tenta de profiter des rayons du soleil qui réchauffaient sa nuque. Il jeta des coups d'œil en coin à Dray pour voir si son expression changeait. Le soldat s'était arrêté et le fixait. Il finit par sourire doucement.

— Merci, marmonna-t-il, touché.

Il ne pensait pas que Lucas le ferait de lui-même, mais le voir là, comme ça d'un coup, c'était comme s'il lui montrait son soutien par ce simple geste. Lucas rougit un peu avant de tirer sur le pot qui dépassait, mais ce n'était qu'un infime morceau. Il pouvait dire adieu à sa récente plantation. Pourtant, il était content. Il avait réussi à ramener une expression plus positive sur le visage de Dray. Parce que l'homme lui apportait tellement que de pouvoir lui donner un peu de joie réjouissait Lucas. Et aujourd'hui, malgré la perte de sa cabane et de tout ce qu'elle contenait, il était rempli d'émotions positives. Sans paniquer.

Cette constatation le figea même un instant. Aujourd'hui, il ressentait toujours l'angoisse. Elle était là, n'attendant qu'une chose : pouvoir le submerger. Mais il comprit que c'était la présence de Dray qui la retenait. Il repoussait toujours les crises et. Lucas n'en faisait presque plus en sa compagnie, sauf si les circonstances étaient vraiment source de panique. Dray l'apaisait plus qu'il ne le croyait. Dray était un survivant, un combattant qui chassait la peur. Et ça le rassurait tellement que Lucas recommença à fouiller, presque détendu.

— Un problème ? gémit Dray alors qu'il soulevait un énorme morceau de bois.

Il peina sous l'effort et ses muscles semblaient presque sur le point de se rompre tellement ils étaient tendus, mais ce fut le bois qui abandonna la partie.

— Non, aucun.

Sous le soleil qui le réchauffait agréablement, Lucas parvint à sourire en fouillant dans les décombres. Finalement, tout avait mal commencé mais la journée s'avérait bonne. La première depuis des lustres.

— Merci, finit-il par ajouter en tirant un petit paquet de graines.

— Pas de soucis.

Ils mirent presque deux heures avant de réussir à tout dégager. Les planches et autres débris furent rangés en tas dans un coin, et ce qui restait fut mis à part. Dray se jeta alors dans l'herbe, couvert de sueur, le souffle court.

— Ah, j'en peux plus. Laisse-moi mourir ici, s'écria-t-il avec un air théâtral.

— Tu as besoin de quelque chose ? s'enquit Lucas d'un ton inquiet en le regardant faire.

— Une baignoire de bière ? proposa Dray, espiègle.

— Je n'ai pas de bière, soupira Lucas en se triturant les doigts. Désolé.

— Hé, je disais ça comme ça, le rassura Dray en s'asseyant. De l'eau fera très bien l'affaire. En plus, j'imagine très bien la tête de ma mère si je viens au repas de famille en sentant l'alcool.

— Déjà que tu ne seras pas propre à cause de moi, soupira piteusement Lucas.

Lui-même avait déchiré son sweat à plusieurs endroits, et son pantalon était couvert de terre et de traces d'herbe.

— Ça fait garçon de la campagne. Je suis sûr que je pourrais draguer comme ça ! Non mais, mec, ne t'en fais pas. Je suis habitué à me salir. Cela ne me dérange pas. Et cela prouve qu'on a bien bossé. Je suis vraiment content que tu m'aies appelé.

— Moi aussi, avoua Lucas en rougissant un peu, baissant la tête.

— Pas traumatisé d'avoir utilisé un téléphone ? Il ne t'a pas mangé ?

— C'était plus dur que ce que je pensais.

— Mais tu l'as fait, non ? C'est le principal.

— Je vais te chercher de l'eau, se contenta de dire Lucas en se relevant pour disparaître dans la maison.

Il revint rapidement avec un grand verre et une bouteille en plastique fraîche qu'il posa près de Dray.

— Merci, t'es un vrai pote, toi, s'amusa Dray en servant un verre qu'il tendit ensuite à Lucas. Allez, viens t'asseoir. J'ai peur que tu t'écroules.

Lucas s'exécuta en se laissant tomber non loin de Dray, attrapant le verre dont il prit une gorgée en silence avant de baisser la tête et de commencer à trifouiller un trou dans la manche de son sweat.

— Tu aurais dû l'enlever, déclara Dray qui avait bu la moitié de la bouteille à même le goulot.

— Non, le reste est pire, murmura Lucas d'une voix à peine audible.

— Je t'ai déjà dit que c'était à moi de juger. J'ai vu des gens à qui on avait arraché un bras, tu sais.

Lucas lui jeta un regard furtif, rapide, hésitant. Il se mordilla la lèvre quelques secondes. Dray lui avait parlé aujourd'hui, il lui avait raconté l'origine de ses cicatrices. Et cela ne l'avait pas répugné de regarder son visage, au contraire, puisque le voir semblait lui faire plaisir. Lucas se décida et s'exécuta avant que la bouffée de courage ne redescende. La nuque voûtée, la tête baissée, il fit descendre la fermeture éclair de son sweat et tira sur la manche droite pour l'ôter. Il ralentit, retirant la manche gauche avec plus de précautions, comme si le frottement le blessait. Puis il posa le sweat troué à côté de lui, incapable de relever les yeux, comme si la réaction de Dray pouvait le blesser ou le paniquer.

Il ne portait qu'un tee-shirt blanc en dessous, un peu trop grand, qui pendouillait sur ses épaules trop frêles, mais qui laissait voir les mêmes marques que sur son visage. La peau rêche et abîmée s'étendait sur une partie de son cou, disparaissait sous le vêtement au niveau de l'épaule et reprenait sur le bras gauche. La face intérieure du membre offrait quelques morceaux de peau lisse, mais presque tout était strié, rêche, et cela descendait jusqu'à la main gauche qui ne l'était qu'en partie. Le pouce, l'index et le majeur étaient épargnés mais les deux autres doigts, la moitié de la paume et le dos présentaient ce même aspect complètement irrégulier, d'une couleur plus foncée que celle de sa peau intacte.

Dray posa sa main sur l'épaule droite de Lucas, avec une douceur infinie, et l'attira à lui.

— Bravo, mec, murmura-t-il à son oreille, avant de se laisser tomber dans l'herbe sans le lâcher.

Lucas ferma les yeux, tentant d'oublier qu'il venait de mettre sa monstruosité à nu, et resta simplement là contre Dray, trouvant étrangement agréable la sensation de la peau de sa joue droite contre celle de l'épaule de Dray. Cela réchauffait, plus que le soleil. Tout comme le fait que Dray ne soit pas répugné. Il ne le repoussait pas, il n'avait pas eu ce cri surpris ou horrifié. Alors Lucas ne bougea plus et resta là. La main de Dray glissa de son épaule, toujours aussi lentement, pour remonter et passer dans ses cheveux. Et ils restèrent là, tranquillement dans l'herbe, bercés par le souffle du vent.

Au début, Lucas se tendait lorsque la main de Dray se rapprochait de ses cicatrices, mais quand il vit qu'il n'y touchait pas, il finit par se relaxer un peu, trouvant même la caresse plaisante. Finalement une journée toute simple devenait fantastique. Parce que ce moment était presque magique. Agréable, sans mot superflu. Juste parfait.

Au bout d'un quart d'heure, Dray finit tout de même par soupirer.

— Je vais devoir y aller.

Lucas se redressa comme s'il était monté sur ressorts, la tête baissée et légèrement rouge.

— Oui, je ne veux pas te mettre en retard.

— Non, cela devrait aller, ce n'est pas très loin et je suis en moto, sourit Dray en se redressant sur ses deux pieds avant d'aller chercher son tee-shirt déchiré pour se rhabiller sommairement. Tu as un magnifique jardin.

— Merci, répondit Lucas comme si c'était un compliment qui le touchait beaucoup.

— Cela te dérange si la prochaine fois je prends quelques photos ? demanda-t-il en attrapant son manteau.

— Oh non, tu peux photographier le jardin autant que tu veux.

— Merci, c'est sympa. Tu aimes les fleurs ?

— Cela m'occupe, j'aime bien leur couleur et leur odeur.

— Si tu veux, j'ai des photos qui pourraient te plaire. Je pourrais te montrer si tu viens chez moi.

— Je crois que j'aimerais bien voir tes photos, finit par répondre Lucas avec hésitation.

— On fera un détour quand je te ramènerai la prochaine fois de l'institut, si tu veux.

— D'accord.

Dray sourit, reprit ses gants qui avaient été un peu abîmés et se rapprocha de Lucas.

— Appelle-moi si tu as encore des problèmes, OK ? N'hésite pas. Surtout si tu me sauves d'une session shopping avec ma sœur.

— J'essaierai, assura Lucas en lui jetant un regard en coin.

— À vendredi alors, souffla Dray en posant sa main dans ses cheveux. Je passe te prendre comme d'habitude ?

— Comme d'habitude, acquiesça Lucas en ramassant son sweat pour raccompagner Dray dans la maison.

L'ancien soldat sourit, récupérant son casque près de la porte.

— Essaye de pas t'amocher d'ici là, déclara-t-il, la main sur la poignée.

Mais au lieu de l'ouvrir, il se retourna vers Lucas.

— Et tu vois que je ne suis pas dégoûté. Sois plus à l'aise avec ton corps, OK ?

Lucas hocha la tête tout en sachant que ça n'arriverait pas. Même si Dray n'était pas dégoûté, lui l'était. Rien que l'idée d'être toujours là, sa peau dévoilée, ça l'angoissait.

— Pas de mauvaise tête, ordonna Dray en lui pinçant le nez avant de sortir pour de bon.

Et Lucas le regarda partir, restant bien à l'abri pour ne pas qu'on puisse le voir depuis la rue. Il referma derrière Dray, tournant la clé dans la serrure. Mais même en se retrouvant soudain seul dans la maison sombre, il trouvait encore la journée excellente. La meilleure qu'il ait passée depuis plus de dix ans. Quelques secondes plus tard, le bruit de la moto disparut au loin.

Apprivoiser la terreur

Lucas regardait partout avec anxiété. Ce n'était pas le chemin habituel. Il s'était fait à la route entre l'institut et chez lui, mais là, il ignorait totalement où ils étaient et où ils allaient. Et comme toujours, l'inconnu l'effrayait. Aucune crise ne pointait le bout de son nez, car Dray conduisait toujours aussi lentement et semblait serein. Sans cela, Lucas aurait sans doute déjà sombré. Il tira sur sa capuche avec nervosité lorsque Dray tourna dans une nouvelle rue, observant tout avec angoisse.

Leur journée avec Maxime avait été bonne. Ils avaient même pu pique-niquer dehors avec lui et le petit garçon avait beaucoup ri. Il avait porté sa cape tout au long de leur visite, courant ainsi vêtu dans le grand jardin, profitant du magnifique soleil et du ciel bleu. Et après une mélodie au piano, Dray avait proposé d'emmener Lucas chez lui pour voir les photos.

Dray tourna dans une rue où les maisons se faisaient plus rares et s'engagea finalement dans une grande allée. Sur la gauche se trouvait une énorme bâtisse, mais ce ne fut pas là que Dray se rendit. Il prit la direction d'une espèce de bungalow en bois qui possédait sa propre terrasse et s'arrêta devant.

— C'est la maison de mes parents. Ils ont construit cette dépendance pour quand ils ont des invités, expliqua Dray en fixant son petit chez lui. Quand je suis revenu, je voulais me prendre un studio pour économiser pour ma reconversion, mais ma mère ainsi que ma sœur ont été plus qu'insistantes. Alors je leur verse un petit loyer, mais c'est mon chez-moi. J'y suis bien.

La cabane était entièrement faite de bois, avec juste trois petites fenêtres, un toit en ardoise et une assez grande baie vitrée. Petite, mais confortable. Dray se tourna ensuite vers Lucas pour l'examiner.

— Pas d'attaque de panique ? demanda-t-il avec douceur.

— Pas pour l'instant, souffla Lucas avec peine, attendant que le moteur s'éteigne pour se détacher et descendre de la voiture.

— Bien, déclara Dray en coupant le contact.

Il se dirigea ensuite vers la maison, fouillant ses poches pour trouver son autre trousseau de clés. Lucas le suivit, tête baissée. Il cherchait l'origine de chaque bruit qui lui parvenait, qui le faisait sursauter et il espérait ne croiser personne d'autre. Les lieux étrangers étaient toujours source d'angoisse. Alors quand on y rajoutait des personnes inconnues, c'était pire que tout. Sa première fois à l'institut avait été terrible à cet égard. Si Maxime ne s'était pas approché et ne l'avait pas regardé avec cet air fasciné, il n'aurait probablement pas terminé sa journée sans crise. Ce qui était le pire scénario envisageable, car alors les gens le touchaient, s'approchaient, tiraient sa capuche, voulaient l'aider, avaient peur de lui, lui faisaient mal, le terrorisaient. Et il s'évanouissait. Non, les lieux inconnus remplis de gens étaient vraiment à éviter.

— On ne devrait pas être dérangés, le rassura Dray en ouvrant la porte. Ma famille ne vient pas trop me voir.

Lucas hocha la tête en silence, la nuque voûtée, et il tira sa capuche en attendant Dray. Ce dernier l'invita à entrer dans un salon cosy, où se trouvaient un petit canapé marron et un fauteuil assorti tournés vers une télé. Une petite table haute était installée un peu plus loin, contre le mur, en face d'une kitchenette. Dray enleva son manteau et le jeta sur le sofa avant de s'avancer vers la partie cuisine. La décoration était simple, dans des tons chauds.

— Tu veux boire quelque chose ?

— De l'eau, répondit précipitamment Lucas en observant l'endroit sans trop relever la tête.

— Tu n'as pas à avoir peur. C'est juste mon petit chez-moi, souffla-t-il en tendant le verre.

— Merci, répondit simplement Lucas en le prenant sans vraiment parvenir à se redresser.

— Lucas, appela Dray en posant une main sur son épaule droite. Regarde-moi.

Lucas soupira, ses épaules s'affaissèrent, mais il finit par relever un peu la tête pour observer Dray par-dessous sa capuche, le soldat lui adressant un sourire doux. Sa main passa de l'épaule à son menton pour remonter davantage son visage.

— Là, comme ça c'est mieux.

— Je ne trouve pas, soupira Lucas dans un souffle plein d'angoisse.

— Lucas, ce n'est que chez moi. Une extension de moi. Tu as dit qu'auprès de moi, tout allait bien, non ? Alors ici, ça va aller.

— Je t'ai dit aussi que je ne supportais qu'à grande peine mon propre reflet, soupira Lucas en rebaissant les yeux, désignant l'immense baie vitrée d'un geste.

— Ah, c'est ça qui pose problème ? se soucia Dray avant de s'avancer vers la fenêtre et de tirer un lourd rideau sombre. Voilà. Mieux ?

— Merci, soupira Lucas qui se tritura les doigts, ennuyé d'imposer quoi que ce soit à Dray.

— N'hésite pas à me dire si d'autres choses te gênent. Je ne vais sûrement pas y penser spontanément.

— Je ne vais pas faire ça, soupira Lucas en haussant les épaules. C'est chez toi. Il faudra bien que je m'y fasse si je dois revenir. C'est parce que c'est nouveau.

Encore, ça l'angoissait. La télé renvoyait son reflet, tout comme chaque vitre de chaque fenêtre. Avec toute cette lumière, on y voyait presque comme dans un miroir. Et puis, surtout, l'endroit était inconnu. Il n'y avait aucun repère pour lui. Il ignorait tout du lieu. Cette angoisse, c'était venu à force de se plonger dans la solitude. Quelques mois après le choc, il avait rapidement commencé à avoir peur de tout, et en premier lieu de la nouveauté. Une conséquence de sa TSPT, mais pas un symptôme réel. Ça en découlait mais c'était une maladie indépendante. À vrai dire, il était étonné d'être aussi calme. Sa respiration était à peine saccadée, il prit conscience que c'était parce que Dray était là et veillait sur lui. Et il savait que Dray faisait ça bien, prendre soin des autres. Il était soulagé de compter parmi les personnes auxquelles Dray prêtait attention. Ça le rassurait.

— Viens, trancha Dray en le prenant par la manche pour le mener vers une porte derrière la cuisine.

Il le conduisit au pied d'un petit escalier à côté d'une autre porte. Dray lui fit grimper les quelques marches qui donnaient immédiatement sur une immense chambre où trônait un grand lit fait au carré, une armoire et un bureau. La décoration était toujours aussi minimaliste, surtout que la pièce se trouvait sous les combles. La lampe de chevet était à même le sol ; à côté du bureau, de nombreuses photos avaient été épinglées et des toiles glissées contre le mur. Sûrement des agrandissements d'images. L'ancien soldat se dirigea aussitôt vers son bureau devant lequel il s'assit et alluma l'ordinateur. Il se releva aussitôt et alla ouvrir la fenêtre pour empêcher tout reflet.

— On est bon ? demanda-t-il en se tournant vers Lucas.

— Montre-moi, murmura Lucas en s'installant juste derrière la chaise pour contempler l'écran.

Dray se contenta de sourire, reprenant sa place, avant de mener quelques recherches dans ses fichiers.

— Tu es donc si pressé ? murmura-t-il avec amusement. Si je n'ai pas le temps de tout te montrer, tu reviendras, ce n'est pas ce que tu viens de dire ?

— Si cela ne t'embête pas de cacher les vitres, murmura Lucas en haussant les épaules. Le plus difficile pour moi, c'est toujours la première fois.

— Je suis content que tu proposes cela de toi-même. J'ai toujours un peu l'impression de te torturer quand je te demande quelque chose.

— Je t'ai déjà expliqué, l'inconnu m'angoisse. Je n'ai plus… l'habitude de la nouveauté. C'est difficile de mettre des mots sur ça.

— Je ne te fais aucun reproche, je t'explique mon ressenti, déclara Dray avant de se lever pour pousser Lucas à prendre sa place sur sa chaise.

Il se pencha ensuite au-dessus de lui et lança un diaporama.

— C'est mon dernier travail, murmura-t-il pendant que des photos commençaient à défiler sous une jolie musique de piano.

Il s'agissait pour la plupart de paysages, souvent désertiques. Des instants qu'il avait capturés pendant ses nombreux voyages, à l'époque de l'armée. Des dunes au lever du soleil apparaissaient sur l'écran puis des traces de pas dans la terre mais, rapidement, des fleurs en gros plan sur lesquelles des perles d'eau glissaient doucement s'invitèrent, faisant ressortir les couleurs. D'autres avaient été travaillées avec un effet de profondeur afin de donner l'impression que la fleur était plus grande que les arbres autour d'elle. C'était un travail magnifique.

— Tu es très doué, murmura spontanément Lucas après une dizaine de photos, les détaillant avec fascination.

— J'ai pris des photos aux moments qui me semblaient appropriés, murmura Dray, clairement gêné, en se frottant les cheveux. Les premières devraient bientôt être exposées.

— Ça veut dire que ton travail est réussi alors, bredouilla Lucas qui ne paraissait pas vraiment certain.

Le problème de se tenir à l'écart du monde, c'était que lorsqu'on y revenait, on n'était plus sûr de sa façon de fonctionner.

— On verra bien ce qu'en disent les autres. C'est Pauline qui pense que je devrais présenter ça à une galerie. C'est la première fois. Je suis stressé en fait, grommela Dray avant de se tourner vers lui. Mais je suis content si au moins elles te plaisent.

— Oh oui, elles sont magnifiques. Enfin, je trouve, souffla Lucas d'une voix un peu heurtée, mal à l'aise. Merci de me les avoir montrées.

— Je te proposerais bien de voir celles de l'institut, enfin quelques-unes. Mais je ne pense pas que cela soit une bonne idée, n'est-ce pas ? dit-il en s'asseyant sur son lit.

— Non. Sauf celles de Maxime. Je suis sûr que tu en as fait de très belles.

Non, il ne voulait rien qui pourrait lui rappeler sa propre existence. Honteuse qu'elle était. C'était presque du blasphème. Pas de reflet, pas de miroir et pas de photo. Quand il ne se voyait nulle part, alors Lucas pouvait faire comme s'il n'existait pas vraiment. Et oublier tout ce qu'il était ou avait fait.

— Oh oui, j'en ai plein de Maxime. Même quand il était petit, sourit Dray en revenant vers lui, se collant presque contre son dos pour chercher dans ses dossiers.

Lucas rougit, mais son corps ne se tendit pas vraiment. Il se souvint de la veille, lorsque Dray l'avait simplement pris contre lui dans son jardin. Ça avait été agréable, et son corps s'en souvenait assez pour ne pas se laisser envahir par la peur causée par la proximité. Il ne baissa la tête qu'un peu, ses yeux observant ce que Dray faisait à l'écran. Il passa rapidement sur des aperçus de photos de soldats, puis sur des morceaux de corps nus, avant d'arriver sur un Maxime d'à peine quatre ou cinq ans.

— Regarde comme il est mignon, se rengorgea Dray en faisant apparaître quelques clichés où son frère jouait.

Cela fascina Lucas dont les doigts hésitèrent même à se poser sur l'écran alors qu'il regardait les photos défiler. Elles étaient toutes pleines d'amour et il ne trouvait pas cela fondamentalement logique. Une photo figeait juste un instant précis, elle n'emprisonnait pas les sentiments. Pourtant, on sentait l'affection du photographe pour Maxime, car chaque moment capturé était étincelant de beauté, de paix.

— Je ne pouvais pas le photographier autant que je le voulais comme j'étais à l'armée, expliqua Dray. Ce n'était pas facile, surtout quand il est parti à l'institut. On a eu beaucoup de disputes avec mes parents à cause de ça.

— Tu ne voulais pas qu'il aille là-bas, comprit Lucas.

C'était ce qui lui semblait le plus logique. Dray avait un caractère très protecteur. C'était la raison qui l'avait d'ailleurs poussé à débarquer chez Lucas en furie. Il supportait sans doute difficilement qu'un total inconnu puisse s'occuper de son frère mieux que lui, c'était inconcevable pour l'ancien soldat. L'inconnu pouvait si aisément blesser Maxime.

Dray s'appuya un peu plus sur l'épaule droite de Lucas, songeur, regardant les photos défiler. C'était un geste tellement naturel qu'il n'y fit même pas attention.

— Je croyais qu'ils allaient lui faire du mal, murmura-t-il

faiblement. J'ai aussi cru qu'on nous le retirait, car on ne savait pas s'en occuper. Qu'on nous voyait comme une mauvaise famille. Qu'on me privait de mon frère. Et je l'imaginais déjà en camisole, hurlant pour qu'on vienne le chercher, et ça m'a brisé le cœur… Bien sûr, je vois maintenant que ce n'est pas le cas. Mais c'était vraiment dur quand je revenais et qu'il n'était plus là.

— C'est logique. C'est ton frère. Il est important pour toi.

— Oui. Pauline dit surtout que je suis une mère poule, avoua-t-il avec une grimace amusée.

— Tu tiens juste à ta famille, c'est normal, murmura Lucas à voix basse en contemplant la photo qui restait à l'écran. C'est important et précieux, une famille.

Dray se tourna vers lui, avec un air doux.

— Et toi ? Ta famille ? Tu n'en parles jamais.

Aussitôt, tout le corps de Lucas se crispa complètement et il ferma les yeux alors que sa respiration se faisait chaotique, hachée et difficile.

— Je n'en ai plus, réussit-il à articuler avec peine.

Dray le fixa de ce même regard. Il avait compris.

— Pendant l'accident qui t'a fait ça ? demanda-t-il en lui caressant un instant la joue.

Lucas sursauta en sentant la main de Dray sur sa pommette marquée et ne parvint pas à retenir un geignement.

— Il ne faut pas toucher, c'est douloureux, gémit-il.

— Pardon, s'affola aussitôt l'ancien soldat, retirant précipitamment sa main.

— Tu ne pouvais pas savoir, souffla Lucas en tirant la capuche.

— Tu ne peux rien faire pour les soulager ?

Lucas sembla gêné et se tortilla sur son siège en triturant ses doigts.

— Non, soupira-t-il avant d'avouer après une hésitation : ils ne trouvent pas de raison à ma douleur, le docteur pense que c'est dans ma tête. Parce que mes plaies sont guéries depuis des années.

— Oh. Comme des douleurs fantômes… J'ai vu des soldats qui ont perdu une jambe ou un bras et qui ressentaient toujours des douleurs dans leur membre disparu, déclara Dray en fixant pour la première fois chaque partie du visage touché. J'ai vu un ami plonger un couteau dans sa prothèse pour soulager la souffrance.

— Oui, c'est un peu la même chose, je suppose, murmura Lucas d'une voix à peine audible. Quand je n'y touche pas, ça ne fait pas vraiment mal. C'est le contact qui me fait souffrir. Les manches m'irritent un peu.

— Comment tu fais pour te laver ? Même dans la vie de tous les jours, cela doit être horrible.

— Je trouve des solutions comme je peux. Je prends des bains et j'essaie de ne pas y plonger mon bras. M'habiller me prend du temps, je ne mets que des sweats larges pour que ça touche le moins possible. Je m'adapte comme je peux.

— Et moi qui croyais que c'était pour cacher tous tes muscles, souffla Dray avec un rire.

— J'aurais préféré, souffle pauvrement Lucas.

— Ce n'est pas grave, ta réputation de Dark Vador n'en est pas entachée, même si tu prends des bains, promis.

— Me voilà rassuré.

Dray sourit avant de se rasseoir convenablement sur le lit.

— Tu as évité la question sur la famille, fit-il remarquer en laissant son regard dériver vers la fenêtre.

— Je n'en parle jamais.

— Trop douloureux ?

— Oui.

Dray hocha la tête, compréhensif.

— Je ne pourrais pas m'arrêter de parler de ma famille, je crois. C'est une partie de moi.

— C'est normal.

— Peut-être. Pourtant, je n'en parlais jamais quand j'étais en service. Je crois que je voulais les garder pour moi. Un peu comme mon jardin secret.

— Comme pour les protéger encore.

Lucas tenta de sourire en le regardant.

— Peut-être, admit Dray. Je dois avoir un sérieux problème aussi, ajouta-t-il avec un clin d'œil.

— Vouloir protéger sa famille, ce n'est pas vraiment un problème.

— Faudra que tu le rappelles à ma sœur quand elle ramènera son prochain petit copain.

— Elle doit avoir l'habitude, tu as toujours été comme ça, non ?

— Ses hurlements me prouvent souvent le contraire.

— Elle hurle vraiment ?

Dray hocha pour confirmer avant de se gratter la joue, là où sa barbe commençait déjà à repousser, avec un sourire.

— Il est possible aussi que j'aie jeté son copain dehors

quand il a tenté une blague de mauvais goût.

— Je comprends qu'elle ait hurlé. Le pauvre.

— Ma sœur méritait mieux qu'un mec qui n'a pas d'humour, grogna Dray en croisant les bras, l'air boudeur.

— C'est ta sœur, tu ne trouveras jamais personne assez bien pour elle, sourit Lucas en parvenant enfin à se détendre un peu.

— Assurément. Elle tente de me cacher ses copains maintenant. Mais je la connais par cœur, je sais quand elle est avec quelqu'un.

— Il faudra bien qu'il y en ait un qui trouve grâce à tes yeux un jour.

Dray éclata de rire avant de se pencher vers Lucas comme pour lui confier un secret.

— On verra ça en temps voulu… Tu veux faire quelque chose ?

— Je n'en sais rien, balbutia Lucas, étonné de la question.

— Oui, j'aurais dû m'en douter. Tu veux regarder un film ? Ou alors tu préfères rentrer ? Non, tout va bien là. Tu n'as pas ce pli au bord de l'œil, le même que quand tu es stressé.

— Ça va, le rassura Lucas en clignant des yeux face à toutes ces questions. On peut regarder un film si tu veux, cela fait longtemps que je n'en ai plus vu. Ou rentrer, comme tu veux.

— Je te demande ce que, toi, tu veux faire, insista Dray. Viens, c'est en bas. Je te propose un truc. Comme j'ai choisi l'activité, tu choisis un film dans ceux que j'ai.

— D'accord, se contenta de répondre Lucas en le suivant.

L'ancien soldat lui montra le tiroir sous la télé où tout était rangé pendant qu'il repartait vers la cuisine. Lucas hésita puis, voyant que Dray ne revenait pas, s'assit à même le sol et ouvrit le tiroir, commençant à farfouiller dedans, lisant les résumés. À mesure qu'il s'informait des titres, il se rendait compte qu'il n'en connaissait pas un seul. Il ne regardait jamais ni de films ni la télévision. Mais ça ne serait pas la première nouveauté à revenir dans sa vie après tout. Il arrivait même à mener des conversations anodines, parce que c'était ce qui venait d'arriver. Cela lui donnait presque l'impression de redevenir quelqu'un de normal, un être à part entière.

Cette idée le plongea dans une morosité profonde. Il n'en avait pas le droit, d'être normal, d'être quelqu'un. Il tenta d'oublier cette pensée et se concentra sur les DVD, pour en mettre certains de côté.

— Tu trouves ton bonheur ? demanda Dray en revenant vers lui avec un paquet de pop-corn tout fait. Je suis désolé, je ne peux plus en faire des vrais.

— Je ne verrais sans doute même pas la différence entre des vrais ou d'autres, répondit tranquillement Lucas en lui tendant un DVD.

— Voyons ce que nous avons là… Fantastique ? s'étonna Dray en prenant le CD. Je n'aurais pas pensé.

— Tu aurais dit quoi ? demanda Lucas en rangeant les autres films dans le tiroir.

— Star Wars ? s'amusa Dray en le mettant dans le lecteur.

— C'est toi qui vois du Jedi partout, s'amusa véritablement Lucas en allant se pelotonner dans le canapé.

— Non, c'est ta capuche qui me fait penser ça, rit Dray en s'installant à côté de lui, tirant un plaid du fauteuil. Si tu dis que je ressemble à un vieux, tu te prends un pop-corn dans la tronche, prévint-il.

— Je n'oserais pas, répondit tranquillement Lucas.

— Alors je veux bien t'en prêter un morceau, dit Dray en lançant le film.

— Merci, souffla le jeune homme en s'approchant pour profiter de l'offre.

La petite couverture les recouvrit partiellement et le film commença. Dray se tendit pour reprendre le bol de pop-corn qu'il proposa ensuite à son compagnon. Lucas hésita brièvement, mais finit par piocher dedans et commença à grignoter. Dray en mangea une poignée et laissa le bol entre eux pour permettre à Lucas de se servir, puis sourit. Parce qu'il était bien. Décontracté. Depuis combien de temps n'avait-il pas juste regardé un film avec un ami ? Juste pour le plaisir de prendre son temps. Ne rien cacher. Dray se détendit tellement qu'il finit par s'endormir.

Lucas s'en rendit compte vers le milieu du film. Son attention fut d'abord attirée par le fait que Dray ne mangeait plus, par sa respiration lente et profonde puis par sa posture délassée. Lucas quitta l'écran des yeux pour observer l'homme qui dormait, surpris et curieux. Parce que pour lui, c'était complètement inconcevable de s'assoupir comme ça, aussi paisiblement et sereinement. Il trouva cela fascinant et contempla longuement Dray. Il l'enviait, ça c'était certain, mais il n'y avait pas de jalousie. Il aurait aimé que Dray lui apprenne à dormir aussi tranquillement.

Même sa présence ne gênait pas l'homme, et il se sentait presque honoré, parce que ça prouvait une certaine confiance de sa part. Il était si serein que Lucas le trouva simplement beau, à être là, relaxé. C'était agréable de pouvoir observer ses traits apaisés. Même dans son sommeil, Dray arborait un sourire en coin, un peu taquin.

Lucas ne vit pas grand-chose de la fin du film, son regard trop occupé à naviguer entre l'écran et Dray qu'il trouvait captivant. Il se sentait étrangement bien, sur ce canapé, sous ce plaid qu'ils partageaient. Rien que cette notion était étrange pour lui, mais il aimait cela. Partager. Il aurait aimé faire durer ce moment. À dire vrai, lorsque le générique commença à défiler, il ne songea même pas à réveiller Dray. Déjà, il n'aurait pas osé le faire mais, surtout, il n'en avait pas la moindre envie. Il voulait prolonger l'instant et profiter de ce bien-être qui lui semblait si peu familier, mais si agréable, rassurant.

Oui, c'était vraiment son intention. Profiter d'un répit. Jusqu'à ce que le son d'une voiture se fasse entendre juste devant le chalet. Lucas se tendit presque aussitôt et ce fut pire lorsqu'il entendit le moteur s'éteindre. Là, son souffle s'accéléra légèrement, son cœur se mit à tambouriner. Un peu d'abord. Puis il y eut des pas, tout proches, qui se dirigeaient droit vers eux. Là, sa gorge se noua légèrement, il tenta de se raisonner. Ce n'était qu'une présence. Il n'avait plus peur des gens qui passaient chez lui, des commerciaux qui venaient frapper à sa porte. Mais la raison n'eut pas voix au chapitre. Parce qu'il n'était pas chez lui. Le lieu était à peine connu, Dray dormait et ne pouvait donc rien pour lui. Et surtout, sans se l'expliquer vraiment, le bien-être tout juste ressenti le rendait étrangement vulnérable. Oui, il se sentait plus fragile que le reste du temps.

Il tenta de se concentrer sur son souffle, s'obligea à respirer profondément en se disant simplement que la personne allait partir, car à part la télévision, tout était éteint. Il ne fallait pas céder à la panique. Il fallait se battre un peu, jusqu'à ce que l'inconnu parte. Les pas s'arrêtèrent et il fixa la porte. Lucas était encore en train de contenir son halètement pour ne pas céder à la panique, malgré les sensations de chaud et froid qui se succédaient et s'emparaient de son corps, lorsqu'il aperçut un visage sombre à la fenêtre. L'angoisse l'envahit complètement. La terreur gagna en devinant une silhouette aux contours flous, le visage aux formes imprécises et les yeux plissés qui tentaient d'apercevoir l'intérieur du chalet. De l'apercevoir, lui.

Il bondit aussitôt du canapé pour aller se terrer dans un coin, le plus proche et le plus sombre. Il se mit à trembler et tira sa capuche. Il ne pouvait pas se laisser voir alors qu'il brûlait déjà de terreur, qu'il était déjà glacé d'effroi. La peur lui noua complètement la gorge et il perdit son souffle dès qu'on frappa à la porte et que la voix s'éleva. Une voix féminine qui acheva de le faire basculer. La crise s'empara totalement de lui.

— Dray ? Je sais que tu es là, j'ai vu la télé.

L'ancien soldat sursauta légèrement, renversant un peu le bol de pop-corn, le regard hagard. Ses yeux un peu flous se portèrent vers Lucas et il fronça les sourcils en comprenant que quelque chose n'allait pas.

— Lucas, murmura-t-il faiblement.

Ce dernier commença à se balancer d'avant en arrière, le souffle court, chaotique, alors que tout son corps se mettait à trembler. Il sursautait à chaque nouveau coup donné contre la porte. Parce que l'inconnu allait entrer. La menace approchait. Il allait le voir. L'entendre. Mourir. Sa respiration devint plus laborieuse, sifflante.

— Merde, grogna Dray en se passant une main sur le visage. Attends, tout va bien. C'est ma sœur, murmura-t-il en se levant.

Lucas ne sembla pas rassuré, car son souffle se bloqua dans sa gorge et l'impression d'étouffer l'envahit. Il se laissa tomber en position fœtale sur le sol, complètement paniqué, incapable d'entraver l'angoisse.

— Lucas, s'affola Dray en venant à ses côtés. Putain, Pauline, arrête de frapper ! hurla-t-il en se penchant vers le jeune homme. Lucas, tout va bien… Ce n'est que ma sœur. Tout va bien. Rappelle-toi de respirer.

Les coups cessèrent finalement et Lucas arrêta de sursauter, mais ses tremblements persistèrent. Tout comme son souffle chaotique qui reprit, trop rapide, trop haché. Cette fois encore, il avait l'impression que son cœur n'allait pas tenir le choc. Il battait trop vite et trop fort. Les mots de Dray tentaient de se frayer un chemin à travers sa panique, il essaya de s'accrocher à cette voix grave, profonde, qui le rassurait toujours. Mais une autre s'interposa et réveilla l'angoisse terrifiante qui dominait en lui.

— Dray, qu'est-ce qui se passe ? interrogea Pauline juste après avoir ouvert la porte, restant sur le palier avec un regard inquiet.

Lucas se mit à trembler si fort qu'il ferma les yeux en sombrant.

— Je t'expliquerai, mais il faut que tu partes, Pauline. Tu aggraves les choses, déclara Dray en ne lâchant pas Lucas du regard. Laisse-moi tout de suite. S'il te plaît.

— D'accord, soupira Pauline en tournant les talons et en refermant la porte derrière elle.

— Lucas… Lucas, tu m'entends ? demanda Dray en se couchant à ses côtés pour chercher le regard de l'homme sans le toucher. On va réciter l'alphabet. Tu aimes ça, tu te souviens ? Alors je commence… A… B… Allez, respire… C…

Lucas était tellement perdu dans son angoisse et sa terreur qu'il mit un long moment avant de parvenir à discerner à nouveau la voix de Dray. Il n'y croyait même pas. Il étouffait, il allait mourir, son cœur battait trop vite. Alors, lorsqu'il entendit Dray percer parmi sa douleur et sa peur, il n'y crut pas. Pourtant, il s'accrocha à cette voix. Il ne voulait pas la perdre. Elle était bonne, elle l'avait déjà aidé. Elle lui fit ouvrir les yeux et il ancra son regard dans celui de Dray. Ce regard ramena l'espoir. Puis il se concentra. Il écouta. Il voulait respirer. Il avait besoin de respirer. Il voulait retrouver cet état de bien-être. Il voulait juste contempler l'air serein de Dray et se dire qu'il pouvait le faire aussi. Il voulait tellement de choses. Alors il commença à réciter avec Dray, la gorge nouée, la voix faible, mais une volonté nouvelle jaillissait au fin fond de lui.

— F, reprit-il avec Dray lorsqu'il dit la lettre. G.

— Merci, mon Dieu, murmura Dray soulagé. Allez, continue comme ça… H… I…

— J, K.

Lucas continua, réalisant peu à peu qu'en récitant avec Dray, son cœur ralentissait doucement, son souffle se faisait moins chaotique. Cela fonctionnait. C'était miraculeux. Alors il poursuivit jusqu'à retrouver une respiration normale, jusqu'à ce que la sensation de mourir s'éloigne.

— Voilà, reviens avec moi, murmura Dray en tendant la main, hésitant à le toucher. Tout va bien ici. On est tous les deux. Juste toi et moi.

Lucas continua de s'accrocher aux mots de Dray, de plonger ses yeux dans les siens, car cela éloignait la panique. Puis, après une longue minute, Lucas parvint à dénouer les doigts de sa main droite pour saisir celle de Dray et s'y agripper comme si sa vie en dépendait.

— C'est bien, continue comme ça, murmura Dray, resserrant ses doigts. Tout ira bien.

Et Lucas l'écouta. Se concentra sur sa voix, son regard et sa respiration jusqu'à ce que son cœur retrouve un rythme régulier, que sa température n'oscille plus entre le glacé et le brûlant, que son souffle ne se bloque plus entre sa gorge et ses poumons. Jusqu'à ce que tout soit de nouveau normal. Chaque fois que Dray parvenait à repousser ses crises, Lucas avait l'impression qu'il se tenait face à un faiseur de miracles. Atténuer une crise d'angoisse qui arrivait à peine, il pouvait encore le croire. Il y parvenait lui-même à une époque. Mais le ramener alors qu'il se noyait dans l'angoisse totale, dans la terreur absolue, c'était inattendu, inespéré. Il aurait voulu lui dire merci, mais il ne se sentait pas capable de parler. Il était là, presque sans force, et il ferma les yeux, arborant une expression soulagée. Il n'y avait plus aucune autre émotion en lui.

Que du soulagement.

Son corps cessa de trembler alors qu'il avait presque envie de pleurer. La crise était passée grâce à Dray. Après le soulagement, la tristesse et l'abattement l'envahirent. Il avait été tellement bien. Cela semblait déjà si loin. Une éternité avant, il s'était senti presque serein. Et maintenant, il était là, tout tremblant encore, allongé sur le parquet du chalet de Dray, sa main dans la sienne comme si c'était la seule chose qui le maintenait en vie. Il se trouva minable.

Lucas s'interdisait toujours de penser à son existence. Il l'abhorrait. Il fuyait ses reflets et ses photos parce qu'il n'arrivait pas à tolérer, à accepter, d'être encore en vie alors qu'il aurait dû mourir. Non, il ne songeait jamais à sa propre existence, à sa vie qui n'en était plus une, trop emplie d'angoisses et de terreurs. Le traumatisme initial avait empiré avec les années, s'était nourri et étoffé. Il s'y était ajouté tant de phobies, de tocs et de comportements perturbés. Alors Lucas ne pensait jamais à lui, sauf parfois après une crise, quand il n'était plus capable de rien d'autre, juste de rester allongé au sol telle une loque, attendant que l'épuisement l'emporte. Et il trouvait ça tellement minable. Complètement exécrable et lamentable. Il songeait à sa famille. Il voulait survivre pour eux, mais ils auraient honte. Il était pitoyable, et ils n'auraient aucune occasion d'être fiers ou même simplement satisfaits.

Une nouvelle angoisse le prit, plus douce, moins violente, plus désespérée. Parce qu'il aurait juste voulu être capable de surmonter, comme d'autres le faisaient, capable d'être bien sans qu'un simple inconnu venu frapper à la porte ne gâche tout et ne réveille la panique. C'était si pitoyable qu'il aurait préféré se laisser avaler par l'angoisse jusqu'à s'évanouir. Au moins, cela lui aurait évité de penser.

— Hé, reste avec moi, souffla Dray. Je vais te porter pour te mettre sur le canapé, d'accord ?

Dire que Dray avait eu peur était un euphémisme, jamais il n'aurait pensé subir encore un tel réveil. Voir Lucas souffrir comme ça, c'était déchirant. Il n'y avait pas d'autres mots. Dray n'avait jamais été partisan de la douleur, il l'infligeait uniquement à ceux qui s'en servaient et, lui, le faisait pour défendre les autres. Uniquement pour ça. Voir Lucas se tordre de souffrance et ne rien pouvoir faire, cette sensation d'être inutile était insupportable. Lucas était devenu un ami, quelqu'un avec qui il pouvait parler et qui ne le jugeait pas et, après tous ces mois d'errance, c'était une bénédiction. S'il se l'avouait un peu, il dirait même qu'il aimait flirter avec lui parce que c'était rafraîchissant. Lucas ne s'apercevait absolument de rien, et cela changeait de toutes les personnes avec qui il avait été jusqu'ici.

Alors, c'était encore pire de le voir à deux doigts de l'asphyxie. Il aurait eu envie de le protéger de tout, même de lui-même. Dray voyait parfaitement le garçon que pourrait devenir Lucas sans cette peur constante qui l'enfermait. Et Dray devait avouer qu'il avait hâte de faire sa connaissance. Mais pour l'instant, la seule chose qu'il voulait, c'était le serrer contre lui et lui dire que ce genre de chose ne recommencerait pas. Mais Lucas ne l'accepterait pas. Il ne put donc que le saisir sous les épaules, lui tirant une grimace et le coller quelques secondes contre lui pour l'allonger dans le canapé. Dray le recouvrit du plaid, le sentant encore glacé, avant de lui caresser les cheveux.

Lucas ferma les yeux, se laissant faire sans un mot, alors que son corps tremblait encore par moment. Il essaya de se laisser porter par le calme, par les caresses. Il tenta de cesser de penser, de se laisser sombrer. Son souffle devint plus profond, son cœur retrouva enfin son calme. Il s'endormit sans même s'en rendre compte, trop épuisé. Dray le contempla avant de soupirer. Il faisait quoi maintenant ?

Il ne put s'empêcher de sourire. Si Lucas pouvait avoir l'air calme comme cela lorsqu'il était réveillé… Les doigts de l'ancien soldat vinrent caresser encore une fois une mèche de cheveux avant de prendre une grande respiration. Il n'allait tout de même pas le laisser là.

Dray finit par doucement glisser un bras sous la tête de Lucas alors que l'autre se logeait sous ses jambes. Lucas était vraiment léger. Mangeait-il à sa faim ? Un soupir traversa les lèvres de Lucas et Dray se figea, ne souhaitant pas le réveiller. Mais il n'en fut rien. Lucas bougea à peine la tête avant de s'immobiliser. Dray sourit une nouvelle fois, amusé, avant de se diriger vers les escaliers. Il eut un mal fou à monter les marches, tellement le couloir était étroit avec quelqu'un dans les bras. Il faillit cogner la tête de Lucas mais, Dieu merci, il arriva enfin à sa chambre sans bobos. Il le déposa lentement dans le lit avant d'aller fermer la fenêtre et de tirer les rideaux.

Il se tourna ensuite vers son colocataire d'une nuit en se frottant les cheveux. Sa première idée aurait été de le déshabiller pour qu'il soit à l'aise pour dormir, comme il le faisait pour tous ses potes de beuverie, mais il n'était pas vraiment certain que Lucas soit de cet avis. Il dut tergiverser pendant de longues minutes avant de s'avouer vaincu. Lucas avait beaucoup transpiré et serait sûrement plus à l'aise sans autant de couches sur toutes ses cicatrices. Dray défit rapidement ses chaussures et les lui enleva. Il glissa un rapide doigt dans les chaussettes pour les ôter à leur tour. Il se frotta un instant ses cheveux, stressé et un peu gêné, avant de remonter doucement le pull de Lucas pour ouvrir son pantalon. Non, il n'était pas en train de rougir. Il l'avait déjà fait plusieurs fois, pour des potes complètement bourrés, en tout bien tout honneur. Pour Lucas, cela devrait être pareil.

Il eut un mal de chien à baisser son pantalon sans le réveiller. Et il s'empêcha clairement de regarder, concentré sur sa tâche. Non, il n'avait pas délibérément passé un pouce le long de son mollet. Il l'avait juste effleuré pour éviter qu'il ne se réveille. Lorsqu'il laissa le pantalon par terre, le soupir qui sortit de ses lèvres était triste. Mais à qui il allait faire croire ça ? Sûrement pas à lui-même. Est-ce qu'il caressait le corps de ses amis de cette manière ? Non. Il fallait qu'il arrête de se voiler la face. Parce que Lucas lui plaisait. C'était indéniable. Alors c'était différent. Il n'agissait pas par simple amitié. Aider un ami dans le besoin ? C'était bien plus. Il était fasciné par le jeune homme – et aussi un peu intrigué. Au début, il avait simplement voulu le prendre sous son aile, mais la situation évoluait. Il voulait plus. Bien plus. Des choses que Lucas ne paraissait même pas connaître et encore moins comprendre.

Son regard revint sur la silhouette allongée et il admira ce que Lucas cachait. Son corps était fin, mais pas aussi décharné qu'on aurait pu le croire. Ce n'était pas l'apparence d'un malade, juste un léger manque de muscles, ce qui lui donnait un aspect presque doux. Il n'avait pas beaucoup de poils, mais ce qui attirait l'œil sur ses jambes, c'était sa cuisse droite. Toute une zone en était dépourvue, délimitant une vieille cicatrice qui formait une mince ligne partant de sous sa hanche pour courir jusqu'au-dessus du genou. Lucas eut soudain un frisson et ses jambes se replièrent, se collèrent l'une contre l'autre. Il se tourna sur le côté en se recroquevillant sur lui-même, laissant un peu plus en vue la cicatrice.

Dray en fut hypnotisé et se pencha un peu, suivant du regard cette ligne directe. Il en avait vu des cicatrices. Plein : des belles, des moches, des purulentes. Il en connaissait de toutes sortes et il était toujours fasciné. Car chacune d'elle racontait une histoire, avait une vie propre dans un endroit qui ne leur appartenait pas, elles prenaient possession du corps et restaient là. C'est pour ça que Dray n'avait aucune honte à montrer les siennes. La première, il l'avait reçue en entrant dans une maison en Irak pour sauver une famille. Et l'autre… parce qu'il avait voulu être lui-même jusqu'au bout. Ne pas ployer devant qui que ce soit. Et tant pis si cela lui avait fait perdre une des choses auxquelles il tenait le plus. L'armée avait été une seconde maison pendant si longtemps…

Ses doigts se firent légers, à peine un effleurement qui parcourut une partie de la cicatrice avant de se rappeler que cela faisait mal à Lucas. Il braqua aussitôt ses yeux sur le visage endormi, s'attendant à le voir souffrir, mais aucun signe de gêne ou de douleur n'apparut. Rien. Dray ne comprenait pas. Les médecins ne trouvaient pas de cause à cet inconfort. Il était psychologique. Lucas semblait avoir décidé qu'il n'avait pas encore assez souffert, malgré son corps couvert de cicatrices. Et cela rendit Dray triste.

Il avait été comme ça pendant un moment. Se flagellant de ne pas pouvoir prendre soin de son frère, de ne pas pouvoir être à la fois à la maison et sur le front, de ne pas pouvoir être lui-même. De ne pas s'avouer ce qu'il était. De se faire mal pour un crime qu'il pensait avoir commis. Et qu'il avait commis. Les gens qu'il avait tués le hantaient toujours, et il avait l'impression de les voir à chaque fois qu'il se regardait dans le miroir. Mais il ne voulait plus se laisser aller. Il avait combattu cette chose tapie au fond de lui, cette saloperie qui vous empêchait d'accomplir même les actes les plus simples de la vie quotidienne. Il avait connu plusieurs passages à vide lui aussi. Le pire étant celui qui avait suivi sa première mission. La première fois où il avait tué. Pour défendre sa vie, celle de ses camarades, il avait ôté la vie d'un père de famille, d'un époux et d'un frère. Il avait refusé de s'alimenter, avait été victime de terreurs nocturnes et avait pensé à tout arrêter. Pourtant il avait continué, grâce à ses amis qui étaient devenus sa famille, grâce à ses instructeurs qui l'avaient soutenu. Il avait pu faire face, remonter la pente. Et il aurait aimé que Lucas fasse pareil. Il se demanda s'il avait quelqu'un pour l'aider en dehors de tous ses médecins. Lucas avait fui toute conversation sur sa famille. Le docteur lui-même avait demandé à Dray de reprendre contact avec Lucas, il ne devait donc pas avoir d'amis. Encore une chose qui attristait Dray.

Lucas était un gentil garçon, Dray pouvait le constater chaque fois qu'il jouait avec Maxime, et il le ressentait lui-même lorsqu'ils passaient du temps ensemble. Il n'avait pas forcément besoin de parler. Juste d'être là. À ses côtés.

Alors c'était sûrement par égoïsme, et Dray s'en voulait déjà, mais après avoir glissé Lucas sous les draps, il fit le tour de son lit, enleva ses vêtements, gardant simplement son boxer pour s'allonger à son tour et le contempler. Oui, Dray était fasciné par cet être étrange, toujours entouré de mystères qu'il espérait bien percer au fil du temps. Il s'autorisa encore une fois à le toucher, juste une fois où il parcourut l'intégralité de ce visage atypique avant de sourire. Il était bêtement heureux d'être comme ça. Juste là.

Avant de se laisser aller au sommeil, il tendit la main vers son jean et y prit son portable pour envoyer un rapide SMS à sa sœur, s'excusant de son comportement, lui disant qu'il lui expliquerait plus tard. Il laissa retomber l'appareil sur le reste de ses vêtements pour s'endormir, non sans un dernier coup d'œil vers son compagnon.

Ce fut vers le milieu de la nuit que Dray fut tiré de son sommeil. Il mit quelques secondes avant de comprendre pourquoi, se demandant d'abord s'il ne s'agissait pas de ses cauchemars, mais non. Il sentit Lucas qui gigotait dans le lit. Il ne faisait pas de grands mouvements, il ne tremblait pas, il se contentait de se contorsionner dans un sens et dans l'autre, comme s'il essayait d'échapper à quelque chose. Et surtout il poussait des petits gémissements, des plaintes graves en murmures réguliers. Il semblait implorer, chercher à se dégager, sans pour autant parvenir à bouger. Il ne fallut pas longtemps à

Dray pour comprendre. Des cauchemars. Cela semblait tellement logique.

Cela ne réveilla pas Lucas qui continua à se tortiller et à marmonner un long moment. Dray connaissait un peu trop ce phénomène, alors ce fut sans réfléchir qu'il s'avança vers Lucas, le fit glisser doucement dos à lui pour ne pas le brusquer et, la seconde d'après, le serra contre lui, offrant simplement son corps comme rempart à tout ce qui pouvait le faire souffrir. Son bras passé autour de sa taille obligeait Lucas à s'appuyer sur lui, et ses jambes furent remontées, offrant un siège au dormeur. Plongé dans un demi-sommeil, pas une seconde il ne pensa aux conséquences. Cela n'eut d'abord aucun effet puis, peu à peu, Lucas cessa de gémir et son corps se détendit pour retomber dans un sommeil profond.

Susciter l'inenvisageable

Lucas ressentit d'abord la chaleur. Ce n'était pas brûlant et insupportable comme lors de ses crises d'angoisse, c'était juste tiède et agréable, un petit cocon. Un sourire effleura ses lèvres alors qu'il émergeait de la douceur du sommeil. Cela faisait longtemps qu'il ne s'était pas senti si reposé. D'habitude, il passait la nuit à faire des cauchemars et se réveillait en sueur, courbaturé de partout. Il ne s'expliquait pourquoi ce matin-là était différent, mais il prit son temps pour émerger. Il ouvrit les yeux, découvrant la pièce obscure, et une bouffée d'angoisse naquit lorsqu'il ne reconnut pas sa chambre. Il se recroquevilla en essayant de se concentrer sur sa respiration avant que son mouvement ne lui fasse réaliser qu'il n'était pas seul dans le lit, et que l'autre occupant était même complètement collé à lui.

Dray, puisque ce ne pouvait être que lui, avait passé un bras autour de sa taille, et il en sentait le poids sur sa cicatrice. La sensation de gêne chassa la première bouffée d'angoisse alors qu'il réalisait que cette chaleur agréable émanait du corps plaqué contre le sien. Il ne s'expliquait pas que le contact contre ses cicatrices ne l'ait pas éveillé dès que Dray s'était installé de la sorte, si proche de lui. Parce qu'il ressentait chaque endroit où le corps de Dray touchait le sien. Pourtant, il n'avait pas vraiment envie de bouger. Parce que l'angoisse de l'inconnu s'évapora. À la place, il baissa les yeux pour contempler la main qui reposait sur son ventre.

C'était étrange de se sentir aussi bien. Jamais de sa vie il n'avait dormi ainsi logé contre quelqu'un, pas depuis la disparition de sa famille. Cela lui rappela sa mère qui se glissait dans son lit quand il faisait un cauchemar et qui finissait par s'endormir contre lui. Un souvenir d'enfant qui lui donna envie de pleurer et qu'il repoussa, car il voulait profiter de l'instant présent. La veille, il avait voulu savourer. Tout avait basculé dans l'angoisse juste après. Donc il ne laissa pas passer cette chance et referma les yeux en savourant la chaleur, le contact, cette presque intimité qui lui était totalement inconnue.

Il se rendit soudain compte qu'il n'avait plus sa capuche qui avait glissé dans son sommeil, mais ne voulut pas laisser le sentiment de savoir ses cicatrices à nu gâcher ce moment. Puis il s'aperçut qu'il n'avait plus de pantalon et il rougit dans l'obscurité de la chambre. Dray l'avait déshabillé. Et pourtant, malgré sa peau marquée dévoilée, il le serrait contre lui, nullement dégoûté, nullement écœuré. Le bien-être de Lucas s'accrut malgré l'embarras de savoir que Dray l'avait déshabillé et gardé contre lui toute la nuit.

Soudain, la main de Dray vint se poser sur son ventre pendant que le soldat s'étirait, poussant un faible gémissement. Dray finit par reposer sa tête contre Lucas en étouffant un bâillement. Il n'arrivait pas à émerger de sa léthargie, jusqu'à ce qu'il se rende compte qu'il n'aurait pas dû se presser contre quelqu'un, et encore moins Lucas. Il retint le sursaut qui le secoua, écoutant la respiration de Lucas pour savoir s'il était réveillé ou non, s'il allait paniquer ou pas.

Lucas resta totalement immobile, troublé, pourtant il ne pouvait s'empêcher de profiter du bien-être. Dans ce genre de situation, il ne pouvait rien prévoir. Ni les réactions de l'autre ni ses mots. Tout pouvait si rapidement mal tourner. Mais il se surprenait à découvrir une confiance en Dray qui repoussait tout cela.

L'ancien soldat écarta sa main du ventre plat, incertain et un peu gauche, et remonta jusque sur le cœur. Il ne savait vraiment pas quoi faire. Merde, comment s'était-il retrouvé comme ça ?

— Doucement, souffla Lucas en fermant les yeux.

Dès que Dray bougeait le bras, cela frottait contre ses cicatrices et la douleur se rappelait à lui. Ce n'était pas vif et insupportable, mais assez désagréable pour lui tirer cette légère grimace. Cela figea immédiatement Dray et une soudaine appréhension s'empara de lui.

— Pardon, murmura-t-il.

Dray ne voulait pas le blesser, il ne savait vraiment pas quoi faire et demeura totalement pétrifié, se demandant si Lucas allait le repousser violemment ou non. Or Lucas se détendit de nouveau en sentant Dray arrêter de bouger et ferma brièvement les yeux. Le moment était atrocement gênant. Trop inhabituel. Il y avait une telle intimité dans la position, dans l'instant… Cependant sous l'embarras, il sentait toujours cette vague de bien-être qui couvait et ne demandait qu'à se propager à nouveau. Alors il soupira doucement.

— C'est bon, rassura-t-il Dray dans un murmure. Ce n'est rien.

— Je… Je ne pensais vraiment pas qu'on se retrouverait comme ça, chuchota Dray, refusant de bouger de peur de lui faire mal, et surtout pour ne pas que Lucas le prenne pour une agression.

Celui-ci garda le silence un long moment, comprenant qu'il n'était sûrement pas le seul à se sentir mal à l'aise. Le corps de Dray, collé au sien, était tendu. Impossible de le manquer.

— Merci en tout cas, finit par murmurer Lucas d'un ton incertain. D'avoir chassé ma crise et mes cauchemars. Je n'avais pas aussi bien dormi depuis longtemps.

— Ah, dis pas ça, grogna Dray en fermant les yeux.

Il se flagella en sentant une certaine partie de son anatomie se réveiller. Si Lucas le remerciait en plus, ils n'allaient vraiment pas s'en sortir. Merde. Il était plus qu'embarrassé. Maudite soit cette mécanique biologique matinale. Non, il ne dirait pas que c'était un peu plus qu'une simple réaction physique. Même si la peau de Lucas était vraiment douce… Et que ce corps alangui contre lui était plus qu'agréable.

— Si, tu fais beaucoup pour moi.

— Lucas, gémit Dray en se cachant dans le cou fin parcouru de quelques mèches. Tu ne trouves pas ça déjà assez gênant ?

— Si, complètement, avoua Lucas avec un rire crispé. Mais en même temps, grâce à toi, j'ai passé une bonne soirée et une bonne nuit, je n'ai jamais été aussi bien. Mon psy m'apprend à dire les choses, alors voilà. C'est embarrassant, je n'ai probablement jamais été aussi rouge de toute ma vie. Mais ça ne change rien aux faits.

— Tu es rouge ? se moqua gentiment Dray, sachant qu'il luttait pour ne pas faire de même. J'aimerais voir ça…

— Je n'ai vraiment pas l'habitude de ce genre de situation.

— J'aimerais dire que moi non plus… Enfin, si. Mais normalement, il s'est passé autre chose avant.

— Ne me fais pas rougir davantage, soupira Lucas en fermant les yeux, ne voulant même pas savoir de quoi il parlait précisément.

— Tu n'as jamais…

— OK, le coupa Lucas pour garder son calme. Tu as donc décidé de rendre cette situation encore plus embarrassante.

— Désolé, désolé, s'amusa Dray. Je voulais juste… changer de sujet. OK. Tu as une idée sur la marche à suivre maintenant, alors ?

— Je crois que les gens normaux se lèvent pour prendre le petit déjeuner.

— Tu ne veux pas que je bouge.

— Juste pas de frottement, ça fait mal quand tu frottes.

Dray se mordit les lèvres, pensant à une tout autre sorte de frottement avant de se reprendre. *Il était un adulte, bordel !* Il se redressa doucement, effleurant simplement la peau de sa main. Il tenta ensuite de bouger, mais il avait dû le faire trop vite, car il entendit un autre gémissement.

— Pardon, souffla-t-il, n'osant plus faire un geste. Tu étais moins sensible hier, ajouta-t-il avant de paniquer. Pas que je t'ai tripoté ou quoi que ce soit, mec. C'était juste pour enlever ton pantalon. Je te jure que je n'ai rien fait !

— Je ne pensais pas que tu serais aussi gêné que moi, tenta de s'amuser Lucas, pourtant mal à l'aise et rougissant davantage.

— Je ne veux pas te blesser ou t'affoler. Je trouvais que… Cela ne se passait pas trop mal à ce moment. Je n'ai pas envie de briser tout ça.

— Moi non plus. Tu ne m'affoles pas, je me sens bien avec toi.

Dray finit par se redresser sur un coude, fixant une partie du visage de Lucas, soudainement sérieux.

— Tu sais que tu ne devrais pas dire ça avec un homme gay à côté de toi dans un lit ? Tu t'en rends compte ?

— Non, avoua Lucas en se ratatinant sur lui-même avant d'oser se tourner pour regarder Dray. Pardon, j'ai toujours du mal avec les situations nouvelles et inconnues. C'est mal de dire ça ?

— Ce n'est pas mal de le dire, soupira Dray en se mordant

la lèvre. Mais tu… Enfin… Cela pourrait s'interpréter comme une demande, tu vois ? Mais je sais que ce n'est pas ton cas bien sûr… Mais…

— Une demande ? répéta Lucas sans comprendre.

Il ne saisissait pas ce que Dray voulait dire par là. Tout simplement parce que c'était inenvisageable pour lui que Dray puisse éprouver à son égard une quelconque attirance. Quand une personne n'avait plus aucune estime d'elle-même, certaines choses ne lui venaient même pas à l'esprit. C'était le cas de Lucas.

Dray soupira une nouvelle fois, dépité.

— Une demande pour plus. Pour quelque chose de plus charnel, si tu veux. Tu vois, là ?

— Bon sang, je n'oserais jamais te demander ni même penser à ça s'horrifia Lucas en le fixant avec stupeur. Je sais bien que je ne suis pas… Enfin, non. Pardon.

Dray fronça aussitôt les sourcils, ne s'attendant pas du tout à ça.

— Quoi ? Comment ça que « tu n'es pas » ?

— Je sais que tu n'es pas dégoûté, soupira Lucas en baissant les yeux, très gêné. Mais ça n'est quand même pas beau. Je ne suis pas quelqu'un qui… Enfin, avec qui on fait des choses, euh… charnelles.

— Lucas, bordel ! grogna Dray en levant sa main et l'obligeant à le regarder, passablement énervé. Ce n'est pas parce que tu as des cicatrices que tu n'es pas désirable. Merde, tu l'as senti ou pas ?

— C'est une réaction naturelle le matin, répondit Lucas en tentant de se recroqueviller. Ça n'a rien à voir avec moi. Je comprends, ne t'agace pas comme ça.

— Non, c'est toi qui ne comprends rien, là. Mec, ce n'était pas qu'une simple érection matinale, OK ? Je te trouve désirable. Et je pense que si je ne te savais pas aussi traumatisé, j'aurais largement tenté une approche dès le réveil.

Il y avait une chose à savoir avec Dray, c'était qu'il mâchait rarement ses mots. Peu importe si ça mettait mal à l'aise son partenaire ou si c'était inapproprié. Lucas l'observa un long moment. Dire qu'il était choqué aurait été en dessous de la vérité. Son silence persista un moment alors qu'il fixait Dray avec une stupeur sans limites. Lucas avait déjà eu du mal à comprendre leur lien d'amitié, à reconnaître son existence. Aujourd'hui encore, bien qu'il sache qu'il était là, il ne comprenait pas comment c'était possible. Comment Dray pouvait-il vraiment vouloir être ami avec lui ? Certes, Lucas aidait son frère, mais chaque fois que Dray passait du temps avec lui, cela l'étonnait, le ravissait bien qu'il n'en comprenne pas la raison. Alors que Dray soit attiré par lui était choquant, ahurissant, impossible. Inenvisageable. Parce qu'il n'avait rien d'attirant, rien d'attrayant, rien qui puisse susciter ce genre de sentiment chez d'autres personnes.

— Alors, vas-y, dis-moi. Tu vas commencer à paniquer maintenant ? demanda Dray en posant une main sur sa joue, évitant ses cicatrices.

Dray voulait une réponse.

— Je…, commença Lucas avant de s'interrompre, la voix enrouée. Tu as raison, je n'y comprends rien.

Mais il ne paniquait pas. Parce que Dray ne lui voulait pas de mal, alors ça ne changeait rien pour lui. Il allait jusqu'à toucher sa joue, à rester proche de ses cicatrices. Cela faisait longtemps que Lucas ne comprenait plus grand-chose à la relation qui se tissait entre eux, cela le faisait paniquer d'ordinaire, mais aujourd'hui, Dray le rassurait. La main de l'ancien soldat glissa jusqu'aux cheveux de Lucas, lui bloquant un peu le visage.

— Et si je t'embrassais maintenant, tu comprendrais mieux ? susurra Dray en approchant son visage.

Dray n'avait pas du tout prévu ça. Vraiment. Pas une seule fois en laissant Lucas dormir dans son lit, il n'avait pensé qu'ils en arriveraient là. Mais visiblement, il fallait un électrochoc au jeune homme pour comprendre. Ce dernier arrondit les yeux, la surprise l'envahissant davantage, choqué par les paroles de Dray.

— Arrête, Dray, murmura-t-il, le souffle haché. Tu ne dois pas faire ça.

— Pourquoi ? Si j'en ai envie…

— Mais enfin, regarde-moi, gémit Lucas en baissant les yeux, honteux, souhaitant presque disparaître.

— Mais je ne fais que ça, Lucas. Vraiment. Et je ne vois pas ce que tu vois. Moi, je vois un jeune homme qui aimerait vivre, mais qui n'y arrive plus. Qui reste tout de même gentil, touchant et qui essaye de faire comme il peut. J'aime ça. J'aime te voir essayer, tenter de repousser tes limites. J'aime te voir jouer avec Maxime, j'aime ton rire. Alors pourquoi je ne voudrais pas plus ? À cause de tes cicatrices ? J'en ai aussi. Et cela ne me dégoûte pas. Les cicatrices, c'est les marques de notre vie. On ne devrait pas en être gêné.

— Parce que je ne devrais plus exister, rectifia Lucas en fermant les yeux. Je suis une honte. Tu ne peux pas avoir envie de m'embrasser. Je suis horrible.

— Bon, définitivement, tu dis des trucs encore plus gros que toi, soupira Dray avant de lui adresser un sourire amusé. Tu me diras, ce n'est pas si compliqué que ça vu comment tu es maigrichon. Alors on va régler l'affaire immédiatement.

Dray se pencha et déposa ses lèvres sur celle de Lucas. C'était un baiser doux. Sans empressement. Le but n'était pas de faire peur à Lucas. Mais Dray ne pouvait s'empêcher de sourire, appréciant la délicatesse des lèvres tièdes alors que lui, ses joues devaient déjà commencer à piquer à cause de sa barbe naissante. Par pure provocation ou par envie, ou les deux peut-être, il donna un léger coup de langue sur la bouche charnue avant de se redresser.

— On a réglé le problème ? demanda-t-il avec un petit sourire mutin.

Seul l'air choqué de Lucas, les lèvres encore entrouvertes et le souffle haché, lui répondit. Il le fixait comme si Dray était devenu un alien ou avait changé de couleur. Et il resta là à le contempler, semblant s'attendre à ce qu'un désastre se produise, s'abatte sur eux, mais rien. Alors Lucas détourna la tête, rougissant comme un ado qui venait de recevoir son premier baiser.

— À ce point-là ? s'amusa Dray en le fixant. J'étais soft pourtant.

— Je peux me lever ? couina Lucas sans oser le regarder.

— Tu veux fuir ? répondit simplement Dray en se décalant sur le côté, lentement, pour ne pas le blesser et le laisser libre de ses mouvements.

Lucas se redressa, jetant un bref regard en coin à Dray. Fuir, ce n'était pas son but. Dray ne lui avait pas fait de mal. Il n'avait même pas déclenché de crise. Non, tout ce qu'il faisait, c'était tout remettre en question. Ramener de la vie dans l'existence de Lucas. Dray ne pouvait pas amener de l'attirance, de l'envie. Lucas ne comprenait pas qu'il ne soit pas répugné, mais il avait appris à faire avec. Mais s'il commençait à l'embrasser, Lucas n'y arriverait plus. Il n'avait pas la moindre idée de comment réagir. Il ne saurait pas gérer. Il n'approchait plus personne depuis des années, alors ce genre de relation était exclue, inexistante pour lui.

Malgré cela, Dray amenait une touche de vie, de l'énergie, de la joie, et Lucas n'était plus certain de réussir à continuer sans tout ça.

— Non, juste me rhabiller, souffla-t-il avec peine en cherchant son pantalon des yeux.

— D'accord, déclara Dray en sortant du lit, sautant quasiment dans son jean pour le boutonner avant de se lever.

Il fit le tour du lit et alla donner son pantalon à Lucas puis de se dirigea vers l'escalier.

— Reste là le temps que tu as besoin. Je vais préparer le petit déjeuner, décida-t-il. Rejoins-moi quand tu te seras remis de tes émotions.

Dray descendit avec un sourire à destination du jeune homme en se grattant le haut du torse. Lucas le regarda partir avant de quitter le lit en repoussant les draps. Il commença à passer son pantalon avant de s'apercevoir qu'il tremblait. Pas comme il le faisait pendant une crise de panique. Non, c'était léger, juste le bout des doigts, et il comprit en sentant son cœur qui battait un peu plus vite que c'était les émotions nommées par Dray qui devaient le travailler. Alors il se rhabilla lentement, remit son sweat en place, hésita et, finalement, ne passa pas sa capuche. Dray semblait apprécier de voir son visage.

Alors oui, Lucas était complètement remué parce que Dray avait exprimé son attirance pour lui. Parce qu'il avait avoué avoir envie de lui, qu'il l'avait embrassé. Ça restait incompréhensible pour Lucas, mais il ne comprenait rien à Dray depuis le début, alors cela ne changeait rien. Et quand il fut prêt, il rejoignit Dray sans appréhension ou presque, vu son état.

L'ancien soldat l'accueillit avec un grand sourire, toujours torse nu, le jean sur les hanches en train d'arrêter la cafetière.

— Salut, mec, s'écria-t-il avec bonne humeur. Je te

demanderais bien si tu as bien dormi, mais bon… Par contre, je veux bien savoir ce que tu prends le matin. Je suis un inconditionnel de la brioche au Nutella. Avec du café. Il ne faut pas le dire, mais je suis accro au café.

Et pour confirmer ses dires, il sortit une grosse brioche qu'il posa sur la table haute contre le mur, où il avait déjà placé deux tasses, la boîte à sucre et deux verres. Lucas le regarda évoluer un moment et le trouva magnifique. Il était beau, plein d'une énergie et d'une joie qui semblaient inépuisables. Étrangement, Lucas voyait les cicatrices sur son torse comme une partie de son histoire qui embellissait encore cet homme, qui rappelait sa force et son courage. C'était tellement inconcevable qu'il ait envie d'être avec lui qui n'était plus rien.

Il s'approcha de la table haute.

— Je prends du lait chaud et un biscuit, finit-il par répondre.

— Biscuit ? Je ne sais pas si j'ai ça… Attends, je vais voir.

Dray se mit à fouiller dans tous les placards de la petite cuisine, nullement gêné d'être à moitié nu. Il parvint à dégoter un petit paquet de spéculoos qu'il déposa sur la table avant de récupérer la tasse pour la remplir.

— La musique te dérange le matin ? demanda-t-il en mettant le lait dans le micro-onde.

— Normalement non.

Dray sourit simplement avant de lancer une chanson grâce à une station d'accueil dans un coin du salon. Aussitôt, une mélodie tranquille ressemblant à de la country s'éleva dans l'air, et l'ancien soldat déposa la tasse de lait chaud sur la table avant de s'installer, avec celle de café dans les mains.

— Merci.

Lucas enroula ses doigts autour de la tasse chaude en

fermant les yeux. Il savoura l'ambiance, presque aussi intime que celle dans le lit. C'était tellement étrange de déjeuner avec quelqu'un, la première personne avec qui il commençait la journée. C'était étonnamment agréable. Beaucoup plus qu'un matin seul, où une crise d'angoisse menaçait à chaque seconde. La solitude lui paraissait si lointaine.

Dray but la moitié de sa tasse en une fois avant de commencer à couper un morceau de brioche pour la tartiner.

— Tu veux que je te ramène quand ? demanda-t-il en léchant ses doigts remplis de chocolat.

— Oh, quand ça t'arrange, répondit aussitôt Lucas, embarrassé à l'idée de déranger Dray.

— Je dois juste bosser sur mes photos aujourd'hui, je n'ai rendez-vous à la galerie que demain. Donc, quand tu veux.

— Ramène-moi dès que tu es prêt, souffla Lucas en buvant son lait chaud.

— J'ai le temps de finir mon petit déj, Général ? ricana Dray en avalant la moitié de sa tranche de brioche.

— Évidemment, s'empressa de murmurer Lucas en s'affaissant un peu.

— Lucas, c'est une blague, détends-toi. Tout va bien. Rien n'a changé.

L'interpellé hocha vaguement la tête avant de se concentrer sur son lait chaud tout en cassant le biscuit pour en prendre un morceau et le tremper dans sa tasse.

— Tu m'en veux de t'avoir laissé dormir là ? Peut-être que tu trouves que j'ai abusé en te déshabillant ?

— T'en vouloir ? Bien sûr que non, répondit aussitôt Lucas. Si tu avais essayé de me ramener, j'aurais probablement refait une crise avant même de monter dans la voiture. Je ne t'en veux pas du tout.

— Toujours bon à savoir, déclara Dray en finissant sa tasse, un sourire aux lèvres. Je voulais juste être sûr qu'il n'y ait pas de problème entre nous.

— Non, bien sûr que non.

— Je vais prendre une douche rapide, déclara Dray en frottant sa barbe qui crissa légèrement. Tu pourras y aller après… Ah oui, mais je n'ai pas de baignoire.

— Je ferai ça chez moi.

— Sûr ?

— Oui.

Dray hocha la tête avant de se diriger vers l'escalier.

— Je n'en ai pas pour longtemps, fais comme chez toi !

Lucas le regarda s'éloigner en terminant son biscuit et sa tasse. Dray revint à peine dix minutes plus tard, lavé et rasé de près, laissant une bonne odeur de menthe sur son passage. Il prit le temps de faire la vaisselle avant de se tourner vers Lucas.

— Tu as les cheveux en bataille, dit-il en essayant de les aplatir un peu avec ses mains.

Lucas fut surpris, mais après un petit sursaut, se laissa faire avec un haussement d'épaule.

— Avec la capuche, tu ne verras plus rien.

— Te sens pas obligé de la remettre, glissa Dray en passant ses doigts entre les mèches soyeuses.

— Pour sortir, si.

— C'est vrai. On va faire étape par étape. Je n'ai même plus besoin de te dire de l'enlever maintenant. C'était déjà ça.

Lucas rougit, mais ne répondit pas, content d'avoir réussi à faire plaisir à Dray.

— Tu rougis vraiment beaucoup aujourd'hui, s'amusa ce dernier en glissant sa main sur la joue rosie pour l'effleurer. C'est mignon.

— Je n'ai pas l'habitude de tout ça.

— J'avais compris. Et comment tu trouves ça ?

— Agréable, je crois.

— Tu crois ? grommela Dray, mécontent. Tu sais que si tu me le demandes, j'arrête, n'est-ce pas ?

— Non. C'est juste que…

Lucas hésita, se mordillant légèrement la lèvre avant d'essayer d'expliquer en voyant l'air de Dray.

— Hier soir, j'étais bien, je voulais que ça dure. Quand j'ai commencé à paniquer, ça a été pire. D'habitude, je les sens arriver, je suis toujours angoissé alors ce n'est pas une surprise. Hier, j'ai eu l'impression que la crise était pire que les autres. Donc c'est agréable, mais j'ai la sensation que la panique reviendra plus forte. Parce que ça ne peut pas durer.

— Pourquoi cela ne peut pas durer ? murmura Dray pour l'encourager à parler.

— Rien ne dure jamais. Il a suffi que ta sœur frappe à la porte hier.

— Ça aurait pu durer si tu avais rencontré ma sœur, tranquillement, sans panique. Elle n'est pas méchante.

— Il y aura autre chose. Il y a toujours autre chose. J'attire les désastres.

— Il est vrai que l'horreur est au coin de la rue. Je le sais, crois-moi. Mais je sais aussi que passer sa vie à avoir peur, ça je ne vaux rien. Ce n'est pas une vie. Je veux profiter de ces moments tant qu'ils sont encore là. Je veux les protéger et les défendre au même prix que les personnes que j'aime. Tu peux comprendre ça ? Vivre dans le présent.

— Je peux comprendre, mais je n'y arrive plus.

— Alors on va travailler là-dessus. Tu ne peux pas continuer comme ça, Lucas. Tu passes à côté de ta vie. Je ne suis même pas sûr que tu manges correctement.

— On dirait mon psy, soupira Lucas en s'affaissant sur sa chaise.

— Ne me compare pas à ces médecins, je te prie. Je n'aime toujours pas ça, ronchonna Dray en se passant une main dans les cheveux.

— Pourtant, c'est le genre de phrase que me répète le docteur Kamar, se moqua tranquillement Lucas en ramenant sa tasse dans l'évier.

— Ah, tu me blesses, déclara Dray avant de faire semblant de se prendre un coup, pour s'effondrer dans le canapé.

— Je ne le dirai plus alors.

— Trop tard, murmura Dray en laissant ses bras tomber. Je suis touché.

— Pardon. Je peux faire quelque chose pour me rattraper ?

— Essaye toujours, souffla-t-il en fermant les yeux.

— Euh, je ne sais pas. Qu'est-ce qui te plairait ?

Dray esquissa un simple sourire, du bout des lèvres.

— J'ai confiance en toi.

D'abord cela fut agréable à Lucas de recevoir la confiance de Dray. Puis il commença à s'affoler. Parce qu'il était si peu doué pour les relations sociales qu'il n'avait aucune idée de comment faire plaisir à son ami. Pire, il était persuadé que s'il tentait quoi que ce soit, il allait mal s'y prendre. C'était ce qu'il réalisait de mieux : louper les choses. Et Dray allait lui en vouloir et encore disparaître. Comme la première fois. Lorsqu'il avait refusé son cadre, sa propre image. L'une de ses photos. Et que cela avait eu pour conséquence de le laisser avec sa solitude, sans la présence de Dray qui l'avait évité. C'était arrivé si facilement et Lucas savait que ça pourrait se reproduire aisément.

Il ferma les yeux alors que son souffle se faisait haché et laborieux.

— Non, pas de crise de panique, claqua soudainement Dray, toujours depuis le canapé.

— Je voudrais rentrer, gémit Lucas en sentant la panique voir le jour en lui.

Dray ferma une seconde les yeux avant de tendre la main vers lui.

— D'accord, dans cinq minutes. Viens.

Lucas hésita, mais il finit par prendre la main de Dray avant de se laisser tomber dans le canapé près de lui.

— Pardon, murmura-t-il en tentant de refréner sa panique et de retrouver son souffle.

— Là, chut, mec, le rassura Dray avec un sourire. Pourquoi tu paniques ? Ce n'était qu'un jeu idiot. Qu'est-ce qui se passe ?

— Faire les choses mal, tout gâcher, que tu repartes, provoquer un désastre.

— Tu penses trop. Vraiment trop, s'amusa Dray en tirant un peu sur le bras qu'il tenait pour approcher le visage de Lucas. Regarde, tu aurais pu juste faire un truc comme ça…

L'ancien soldat se redressa légèrement et déposa un baiser sur le nez de Lucas.

— Voilà. C'est fini, souffla Dray.

— Désolé.

— Je ne pensais pas ce que cela se passerait comme ça. Ce n'était qu'une blague. Ne pense pas toujours au pire.

— C'est souvent plus fort que moi, Dray.

Dray soupira, avant de glisser sa main dans les cheveux de Lucas pour le serrer un peu contre lui. Et Lucas se laissa faire, car cela éloignait l'angoisse naissant en lui.

— Allez, je te ramène chez toi.

Lucas hocha la tête et se releva, avant de remettre sa capuche en place, prenant soin de dissimuler son visage. Dray se redressa à son tour, prit son manteau et, quelques minutes plus tard, ils étaient sur la route. Lucas était accroché à sa ceinture, mais aujourd'hui, il en oubliait presque de regarder partout. Il savait que Dray conduisait doucement, était prudent et son esprit passait en revue les dernières vingt-quatre heures. Il y avait eu plus de joie et de bons moments que durant les années précédentes.

— Dray, merci de m'avoir montré ton travail, pour la soirée, pour m'avoir calmé, et…

Lucas sentit qu'il s'embrouillait alors il s'interrompit et souffla pour se détendre.

— Merci pour tout.

La main de Dray se posa sur sa cuisse alors qu'il ne quittait pas la route des yeux.

— Le plaisir était pour moi. Vraiment.

Le regard de Lucas se posa sur la main qui amenait cette chaleur sur sa peau, même malgré le tissu du pantalon, et il sourit sous sa capuche. Il ne comprenait pas pourquoi cela faisait plaisir à Dray, mais malgré son incompréhension, il avait envie de le croire. Alors il n'ajouta rien. Parce que ce moment-là aussi était agréable, et il voulait le préserver. Le trajet se passa en silence et Dray finit par s'arrêter devant la maison de Lucas. Ce dernier attendit que le moteur soit coupé pour défaire sa ceinture.

— Au revoir, Dray.

— À bientôt, mec. À la prochaine. Et oublie pas le téléphone, d'accord ?

— D'accord, répondit simplement Lucas en quittant la voiture.

Il se retourna vers le véhicule plusieurs fois avant d'arriver sur le seuil. Il entra et resta derrière la porte pour écouter le moteur s'éloigner. Puis la solitude pleine et entière s'abattit sur lui et il fut surpris de la trouver si pesante, si angoissante. Presque terrifiante. Alors, il se dirigea vers le jardin. Il observa depuis le seuil de la porte l'ancien emplacement de la cabane et eut un sourire au souvenir qui s'y raccrochait. Il sortit dans le jardin avec l'envie de prendre soin de ses fleurs, de passer du temps dehors et de faire quelque chose de ses mains. C'était chose assez rare pour qu'il se lance dans ses nouvelles plantations en sifflotant.

Des vies qui n'existent plus

Lucas s'immobilisa dans son salon obscur, face au calendrier, et tous ses muscles se figèrent en réalisant qu'il venait de vivre une autre bonne journée. Il l'avait passée avec Maxime, et malgré l'absence de Dray ce jour-là, ils avaient beaucoup ri. Lucas avait joué des heures au piano pour l'enfant. Puis il était rentré et avait achevé ses plantations. Il avait même offert son visage aux rayons du soleil.

Mais là, il se rendit soudain compte de ce qu'il faisait. La terreur s'insinua lentement et sournoisement dans ses veines. Parce qu'aujourd'hui, il y avait eu de la joie, de l'envie de vivre, de l'amusement, des rires, de l'énergie. Aujourd'hui avait été une journée pleine de vie. Et l'angoisse prit le même chemin que le dégoût en lui. Accompagnée de la culpabilité, de la honte la plus absolue. Il se laissa tomber au sol.

Il n'avait pas le droit de songer à reprendre une vie comme ça. Une vie pleine d'énergie et d'envie. Il ne pouvait pas profiter du temps. Il ne pouvait pas être content d'être là. Il n'avait pas le droit de se dire qu'il avait passé une bonne journée. Il ne devait pas passer de bonnes journées. Il se sentit si honteux qu'il se recroquevilla sur le sol, commença à trembler sans s'en rendre compte. Et il pensa à eux.

Ils étaient morts. Tous morts.

Et lui, il profitait de la vie. Cette vie qu'ils avaient quittée.

Il paniqua, perdit le fil de ses pensées ainsi que son souffle. Sentit son cœur s'emballer. Eut chaud et froid. Se noya dans les limbes de la panique. Lorsqu'il perdit connaissance, ce fut presque un soulagement. Il ne méritait que ça de toute façon.

Lorsqu'il reprit conscience, des heures plus tard, il faisait nuit. Et il était courbaturé de partout. La douleur quittait lentement son corps alors que ses pensées reprenaient leur juste place. Il se força à se relever, lentement, et son regard tomba sur l'horloge qui indiquait six heures du matin. Dans deux heures, il devait se rendre à son rendez-vous chez le psychiatre. Il alla donc à la salle de bain pour se préparer, pétri d'une humeur morose, solitaire. C'était comme ça que les choses devaient être. Quand Dray était là, Lucas oubliait parfois pourquoi il s'interdisait la vie. Quand il jouait avec Maxime, il n'avait soudain plus conscience des interdits. Mais il n'avait pas le droit. Il ne pouvait pas se le permettre. C'était tellement injuste que lui jouisse de la vie, alors qu'eux en étaient privés.

Oh, il savait ce que le médecin dirait. Parce que Lucas lui parlerait de ça. Il dirait que ce n'était pas ce qu'ils voulaient pour lui. Qu'ils n'auraient pas envie de le voir comme ça. Depuis qu'il le suivait, le docteur lui avait servi ces phrases un nombre incalculable de fois. Mais le psy ne les avait pas connus, il ne pouvait pas savoir, personne ne pouvait savoir. Et même si c'était vrai, Lucas s'en fichait. Parce qu'ils n'étaient plus là. Et lui, si. Là était toute la base du problème.

Il arriva à l'heure à son rendez-vous et, ce jour-là, la séance fut longue, plus approfondie que d'ordinaire, Lucas dut rentrer dans beaucoup de détails. Encore une fois, le docteur tenta de le convaincre qu'il avait le droit de vivre. Comme Lucas s'y attendait, il répéta que sa famille n'aurait pas voulu ça pour lui. Que sa journée n'avait pas à être celle qu'il avait prévue. Qu'il ne devait pas s'enterrer dans son propre passé. Lucas se contenta de hocher la tête. Puis comme à chaque fin de séance, il se retrouva dans la salle d'attente le temps que son taxi arrive.

Il se mettait toujours dans le même fauteuil, la tête basse, la nuque voûtée, se triturant les pieds alors qu'il fixait ses baskets trouées. La secrétaire lui indiquait d'ordinaire quand le taxi arrivait, et il n'avait plus qu'à descendre les escaliers pour retrouver la rue. Mais ce jour-là, il attendit longuement sans qu'elle n'annonce rien. Et malgré l'angoisse qui lui tordait le ventre, l'heure qui défilait devant ses yeux, il ne parvint pas à dire quoi que ce soit, trop terrifié. Et si angoissé par le retard. Le seul jour où il ne pouvait pas être en retard.

Aujourd'hui, c'était une journée spéciale dont il connaissait déjà parfaitement le déroulement. Une journée qui n'aurait rien d'agréable. Qui ne devait pas l'être. L'angoisse l'étouffait de plus en plus à mesure que l'attente se prolongeait. Au bout d'un long moment, qui dura sûrement des heures, car il commençait presque à avoir faim, le docteur ressortit de son cabinet pour raccompagner son patient suivant et revint vers Lucas. Il s'accroupit devant lui pour qu'il puisse le voir sans avoir à relever la tête.

— Lucas, ton chauffeur vient d'appeler. Son taxi est en panne. Le garage lui envoie une dépanneuse, mais il en a pour des heures. Je peux appeler un autre chauffeur si tu veux, mais j'ai un rendez-vous, et je ne sais pas si j'aurai l'occasion de lui expliquer comment te reconduire chez toi.

— Non, murmura Lucas d'une voix à peine audible. Je ne pourrais pas lui expliquer. Et si la voiture n'est pas de la bonne couleur ?

— Tu m'as dit que ton ami te ramenait souvent. Léa peut l'appeler, si tu veux ?

— Je vais le faire.

— Oh, oui, c'est encore mieux, acquiesça le docteur avec un sourire. Tu peux utiliser le téléphone de mon bureau, je dois régler un souci de planning avec Léa.

Il se releva et alla voir la secrétaire, laissant le temps à Lucas de retourner dans le bureau vide. Il s'immobilisa devant le téléphone blanc qui trônait sur le plateau et le fixa un long moment. La panique monta en lui, mais il respira profondément et commença à réciter l'alphabet à voix basse. Dray lui avait dit plusieurs fois qu'il pouvait l'appeler sans souci, alors même si Lucas ne comprenait rien, il devait le croire. Et surtout, il n'avait pas le choix. Il devait pouvoir aller à son rendez-vous. C'était tellement important pour lui qu'il était prêt à tout, même à faire taire ses doutes.

Il décrocha le téléphone et appuya sur les touches en continuant à réciter les lettres. Il connaissait déjà le numéro par cœur. Il l'avait composé à plus d'une dizaine de reprises la première fois qu'il avait appelé Dray, incapable d'aller au bout avant de nombreux essais. Il porta le combiné à son oreille et écouta les sonneries, le cœur noué d'angoisse, la gorge si serrée qu'elle peinait à laisser sortir les lettres suivantes, le ventre tordu de panique.

— Ouais, hurla la voix au-dessus d'un bruit de moteur de moto.

— Dray, parvint à dire Lucas avant de s'interrompre, la gorge affreusement nouée.

Voilà, il le dérangeait encore.

— Lucas, continua de crier Dray. Attends, je m'éloigne un peu.

Le bruit de véhicule se fit moins fort, mais toujours présent. On entendait plusieurs motos maintenant.

— Quelque chose ne va pas ? demanda soudainement Dray. Un problème ?

— Oui, bredouilla Lucas. Non, ça va. Je… Le taxi est en

panne, parvint-il finalement à lâcher d'une voix désespérée.

— Oh, tu veux que je vienne te chercher ? T'es où ? Ah merde, je suis à moto. Tu ne veux toujours pas monter dessus, je suppose ?

— Non, couina Lucas avec terreur. Ce n'est pas grave. Je ferai autrement.

Encore. Il se dégonflait. Il ne voulait juste pas le déranger, de peur de le fâcher. En fait, il ne trouvait même plus de raisons à ses propres angoisses.

— Si tu veux bien attendre, je ne suis pas si loin que ça de la maison. T'es où ? À l'institut ?

— Chez mon médecin.

— Je ne suis pas devin, Lucas. Ni un GPS, se moqua Dray avec gentillesse. Une adresse ou un truc à côté, ça pourrait être bien pour te trouver.

— La rue de l'église, parvint à bredouiller Lucas malgré son souffle haché.

— D'accord. Je serai là d'ici une vingtaine de minutes. Je ne peux pas faire plus vite, ça va aller, mec ?

— Prends ton temps. Ça va.

— D'accord, je pars de suite. Oh, Lucas ? Je suis fier de toi. Que tu m'aies appelé. À tout à l'heure.

Et Dray raccrocha. Lucas reposa le téléphone alors que son médecin entrait avec un sourire.

— C'est bon, Lucas ? C'est arrangé ?

— Oui. Il va venir.

— Je suis fier de toi, Lucas. Tu fais beaucoup de progrès ces dernières semaines.

— Je vais aller patienter dans la salle d'attente. À bientôt, Docteur.

Il s'enfuit dans l'autre salle alors que le docteur prenait le patient suivant. Mais après une vingtaine de minutes, il descendit dans la rue. Il n'avait pas indiqué de numéro à Dray, et ce dernier ne pourrait pas prévenir la secrétaire comme le faisait le chauffeur. Lucas ne voulait pas que Dray attende pour rien. Alors, même s'il paniquait facilement dans la rue, il descendit et s'immobilisa sur le trottoir. Il était complètement ramassé sur lui-même, terrorisé, sursautant à chaque piéton qui passait un peu trop près, il surveillait la route pour repérer la jeep noire. Il ne voulait pas le rater. Ce serait bien pire de la manquer que d'être ici, oppressé par la foule.

— Salut, beau gosse, souffla la voix grave de Dray qui s'était arrêté avec la capote ouverte, juste devant lui avec un grand sourire. Je t'emmène ?

Lucas fut tellement soulagé de le voir qu'il releva la tête rapidement avant de se diriger vers la voiture.

— Merci, souffla-t-il.

— Mais de rien. Je faisais juste un petit tour avec des amis motards. Tout va bien ?

— Le taxi est tombé en panne, murmura Lucas en s'appuyant sur la portière. Désolé, je ne voulais pas te déranger.

— Il vaut mieux que je finisse ma journée avec toi, sinon j'aurais fini bourré, ricana Dray. Paré, Dark Vador ?

— Tu peux éteindre le moteur ? s'enquit Lucas à voix basse en hésitant à ouvrir la portière.

C'était une des conditions de Lucas. Il devait être attaché avant que la voiture ne démarre. Aussitôt, le moteur se coupa.

— Tu veux que je te fasse le coup de la panne ? se moqua

Dray en s'appuyant sur le volant, tentant de détendre Lucas.

— Le coup de la panne ? répéta Lucas en grimpant dans la jeep, s'attachant aussitôt.

Dray leva les yeux au ciel avant de sourire.

— Pour qu'on soit bloqué. Et comme ça, je m'arrange ensuite pour te tripoter et attenter à ta vertu.

— Drôle de technique. La voiture n'est pas ce qu'il y a de plus confortable pour ce genre de chose, bredouilla Lucas en s'accrochant à sa ceinture pour signifier à Dray qu'il était prêt.

— Oh, vraiment ? Tu as déjà essayé, alors ?

— Il y a très longtemps, balbutia Lucas en se ratatinant sur lui-même.

— Mec, faut que tu me racontes toutes tes années de débauche, dit Dray dans un rire en démarrant et s'engageant dans le trafic.

— Non, c'est très gênant. Et je n'ai pas eu des années de débauche.

— Des décennies ? proposa Dray. Allez, mec. S'il te plaît.

— J'étais au lycée, se justifia Lucas très mal à l'aise. Pourquoi vouloir savoir ça ?

— Parce que je suis intrigué. Et curieux. J'aimerais savoir comment était ta vie avant.

— C'était très différent, murmura Lucas d'un air songeur.

Peut-être était-ce parce qu'aujourd'hui était un jour à part. Que la journée avait commencé par son réveil d'une crise. Qu'il s'était souvenu d'eux. Mais non, c'était simplement qu'aujourd'hui, c'était leur journée. Toujours est-il que les souvenirs qui déferlèrent en lui ne furent pas repoussés. Pas aujourd'hui.

— Différent comment ?

— C'était normal. Tu crois qu'on pourrait faire un détour ?

— Où tu veux faire un détour ?

— À deux rues de chez moi, je vais te guider.

— Je te suis, déclara simplement Dray avec un sourire. C'est si rare que tu veuilles aller quelque part.

Lucas le guida jusqu'à une maison qui se trouvait un peu à l'écart, au bout d'un chemin privé. Il descendit de la voiture dès le moteur arrêté en fixant l'habitation. Le jardin de devant était en friche et tous les volets se trouvaient clos. Tout semblait abandonné. Lucas resta un moment à contempler la façade avant de se rappeler la présence de Dray et de se tourner piteusement vers lui.

— Je vivais là. C'était à ça que ça ressemblait, ma vie d'avant.

La maison paraissait spacieuse. Délaissée, mais la façade était propre, les volets en bois vernis ressortaient bien et l'allée de cailloux blancs qui menait à l'entrée, bien qu'elle soit envahie de mauvaises herbes, avait dû être accueillante. Dray vint se poster derrière Lucas.

— C'est joli, murmura-t-il. Tu as été heureux ici ?

— C'était génial, jusqu'à il y a dix ans, souffla Lucas en se voûtant. Viens.

Il repartit, contournant l'allée pour faire le tour de la maison et atteindre le jardin de derrière. Il dut se faufiler parmi les hautes herbes avant d'arriver à l'endroit qu'il convoitait. C'était une petite parcelle, entourée d'une ligne de cailloux blancs et lisses. L'intérieur était propre, fleuri, parfaitement entretenu. Ce qui retenait l'attention, c'était les quatre petites pierres noires et rondes qui avaient été alignées, espacées, vers le haut de la parcelle, et Lucas s'agenouilla devant. Jamais il n'avait paru si petit, si chétif. Et sa voix, lorsqu'elle s'éleva de nouveau, était si vacillante, que Dray peina à saisir ses mots.

— Désolé, je suis en retard.

Il cueillit quatre fleurs parmi le bosquet qui entourait les pierres et en déposa une à côté de chaque stèle. Dray le regarda faire, peiné, avant de s'avancer, posant une main sur son épaule.

— Bonjour, enchanté de faire connaissance, dit-il en fixant les inscriptions.

Lucas lui jeta un regard reconnaissant, soulagé de sentir sa main. Il n'avait même pas réfléchi. Le taxi savait qu'il aurait dû le déposer là et attendre devant. Sans le taxi, Dray avait été sa seule solution pour venir. Il n'était pas parvenu à le lui dire, à lui expliquer. Et il ne pouvait pas reporter sa visite. Pas aujourd'hui.

— C'est aujourd'hui, murmura Lucas à l'intention de Dray. Ça fait dix ans. Tu n'es pas obligé de rester.

— Dix ans qu'il s'est passé quoi, Lucas ? murmura l'ancien soldat en venant chercher sa main pour l'enserrer entre ses doigts avec douceur. Raconte-moi.

— Un accident, répondit vaguement Lucas. Et ils ont cessé d'exister.

— Tu étais avec eux, c'est ça ? Pendant l'accident.

— J'aurais dû mourir avec eux, tu sais. Je regrette de ne pas être mort.

Dray ferma les yeux. Il comprenait le point de vue de Lucas, mais cela faisait mal de l'entendre. D'entendre que son ami voulait mourir.

— Pourquoi ? préféra-t-il demander. Parce que tu es seul maintenant ?

— Parce que je ne sais pas vivre sans eux.

— C'est une autre manière de vivre. Il faut tout réapprendre.

— Je ne peux pas, pas sans eux.

Lucas soupira puis s'assit en tailleur devant les quatre petites pierres. Après une hésitation, il repoussa sa capuche, laissant voir son chagrin, et chassa ses cheveux d'une main tremblante.

— Je ne leur parle presque jamais du présent. J'aime leur rappeler nos bons souvenirs.

Le visage dévasté de Lucas serra encore une fois le cœur de Dray. Il finit par prendre place à ses côtés et passa un bras autour de ses épaules pour le serrer contre lui.

— Tu fais un peu les présentations ? chuchota-t-il en déposant un baiser sur son front.

— À gauche, c'est papa, Gabriel. Et maman, juste à côté, Eloïse. Puis il y a Nathan, mon frère et Lily, notre sœur.

Cela n'avait rien de quatre tombes. C'était juste quatre petites pierres enfoncées dans la pelouse. Mais Lucas avait été incapable d'aller au cimetière. Pour lui, cela ne représentait pas grand-chose. Tout était ici. Dans la maison où chacun d'eux avait vécu. La maison où il avait passé toute sa vie, avant l'accident. Pour lui, ils étaient plus présents ici qu'au cimetière. Il n'y avait rien d'eux là-bas, hormis quelques morceaux d'os et de chair. Ici, il y avait leurs âmes. Alors quand il avait commencé à célébrer cet anniversaire, lorsqu'il avait eu la liberté de le faire, il avait construit ce petit coin à l'arrière de leur ancienne maison.

— Tu veux me parler d'eux ?

— Oh, il y a tellement à dire, répondit Lucas avec un sourire teinté de tristesse. Papa travaille dans les voitures. Il fait partie de l'équipe qui élabore les designs pour les prochaines belles voitures de sport. Maman est avocate, elle s'amuse à chaque

pensais pas que ça t'intéresserait, mais je crois que je suis content de partager cette journée aussi avec toi. Parce qu'on est amis.

Dray ne fit que sourire, il n'avait pas de mots pour dire à quel point il était touché. Jusqu'ici, Lucas était demeuré réservé sur sa vie, son passé. Qu'il lui explique dans la même journée ce qu'il avait vécu et qu'il avoue de lui-même qu'ils étaient amis, fit battre un peu plus son cœur. Il glissa donc simplement sa main dans la sienne, avec douceur. Lucas la serra sans vraiment réaliser.

Ce jour-là était toujours spécial. La seule chose à laquelle il parvenait à penser était sa famille. Chaque question et chaque sentiment était systématiquement repoussé. C'était le seul jour où il autorisait ses souvenirs à l'envahir.

Il laissa Dray les ramener chez lui presque avec impatience. L'impatience d'ouvrir le placard qu'il n'ouvrait jamais. Pour se souvenir de ce qu'il s'interdisait le reste de l'année. Tout sauf l'accident. C'était comme une journée où ils étaient encore vivants. Il oubliait son existence, pour n'être plus que son *lui* du passé. Le *lui* qui avait une famille vivante et bien portante, heureuse.

Lorsqu'ils arrivèrent chez lui, il mena Dray jusqu'au salon, près du large meuble au fond de la pièce. Ce dernier abritait une télévision derrière des portes toujours fermées. Puis il ouvrit le grand placard qui se trouvait à côté, révélant les boîtes en carton qui s'alignaient. Elles ne portaient pas de nom, juste quelques lettres pour certaines. Il en tira une et la posa au sol pour l'ouvrir.

— Tiens, regarde, souffla-t-il en tendant une photo à Dray, le cœur serré.

Même pour une journée, c'était difficile d'oublier qu'ils n'étaient plus. Mais il le leur devait. Alors il sortit les photos avec un sourire peiné. Dray prit le cliché et s'assit à même le sol, pour contempler la famille au complet. Il y avait les deux parents à l'arrière, et les trois enfants juste devant, la petite fille au centre avec des couettes, elle ne paraissait pas avoir plus de neuf ans et les deux frères, chacun d'un côté, avec les mêmes cheveux bruns en vrac et le même regard bleu sombre, identiques en tous points.

— Vous avez vraiment l'air heureux, chuchota-t-il. Tu avais un jumeau, ajouta-t-il en contemplant les deux frères.

— D'authentiques jumeaux, oui. Et on l'est, heureux. On faisait toujours une photo devant le pommier en juillet, c'est ma mère qui souhaitait ça.

— Ma mère aussi nous fait souvent le coup. C'est elle qui m'a donné envie de faire des photos, avoua Dray avec un sourire. Je crois qu'avoir des photos de famille, c'est un truc de mamans.

— Elle dit toujours que c'est parce qu'on grandit trop vite et qu'elle veut pouvoir se souvenir quand on aura quitté la maison.

— Sûrement. Et puis, c'est toujours agréable à regarder. Ce n'est pas moi qui vais te dire le contraire.

— Ah bah tiens, c'est le *book* de Nathan, souffle Lucas en sortant un album photo gris. Il y mettait toutes ses photos.

Dray le remercia d'un sourire avant de commencer à les regarder une par une. Il y avait des hésitations de débutant perceptibles, mais Nathan avait déjà réalisé de belles photos. Notamment de sa petite sœur. Il y en avait une dans un champ de fleurs où elle arborait un sourire si serein qu'elle faisait envie. Une où elle était dos à Lucas en train de lui tresser les cheveux, une autre où il la faisait sauter dans les airs, et avec ses cheveux qui volait partout autour d'elle, son immense sourire, et sa robe blanche, elle avait l'air d'un ange.

Lucas passa la journée à lui parler de sa famille, avec une joie où perçait parfois la peine. Il lui montra le contenu de toutes ses boîtes. Cela leur prit des heures, mais Dray ne se plaignit pas une seule fois. Ils regardèrent aussi de nombreuses vidéos. Si la mère et Nathan aimaient les photos, le père de Lucas semblait sortir un caméscope à tout bout de champ. Il y avait chaque match de Lucas, chaque danse de Lily, chaque concours de Nathan, et des scènes de famille parfois sans importance, mais pleines de joie insouciante. On y voyait un Lucas adolescent, avec une carrure musclée, digne des sportifs. Ses yeux verts pétillaient au milieu de son visage sans marques, à la peau lisse. Ses cheveux coupés court mettaient ses traits en valeurs. C'était un garçon plutôt séduisant, agréable à regarder, comme son frère jumeau, identique en tous points.

Il faisait déjà nuit lorsque Lucas commença à dodeliner de la tête, luttant contre le sommeil, voulant regarder la scène de Noël qui se déroulait à l'écran. Dray le fixa une seconde avec un sourire avant d'arrêter la vidéo pour de bon. Il se rapprocha de lui, caressant encore ses cheveux, comme il l'avait fait une bonne partie de la journée pour le rassurer.

— Où est ta chambre ? Je t'emmène, chuchota-t-il bassement.

— Non, je n'ai pas tout regardé, soupira faiblement Lucas en se forçant à rouvrir les yeux.

— Elles seront toujours là demain, tu sais, déclara-t-il en passant un bras dans son dos. Allez, guide-moi.

— Ce ne sera pas pareil demain, souffla le jeune homme en refermant les yeux. La porte à droite.

Dray sourit avant de soulever le corps frêle et de se diriger vers la chambre.

— On pourra les regarder ensemble si tu préfères.

Dray dut traverser un couloir, et Lucas indiqua vaguement la première pièce à droite en soupirant.

— Ce sera différent.

— Tu les as bien honorés aujourd'hui, répondit simplement Dray en ayant un peu de mal à ouvrir.

— Ils me manquent.

— Tu n'es pas tout seul, Lucas, susurra-t-il en le déposant sur le lit.

Il commença ensuite à lui enlever ses chaussures, avant de glousser.

— Cette scène me dit quelque chose…

— Je peux le faire, marmonna Lucas déjà à moitié endormi.

— C'est ça, c'est ça, pouffa Dray en lui ôtant ses chaussettes pour ensuite remonter ses mains sur le pantalon avant de s'arrêter. Je t'enlève ça ?

Lucas hocha vaguement la tête, mais il se sentait sombrer. À dire vrai, si Dray ne l'avait pas ramené là, il serait sans doute déjà écroulé dans le canapé, en train de rêver à ce que serait sa vie si cette journée si elle n'avait pas basculé dix ans plus tôt. C'était souvent comme ça que se finissait ce jour anniversaire. Il tombait d'épuisement et ne s'éveillait qu'au lendemain, toujours habillé, dans le canapé. Dray sourit, enlevant délicatement le pantalon de son ami, avant de remonter le pull.

— Allez, on ne s'arrête pas en si bon chemin, dit-il en essayant d'enlever le vêtement.

Lucas soupira, mais redressa son buste avec peine, poussant un faible gémissement lorsque le tissu frotta sur ses cicatrices. Puis il se laissa retomber sur le côté droit pour ne pas que ses anciennes blessures frottent contre le matelas. Dray put voir que les marques de brûlures s'étendaient sur toute son épaule et prenaient la moitié de son dos et autant de son torse, mais se réduisaient en descendant pour s'arrêter juste au-dessus de sa hanche.

— Merci, Dray, murmura Lucas à peine conscient.

L'ancien soldat sourit avant de passer une main sur le dos de Lucas, évitant les vieilles plaies, dans un geste de réconfort.

— Quand tu veux, mec, glissa-t-il chaudement en se penchant pour poser un baiser sur un morceau de peau intact, avant de le mettre sous les couvertures.

La seconde suivante, après un bref hochement de tête, Lucas s'endormait. Dray le contempla pendant un temps, redessinant son visage d'un doigt, avec un sourire peiné. Il avait vu toute la tristesse de Lucas, mais aussi cette joie de vivre oubliée. Une nouvelle bouffée d'affection s'empara de Dray. C'était au-delà de son instinct de protection. Au-delà de la simple attirance. Il avait envie de redonner le sourire à Lucas, de le faire sortir de sa coquille. Lucas était quelqu'un qui méritait qu'on se donne de la peine pour l'aider. Qu'on veuille rester à ses côtés. C'est dans cette optique-là qu'il se pencha encore vers lui, lui embrassant la joue, avant de se placer au-dessus de son oreille.

— Je te le répéterai autant de fois que tu en auras besoin, Lucas, tu n'es pas seul…

Dray déposa un autre baiser avant de se redresser, ajustant les couvertures et sortit. Il rangea les photos, remettant tout dans les boîtes en place, prit son manteau et rentra chez lui. Il allait devoir passer la nuit à travailler pour rendre à la galerie ce qu'il aurait dû faire dans la soirée, mais il ne regrettait rien. Il était heureux que Lucas lui fasse assez confiance pour lui montrer ce pan de sa vie.

Ne pas être comme il faut

Le lendemain, Dray était là, les yeux gonflés de ne pas avoir assez dormi. Il allait tenter quelque chose parce qu'il en avait envie. Vraiment. Il voulait que tout se passe bien. Alors il toqua à la porte de Lucas, son paquet de viennoiseries à la main.

Comme à son habitude, quand il ignorait qui frappait et qu'il n'attendait personne, Lucas mit du temps à venir répondre. Mais lorsqu'il vit Dray sur le pas de sa porte, il l'ouvrit en grand pour le laisser entrer.

— J'apporte le petit déjeuner, s'écria ce dernier avec un sourire, allant directement vers la cuisine.

— Tu as l'air d'avoir encore besoin de dormir tout en semblant plein d'énergie, remarqua Lucas en refermant pour le suivre.

— C'est parce que je suis en manque de sommeil, mais aussi, que je suis excité, s'amusa Dray en commençant à fouiller pour trouver des tasses. Allez, petit déjeuner et, après, on décolle. Je t'embarque.

— Pour aller où ?

— Surprise. Mange, allez. Dis-moi que tu as du café ? Pitié.

— Oui, du soluble, répondit Lucas en ouvrant la porte du placard à côté du frigo pour en sortir les sachets.

— À la guerre comme à la guerre, s'enthousiasma Dray en s'en emparant avant de servir un verre de lait à Lucas. Bien dormi ?

— Plus que toi sans doute.

— J'aurais dû travailler hier. Je l'ai fait en rentrant, expliqua vaguement le soldat en préparant son café.

— Oh, pardon de t'avoir retenu, bredouilla Lucas en baissant la tête vers sa tasse de lait.

Dray se pencha simplement au-dessus de l'épaule de Lucas pour l'embrasser sur la joue.

— Je n'ai pas dit que cela m'avait dérangé, chuchota-t-il gravement.

Lucas rougit un peu. Dray n'avait pas cessé de l'embrasser déjà hier, mais trop pris par sa journée de mémoire, il avait repoussé tout ce que cela pouvait provoquer en lui. Pourtant, il était content que Dray continue encore aujourd'hui. Il aimait cette marque d'affection, douce et agréable.

— Merci d'être resté.

— Le plaisir est toujours pour moi, lui confirma Dray avant de boire la moitié de sa tasse avec un gémissement de bonheur.

La seconde d'après, il croquait dans un pain chocolat avec envie. Et Lucas le regardait faire du coin de l'œil, triturant sa tasse entre ses doigts.

— Qu'est-ce qu'il y a ? demanda Dray en tendant le paquet vers Lucas. Tout va bien ?

— Je n'aime toujours pas les surprises. Et puis, le lendemain, les crises me viennent plus souvent, souffla-t-il laborieusement.

— Le lendemain ? Pourquoi le lendemain ? Et promis, on ne

va pas dans un endroit bondé. Regarde, on a déjà pris à manger et tout s'est bien passé, non ?

— Rien que l'idée de sortir m'angoisse, Dray, gémit Lucas en fermant les yeux.

— Hé, hé, tu es avec moi, murmura-t-il en s'approchant de lui pour passer une main dans ses cheveux.

— Je sais, souffla Lucas en se laissant faire, respirant profondément. Pardon.

— Tu crois que je m'amuserais à te faire souffrir ? demanda-t-il doucement.

— Non, bien sûr que non. Mais dehors, il n'y aura pas que nous.

— Promis, on croisera peut-être une ou deux personnes, mais pas plus. Et j'ai appelé ce matin, c'est quasi vide.

— Tu resteras avec moi ?

— Toujours. Lucas, est-ce que je t'ai déjà fait du mal ?

— Non, c'est la seule raison qui fait que j'envisage de sortir.

— Bien, souffla Dray, embrassant encore sa joue. Finis ta tasse et prépare-toi !

Lucas hocha la tête, et termina rapidement son lait avant de mettre son verre dans l'évier et de se diriger vers la chambre. Il en revint avec un sweat gris sombre, mettant sa capuche en place après avoir refermé la fermeture éclair.

— Prends des baskets, ordonna Dray dans l'entrée.

Lucas l'observa un instant, mais finit par se diriger vers le meuble à chaussures y récupéra une paire de baskets noires, usées mais encore sortables, et les passa rapidement avant de se redresser pour attendre Dray. Il aurait obéi à sa prochaine directive sans sourciller, tellement l'angoisse était sous-jacente en lui. C'était plus facile de simplement suivre Dray, de l'écouter, parce qu'il savait que Dray ne lui ferait pas de mal, veillerait sur lui. Cela suffisait à contenir son angoisse de sortir, de croiser d'autres personnes. Angoisse qui menaçait de le submerger à chaque seconde, donc il écoutait simplement Dray, se concentrait sur sa voix, avec une confiance infinie. Comme si rien ne pouvait lui arriver tant qu'il était là.

Dray les conduisit aux abords de la ville. Il finit par prendre un petit chemin de terre et arriva près de champs et d'un centre équestre. Il éteignit le moteur avant de se tourner vers Lucas.

— Les animaux, eux, ils ne font pas peur, non ? demanda-t-il avec un sourire.

— Non, pas les animaux.

— Bien. En selle alors, cowboy, s'esclaffa Dray en sortant aussitôt du véhicule. Normalement on est seuls ce matin. C'est pour ça que je te fais venir tôt. Il n'y a que mon ami, le directeur.

— Tu sais monter à cheval ? s'étonna Lucas en le suivant, un peu hébété.

Dray détourna le regard, incertain, avant de se passer une main dans les cheveux.

— Eh bien, comme je te le disais, mon ami est directeur, alors il m'a appris.

— Je me demande s'il y a des choses que tu ne sais pas faire, souffla Lucas en l'observant de sous sa capuche.

— Je ne fais pas bien à manger, avoua Dray en s'avançant vers les bâtiments.

— Si ce n'est que ça…

— Oh, il doit y avoir autre chose. Pauline devrait pouvoir t'en faire une liste de plusieurs pages. Attends, je dois te prévenir. On va aller voir mon ami. Mais ne t'inquiète pas, je l'ai prévenu.

Tu as juste à faire un coucou de la main. Pas de contact, pas de discours, rien. Mais c'est lui qui va nous donner le cheval.

— D'accord, répondit Lucas, le souffle court en se ratatinant sur lui-même.

— Promis, c'est juste quelques minutes, le rassura Dray en lui prenant la main pour l'emmener.

Ils marquèrent un temps d'arrêt devant un ancien box reconverti en bureau où de nombreux dossiers étaient étalés un peu partout. Un homme d'une trentaine d'années les y attendait. Dès qu'il les vit, il se leva avec un grand sourire, alors que Dray laissait Lucas à l'entrée pour s'avancer à son tour.

— Dray ! Cela fait plaisir de te voir !

— Pareil pour moi, Thomas, s'écria-t-il en l'attirant contre lui dans une franche accolade.

Les deux hommes se tapèrent allègrement dans le dos en rigolant, avant que Dray ne se tourne vers Lucas.

— Lucas, voici mon ami, Thomas.

— Ami, hein ? ricana l'homme avant que Dray le frappe derrière la tête.

— Dis « Bonjour » et c'est tout, grogna-t-il.

Thomas sourit avant de saluer Lucas. Le directeur était aussi grand que Dray, des cheveux bruns, avec de magnifiques yeux gris remplis de joie de vivre. Son torse était bien développé, témoignant de son effort quotidien auprès de ses chevaux, mais il restait plus fin que Dray. Avec sa barbe de trois jours, il transpirait la masculinité. Thomas était beau et le savait, se tenant bien droit pour mettre ses bras musclés en avant.

— Je t'ai préparé Prune, expliqua Thomas en se tournant vers Dray. Elle est gentille, il ne devrait pas y avoir de problème. Tu sais où sont les selles, n'est-ce pas ? Enfin, tu as l'habitude de monter à califourchon, pas vrai ?

Dray grogna et tenta de lui donner un coup de poing, mais son ami s'écarta au dernier moment.

— Va te faire foutre !

— Mais je ne demande que ça, s'écria Thomas, hilare. Allez ! Vous avez le manège de libre toute la matinée.

Dray leva les yeux au ciel avant de revenir vers Lucas.

— Merci, grommela-t-il en reprenant la main de son compagnon pour s'éloigner.

— Et pas de bêtises dans le foin, s'écria Thomas.

— Va te faire foutre ! répéta Dray en secouant la tête, amusé.

Lucas emboîta le pas à Dray, content de s'éloigner de l'inconnu, la tête basse et la nuque voûtée. Il attendit d'être un peu plus loin pour oser lever les yeux et regarder partout autour de lui, essayant de ne pas paniquer. Il s'obligea à respirer profondément, remarquant l'odeur nouvelle qui le calma étrangement. Cela sentait bon le foin et la paille.

— Fais pas attention à Thomas, murmura Dray, gêné. Cela te plaît ce qu'on va faire ?

Il avait besoin d'une confirmation. De faire les choses bien. Il voulait vraiment que ce soit un moment de plaisir pour Lucas.

— Je n'en sais rien, avoua ce dernier en se triturant les doigts. Cela me fait peur, surtout parce que c'est nouveau. Mais je crois que j'ai envie d'essayer.

— À la bonne heure, s'exclama Dray en entrant dans une salle remplie de selles. Alors… Prune… Tu m'aides à trouver ?

Lucas tourna la tête et commença à lire les noms qui trônaient sous chaque selle.

— Celle-là.

— Tu la prends, s'il te plaît ? Je récupère ton matériel, déclara Dray avant d'essayer d'office une bombe pour savoir si c'était la bonne taille.

Lucas essaya de soulever la selle mais souffla sous l'effort, c'était plus lourd qu'il ne le pensait. Après quelques manipulations, il parvint à la caler sur son bras valide pour marcher sans être gêné.

— Allez viens, cowboy, je crois qu'elle est par là, souffla Dray. Thomas a dit qu'il l'avait préparée, on n'aura pas besoin de la brosser et tout ce qui va avec.

Lucas repéra tout de suite Prune, car c'était la seule jument dans le box, tous les autres étaient vides, les chevaux mis au pré pour la journée. À leur arrivée, elle tourna la tête vers eux et dressa les oreilles. Lucas la fixa aussitôt, épaté par ses grands yeux d'un brun chaud qui le contemplaient. Alors qu'ils approchaient, elle poussa un hennissement qui calma presque immédiatement l'angoisse de Lucas. Elle avait une robe très claire, à mi-chemin entre le beige et le doré, avec une crinière presque blanche. Lucas déposa la selle près du box et se redressa pour s'approcher de la jument avec hésitation. Elle tendit la tête vers lui, tout doucement, tant et si bien qu'il finit par lui présenter sa main. Elle effleura sa paume de ses naseaux presque délicatement, et Lucas se sentit si rassuré qu'il osa même la caresser.

— Elle a l'air si gentille, murmura-t-il en se tournant vers Dray.

— Évidemment, s'esclaffa Dray, les laissant faire connaissance. Je n'allais pas demander un étalon nerveux. Tu étais bien assez angoissé. Alors, la surprise est bonne ? ajouta-t-il en se postant derrière lui, l'incitant à s'approcher un peu plus.

Dray tendit la main pour se présenter à son tour. Lucas

regarda la jument le sentir avant de fermer brièvement les yeux, comme si elle venait de décider qu'il n'y avait aucune menace.

— C'est une bonne surprise, oui, souffla Lucas en caressant la tête de la jument qui se laissait tranquillement faire.

— Ah, je le savais, dit Dray avec un sourire avant de déposer un baiser sur sa tempe, puis de le pousser pour ouvrir le box. Je vais la seller. Enfin, si je me rappelle de tout. Cela fait bien une dizaine d'années que je n'ai pas monté.

— Mais c'est lourd, ça ne va pas lui faire mal tout ça ? s'enquit Lucas. Ou de me porter moi ?

— Ne t'inquiète pas, si j'ai pu monter sur un cheval, toi aussi, répondit gentiment Dray. De plus, les chevaux aiment travailler, ils aiment se dépenser. Et tu es clairement un poids plume pour moi, alors pour elle qui est encore plus costaude, cela ne devrait poser aucun problème. Regarde-moi ça…

Dray flatta la large encolure avant de tapoter le poitrail de l'animal.

— Elle est toute belle, oui.

L'ancien soldat semblait clairement sous le charme de la jument qui se laissait faire en fermant les yeux. Elle resta tranquille tout le temps que mit Dray à la seller, venant le toucher parfois du bout des naseaux.

— C'est une bonne fifille, la flatta Dray avant d'enfiler les rênes pour les tendre à Lucas. Tu veux l'emmener au manège ?

— Comment je fais ça ?

— Tu restes calme, tu présentes ta main, et tu tires un petit peu sur les rênes, elle va te suivre.

Lucas obéit, montrant sa paume que la jument caressa de ses naseaux. Lorsqu'il tira doucement sur les rênes, elle fit un pas vers lui, s'arrêtant en voyant qu'il n'avançait pas. Alors il recommença et la jument suivit docilement, calant son pas sur le sien et ce jusqu'à l'endroit prévu. Il se tourna vers Dray avec un sourire sincèrement fier.

— Tu as vu ?

— Tu te débrouilles super bien, confirma Dray en le suivant.

Lucas reporta son regard sur la jument, jusqu'à l'arrêter au milieu du manège avec un air satisfait. Il caressa sa tête quand elle s'immobilisa près de lui, et il se sentit fier de réussir quelque chose qui lui semblait pourtant très compliqué. Dray lui donna quelques consignes de sécurité avant de s'avancer vers lui.

— Je t'aide à monter ou tu veux essayer tout seul ? demanda-t-il.

— Oh, je ne saurais pas m'y prendre, bredouilla Lucas. Je veux bien de l'aide.

Dray sourit et montra l'étrier.

— Mets ton pied là-dedans, je t'aiderai à monter ensuite. Ta bombe est bien attachée ?

Lucas vérifia, hocha la tête et plia la jambe pour mettre le pied à l'étrier. Dray l'aida à se mettre en selle et le jeune homme se retrouva installé sur le dos de la jument qui ne bougea pas d'un pouce, bien qu'il se soit assis sans douceur. Il mit son second pied dans l'autre étrier avec difficulté et dut se pencher pour s'aider de sa main. Il essaya de trouver sa position sur la selle, mais elle manquait de confort. Puis il regarda devant lui. Les oreilles de la jument bougeaient tranquillement d'avant en arrière et il se sentit bien, en hauteur. On voyait le monde différemment d'en haut.

— Tu es bien ? Il faut que tu sois à l'aise sur tes jambes. Comment tu te sens ?

— Bizarre, répondit honnêtement Lucas. C'est étrange.

— Je peux faire avancer Prune ? proposa Dray en prenant

une rêne en main.

— Mais pas trop vite alors, murmura Lucas, soudain peu rassuré.

— Bien sûr que non. Fais-moi confiance.

Et ils se mirent en marche. Tranquillement. Dray jetait régulièrement des coups d'œil vers Lucas pour s'assurer que tout allait bien. Le souffle du jeune cavalier se bloqua lorsque la jument se mit en mouvement. Il sentait chacun de ses muscles s'activer, il pouvait savoir à quel moment elle posait un nouveau pied au sol. Il faillit paniquer. Mais la jument restait calme, placide, comme depuis le début. Elle suivait tranquillement Dray, et Lucas observait ses oreilles qui bougeaient, comme si elle vérifiait que tout allait bien pour lui. Ainsi, au fil des pas, il parvint à retrouver son souffle et à se détendre. Au bout d'un moment, il se sentit même presque bien, tout là-haut, sur sa monture tranquille, hors de portée de tout, et il poussa un soupir soulagé.

Après de longues minutes, Dray montra sommairement à Lucas comment diriger le cheval, puis il les lâcha. La jument continua de son pas tranquille et lorsque Lucas écarta la main droite comme Dray lui avait montré, elle tourna gentiment en continuant à la même allure. Lucas réessaya à gauche et la jument obtempéra aussitôt. Il se sentit si hardi qu'un sourire étira ses lèvres. Il leva les yeux vers Dray qui le fixait, et se sentit d'autant plus fier d'y arriver devant lui, surtout grâce à lui. Et il décida que c'était la meilleure surprise de toute sa vie. Dray le laissa faire un long moment, mais Lucas finit par s'arrêter en pensant à Prune. Il mit pied à terre et Dray le laissa la ramener au box, ce qu'il fit avec des caresses emplies de reconnaissance.

— Retrouve-moi après, je vais ranger la selle. Referme bien le box, d'accord ? déclara Dray en prenant la selle dans ses bras.

Lucas hocha la tête avant de le regarder disparaître, puis il se tourna vers la jument avec un sourire tendre.

— Merci, Prune, lui murmura-t-il en caressant son chanfrein.

La jument tourna la tête vers lui et se frotta à son épaule. Il lui dédia une dernière caresse et sortit du box, refermant bien la porte avant d'ôter sa bombe pour remettre sa capuche en place et retrouver Dray à la sellerie. Il entendit des voix étouffées, avant de voir Dray plaqué entre la selle de Prune et Thomas qui murmurait des mots dans son dos d'une voix atrocement grave. Les mains du directeur se faufilaient déjà sous le tee-shirt de Dray et caressaient son ventre. L'ancien soldat lui donna un coup d'épaule pour se dégager et lui prit les bras afin de l'arrêter, apercevant Lucas dans la manœuvre.

— Lucas, appela-t-il en se dégageant pour le rejoindre, mais Thomas le retint.

— Pense à ma proposition, Dray. Juste toi et moi pendant une semaine, déclara-t-il avec un sourire sensuel qui dessinait une petite fossette sur sa joue.

Lucas se ratatina sur lui-même, se sentant de trop. Il recula, s'éloigna de la sellerie. Il avait le souffle un peu court en quittant les lieux à pas rapides. Mais il comprenait. Thomas était beau et il concevait aisément que Dray puisse être attiré par lui. Il ne voulait pas se mêler de la vie sentimentale de son ami, il savait qu'il avait des besoins et des envies. Aussi ne comprenait-il pas vraiment pourquoi son souffle se faisait plus court, ses battements de cœur plus rapides. Ce fut quand la sensation glacée s'empara de son corps qu'il reconnut la crise de panique. Elle arrivait presque trop doucement. Puis il saisit pourquoi elle se faisait sournoise : si Dray partait une semaine complète, Lucas avait du mal à envisager sa propre vie. Il animait ses journées, ses soirées. Puis l'idée que Dray ne revienne pas du tout lui coupa le souffle, et il ferma les yeux, s'arrêtant de marcher pour s'appuyer contre un mur. Il chercha sa respiration, mais la sensation de brûlure le stoppa.

Si Dray partait, Lucas retomberait dans la solitude la plus totale. L'idée le paniqua complètement. Il ne pourrait pas le supporter. Il s'interdisait de vivre, pourtant il volait chaque petite joie que Dray apportait dans sa vie. Mais il allait disparaître parce que lui, Lucas, n'était rien et n'avait aucune qualité capable de retenir un ami tel que Dray. Comme d'habitude, il ne causait que des désastres.

— Hé, Lucas, Lucas, s'affola soudainement Dray qui se jeta au sol, à genoux devant lui. Désolé, tu n'aurais pas dû voir ça. Mais Thomas essaye toujours. Pardonne-moi. Allez, respire.

Lucas essaya de s'accrocher à la voix de l'ancien soldat, mais l'idée que celle-ci allait disparaître était déjà ancrée en lui, le doute n'avait déjà plus sa place. Il baissa la tête, la respiration saccadée, alors que la sensation glacée refaisait surface. Il se mit à trembler en s'accrochant au mur derrière lui.

— Non, Lucas. On reste concentré sur ma voix, tu te rappelles ? Allez, concentre-toi. Allez, répète après moi… A… B…

La gorge serrée, Lucas se força à rouvrir les yeux, mais les ferma aussitôt en voyant le visage de Dray si proche. Un visage qu'il n'était pas capable de garder, qui allait disparaître. Parce que Thomas était quelqu'un comme il fallait, il était beau, il parlait, il avait du charisme, et aucun de ses problèmes. Thomas existait réellement et pas lui. Lui, il n'était déjà plus là. Alors il ne parvint pas à reprendre l'alphabet. Il ne voulait pas. Parce que bientôt, plus personne ne serait là pour le réciter pour lui. L'idée de la solitude immense qui l'attendait l'emporta de nouveau et son souffle se bloqua dans sa gorge. Arrivant à M, Dray comprit que quelque chose clochait. Jamais Lucas n'avait été si long à lui répondre, alors il posa délicatement ses mains sur la capuche pour remonter le visage crispé vers lui.

— Lucas, qu'est-ce qui se passe ? Pourquoi tu paniques ? demanda-t-il avec autant de douceur qu'il le put. Tu le savais que j'étais gay. C'est ça, cela t'a dégoûté de le voir en vrai ? Parle-moi, je t'en supplie. Je veux t'aider.

La main de Dray sur sa joue envoya une décharge à Lucas qui lui fit prendre une inspiration douloureuse. Mais il ne parvint pas à rouvrir les yeux ou à se dégager. Il voulait sentir le contact de Dray une dernière fois, mais en même temps, il n'arrivait pas à le regarder, car tout ce qu'il pensait alors, c'était que Dray allait disparaître. Il n'avait plus que ce mot en tête. Ça et la solitude qui allait revenir. Lorsque Dray continua à poser des questions, à demander des réponses, ce fut le seul mot qu'il put articuler d'une voix déchirée, brisée.

— Disparaître.

— Mais non, tu ne vas pas disparaître, tu es avec moi, là. Tu sens mes mains. Je suis là, je ne bouge pas. Je reste avec toi ! Lucas, reprends ton souffle. Tout va bien.

— Mais tu vas…

La voix de Lucas était si hachée que chaque mot semblait lui coûter de l'oxygène, son corps tressautait entre chaque syllabe. Ajouter un dernier mot bloqua son souffle pour de bon, et tout son corps se mit à brûler alors qu'il tremblait violemment.

—… disparaître.

— Quoi ? s'étonna Dray avant de froncer les sourcils. C'est à cause de ce que Thomas a dit ? Mais Lucas, je…

L'ancien soldat se mordit un instant la lèvre avant de s'approcher un peu plus.

— Lucas, regarde-moi, tonna-t-il d'une voix plus ferme. Je ne vais pas partir, tu m'entends ? Je vais rester avec toi. Je t'ai dit que tu me plaisais. Thomas me fait toujours du rentre-dedans. Arrête de paniquer, je reste avec toi, mec ! Je ne pars pas.

Lucas n'arrivait plus à respirer, tout son corps était tendu et il tremblait violemment, un peu plus à chaque seconde. Les mots de Dray ne s'ancrèrent pas en lui. Parce qu'il avait conscience qu'il n'avait pas ce qu'il fallait pour plaire à Dray. Thomas, si. Alors Dray ne pouvait que disparaître. Et Lucas finirait seul. Encore.

Dray commença réellement à s'affoler, se demandant un instant s'il ne devrait pas appeler les secours, quelqu'un, n'importe qui… Avant de se rappeler que Lucas lui avait dit qu'il était celui qui le calmait le plus. C'était à lui d'agir. Mais ses mots n'avaient aucun effet. Sans réfléchir plus que cela, il posa sa bouche sur celle de Lucas, en un baiser un peu désespéré.

Lucas rouvrit les yeux, complètement choqué, et mit de longues secondes à réaliser que Dray était en train de l'embrasser, alors qu'il était encore accroupi, dos au mur, Dray à genoux devant lui. Il se remit à respirer laborieusement, totalement affolé, ne sachant que faire ni comment agir. Son corps s'embrasa, mais ses muscles se détendirent un peu alors qu'il remarquait avec étonnement la douceur des lèvres de Dray. Son cœur qui s'emballait lui donna en cet instant l'impression de vouloir jaillir de sa poitrine.

Dray poussa un soupir de soulagement en voyant que cela le faisait réagir. Il libéra une seconde les lèvres de Lucas avant d'y revenir avec plus de douceur, sans affolement. Il déposa comme cela plusieurs baisers, se contentant de picorer ses lèvres, se retenant d'aller plus loin pour éviter de l'affoler davantage. La main de Lucas vint finalement s'accrocher à la manche de Dray, avec le peu de force qui lui restait. Mais lorsque Dray fit mine de reculer, alors que son souffle se faisait moins laborieux, mais demeurait rapide, Lucas le fixa avec effarement. Parce que ça marchait. Dray semblait prouver à chaque nouveau baiser qu'il allait rester. Lucas ne comprenait pas, mais chaque contact lui donnait une nouvelle raison d'y croire. Et cela calmait la panique.

Lorsque Dray cessa enfin ses baisers, il le fixa avec une intensité nouvelle. La supplique qui franchit ses lèvres lui fit honte, jamais il n'aurait dû oser demander une telle chose, mais c'était plus fort que lui. Car il voulait croire que Dray allait vraiment rester. Alors il gémit d'une voix faible :

— Encore.

Dray haussa les sourcils, plus que surpris, se demandant un instant si c'était une bonne chose, si Lucas avait encore toute sa tête suite à sa crise, avant de purement et simplement se jeter une nouvelle fois sur les lèvres légèrement rougies. Si jusque-là il était resté chaste, il prit sa bouche comme s'il débarquait en terrain conquis. Mordillant la lèvre inférieure avec délectation, il passa sa langue sur la bouche charnue pour mieux savourer le goût de Lucas avec envie. Merde, lui aussi en voulait plus maintenant.

Ses mains se glissèrent dans le cou de Lucas pour l'approcher un peu plus, cherchant un contact plus profond. Lucas se tendit vers Dray en répondant maladroitement au baiser, mais il adora l'autorité de son tendre assaillant. Il sentit à peine la douleur de la main calleuse sur sa cicatrice, trop occupé à goûter ses lèvres. Un bras passa vivement autour de sa taille, et il dut grimper gauchement sur les genoux de Dray qui avait clairement et purement décidé de le dévorer complètement. Sa langue s'était invitée dans sa bouche, jouant, caressant, léchant sa complice avec tellement de gourmandise que Dray ne put s'empêcher de grogner en serrant un peu plus les hanches fines de Lucas.

Dray ne pensait plus à rien d'autre. Il n'avait aucune idée de comment ils en étaient arrivés là, mais c'était vraiment le cadet de ses soucis. Tout ce qui comptait, c'était ce souffle dont il essayait de se repaître, c'était ce corps contre le sien, c'était Lucas. Juste Lucas. Et Lucas se laissait dévorer, perdu entre les lèvres et la langue de Dray. Il avait très chaud, tout son corps brûlait, mais de plaisir cette fois. C'était tellement inédit qu'il ne parvenait plus à réagir ; il se laissa porter.

Dray allait faire une bêtise, il le sentait. Il avait envie de tout, de l'embrasser, d'arracher ses vêtements, d'embrasser ses cicatrices, de dévorer chaque recoin de ce corps qui ne demandait qu'à être découvert. Les doigts de Dray voulurent se glisser sous le grand pull, mais un bruit de sabot donné dans un des boxes non loin le fit sursauter et s'éloigner, presque à regret.

Lucas le regarda faire, le souffle court, trop rapide. Même son cœur battait encore trop vite. Pourtant, en lui, il n'y avait plus aucune panique. Il avait plutôt l'impression de planer. Comme lorsqu'il recevait de grosses doses de morphine. Il eut du mal à retrouver le sens des réalités avant de réaliser ce qui venait de se passer. Il eut un énorme coup de chaud, sentit qu'il rougissait, et baissa la tête en tirant sur sa capuche pour qu'elle le cache.

— Tu devrais me ramener, murmura-t-il d'une voix hachée.

— Je crois aussi, souffla Dray, tout aussi gêné que lui. Hm… Tu te lèves ?

Lucas hocha la tête et s'appuya sur le mur pour se redresser Dray se leva d'un coup, priant pour que Lucas, trop embarrassé, ne remarque pas son état d'excitation. Il hésita un instant à prendre sa main avant de noter l'état de Lucas. La seconde d'après, il avait entrelacé leurs doigts et prenait la direction du véhicule. Le jeune homme se laissa entraîner, tête basse, fixant ses baskets à chaque pas. Dray finit par grimper dans la voiture et posa son front contre le volant. Merde… Comment en étaient-ils arrivés là ?

— Merci, murmura Lucas après s'être attaché rapidement. Et désolé d'avoir paniqué.

— Attends, moi aussi je dois m'en remettre, grogna Dray en fermant les yeux.

Lucas se ratatina sur lui-même en hochant la tête, laissant Dray récupérer.

— On en parle ou… ? demanda Dray sans finir sa phrase, ses yeux verts et miel le fixant.

— On peut, acquiesça Lucas en hochant la tête.

— Pourquoi tu as paniqué comme ça ? Thomas… J'ai une relation un peu spéciale avec lui. Quand nous ne sommes pas en couple, on se permet des libertés, on va dire. Mais les choses sont parfaitement amicales si l'un de nous deux est en ménage. La dernière fois, je l'ai appelé, car je n'avais pas vraiment le moral, et une chose en entraînant une autre… Il m'a fait cette proposition uniquement parce qu'il voulait m'aider. Mais je ne partirai pas avec lui. Je veux rester avec toi, est-ce que tu comprends ?

— Je te crois, répondit Lucas en baissant la tête. Mais quand je l'ai entendu, ça m'a juste paru logique que tu y ailles. Et une fois la panique installée, il m'a semblé tout aussi logique que tu ne reviennes jamais.

— Lucas, grogna Dray en se tapant le front contre le volant avant de se redresser. Combien de fois il faut que je te le dise ? Tu m'intéresses. Je n'ai pas envie de partir. Je passe de très bons moments avec toi. Pourquoi tu ne me crois pas ? Qu'est-ce qu'il faut que je fasse pour que tu me croies ? Je ne sais plus quoi faire pour te le prouver. Je veux juste rester avec toi. Je me sens vraiment bien auprès de toi.

— C'est juste que…, hésita Lucas en se mordant la lèvre. Ce n'est pas que je ne te crois pas. Mais comment pourrais-je penser que tu tiens à moi alors que moi-même, je me déteste, je m'insupporte ? Ma propre existence est une plaie pour moi. Comment pourrais-je imaginer que tu veuilles te l'imposer ?

Dray soupira et se pencha vers lui. Il enleva délicatement la capuche avant de tourner son visage vers lui et lui sourit avec douceur.

— Tu ne veux pas essayer de te voir à travers mes yeux ? Voir la personne formidable et gentille que je vois toujours ?

— Je ne suis pas comme ça.

— Non, tu ne veux pas être comme ça, car tu t'en veux, le contredit Dray. Tu te le refuses. À cause de l'accident.

— Tu n'en sais rien, souffla Lucas d'une voix soudain rauque, un peu hachée.

— Si, je te vois. Quasiment tous les jours. Et quand tu parles de ta famille, cela se devine. Tu t'en veux.

— Tu parles comme mon psy, lâcha Lucas en se détournant.

— Et tu ne te dis pas que si on est plusieurs à le dire, c'est qu'on pourrait avoir raison ? proposa Dray en le forçant à revenir vers lui. Je veux ton bien, Lucas. J'aimerais revoir ce garçon plein de vie que tu m'as montré sur les vidéos.

— Il est mort, trancha Lucas en se tassant, se dégageant de son emprise. Et ça doit rester comme ça. On peut rentrer maintenant ?

— Ne te braque pas, Lucas. Il n'est pas mort. Tu n'es pas mort avec eux. Regarde comme tu étais bien il n'y a pas une heure. Tu as le droit d'être heureux, Lucas.

Lucas remit sa capuche sans tourner la tête, refusant de l'entendre. Parce que non, malgré tout ce que disait Dray, il n'avait pas le droit.

— Tu as fait tellement de progrès depuis qu'on se connaît, pourquoi refuses-tu de continuer dans cette voie ?

— J'aimerais rentrer.

— Lucas…, essaya une dernière fois Dray en glissant sa main dans la sienne.

— S'il te plaît, supplia Lucas sans retirer sa main.

— Je te dis ça pour ton bien. J'aimerais… J'aimerais être heureux avec toi, tu comprends ?

Lucas garda le silence, la gorge trop serrée pour parler. Non, il ne comprenait pas. Il ignorait même ce que Dray entendait par vouloir être heureux avec lui.

— Je sais qu'ami, c'est nouveau pour toi, mais, j'aimerais encore plus.

— Dray, s'il te plaît, souffla Lucas avec peine.

L'ancien soldat soupira, donna une dernière caresse sur la main qu'il tenait, avant de mettre le contact et de prendre la direction de la maison. Lucas resta recroquevillé, serrant la ceinture de toutes ses maigres forces. Il ne décrocha pas un mot du trajet, trop occupé à essayer de repousser toutes ses pensées qui l'envahissaient. Il ne voulait pas perdre Dray. Mais l'idée que Dray désire plus le terrifiait tout autant. Parce que Lucas se savait incapable de le lui offrir. Et s'il n'en était pas capable, alors Dray finirait par partir.

La jeep s'arrêta devant chez Lucas, et Dray ne sut quoi faire. Il commençait déjà à regretter ses paroles. C'était trop tôt. Beaucoup trop tôt.

— On est fâchés ?

— Non, répondit Lucas en se détachant.

— Tu m'en veux ?

— Non. Mais toi, tu m'en veux.

— Bien sûr que non. Alors dis-moi. Parle Lucas ! Je ne peux pas décider ou parler pour toi.

— Je ne suis pas capable d'être heureux avec toi, Dray.

— Ne dis pas n'importe quoi. Surtout pas après la manière

dont on s'est embrassés.

— Je vais rentrer, se contenta de dire Lucas comme s'il se refusait à repenser à ce moment, commençant même à descendre de la voiture.

— Lucas, soupira Dray. Je ne voulais pas que cela se termine comme ça.

— N'en parlons plus, souffla-t-il du bout des lèvres en refermant la portière.

Dray sortit aussitôt de la voiture et courut vers Lucas, agrippant son bras.

— Je ne veux pas que cela se termine comme ça, répéta-t-il. C'était censé être une très bonne matinée.

— C'était une bonne matinée, répondit Lucas qui essayait d'adopter un ton plus léger. Comparée à beaucoup d'autres de mes matinées, elle était excellente.

— Écoute, j'ai peut-être parlé trop vite, bafouilla Dray, mal à l'aise. Qu'est-ce que tu dirais si simplement quand on se voyait… tu m'autorisais à te toucher ? Juste ça. Oublie tout ce que j'ai dit. Je ne veux pas te perdre. Et j'ai l'impression que c'est ce qui est en train de se passer, que tu te refermes. Merde, mec, c'est moi qui panique cette fois.

— Veux-tu réciter l'alphabet avec moi ? souffla Lucas en glissant sa main dans celle de Dray après une hésitation.

Dray pouffa une seconde avant de sourire tristement.

— Je t'ai déjà dit que je préférais les chiffres, moi…

— Tu n'as pas de raison de paniquer, Dray, finit par murmurer Lucas. C'était une bonne matinée.

— Alors pourquoi j'ai l'impression d'avoir tout raté ? soupira Dray en s'appuyant sur l'épaule valide de Lucas.

— Je n'en sais rien, parce que ce n'est pas le cas.

— Tu le promets ?

— Bien sûr.

Dray se redressa pour le prendre dans ses bras, humant son odeur avec délice. Il avait encore envie de l'embrasser, là, juste devant chez lui. Le baiser qu'ils avaient partagé avait un goût de trop peu. Il voulait l'entendre gémir ce « encore », juste pour frissonner lui-même des pieds à la tête. Lucas mit quelques secondes avant d'oser finalement refermer les bras autour de Dray pour l'étreindre à son tour. Dray craqua et déposa un baiser dans son cou, juste sur le côté de la capuche. Lucas frémit, mais ne se dégagea pas. Il resta là encore une bonne minute avant de s'écarter en entendant des bruits de pas plus loin.

— Je vais rentrer, murmura-t-il.

— D'accord, soupira Dray en s'écartant.

— Alors, à bientôt.

— Oui, c'est ça. À bientôt, éluda Dray.

Lucas hocha la tête et tira sur sa capuche, se détournant pour retourner chez lui. Il observa plusieurs fois Dray par-dessus son épaule avant de se réfugier derrière sa porte d'entrée. Dray soupira fortement, indécis. Merde. Ce n'était vraiment pas ce qu'il voulait. Et peu importait ce que disait Lucas, il ne pouvait pas laisser les choses en l'état. Ou peut-être juste que c'était égoïste, qu'il en voulait plus.

Ce fut sûrement pour cette raison qu'il gravit les marches quatre à quatre, qu'il ne toqua même pas, ouvrant la porte comme s'il était chez lui. Lucas était dans la cuisine et il sursauta violemment avant de voir que c'était Dray.

— Dray ? demanda-t-il d'une voix hésitante.

En quelques enjambées, l'ancien soldat fut en face de lui et agrippa son visage pour l'embrasser un peu brutalement. Voilà, c'était ça qu'il voulait. C'était ce dont il avait besoin. Ses lèvres contre les siennes. Son corps contre le sien. C'était parfait comme ça.

Le choc fut au moins aussi important pour Lucas qu'au manège. La première fois, il avait été plongé dans la panique et c'était ce contact plus qu'inhabituel qui l'en avait tiré. Ça et toutes les autres émotions qui l'accompagnaient. Mais là, il n'y avait pas de panique absolue, et il se prit toutes ces sensations en pleine face. La douceur des lèvres de Dray pourtant accompagnée d'une fermeté virile, les mains sur son visage comme s'il avait peur que Lucas s'échappe. Le corps dur, tendu, tout contre le sien, qui réclamait un contact plus étroit encore. Et avec tout ça, il y avait cette douce brutalité qui amenait une chaleur nouvelle, qui embrasait son corps.

Une fois le choc passé, il se laissa happer par cette tornade de sensations, soudain incapable de réfléchir. Parce que le contact de Dray était si plein de vie qu'il chassait tout le reste. Sous ses lèvres aventureuses et audacieuses, il n'était plus Lucas l'effrayé, le traumatisé. C'était comme s'il pouvait être quelqu'un d'autre juste parce que Dray l'embrassait. Alors son corps se détendit et il se laissa complètement emporter, incapable de lutter contre le tsunami que Dray provoquait en lui. Ce dernier gémit faiblement en sentant le corps de Lucas se détendre et, mieux encore, répondre. C'était divin. C'était ce qu'il fallait. Une main descendit dans le dos de Lucas pendant que la langue de Dray trouvait son chemin entre ses lèvres tentatrices. Oui, Lucas semblait soudainement se muer en un fruit défendu qui ne demandait qu'à être dévoré.

— Tu as si bon goût, chuchota Dray contre ses lèvres en laissant sa main descendre jusqu'à une fesse pour le serrer davantage contre lui.

Lucas sursauta en sentant des mains se balader sur lui,

ressentit le picotement quand elles effleurèrent la cicatrice dans son dos avant d'être à nouveau choqué de sentir Dray serrer une de ses fesses, déclarer qu'il avait bon goût. Il n'aurait jamais pensé qu'une personne puisse avoir une saveur, ou alors il l'avait oublié depuis le temps. Il avait envie de le déguster, parce que l'avant-goût était délicieux. Avant même qu'il n'y pense, sa langue vint caresser celle de Dray pour la découvrir. C'était exquis. Cela le perdit davantage encore. Il avait même un arrière-goût de menthe, comme si Dray était fait pour être embrassé. Dray grogna son consentement avant que sa main ne remonte sur ses reins. D'un bras, il porta le corps de Lucas, reculant à l'aveuglette pour déposer son léger fardeau sur la table de la cuisine. Ses mains retrouvèrent les hanches fines alors qu'il se glissait entre ses jambes.

— Dis-moi que tu ne paniques pas, murmura-t-il entre chaque baiser, incapable de rester longtemps loin de ses lèvres.

Dieu que non, il ne voulait pas s'éloigner. Non, Dray avait faim de lui, incapable de se calmer. Pas maintenant. Mais il ne voulait pas non plus forcer Lucas, jamais. Il désirait simplement partager ce moment avec lui.

— Non, répondit Lucas d'une voix hachée. Encore.

Il n'arrivait plus à penser. Cela faisait tant de bien. D'oublier qui il était. De tout oublier. De se perdre dans ce torrent de sensations. Il ne voulait pas que ça s'arrête. Il ne voulait pas revenir à la réalité, retrouver le carcan étroit et pesant de son existence. Non, sous les lèvres de Dray, sous ses mains baladeuses, il se sentait soudain libre. Un peu comme lorsqu'il jouait du piano. Sauf qu'il n'était plus seul. Et le sourire de Dray fut éblouissant avant qu'il ne reprenne sa bouche, avec encore plus de ferveur si c'était possible.

Les mains de l'ancien soldat ramenèrent le bassin de Lucas contre lui, frottant son excitation contre la sienne. Dieu que c'était bon. Il se mit à mordre doucement les lèvres de son amant, tant il se sentait galvanisé. Ses mains se faufilèrent sous le pull, passant la lisière du pantalon. Et Lucas frémit de tout son être alors que le flot déchaîné continuait de l'emporter. La seconde d'après, Dray défit habilement un bouton, puis sa braguette avant de grogner, bloqué dans ses mouvements par le pull. Il ne contrôlait plus rien de toute manière, alors s'il pouvait au moins avoir ça.

— S'il te plaît, souffla-t-il en tirant sur le pull pour l'enlever.

Lucas l'aida sans même penser à ses cicatrices qu'il avait si honte de montrer. C'est à peine s'il ressentit une vague hésitation avant de céder, il voulait retrouver le contact des lèvres de Dray, découvrir ce que cela faisait de le sentir contre lui. Il tira sur le pull pour finir de l'ôter lui-même, comme pour ôter le moindre doute. Il ne voulait pas penser. Surtout pas. Pas la réalité, pas la douleur, la honte et la souffrance. Il voulait rester dans ce déluge vertigineux dans lequel Dray l'entraînait. L'ancien soldat offrit un autre grand sourire.

Il aurait aimé le féliciter, lui dire qu'il était fier de lui, mais il ne pouvait pas, il était trop assoiffé de Lucas. Alors il serra juste encore une fois sa taille, se frottant toujours contre lui, ne cachant rien de son excitation. Dray aspira son souffle, sa langue, ses lèvres. Tout. S'il l'avait pu, il l'aurait dévoré tout entier.

Sa main revint doucement à son visage, le caressa, son pouce passa sur ses lèvres lorsqu'il les libéra enfin, sa bouche descendant dans le cou, évitant au maximum de toucher les cicatrices. Il n'y avait place que pour le plaisir et l'envie. Alors l'autre main se glissa sur l'entrejambe de Lucas, le massant pour mieux se faufiler dans son pantalon. Un soupir s'échappa des deux bouches. C'était si bon. Une véritable déferlante de sensations dans laquelle Lucas se noyait avec un plaisir qu'il n'avait pas connu jusque-là. Il avait le goût de Dray sur la langue, son odeur l'enveloppait, et tout ce qu'il souhaitait, c'était en obtenir encore plus. L'avoir plus près, plus présent, plus enflammé. Parce que sous ses mains, il n'était plus que chair frémissante de plaisir et d'envie.

Dray poussa un autre gémissement alors qu'il glissait son regard vers le bas, se léchant les lèvres avec l'envie de poser sa bouche sur lui, mais un sursaut de lucidité l'en dissuada, c'était trop tôt. Son pouce remonta le long du sexe de Lucas pour attraper la goutte qui perlait au bout et s'amusa à l'étaler délicatement. Merde, il désirait encore plus.

Alors il récupéra ses lèvres avant de les lécher, entamant un mouvement de va-et-vient rapide. Car il n'arrivait plus à s'ordonner de rester calme. Il ne pouvait se restreindre davantage. C'était trop lui demander. Cela faisait trop longtemps qu'il attendait.

Les mains de Lucas se serrèrent sur l'épaule et le bras de Dray alors que tout son corps se tendait vers lui, accueillant les vagues de plaisir.

— J'ai tellement envie de toi, grogna Dray en donnant des coups de langue là où le tee-shirt le lui permettait.

Sentir la langue de Dray sur son corps, sa main qui allait et venait sur lui, amenèrent Lucas à fermer les yeux. Il eut l'impression de se mettre à trembler. Un gémissement passa ses lèvres et un voile lui obscurcit l'esprit. Il se libéra dans la main de Dray sans même réaliser. Dray l'accompagna dans son mouvement, ne perdant pas une miette du spectacle qui se déroulait sous ses yeux. Il ralentit doucement la cadence de ses doigts, parsemant de tendres baisers ses joues et ses lèvres, pour finalement s'arrêter. Voyant que Lucas n'était plus avec lui, il s'éloigna une seconde pour attraper l'essuie-tout. Il revint aussitôt entre ses jambes pour s'essuyer la main, puis nettoyer son amant, toujours avec douceur, avant de tout remettre en place et de boutonner le pantalon.

— Hé… Encore là ? murmura-t-il en butinant ses lèvres

dans un baiser paresseux.

Lucas y répondit avec indolence. Il avait du mal à redescendre. Cela faisait beaucoup d'émotions fortes d'un coup. Il finit par rouvrir les yeux pour observer Dray, le regardant comme s'il le découvrait de nouveau. Il ignorait totalement comment réagir, quoi faire *après*. Pourtant, la peur ne parvint pas à faire surface, il se contenta donc de répondre bêtement à la question.

— Oui.

Dray le gratifia d'un magnifique sourire avant de l'embrasser sur le bout du nez.

— Maintenant, je peux partir tranquillement, murmura-t-il. Je sais que cela s'est bien terminé.

— C'est pour ça que tu es revenu ? s'étonna Lucas avec stupeur. Tu ne m'as pas cru quand j'ai promis ?

— Si, si, mais je voulais finir encore mieux, s'amusa Dray en l'embrassant encore sur la joue. Et ton visage me ravit au plus haut point.

Lucas rougit légèrement en baissant la tête, les pensées encore trop floues pour trouver à y redire.

— Tu es mignon quand tu rougis. Si je te laisse seul maintenant, tu vas paniquer ou je peux partir l'esprit tranquille ? Ou alors je recommence, chuchota-t-il en venant enserrer sa taille de ses bras.

— Oh, gémit Lucas qui fut presque saisi d'un violent frisson. Pour l'instant, il n'y a aucune panique, ajouta-t-il, le souffle court.

— Alors je peux partir… Ou je continue ça ? demanda Dray en venant happer sa langue avec envie.

Lucas se perdit dans ce nouveau baiser, le corps encore

pantelant. Il avait la sensation de ne plus avoir la moindre volonté. Il ne voulait pas y mettre un terme ni voir partir Dray. Il était bien, là, tout contre lui, ses mains sur lui, sa langue dansant avec la sienne. Il aurait pu se perdre dans ce torrent de sensations. Mais une pensée refit enfin surface, et il finit par mettre fin au baiser avec regret. Ce qui venait de lui arriver représentait déjà beaucoup.

— Il vaut peut-être mieux s'arrêter sur du positif, sinon tu n'arriveras jamais à partir l'esprit tranquille, murmura Lucas avec hésitation.

— Oui, tu as raison.

Pourtant, il revint prendre sa langue encore une fois. Il ne parvenait pas à se détacher de lui, c'était plus fort que lui. Cependant Lucas avait raison. Il devait s'arrêter là. C'était mieux pour tous les deux. Il s'éloigna en maugréant.

— Tu as de la chance, car j'ai vraiment envie de te dévorer, grommela-t-il en fermant les yeux, pour tenter de se calmer.

Lucas regarda Dray, face à lui, les paupières closes. Porté par il ne savait quel sentiment, il parvint à chastement poser ses lèvres sur la joue de Dray. Ce fut bref, très vite il se recula en baissant la tête, le rouge aux joues, comme s'il n'en revenait pas de ce qu'il avait osé faire.

— Tu ne m'aides pas du tout là, souffla Dray en se redressant tout de même.

— Pardon. Je voulais juste te remercier pour la matinée.

— Oh non, je t'interdis de t'excuser pour ça, ordonna Dray avant de l'embrasser encore. Refais ça autant de fois que tu veux. Quand tu le veux. Tu m'entends ?

— D'accord.

Dray vola un dernier baiser avant de se redresser, prenant

une main entre les siennes, formant ainsi un rempart entre eux pour éviter de se rapprocher davantage.

— Je viens te chercher après-demain pour aller voir Maxime ? J'ai réussi à trouver une cape arc-en-ciel, je suis sûr que cela lui fera plaisir.

— Il va être content, oui, acquiesça Lucas en hochant la tête.

— Alors, au revoir.

Mais Dray ne bougea pas, serrant un petit plus la main entre les siennes.

— Qu'est-ce qui se passe, Dray ? finit par demander Lucas en le voyant immobile.

— Rien, je n'ai juste pas envie de te quitter, chuchota Dray, gêné. J'ai envie de m'allonger près de toi, de profiter de toi, de ta présence. Mais je vais y aller. En plus, ma sœur m'attend ce soir. Elle dit que je passe trop de temps sans elle. Je crois qu'elle est jalouse de toi.

— Tu devrais passer du temps avec elle, dit Lucas en rougissant. Ne la fais pas attendre. Je serai toujours là quand tu reviendras.

— Oh… Serait-ce une invitation pour venir dormir avec toi ? demanda Dray en se rapprochant, caressant son nez du sien.

— Quoi ? Non, je parlais de quand tu reviendras me chercher, après-demain, bredouilla Lucas atrocement embarrassé. Tu… tu veux dormir avec moi ?

— Je veux faire tellement de choses avec toi, murmura Dray avant de l'embrasser chastement.

Lucas ouvrit la bouche, mais ne dit rien et lui sourit timidement. Il ne comprenait toujours pas que Dray veuille faire des choses avec lui, mais il se garda de dire quoi que ce soit, pour ne surtout rien gâcher. Il se contenta de serrer doucement sa main.

— Va rejoindre ta sœur, finit-il par dire tranquillement.

— Tu me donnes des ordres ? s'amusa Dray en l'embrassant sur la joue. J'aime ça.

— Arrête, ce n'est pas un ordre, bafouilla Lucas en baissant la tête.

— Je suis militaire, je suis fait pour obéir aux ordres et en donner, admit Dray l'embrassant encore sur la joue. Allez, je file avant de craquer.

— D'accord. À bientôt, Dray.

— À bientôt.

Dray se recula puis revint pour un dernier baiser.

— Fais pas de bêtises sans moi, Dark Vador, déclara-t-il en claquant la porte.

Lucas resta un long moment assis sur la table, à contempler le battant, savourant l'étonnante sensation de bonheur qui perdurait en lui. Depuis que Dray était entré dans sa vie, il amenait sans cesse des émotions nouvelles. La joie, la surprise, l'amusement, l'envie de sourire, beaucoup d'embarras dernièrement. Du bonheur aujourd'hui. De la fierté. Du plaisir. Plus que Lucas n'en avait ressenti en dix ans. Il avait l'impression de planer. D'être sur un nuage et de voir le monde d'en haut, un sourire euphorique au bord des lèvres. Au point qu'il termina de se préparer son verre de lait chaud dans un état un peu second, le visage radieux. Il avait déjà hâte de retrouver Dray dans deux jours. Il était content d'aller jouer avec Maxime et lui. Il se réjouissait à l'idée de cette nouvelle journée de bonheur.

Il se figea en arrivant dans le salon, les yeux rivés sur la porte de son placard. Son sourire se fana, disparut peu à peu alors qu'il fixait ce qui restait de son passé. Et soudain, il eut honte.

Comment pouvait-il se réjouir ? Comment osait-il ressentir du bonheur, de la joie ou du plaisir alors qu'eux en étaient privés ? Son regard se voila alors que tous ses bons souvenirs étaient évincés par une vision d'horreur. La tôle noire couverte de liquide rouge. Des corps pliés. Une supplique. Lucas jeta sa tasse contre un mur avec un cri désespéré. Comment pouvait-il faire ça ?

Il commença à trembler alors que tout se retournait dans sa tête. Puis les émotions explosèrent hors de lui et il attrapa la table basse, la propulsant à travers la pièce, le souffle court, la gorge nouée, le ventre tordu d'une émotion rare. Ce n'était pas de la panique, c'était de la rage. Contre lui-même. Il n'avait pas le droit. Il se détesta davantage ce jour-là. Il laissa éclater sa haine et sa rage, son désespoir, en même temps qu'il se mit à briser chaque objet de cette maison, y compris son propre corps.

Se briser le corps autant que l'esprit

Dray sourit en se garant devant chez Lucas. Il jeta un regard vers la cape arc-en-ciel qu'il avait commandée chez une couturière. Il fronça tout de même les sourcils en apercevant une autre voiture devant la maison. Dray commençait à connaître les nombreux véhicules du quartier, et il n'avait jamais vu celle-là dans les parages. Il s'agissait sûrement d'un voisin qui n'avait plus de place chez lui. Il ne s'en inquiéta donc pas plus que ça et descendit de la jeep. Il toqua rapidement à la porte, profitant du soleil, avant de froncer les sourcils, étonné du délai inhabituel que mettait Lucas à répondre cette fois.

— Lucas ? appela-t-il faiblement en toquant une nouvelle fois.

La porte s'ouvrit sur une jeune femme blonde, coiffée d'un chignon et vêtue d'une blouse. Son visage fin et jeune paraissait inquiet et elle sembla surprise de voir Dray sur le pas de la porte.

— Désolée, je pensais trouver les ambulanciers.

— Les ambulanciers ? Mais qui êtes-vous d'abord ? s'étonna Dray. Où est Lucas ? Qu'est-ce qu'il se passe ?!

— Nelly, l'infirmière de Lucas. Il est inconscient et contusionné, j'ai appelé les secours. Vous êtes un proche ? s'enquit la jeune femme avec douceur.

— Je… Je suis un ami proche, murmura Dray en essayant de passer. Je veux le voir. Lucas !

— Il est sur le canapé, indiqua Nelly en s'écartant. Mais il est inconscient.

Au même moment, elle poussa un soupir soulagé, car l'ambulance venait de se garer devant la maison. Elle contourna Dray pour aller accueillir les secours qui sortaient déjà le brancard de l'arrière du véhicule. Elle les guida dans la maison sombre qui semblait avoir subi une tornade. Les meubles étaient presque tous renversés, les objets en avaient été sortis et étalés au sol, plus rien n'était resté au mur et même les étagères murales avaient été arrachées. Comme si quelqu'un avait tout retourné pour ne rien laisser d'intact. Les yeux du soldat se posèrent partout et l'inquiétude le rongea soudainement alors qu'il accourait vers Lucas, craignant une attaque. Mais il n'y avait pas de sang. Cela le soulagea. Il voulut poser ses mains sur Lucas, mais il n'en eut pas le temps.

Les secours s'arrêtèrent devant la silhouette recroquevillée sur le canapé. Ils relevèrent ses constantes, qui étaient stables, lui placèrent une minerve et adoptèrent mille précautions avant de le déplacer. Une fois bien sanglé, ils finirent par le soulever dans la civière pour l'emmener hors de la maison. Dray les fixait, complètement choqué. Incapable de faire quoi que ce soit. Il avait laissé Lucas en bonne santé, plein de vie. Il avait pensé qu'ils allaient avancer, qu'ils allaient vivre quelque chose. Mais là…

— Attendez, vous l'emmenez à quel hôpital ? Je vous suis.

— Saint Joseph, indiqua l'un des ambulanciers qui ramassait sa mallette alors que son collègue tirait déjà la civière de Lucas.

— Faites attention à lui, il ne supporte pas d'être avec des inconnus.

— Vu l'état de sa tête, je ne pense pas qu'il se réveille avant un bon moment, murmura l'ambulancier avant de rejoindre son confrère.

— C'est grave ? s'affola aussitôt Dray en s'avançant vers lui.

— Impossible à dire, on en saura plus là-bas.

Dray s'étrangla, sentit l'angoisse le ronger puis il hocha la tête et courut jusqu'à sa voiture pour filer le train à l'ambulance. Une fois la civière sécurisée à l'arrière, le conducteur regagna la cabine, actionna les sirènes et se mit en route. L'hôpital n'était qu'à dix minutes de là. L'ambulance s'engagea dans le passage réservé aux urgences et Dray dut se contenter de rejoindre la salle d'attente. Cette dernière accueillait déjà plusieurs personnes dispersées dans chaque coin. Dray s'assit, incapable de comprendre ce qu'il venait de se passer. Il était complètement perdu. Alors il fit la chose la plus logique pour lui. Il sortit son téléphone de ses mains tremblantes pour composer le premier numéro en favori.

— Pauline, murmura-t-il faiblement lorsqu'on décrocha enfin.

— Dray ? Tout va bien ? Tu as une petite voix.

— Je suis à l'hôpital. Il s'est… passé quelque chose. Pauline, je ne comprends plus rien…

— Quoi ? Tu es blessé ?

— Non, pas moi. Écoute, tu avais raison, j'ai plus ou moins quelqu'un.

Pauline avait parfaitement compris que Dray voyait quelqu'un, mais il n'avait rien voulu lui dire jusque-là, préférant rester dans le vague. Parce qu'il ne voulait pas raconter la vie de Lucas, relater le peu qu'il se passait. C'était trop précieux, trop intime. Mais là tout de suite, il ne savait plus.

— Ce quelqu'un s'est blessé, en déduisit Pauline sans même se réjouir du fait d'avoir raison, trop inquiète pour son frère. C'est grave ?

— Je ne sais pas. Je suis arrivé et l'ambulance l'a emmené. Il allait bien avant-hier. Je ne comprends pas. On était bien… on faisait des progrès.

— Des progrès ?

— Il… Il est spécial. Pauline… Je ne le supporterais pas s'il lui arrivait malheur.

— Oh, tu es déjà très attaché à lui, comprit sa sœur. Tu veux que je te rejoigne ?

— Non, tu dois être occupée. Je ne sais pas pourquoi je t'ai appelée.

— Parce que quelqu'un à qui tu tiens est blessé et que pour un homme aussi protecteur que toi, c'est incompréhensible, le rassura gentiment Pauline. Et tu es sûrement paumé. Tu veux me parler de lui ? Cela fait longtemps que tu le vois ?

— Plusieurs mois. Je ne veux plus perdre quelqu'un… Plus jamais. J'en ai déjà trop perdu.

Dray avait d'abord dû se séparer de son frère pour l'emmener à l'institut. Puis il avait perdu des camarades, des frères d'armes. Et il avait ensuite perdu l'armée. Non, il ne supporterait pas de perdre Lucas maintenant.

— Ne pense pas au pire, Dray. Je suis sûre que c'est un battant.

— Quand ça ira mieux… je vous présenterai. Je suis sûr qu'il te plairait. Il est… doux.

— J'ai hâte de le rencontrer.

— Je ne vais pas t'embêter plus longtemps…

— Tu ne m'embêtes jamais, Dray, tu le sais.

— J'ai paniqué. Cela faisait longtemps que ce n'était pas arrivé.

— Ça arrive même aux meilleurs, ne t'en fais pas. La famille est là pour ça.

— Je te rappelle. Merci, frangine.

— À bientôt, murmura Pauline avant de raccrocher.

Dray essaya d'avoir des nouvelles, mais comme il ne faisait pas partie de la famille, on ne lui communiqua aucune information. Il dut patienter plus d'une heure, avec angoisse, à faire les cent pas, jusqu'à ce que se présente un médecin en blouse blanche.

— On m'a dit que quelqu'un était arrivé avec Lucas Rominster ? demanda-t-il à la volée en examinant les quelques personnes présentes dans la salle d'attente.

Dray se retourna et se précipita vers lui.

— Moi. Il va bien ?

— Oui, il vient de se réveiller. Il a des contusions et une légère commotion cérébrale. On va le garder en observation jusqu'à demain, mais ça devrait aller.

— Je peux le voir ? Il est angoissé quand il est avec des gens qu'il ne connaît pas.

— Bien sûr, chambre 23b. Son psychiatre a été prévenu et ne devrait pas tarder non plus. Le couloir derrière vous, indiqua le médecin.

— Merci, murmura Dray, qui tournait déjà les talons.

Dray fonça aussitôt, regardant frénétiquement partout pour trouver la bonne chambre. Il toqua à peine à la porte et entra aussitôt. C'était une chambre individuelle et Lucas était allongé sur le lit, ou plutôt recroquevillé sur son côté droit. Par-dessus sa tenue d'hôpital, il avait déjà remis son sweat, et sa capuche dissimulait son visage. Il tournait le dos à la porte et fixait le mur blanc face à lui. Le voir prostré de cette manière fendit un peu plus le cœur de Dray.

— Lucas, appela-t-il doucement, osant à peine avancer.

Le corps de Lucas se recroquevilla sur lui-même, se faisant encore plus petit dans le lit. Il se passa de longues secondes avant qu'il n'ose parler, mais il ne se retourna pas, s'en sentant incapable.

— Pardon.

— Pourquoi tu t'excuses ? s'étonna Dray en contournant le lit. Qu'est-ce qu'il s'est passé, Lucas ? Tu allais bien avant-hier… C'est… à cause de moi ?

— Non, c'est ma faute, souffla Lucas en fermant les yeux lorsque Dray arriva devant lui.

— Pourquoi ? Qu'est-ce qu'il s'est passé ? Raconte-moi, murmura l'ancien soldat en s'accroupissant pour arriver à la hauteur de son visage.

— Tu ne comprendrais pas, soupira Lucas avec peine.

— Je peux essayer, souffla-t-il en tendant la main pour toucher son épaule.

— Non, tu seras juste fâché.

Lucas se tut en entendant la porte s'ouvrir et se refermer derrière lui. Il ne se tendit pas, sachant parfaitement qui venait d'entrer, et il soupira. L'homme d'une quarantaine d'années traversa la pièce pour les rejoindre. Il avait les cheveux d'un blond sombre, attachés sur sa nuque car un peu longs, mais ses lunettes rectangulaires posées sur son nez fin lui donnaient un air sérieux, un peu plus âgé.

— Bonjour, vous devez être Dray, se présenta-t-il avec un sourire poli. Je suis le docteur Kamar.

— Oh. Vous, soupira Dray, frustré de ne pas pouvoir continuer la conversation seuls. Enchanté.

— Bien, Lucas, je crois que nous devons discuter, toi et moi, enchaîna le docteur en se tournant vers son patient, attrapant un tabouret pour s'asseoir.

— Je sais.

— Peut-être devriez-vous nous laisser, ajouta le docteur en regardant Dray par-dessus ses lunettes.

— Je ne partirai que si Lucas me le demande, grogna Dray en se plaçant entre le docteur et Lucas.

— Lucas ? interrogea le docteur.

— C'est bon, cela ne me dérange pas, soupira le jeune homme. Et puis, vous vouliez l'inviter, non ?

— Non, je voulais que tu le fasses. Parce qu'il était évident que quelque chose comme ça se produirait et que ton ami ne pouvait pas le savoir.

— Vous disiez que je faisais des progrès, répondit Lucas avec amertume.

— Et tu m'avais promis de ne plus te faire du mal de la sorte. Tu te souviens ? C'était notre accord pour que tu vives tout seul.

— Se faire du mal ? murmura Dray, choqué, en se tournant vers Lucas.

Lucas, recroquevillé, se retrancha dans un silence buté. Le docteur eut un soupir et retira ses lunettes pour se frotter les yeux.

— Lucas, tu sais que les progrès ne seront jamais acquis tant que tu ne te seras pas débarrassé de l'origine du traumatisme.

— Je vous ai dit mille fois que je ne m'en souvenais pas.

— Et toi comme moi savons que c'est faux. Cela va te demander un effort conscient, mais tu dois au moins le raconter une fois. Ou l'écrire, cela m'est égal. Mais cela fait longtemps que tu aurais dû te débarrasser de ça. Ton état n'aurait pas atteint une telle ampleur si tu avais pu l'extérioriser. Tu ne te permets pas de t'accorder des émotions positives, parce que tu es coincé dans cet épisode de ton passé. Je ne pense pas me tromper si j'affirme que tu es dans cet état à cause d'un sentiment positif, n'est-ce pas ?

— Il y a eu du bonheur, avoua faiblement Lucas en fermant les yeux.

— Et comme d'habitude, cet épisode traumatisant t'a fait revenir dans la douleur de ton passé. Aucun progrès ne perdurera sur le long terme si tu ne te débarrasses pas de ça.

— Attendez, les interrompit Dray qui peinait à se contenir. Vous êtes en train de dire qu'on est ici à cause de ce qu'il s'est passé la dernière fois ? Bordel, Lucas, je t'avais demandé si tu paniquais !

— Je savais que tu serais fâché, soupira Lucas en fermant les yeux.

— Dray, intervint le docteur d'un ton calme. Quoi que vous ayez fait, ça aurait fini par arriver. La moindre sensation de bonheur peut déclencher ce genre de réaction. Je voulais que Lucas vous fasse venir à l'une de nos séances, mais il a refusé de vous inviter, car vous détestez les docteurs apparemment.

— Si cela avait évité ce qui vient de se passer, j'aurais évidemment dit oui, grogna Dray en se penchant vers Lucas. Regarde-moi. Je ne suis pas fâché pour ce qu'il s'est passé. Je suis fâché, car tu ne m'as rien dit.

— Je n'avais pas prévu que ça arriverait, soupira Lucas.

— Lui, il dit que c'était prévisible.

— Inévitable, rectifia le docteur. Un genre de pulsion inconsciente, contre laquelle Lucas ne peut pas lutter, qui n'existe que parce que Lucas est incapable de se débarrasser de son passé. C'était inévitable, mais il ne pouvait pas savoir quand ça lui arriverait.

— Il m'a raconté, déclara Dray en se redressant vers le docteur. On en a déjà parlé.

— Il vous a raconté l'accident ? s'étonna le docteur en haussant un sourcil. Dans son ensemble et sa totalité ? Il vous a narré chacun des détails des cinq heures qu'a duré son calvaire ? Ou il vous a juste parlé du crissement des freins ?

Lucas ferma les yeux en se recroquevillant sur lui-même pour échapper à cette conversation. Dray secoua la tête, blessé, comme s'il venait de se prendre un coup. Il posa simplement une main dans le dos de Lucas en signe de soutien.

— C'est bien ce que je pensais. Alors Lucas, que fait-on maintenant ? Tu as brisé notre accord. Tu vas devoir revenir vivre à la clinique.

— La clinique ? grogna aussitôt Dray.

— Ça ne fait que deux ans que je vis vraiment tout seul, répondit Lucas d'une voix étranglée.

— Lucas faisait beaucoup d'aller-retours entre chez lui et la clinique avant. Il se blessait souvent et on ne pouvait pas le laisser trop longtemps sans surveillance. Avec le temps, cela lui était passé.

— Je ne le ferai plus, Docteur.

— Tu sais que c'est plus fort que toi. Il te suffit d'un peu de bonheur ou de joie. Ce qu'on peut faire, c'est demander à Nelly de passer tous les jours, comme au début. Au moins le premier mois.

— D’accord, soupira Lucas à regret.

Dray fixa un moment Lucas avant de soupirer. Il ne voulait pas poser la question, mais il devait savoir.

— Qu’est-ce que vous entendez par se faire du mal ?

— Cela varie. Qu’as-tu fait cette fois ? demanda le psychiatre.

— J’ai retourné la maison, soupira Lucas en haussant les épaules. Pas mal de choses me sont tombées dessus, je me suis cogné aux portes et aux murs.

— Pourquoi ? gémit Dray en se penchant vers lui. Je pensais vraiment qu’on avait fait des progrès.

— Je les ai oubliés, avoua Lucas d’une voix hachée. C’est ma faute.

— Ce n’est pas une question de faute.

— Je n’ai pas le droit de les oublier.

— Tu ne les oublies pas, même si tu éprouves du bonheur. Tu crois que j’oublie mes frères d’armes parce que je suis heureux ? J’y pense tous les jours. Ça me bouffe. Mais je continue. Car c’est ma manière de les honorer. Que leur mort n’ait pas servi à rien.

— Je suis vivant pour eux, répondit Lucas. Mais le bonheur fait que je les oublie, c’est comme ça. Tu ne peux pas comprendre.

— Et en quoi je ne peux pas comprendre, je te prie ? s’agaça Dray en se redressant, carrant les épaules.

— Bon, je vais vous laisser discuter, intervint le docteur Kamar en se levant après avoir constaté le silence de Lucas. J’ai vu avec ton médecin, Lucas. Il te laissera sortir demain si tu manges correctement et que tout va bien. N’oublie pas notre séance dans deux jours. Dray, au plaisir, salua-t-il en se dirigeant vers la sortie.

— Attendez, vous ne faites pas… Votre truc de psy, là ? À nous fixer comme si on était des bombes à retardement sur le point d'exploser, demanda Dray en lui jetant un regard en coin.

— Je ne voulais pas vous gêner, comme vous n'aimez pas les médecins, s'amusa l'homme en haussant un sourcil, observant Dray avec intérêt.

— Je veux ce qu'il y a de mieux pour lui. S'il a besoin de vous, je n'entre absolument pas en ligne de compte.

— Lucas connaît mon avis. Il n'a pas besoin de moi, juste de se débarrasser de ce qui le ramène toujours en arrière. Aucun progrès n'est réellement possible sans contrepartie. Même avoir quelqu'un dans sa vie n'arrangera pas complètement les choses même si, oui, il fait des progrès depuis qu'il vous connaît, vous et Maxime. Vous voulez un truc de psy ? Parler aide le patient, il apprend à voir les choses sous un autre angle et la culpabilité s'amenuise.

— Je ne m'en souviens pas, l'interrompit Lucas avec amertume.

— Et il faut savoir surmonter certains blocages, acheva le psy avec un sourire en coin.

— Mais… Il pourra aller mieux ? murmura Dray dans un soupir, comme pour se convaincre.

— Ne parle pas comme si je n'étais pas là, gronda Lucas avec une pointe d'agacement.

— C'est la première chose qu'on fait après un traumatisme. Il faut les amener à raconter l'événement, pas dans le but de minimiser le drame, mais pour qu'ils puissent évacuer et commencer à se reconstruire. Lucas n'a jamais passé cette étape, la faute à des circonstances qui ne s'y prêtaient pas. Alors oui, je suis persuadé que ça pourrait l'aider à aller mieux.

— Je ne m'en souviens pas ! cria Lucas à s'en rompre la voix.

— Hé, calme-toi, mec. Tout va bien, s'affola Dray.

— Je vous laisse, souffla le médecin en voyant Lucas se recroqueviller de nouveau dans le lit.

— Au revoir, souffla Dray en revenant s'agenouiller devant Lucas.

Le docteur Kamar quitta la chambre et le silence se réinstalla. Lucas tremblait un peu dans son lit et tira sa capuche sur sa tête, provoquant une douleur à l'endroit des plaies. Mais il s'en fichait. Il la méritait.

— Lucas, ne te cache pas. Ce n'est que moi. Tu veux bien me regarder ? On n'est que tous les deux.

— Tu es fâché ?

— Non. J'ai eu très peur pour toi. J'ai cru que tu allais mourir. Et je ne veux pas. Lucas, je suis comme toi, je ne supporterai pas de perdre quelqu'un.

— Je ne vais pas mourir, dit Lucas en posant sa tête sur l'oreiller de façon à pouvoir mieux voir le visage de Dray. Et tu as l'air fâché.

— Non, j'étais inquiet. Je le suis toujours. Et je m'en veux. Si je ne m'étais pas emporté comme ça la dernière fois, tout cela ne serait peut-être pas arrivé.

— Tu as entendu le docteur ? Apparemment, je suis une bombe à retardement. Ce n'est pas toi, Dray. Le problème vient de moi.

— Je pense que j'ai un peu allumé la mèche, pouffa-t-il avec un clin d'œil évocateur.

Lucas rougit sous sa capuche, ne s'attendant pas du tout à ce genre de remarque, surtout pas maintenant. Dray sourit, fier de son effet. Il voulait dédramatiser une seconde la situation. Il tira la chaise à lui et s'y assit, restant proche de Lucas. Il posa ensuite sa main sur les draps.

— Tu me donnes ta main ? demanda-t-il avec douceur. J'ai besoin d'un peu de réconfort.

Lucas n'hésita même pas.

— Pardon de t'avoir inquiété.

— Pourquoi tu ne m'as pas appelé quand ça a commencé ? demanda Dray en enlaçant ses doigts, heureux de sentir ce simple contact.

— Je n'arrivais plus vraiment à penser de manière cohérente.

— Tu veux me raconter ?

— Je n'en vois pas l'intérêt. Et c'est un peu comme mes crises, ça reste assez flou pour moi.

— J'aurais aimé être là.

La voix de Dray était douce alors qu'il posait sa bouche sur les doigts de Lucas.

— Tu devrais quand même aller voir Maxime, finit par murmurer ce dernier. Je ne voudrais pas t'empêcher de jouer avec ton frère.

— Ne dis pas de bêtises. Tu es à l'hôpital. Tu m'as fait la peur de ma vie. J'irai voir Maxime demain. Ne t'inquiète pas de ça.

— J'ai juste quelques bleus, Dray. Il n'y a pas de quoi avoir peur, tenta de le rassurer Lucas en serrant ses doigts.

— Tu vas me mettre en colère si tu continues, rigola Dray

en venant poser la main de Lucas sur sa joue. Tu as dû avoir peur de te retrouver entouré de tous ces gens.

— J'étais inconscient lors des examens, ça m'a évité de paniquer. J'ai dû me réveiller à peine dix minutes avant que tu n'arrives.

— Bien, c'est déjà ça. Tu sais que tu peux m'appeler si cela ne va pas. À n'importe quelle heure.

— Je sais. Je l'ai déjà fait.

— Est-ce que…

Mais Dray ne finit pas sa phrase. Pas cette fois.

— Ton psy n'a pas l'air trop mal.

— Il est gentil, mais agaçant parfois.

— Cela reste un médecin. D'ailleurs, tu me fais des cachotteries. Comment ça, j'étais invité ?

— Il s'est dit que ça serait bien que tu participes à l'une de nos séances, parce que tu devenais important dans ma vie, avoua Lucas du bout des lèvres.

— Oh. Je suis important dans ta vie, alors ? demanda-t-il avec un grand sourire en se penchant vers lui pour déposer un baiser sur son nez.

— Évidemment, bredouilla Lucas en se laissant faire.

— C'est toujours plaisant à entendre. Au cas où tu ne le saurais pas, tu n'es pas un grand bavard.

— Pardon. J'ai perdu l'habitude… Tu sais, d'être avec des gens.

— Ce n'était pas un reproche, mec. Je ne faisais que profiter de tes paroles. C'est doux à mon oreille.

— Vraiment ? Ça me paraissait pourtant évident.

— Pour toi, c'est évident, car tu es à l'intérieur de toi. Disons que c'est un peu comme quand j'ai dit que tu m'intéressais. Pas un instant tu te doutais de ça, n'est-ce pas ?

— C'est vrai. Mais je ne suis pas comme toi. Je ne suis pas le genre de personne à qui on s'intéresse ou qui devient importante. Alors que toi, c'est facile de t'apprécier.

— Mais tu as dû te faire sacrément mal, voilà que tu me fais un compliment, se rengorgea Dray, aux anges.

— Si ça te fait plaisir, murmura Lucas.

— On s'attache aussi à toi, Lucas. C'est juste que tu ne laisses pas les autres venir à toi.

— Non, je n'ai rien d'attachant.

— Bien sûr que si. Tu es gentil, doux, curieux et mignon. C'est juste que toi, tu ne veux pas le voir… Mais ce n'est pas grave. On va avancer pas à pas.

— Pour l'instant, je te rappelle que je suis coincé ici, alors on ne va aller nulle part.

— Tu veux parler de l'accident ? demanda soudainement Dray de but en blanc.

— Non ! répondit presque aussitôt Lucas en lui jetant un regard choqué.

— Le docteur dit que cela peut t'aider.

— Je ne m'en souviens même pas, répéta Lucas avec un soupir. Et je n'ai pas envie de m'en rappeler !

— D'accord, parlons d'autre chose alors. Un restaurant avec moi ? proposa-t-il en venant serrer ses doigts. Un vrai ?

— On pourrait commander chez un traiteur et se faire livrer. Cela fait restaurant à la maison.

— Tricheur, rit Dray en venant poser sa tête à côté de celle de Lucas, déposant un nouveau baiser sur son nez.

— Je commence à avoir des années d'habitude, s'amusa Lucas en le regardant faire.

— Il va falloir que je fasse attention, alors. Mais je pense que j'ai de bons arguments.

Dray mourrait d'envie de l'embrasser encore pour se rassurer, mais il était hors de question que les choses se passent mal.

— Tu as mangé, d'ailleurs ? demanda-t-il en se redressant soudainement. Tu veux que j'aille te chercher quelque chose ?

— Je peux attendre les heures de repas de l'hôpital, murmura Lucas.

— Sûr ? Dis-moi de quoi tu as besoin.

— Ça va, Dray. Tu t'inquiètes trop.

— J'ai failli, soupira Dray en serrant un peu plus la main qu'il tenait. Je n'ai pas pu te protéger. J'ai échoué.

— Dray, tu n'as pas été investi d'une mission de protection de ma personne, répondit timidement Lucas en ramenant leurs mains enlacées sur ses cuisses.

— Je protège tous ceux auxquels je tiens. J'aurais dû faire plus.

— Tu ne pouvais rien faire, je suis comme ça. Tu fais déjà beaucoup pour moi, Dray, tu ne réalises pas à quel point.

— Pas assez si tu es à l'hôpital.

— Tu n'as pas idée, soupira Lucas avant d'oser se pencher pour déposer un baiser timide sur la joue de Dray.

Les yeux de l'ancien soldat se fermèrent délicatement et il savoura ce plaisir avant de lui sourire avec douceur.

— C'est bien que tu prennes cette habitude, confia-t-il.

— Ça a l'air de te plaire. C'est la moindre des choses que je puisse faire pour toi, répondit Lucas en agitant ses pieds nus dans le vide.

— Et toi ? Cela ne te plaît pas ce genre de chose ?

— Si, j'aime bien, avoua Lucas avec quelque difficulté, tout en regardant ses pieds comme si c'était la chose la plus passionnante du monde.

— Pourquoi tu es gêné ? C'est mignon, mais pas nécessaire.

— Je n'ai pas l'habitude de dire à un homme que j'aime bien l'embrasser.

— Ah. C'est ça qui te gêne ? C'est que je sois un homme ? demanda Dray en baissant un peu la tête.

C'est vrai qu'il ne s'était jamais demandé si Lucas pourrait être intéressé par un homme. Jusqu'ici, Lucas s'était laissé faire, mais Dray se rendait compte qu'il aurait dû s'en inquiéter plus tôt. Bien plus tôt. Et si c'était ce qui avait tout déclenché ?

— Non, ce n'est pas le fait que tu sois un homme, ça aurait été pareil si tu avais été une femme. Je ne dis à personne que j'aime bien ça.

— Pourtant, c'est agréable, non ?

— Oui, j'aime bien aussi quand tu m'embrasses, bredouilla le jeune homme, toujours mal à l'aise.

— Même si je suis un homme ? demanda Dray en venant s'asseoir sur le bord du lit.

— Pourquoi toujours revenir sur ce point ? s'enquit Lucas en tournant la tête vers lui. Je t'ai déjà dit que ça m'était égal.

— Je préfère être sûr. Beaucoup jugent cela déplacé. Et je veux que tu prennes ta décision en connaissance de cause. Car même si ça a causé une crise, j'espère qu'un jour on pourra recommencer.

— Tu veux recommencer ? glapit Lucas avec stupeur.

— On ne panique pas, déclara aussitôt Dray en levant le doigt pour l'arrêter immédiatement. Et oui, j'ai envie de recommencer, car cela m'a plu, que c'était agréable, et que tu m'attires. Je ne sais plus en quelle langue il faut te le dire. Mais on ne fera rien pour l'instant. Si tu te fais du mal après, cela n'a aucun sens.

Décidément, il ne comprendrait jamais Dray.

— D'accord, finit par murmurer Lucas.

— Bien. Tu ne paniques pas, c'est un début, déclara-t-il en lui caressant la joue.

— Non, ça va, répondit Lucas en fermant les yeux sous le toucher.

— Et pas de bombe à retardement tapie dans l'ombre ?

— Dray, ce n'est pas quelque chose que je prévois ou même que je vois venir. Quand tu es parti, je me sentais très bien et il n'y avait pas l'ombre d'une crise.

— C'est encore plus dangereux alors. Tu fais peut-être bien de rester ici pour la nuit. Tu ne vas pas paniquer tout seul ?

— Je ne vais probablement pas dormir beaucoup, trembler chaque fois qu'une infirmière entrera, mais je ne panique plus trop dans les hôpitaux. Les chambres se ressemblent toutes, alors j'ai l'impression de connaître.

— Ne dis pas cela comme ça, on dirait une torture, soupira Dray en collant son front contre Lucas.

— Je n'aime pas trop l'hôpital, mais j'y suis habitué, le rassura ce dernier en hésitant à poser une main sur la joue de

Dray.

Les doigts du soldat appuyèrent sur ceux de Lucas avec douceur.

— J'aime que tu oses de plus en plus.

— Parce que l'expression que tu as quand je fais ce genre de chose est merveilleuse, avoua Lucas du bout des lèvres.

— J'attends ça depuis tellement longtemps aussi.

— Vraiment ?

— Bien sûr. Le type de relation que je veux, c'est un partage, tu sais. Cela va dans les deux sens.

— Dray, s'étrangla Lucas en laissant retomber sa main, le souffle court. Je ne sais pas si je suis capable d'avoir une relation.

Dray reprit aussitôt sa main et vint déposer des baisers sur le bout de ses doigts.

— Je n'ai pas dit maintenant, Lucas. Je sais que ce n'est pas possible pour l'instant. Vois plutôt ça comme un but à atteindre. En attendant, on avance pas à pas, comme en ce moment. Je peux être patient. Tu en vaux la peine, Lucas.

Lucas ne pensait pas valoir grand-chose, et surtout pas tout le mal que Dray se donnait pour lui. Il n'était pas digne de tout ce temps que son ami lui accordait. Mais il se tut et lui adressa un sourire timide pour seule réponse.

— Joli sourire, le félicita Dray en se redressant. Tu veux que je passe chez toi pour te ramener des affaires ?

— Je préférerais rentrer, répondit Lucas en haussant les épaules. Mais je suppose qu'en attendant, des affaires propres ne me feraient pas de mal. Ça ne te dérange pas ? ajouta-t-il précipitamment.

— Bien sûr que non, sinon je ne te le demanderais pas, rigola

Dray. Juste des fringues ?

— Oui, oui, juste ça.

— D'accord, je reviendrai juste avant les fins de visite, d'accord ?

Dray vint déposer un baiser sur son front avant de sourire en se reculant.

— On ne panique pas non plus.

— Je ferai de mon mieux, promit Lucas.

— Tu as intérêt, soldat ! rit Dray avant de sortir.

Lucas regarda la porte se refermer derrière lui et se laissa retomber dans le lit, contemplant la fenêtre avec un sourire timide au coin des lèvres.

Une fois que l'ancien soldat fut chez Lucas, il fixa les dégâts le cœur lourd, son être dans le même état que le mobilier. Tout était de sa faute. Car il n'avait pas su garder ses mains pour lui. Il avait tout gâché. Encore une fois. Il savait pourtant comment était Lucas. Mais non. Dray était stupide.

Il n'y avait pas de sang ici, mais c'était pourtant un champ de bataille. La ligne de front de leur relation, et tout avait basculé à cause de Dray. Car il avait trahi Lucas, sa confiance, son amitié. Alors ce fut l'âme lourde qu'il commença à rassembler quelques vêtements propres. Le sang qu'il manquait ici, son cœur le pleurait.

Former une unité

Dray revint à la tombée de la nuit, apportant un sac de vêtements ainsi qu'une petite peluche. Un loup autour du cou duquel il avait attaché un morceau de papier. Seul son propre prénom était inscrit dessus. Il avait expliqué à Lucas que lorsque les méchantes infirmières viendraient lui faire peur, Lucas n'aurait qu'à serrer la peluche contre lui, et ce serait un peu comme s'il était à côté, l'aidant à réciter l'alphabet. Lucas avait souri et gardé la peluche entre ses bras toute la nuit. Jusqu'au lendemain lorsque le médecin l'avait autorisé à sortir et que Dray était revenu pour le raccompagner.

Quand le moteur s'arrêta, Lucas se détacha et se tourna vers son chauffeur avec un sourire timide.

— Merci.

— De rien. Je me suis permis de faire un peu de rangement aussi, déclara Dray en récupérant le sac de vêtements.

— Il ne fallait pas, murmura Lucas, mal à l'aise.

— Oh si, crois-moi. J'étais étonné qu'une aussi petite créature que toi puisse faire autant de dégâts. Tu es vraiment un Dark Vador en réalité !

— Non, juste un Jedi, tenta de s'amuser Lucas.

— Hé bien, la Force était avec toi alors !

— Il faut croire.

— Alors rappelle-moi de ne pas te mettre en colère. Je tiens encore à ma tête.

— Je te préviendrai si la Force te menace.

— Trop aimable. Merci, mec. Maintenant si tu pouvais ouvrir la porte, avec ou sans ton esprit, ce serait vraiment bien.

Lucas s'empressa de s'exécuter et entra. Dray pénétra dans la maison comme s'il était chez lui et posa le sac sur le canapé.

— Tu veux quelque chose à boire ? demanda-t-il en se dirigeant vers la cuisine.

— C'est bon, Dray, l'arrêta Lucas en refermant la porte avant de le rejoindre. Je n'ai besoin de rien.

— Désolé, je ne suis juste pas rassuré à l'idée que tu sois ici, seul…

— C'est chez moi ici, c'est mieux qu'à l'hôpital.

— Mais personne ne peut t'aider ici.

— Tu as entendu le docteur, non ? Nelly passera tous les jours pour s'assurer que tout va bien.

Dray hocha la tête avant de se tourner vers lui.

— Tu veux que je reste ?

— Tu peux rester si tu en as envie, proposa Lucas avec un sourire timide.

—La question n'est pas de savoir si j'en ai envie, ronchonna Dray aussi sec, en se rapprochant pour lui prendre la main. Bordel, je te demande un avis. Je te demande si toi, tu le veux ou pas. Je te demande un choix.

Lucas le regarda un long moment. Il ne choisissait jamais, car il craignait toujours que son choix dérange Dray. Et il ne voulait pas l'agacer, le gêner. Mais cela aussi avait l'air d'irriter Dray. Lucas réfléchit tout en l'observant, se demandant ce qui le dérangerait le moins. L'évidence pour lui, c'était que Dray serait forcément contrarié de rester avec lui parce qu'il n'était rien, un tracas tout au plus. Mais ce qui était évident pour lui ne l'était pas pour Dray. Alors il se concentra sur ce dont il avait envie en essayant d'oublier les évidences.

— J'aimerais bien que tu restes.

— Sûr ? Sans regret ? Ni panique ?

— Si je panique, tu sauras m'arrêter, dit Lucas avec un sourire rassurant.

— D'accord, je vais rester quelques jours alors !

Dray déposa un rapide baiser sur ses lèvres alors qu'il se détournait déjà.

— Je vais chercher quelques affaires. Tu peux rester une petite heure tout seul ? Je vais voir ma sœur aussi en passant.

— Oui, répondit Lucas avec surprise avant de répéter, presque choqué : quelques jours ?

— Histoire que je sois rassuré, confirma Dray avec un clin d'œil. Pourquoi ? Tu veux que je reste plus longtemps ?

— Oh non, bredouilla maladroitement Lucas. Reste le temps qui te fera plaisir. Je serai content de t'avoir avec moi.

— Tu me proposes de vivre avec toi ?

Le rire léger de Dray résonna dans la pièce.

— Tu te moques de moi ? demanda Lucas après quelques secondes de silence.

— Bien sûr que non. Je trouve juste cela mignon quand tu t'emmêles dans tes mots. Et je ne te parle même pas de quand tu rougis.

— Ce n'est pas mignon, bredouilla Lucas, mal à l'aise.

Dray revint vers lui, rangeant ses clefs dans sa poche pour caresser une des pommettes rosies.

— Adorable ? proposa-t-il d'une voix légèrement plus rauque.

— Je ne suis pas…, commença Lucas avant de s'interrompre avec un soupir et un haussement d'épaule. Va chercher tes affaires. Je vais m'occuper du jardin en t'attendant.

— J'aime quand tu me donnes des ordres, s'amusa Dray avec une dernière caresse.

— Ce n'est pas un ordre, gémit Lucas avec un air dépité en le regardant partir.

— Dommage ! cria Dray en claquant la porte d'entrée.

Lucas se détourna pour gagner le jardin clos à l'arrière. Au moins, ses fleurs l'occuperaient, le détendraient et l'empêcheraient de remarquer à quel point son habituelle solitude lui paraissait désormais étrange.

***

Dray passa chez lui en coup de vent, enfournant des vêtements dans un sac ainsi qu'un nécessaire de toilette réduit. Il avait toujours eu l'habitude de voyager léger de toute manière. Il prit tout de même son ordinateur portable pour travailler et rejoignit ensuite sa sœur, essayant de se faire pardonner son étrange coup de fil. Sans le vouloir, il commença à parler de Lucas. Juste un peu, car il en ressentait le besoin. De toute manière, ils ne parvenaient jamais à se cacher quoi que ce soit bien longtemps. Et cela lui fit du bien. Il lui apprit également qu'il resterait chez Lucas pendant quelques jours.

Il s'était demandé après coup s'il n'avait pas abusé en le lui proposant, le poussant quelque peu dans ses retranchements, mais au final, il ne le regrettait pas. Il espérait juste qu'il arriverait à se contrôler lui-même. Il ne voulait pas que Lucas refasse de crise aussi violente. Alors Dray allait bien se tenir. Il le devait. Il n'avait pas le choix.

Il revint donc une heure après, toqua avant d'entrer, se dirigeant aussitôt vers le jardin avec un grand sourire. Il était malgré tout heureux d'être là. Juste là. Lucas était à genou devant une bande de terre fraîchement désherbée et se redressa en le voyant arriver. Il semblait repiquer le contenu du dernier des dix pots désormais vides devant lui. C'était une jolie fleur colorée qu'il plantait là, les manches relevées sur ses bras, même s'il avait gardé sa capuche.

— Tu as été rapide, fit-il remarquer.

— Tu as dit que tu serais content que je sois là alors j'ai fait vite, expliqua Dray en s'asseyant sur une marche. Tu veux de l'aide ?

— Tu aimes jardiner ? s'enquit Lucas avec curiosité.

— Pas spécialement. Mais je n'ai pas envie que tu te blesses.

— Avec de la terre et des fleurs ? s'étonna Lucas en enterrant le pied de la dernière fleur avec délicatesse.

— Avec toi, on ne sait jamais.

— Dray, je ne me blesse pas si souvent que ça.

— Dixit le mec qui sort de l'hôpital, répondit aussitôt Dray avec une moue espiègle.

— C'est la première fois depuis que tu me connais. Ça fait quoi ? Trois mois ? Quatre ?

— Je ne sais pas… Cinq mois depuis que j'ai embouti ta porte, je crois. Et tu t'es blessé quand tu m'as appelé pour la première fois.

— Il y avait eu un gros orage, se justifia Lucas en rassemblant les pots vides.

Il les ramassa, se leva et les déposa à l'emplacement de l'ancienne cabane où se trouvait son matériel, posé à même le sol.

— On va dire ça. Tu ne devais pas refaire une cabane d'ailleurs ? Tes outils vont rouiller.

— J'ai commandé les matériaux, j'attends qu'ils soient livrés, répondit Lucas en lavant ses mains pleines de terre au robinet extérieur.

— Tu les reçois quand ?

— Sûrement d'ici une semaine. Pourquoi ?

— Je me disais qu'une paire de bras en plus pourrait servir, expliqua Dray. Et je sais à quel point tu aimes me voir à moitié nu, ajouta-t-il en haussant les sourcils de manière suggestive.

Lucas rougit, ferma le robinet et remit ses manches et sa capuche en place, comme pour se redonner une contenance. Il tritura ses doigts quelques secondes avant de hausser les épaules.

— On rentre ?

— Mais tu es chez toi, Dark Vador, souffla Dray en se levant. Je ne veux pas que ma présence te gêne, d'accord ? Je veux simplement m'assurer que tout va bien. Pour le reste, tu fais comme d'habitude, OK, mec ?

— Comme d'habitude ? Mais tu vas t'ennuyer. On ne doit pas s'occuper d'un invité normalement ? s'enquit Lucas avec curiosité.

— Je ne suis pas un invité, contesta Dray. Plus un garde-malade ? Ou un garde du corps, alors ?

— Non, je n'ai pas besoin d'un garde-malade, soupira Lucas en rentrant dans la maison.

— C'était maladroit, je l'admets, abdiqua Dray en le suivant. Je voulais juste dire que je ne veux pas t'ennuyer outre mesure.

— Tu ne m'ennuies pas, lui rétorqua Lucas. J'aime bien ta présence, justement parce que ça change tout quand tu es là.

— Tout ? Carrément ?

— Beaucoup de choses en tout cas. Assez pour que je n'aie pas envie de faire comme d'habitude. Quand tu es là, il n'y a plus de silence.

— Oh. Alors, qu'as-tu envie de faire ?

— Je n'en sais rien, soupira Lucas avec dépit. Je n'ai aucune idée de ce qu'on peut faire ou non quand on a un invité.

— On fait ce dont on a envie. Tu te prends trop la tête. Il n'y a aucune obligation à faire ou ne pas faire quoi que ce soit.

— Mais que font les gens à deux ?

Dray le fixa un instant puis détourna le regard et essayant de se rappeler qu'il devait être patient. Et ne pas penser à des choses coquines, comme attirer Lucas contre lui pour ressentir encore sa chaleur et l'entendre gémir.

— Ne dis pas ça comme ça.

— Pourquoi ?

— Parce que tout ce qu'il me vient en tête, ce sont des choses où on doit être nus, avec plein de langues et tout ce qui va avec.

— Oh, réalisa Lucas qui rougissait déjà. Comme dans la cuisine ?

— Ce n'était qu'une mise en bouche dans la cuisine, Lucas,

déclara Dray en le fixant. On peut faire bien plus.

— Oui, je sais. Enfin…

Lucas s'interrompit avant de secouer la tête pour tenter de se remettre les idées en place.

— On ne fait pas que *ça* à deux.

— Comment ça, tu sais ? rigola Dray en s'approchant un peu. Et je sais qu'on ne fait pas que *ça.*

— Eh bien alors, quelles sont les autres choses ? s'enquit Lucas en éludant la question.

— Tu as un jeu de cartes par exemple ?

— Oui, sûrement dans l'un des tiroirs du buffet. Si je n'ai pas été le vider je ne sais où, soupira Lucas en allant vérifier.

Trente secondes plus tard, il sortait un vieux jeu de cartes un peu abîmé, mais complet.

— Bien, tu sais jouer à quoi ? demanda Dray en prenant le paquet, commençant à battre les cartes avec dextérité.

— Je savais jouer avant, grimaça Lucas alors qu'ils s'installaient autour de la table basse. Mais c'était il y a si longtemps, je ne me souviens plus à quoi on jouait.

Cela paraissait être dans une autre vie.

— Eh bien, on va commencer tout simple. Que dirais-tu de la bataille ?

— Oui, d'accord, acquiesça Lucas. Quelles sont les règles ?

Dray les lui expliqua rapidement avant de commencer à distribuer.

— On jouait souvent avec mon unité. Quand tu es loin de tout, c'est souvent la seule chose qu'on a pour s'occuper.

— Vous étiez nombreux ?

— Dans ma dernière unité, on était sept, plus moi. Dans la caserne, on était dans les deux cents.

— Et tu es allé où ? Tu as dû voir d'autres pays.

— J'ai été un peu en Afrique, mais pas longtemps. J'ai surtout été en Irak et en Syrie. J'ai aussi été faire quelques missions humanitaires en Asie.

— Ce doit être sympa de visiter d'autres pays, murmura Lucas avant de se rendre compte de ce qu'il disait et d'essayer de se reprendre. Enfin, non, je sais que tu n'y allais pas pour visiter. Que tu n'as pas dû voir que des jolies choses.

Il se tut, craignant de s'empêtrer davantage et soupira. Dray sourit tristement avant de prendre son tas de cartes en main.

— Ne t'inquiète pas. J'y ai vu des choses magnifiques. La plupart des photos que je t'ai montrées viennent de là-bas. Après, j'y ai vu… d'autres choses aussi.

— Comment ça se passe pour tes photos ? La galerie, je veux dire.

— Cela avance bien. Il faut juste que je retravaille encore quelques photos. Comme je n'avais pas toujours des appareils de qualité à disposition, les agrandissements ne sont pas de bonne qualité. Du coup, je les retravaille pour qu'elles soient parfaites. Mais plus la date approche et plus je me dis que c'était une mauvaise idée…

— Pourquoi ?

Dray se passa une main sur la nuque et détourna le regard. Ce qui n'était pas vraiment dans son habitude.

— Je t'avouerais que je me dégonfle. Je me dis que personne ne viendra. Que c'était stupide d'avoir monté un projet pareil.

— Quoi ? Mais non, tes photos sont magnifiques ! Évidemment que les gens viendront les voir !

— Tout le monde est capable de faire des photos. Ce n'est pas comme si j'avais peint ou dessiné quelque chose… Enfin, on verra bien.

— Tu sais, à une époque, j'ai essayé. J'étais jaloux de mon frère, murmura Lucas d'une voix à peine audible. Et je n'ai jamais réussi à faire aussi bien que lui. Les miennes manquaient toujours d'un petit quelque chose. Les tiennes sont comme les siennes. On dirait qu'elles ont une âme.

Dray redressa la tête, étonné, avant de se pencher au-dessus de la petite table pour déposer un baiser sur un morceau de peau proche de la bouche de Lucas, sans toutefois toucher celle-ci.

— Merci. J'aurais bien aimé que tu viennes la voir, murmura-t-il doucement.

— Ce n'est pas une bonne idée. Je suis sûr qu'il y aura plein de monde et je n'arrive plus à gérer ce genre de situation.

— Je sais, je sais… Pour ça que je ne te l'ai pas demandé, soupira Dray en revenant à sa place, un peu déçu.

— Peut-être la prochaine fois, je suis presque certain que cette exposition ne sera que la première d'une longue liste, tenta de sourire Lucas.

— On va déjà faire la première, proposa Dray avec bonne humeur.

Lucas hocha la tête avant de commencer à jouer. Ils passèrent une soirée paisible, agréable. Ils mangèrent un peu et, plus tard, Lucas conduisit Dray à une petite chambre qui se trouvait près de la sienne. Il était évident qu'elle n'était pas utilisée, mais elle était propre et bien rangée, le grand lit tiré au carré.

Le lendemain matin, ils allèrent voir Maxime et passèrent la journée avec lui, car il était dans un bon jour ; ils parvinrent même à l'emmener pique-niquer de nouveau dehors. Le voir courir dans l'herbe verte avec sa cape arc-en-ciel leur procurait de la joie pure. Ce jour-là, il prononça même un mot. Juste un « non », mais il les chamboula tous les deux. Lucas joua du piano pour lui et ils ne regagnèrent la maison qu'en début de soirée.

— Tu crois que si j'accompagne Pauline, Maxime pourrait agir comme avec nous ? demanda Dray en se posant dans le canapé.

— Évidemment, si tu te comportes de la même manière avec lui, qu'il est dans un bon jour, alors son comportement sera le même.

— Quand je raconte les progrès de Maxime, elle a l'air tellement triste qu'il n'agisse pas de la même manière avec elle, soupira Dray en se laissant aller contre le dossier.

— Eh bien, emmène-la avec toi et fais-la jouer avec lui. Si tu as été capable de le faire, alors elle aussi.

— J'essayerai ça. Tu veux venir avec nous ?

— Je ne sais pas si c'est une bonne idée, murmura Lucas avec peine.

— Tu sais, ma sœur… C'est moi en fille et en plus en jeune, s'esclaffa Dray. Mais je demandais juste comme ça.

— Ce serait sûrement mieux si vous étiez entre vous, répondit Lucas en se triturant les doigts avant de relever la tête, son attention attirée par le bruit de la porte d'entrée, invisible de là où ils étaient.

— C'est moi, claironna une voix féminine avant que la porte ne se referme. Je t'ai pris de quoi manger pour ce soir. J'espère que tu n'as pas oublié que tu as rendez-vous chez le docteur demain.

À mesure que la femme parlait, on entendait des bruits de sacs provenant de la cuisine et Lucas se leva du canapé.

— C’est Nelly, souffla-t-il à Dray d’une voix à mi-chemin entre l’angoisse et la joie.

Sans attendre de réponse, il se dirigea vers la cuisine en tirant sa capuche pour cacher correctement son visage. Il s’immobilisa sur le palier, dissimulé derrière le mur séparant à demi les deux pièces pour observer la jeune femme qui sortait des paquets pour les mettre sur la table. Nelly était une jeune infirmière qui avait commencé à s’occuper de lui peu après son installation. Elle avait été l’une des rares à ne pas le paniquer, alors elle était devenue son unique infirmière. Et cela avait tout à voir avec la silhouette fine de la jeune femme, son visage délicat, ses cheveux d’un blond sombre qui descendaient en boucles élégantes sur ses épaules, à son regard d’un vert qu’il adorait. Il la suivit du regard sans en perdre une miette. Elle leva les yeux et il se ratatina sur lui-même sans pouvoir détacher son regard d’elle. Elle lui octroya un sourire délicat.

— Je t’avais dit de fermer ta porte à clé, c’était encore ouvert. J’arrête de venir régulièrement quelques mois et tu reprends tes mauvaises habitudes ? N’importe qui pourrait entrer, tu sais, il faut que tu prennes le réflexe de verrouiller.

Dray regarda le manège en fronçant les sourcils. Voir Lucas agir comme ça était plus qu’étonnant. Il semblait fasciné par la jeune femme. Et cela fit mal à Dray, plus qu’il ne voulait l’admettre. Il ravala sa peine et sa colère – il se refusait de dire « jalousie » – pour se lever et se poster derrière Lucas.

— Bonjour, dit-il simplement en croisant les bras.

Merde, elle lui avait même fait les courses. Ils semblaient vraiment trop proches. Elle leva un regard surpris vers Dray, mais sembla le reconnaître et sourit.

— Bonjour. Désolée, j’ignore votre nom, s’excusa Nelly avant de se tourner vers Lucas. Tu aurais pu me prévenir que tu avais de la visite, j’aurais pris un peu plus.

Dray tourna la tête vers Lucas, attendant de voir s'il allait les présenter ou non.

— C'est Dray, murmura timidement Lucas d'une voix très basse. Mon ami.

— Je suis contente de voir que tu t'es fait un ami, le félicita Nelly. Je suis ravie de vous rencontrer, dit-elle à Dray.

— Moi de même, répondit ce dernier avec une tentative de sourire. Je ne savais pas que faire les courses était également dans vos attributions.

— Vieille habitude. Quand Lucas s'est installé, nous devions veiller à ce qu'il se nourrisse convenablement. Ce qu'il ne faisait pas vraiment, n'est-ce pas ? Je mangeais souvent avec lui, c'est mon dernier patient avant de rentrer.

Lucas hocha la tête en se ratatinant davantage, affichant une légère gêne.

— Tu manges là ? s'enquit-il avec espoir.

— Eh bien, je pense plutôt laisser ma part à ton ami. Je crois que Dray veillera à ce que tu manges correctement tout aussi bien que moi, s'amusa la jeune femme en cherchant confirmation auprès de Dray.

— J'essaye de le remplumer. Mais… visiblement, cela lui ferait plaisir que vous restiez.

— Je reviendrai demain. J'espère que vous aimez manger japonais.

— Ce sera parfait, merci, la remercia Dray, contemplant Lucas du coin de l'œil.

Ce dernier suivait toujours la jeune femme du regard alors qu'elle contournait la table.

— Au revoir, Nelly, à demain, murmura-t-il, toujours à voix

si basse.

— À demain, Lucas. Passez une bonne soirée.

Elle disparut de la maison comme elle était arrivée. La porte claqua, arrachant un soupir à Lucas.

— Eh bien, si je m'attendais à ça, murmura Dray en revenant vers les paquets.

Il essayait vraiment d'être gentil, oubliant la jalousie qui lui rongeait le cœur. Mais il n'avait jamais pu s'empêcher de parler.

— À quoi ? Le japonais ? s'enquit Lucas en ouvrant une boîte qui contenait des nouilles.

— Non. Que tu en pinces pour ton infirmière.

— Que je... Mais je n'en pince pas pour mon infirmière, bredouilla Lucas, surpris.

— Tu as tous les symptômes, pourtant. Tu rougis, tu la regardes à la dérobée, tu veux qu'elle reste.

— Évidemment, souffla Lucas. Enfin, tu n'as pas remarqué ?

— Qu'elle était jolie ? grimaça Dray. Si, ça va, je suis gay, mais je ne suis quand même pas aveugle.

— Oui, elle est jolie mais surtout elle est tellement semblable à Lily, lâcha Lucas, le souffle court. Elle a les mêmes cheveux. Le même regard. Chaque fois que je la vois, je me dis que ça pourrait être elle. Que c'est à ça que ressemblerait Lily si...

Il s'interrompit, la gorge nouée.

— Hé, ça va aller, reprit Dray en revenant vers lui et saisissant sa main. Non, je n'avais pas remarqué, désolé. J'étais jaloux. Et je me sens un peu stupide maintenant, ajouta-t-il dans un rire gêné.

— Jaloux ? Ah, parce que je la regardais, comprit Lucas. Tu as cru que je m'intéressais à elle ? Enfin, que je voulais une relation ou quelque chose du genre ?

— Oui. Tu avais l'air fasciné. Et cela m'agaçait. Jaloux en somme.

— Je suis désolé. Mais je ne sais pas ce qui t'inquiète, car j'envisage déjà avec peine une relation avec toi, alors que si j'osais, je réussirais à dire que j'ai envie d'y arriver. Mais avec quelqu'un d'autre, rien que l'idée me terrifie, avoua Lucas avec peine vu sa respiration hachée, comme si la peur le rattrapait. Que quelqu'un puisse essayer de me toucher ou de…

Il s'interrompit en fermant les yeux. Non, cela le paniquait carrément d'imaginer une autre personne essayant de reproduire les gestes de Dray. La main autour de la sienne se resserra alors que Dray se penchait vers lui.

— L'idée que je suis le seul à pouvoir te toucher n'est franchement pas déplaisante du tout, susurra-t-il. Et je suis content si tu as envie qu'entre toi et moi, ça marche.

— L'idée que tu disparaisses m'angoisse, rappela Lucas. Je ne sais pas ce qu'il faut d'autre pour te rassurer.

— Que tu ne t'affoles plus ? Car je compte bien rester là. Ici. Contre toi. Et même contre tes lèvres, avoua Dray en se penchant un peu plus vers lui.

— Je ne panique pas quand on s'embrasse, murmura Lucas en rougissant.

C'était une requête voilée, il s'en rendit compte. Pas vraiment franche, parce qu'il se sentait toujours indigne de l'attention de Dray, mais l'envie de l'embrasser surpassait sa gêne et son mépris de lui-même.

— Oh. Alors comme je sens que tu ne vas pas tarder à faire une crise…, gloussa Dray avant de déposer ses lèvres sur les siennes, dans un baiser chaste et doux. Cela va mieux comme ça ?

— Oui, balbutia Lucas avec un sourire timide au coin des lèvres.

— On va en rajouter un deuxième, histoire d'être sûr que tu es calme, s'amusa Dray en reprenant ses lèvres pour un baiser plus profond et plus lent cette fois.

Lucas poussa un soupir satisfait et ne pensa même pas à retenir son geste : il posa sa main sur la joue de Dray en savourant le baiser. Oui, ça le calmait, il se sentait à nouveau bien. Dray sourit, son front collé à celui de Lucas.

— On mange maintenant ?

— Oui. Ça va être froid sinon.

— On a tout le temps pour continuer ça après, trancha Dray.

Lucas rougit sous sa capuche, sortant des couverts et des serviettes pour s'installer à son tour en répartissant les boîtes entre eux deux. Ils mangèrent tranquillement et Dray proposa de regarder un film à la télévision. Ils s'installèrent sur le canapé et, sans même s'en rendre compte, Dray passa un bras autour des épaules de Lucas pour l'attirer contre lui. Lucas se laissa faire et se cala contre l'épaule de Dray, une petite minute avant de se redresser légèrement, d'hésiter un bref instant et d'installer tranquillement sa tête sur les cuisses de Dray, s'allongeant dans le canapé, légèrement recroquevillé, puis il reporta à nouveau son attention sur le film. Dray sourit puis repoussa un peu la capuche et commença à passer doucement une main dans ses cheveux.

— Je suis fier de toi, souffla-t-il dans un murmure.

— Et moi, je suis content que tu sois là.

— Je suis passé du côté obscur de la Force, il me fallait un maître.

— Je ne suis pas ton maître, soupira Lucas. Arrête de raconter des bêtises.

— Je suis un soldat, il me faut un maître, plaisanta Dray.

— Tu n’es pas qu’un soldat, tu es carrément le commandant.

— Le commandant ? Rien que ça ? C'est trop d’honneur.

— Pourtant, quand tu commandes à ma panique, elle t’écoute. Et elle disparaît.

— C’est joliment dit, acquiesça Dray en se penchant vers Lucas, tournant son visage vers lui. Mais c’est toi qui fais tout. Je ne sers que de point d’ancrage.

— C’est bien ce que je dis, tu commandes et j’exécute. Tu es le commandant et je ne suis qu’un humble soldat qui t’obéit.

— Tu veux faire partie de mon unité alors ? proposa Dray avec légèreté.

— Je pourrais ?

— Eh bien, étant donné que je suis le seul membre en ce moment, oui.

— Alors on est une unité, conclut tranquillement Lucas en se réinstallant.

— À une seule condition, souffla Dray, le regard soudain plus vague. On ne s’attaque qu’à tes combats. Je ne perdrai plus aucun membre de mon unité.

— C’est une façon de parler, Dray, murmura Lucas en se tournant sur le dos pour pouvoir le regarder. Nous n’irons pas à la guerre.

— Je sais. Désolé. Mauvais souvenir. Et j’étais capitaine au passage.

— Oh, alors je dois t’appeler « mon Capitaine », rétorqua Lucas d’un ton léger pour détendre Dray.

Il n'aimait pas le voir tendu, crispé, et il avait envie de tout faire pour l'apaiser, oubliant ses propres tensions l'espace d'un instant.

— Trouve un surnom plus mignon, cela m'irait mieux si tu veux mon avis.

— D'accord, je chercherai.

— Je t'interdis « sucre d'orge » !

— Quelle drôle d'idée, pouffa Lucas en se tournant pour regarder la télé.

— Et « mon canard » aussi, hein !

— Promis.

— Bien, trancha Dray en recommençant à caresser lentement ses cheveux.

Lucas avait une conscience aiguë de cette main qui évitait consciencieusement sa cicatrice au-dessus de l'oreille gauche. Il appréciait le mouvement, la sensation des doigts qui caressaient. Il finit même par fermer les yeux en savourant le contact. Il se rendit compte qu'il était bien là. Encore un moment qu'il voulait faire durer. Il savait qu'il y aurait une fin, comme toujours, alors il se concentra pour en profiter. Le film se termina trop rapidement pour lui et Dray éteignit la télé avec un sourire.

— Il faut que je te porte ou tu as encore des forces ?

— Ça va, le rassura Lucas en se redressant, un peu somnolent.

Il était tellement bien qu'il avait failli s'endormir. Il s'extirpa du canapé pour prendre la direction des chambres d'un pas tranquille. Dray le suivit, les mains en avant, s'attendant presque à ce qu'il tombe. Mais il n'en fut rien et après un rapide tour à la salle de bain, Dray vint passer un bras autour de Lucas pour lui faire un câlin avant de l'embrasser sur le front.

— Bonne nuit, dit-il en étouffant un bâillement.

— Bonne nuit, répondit Lucas avant d'oser déposer un baiser sur sa joue en retour. À demain.

— À demain.

Dray sourit une dernière fois avant de s'enfermer dans sa chambre. Lucas entra dans la sienne, passa un tee-shirt trop grand pour la nuit et se glissa sous sa couette, réalisant qu'un sourire flottait encore sur ses lèvres. Il aimait avoir Dray tout près. Il avait l'impression que rien ne pouvait lui arriver.

***

Le sable lui piquait les yeux et l'empêchait de respirer normalement. Il sentait la sueur couler le long de son dos. Son paquetage n'avait jamais paru si lourd et s'il avait pu, il aurait jeté l'arme qu'il tenait dans ses mains pour se soulager de ce poids supplémentaire. Mais il n'en fit rien, il se retourna vers son unité, dans un aussi mauvais état que lui. Il ne devait pas flancher, il devait les sortir de là, de ce désert de pierres. Ils étaient à découvert. Il devait leur trouver un abri et vite. Mais alors qu'il regardait la carte pour tenter de se repérer, Jacky hurla « Grenade ». Il eut juste le temps de se retourner avant que l'explosion ne le souffle et le projette au sol.

Dray ouvrit soudainement les yeux, le souffle court, agrippé aux draps du lit, des sueurs froides parcourant son corps. Il prit le temps de regarder partout autour de lui avant de lâcher les draps. L'angoisse se dissipa peu à peu et il poussa un profond soupir. Il avait pourtant l'habitude de ce genre de cauchemars. Il se redressa, sachant qu'il ne se rendormirait pas tout de suite, et passa un tee-shirt avant de sortir en silence. Il alla boire un verre d'eau, puis revient au salon, démarra son pc portable pour travailler un peu. Mais au bout d'une petite heure, il fronça les sourcils en entendant du bruit. Il se redressa, se demandant si un voleur rôdait autour de la maison, pour finalement suivre le son qui l'amena devant la chambre de Lucas.

Ce dernier murmurait à voix basse. D'un ton rauque, tendu de panique. Et il s'agitait, cela s'entendait de l'extérieur de la chambre. Il semblait beaucoup remuer, en répétant la même phrase.

— Je suis coincé, je veux sortir. Je ne peux pas. Tu m'entends ? S'il te plaît, dis quelque chose. Je suis coincé.

Dray ouvrit délicatement la porte.

— Lucas ? murmura-t-il doucement en s'avançant. Ça va ?

L'intrusion sembla affoler Lucas, déclencher autre chose, car il accusa un brusque sursaut et se recroquevilla dans son lit.

— Tu m'entends ? gémit-il. Il y a le feu. Je le sens dans mon dos. Ça va me brûler. Je dois sortir.

— Lucas, appela soudainement Dray en utilisant la lumière du couloir pour se diriger jusqu'au lit. Ce n'est qu'un cauchemar.

Il vint poser une main sur son épaule. Lucas sursauta brutalement, empêtré dans les draps, tentant de se redresser. Sa respiration était très rapide, des sueurs froides parcouraient son corps et il finit par discerner la silhouette de Dray dans la chambre à peine éclairée. Il reprit quelque peu ses esprits et se laissa retomber sur le matelas en posant son avant-bras sur ses yeux.

— Pardon si je t'ai réveillé.

— Je ne dormais pas, murmura Dray en prenant place sur le lit.

Sa main vint se placer sur le torse qui se soulevait rapidement, tentant de l'apaiser par quelques caresses. Lucas savoura le contact, se rasséréna doucement, tenta de calmer les battements de son cœur qui battait encore très vite.

— On est au milieu de la nuit et tu ne dormais pas ?

— Disons que tu n'es pas le seul à faire des cauchemars, éluda Dray alors que sa main remontait sur son visage pour caresser ses cheveux. Cela va mieux ? Tu veux en parler ?

— Ça va toujours mieux une fois réveillé, tenta de sourire Lucas en fermant les yeux pour savourer la caresse. Quel genre de cauchemars fais-tu ? L'armée ?

— Entre autres. Des missions, des choses que j'ai vues.

— Ce devait être difficile, souffla Lucas d'un ton douloureux.

— J'ai l'habitude. Toi aussi, il avait l'air d'être terrifiant, ton rêve… Je peux faire quelque chose pour toi ?

— Il n'y a pas grand-chose à faire contre les cauchemars, répondit le jeune homme en haussant les épaules.

— J'ai une idée, dit Dray en se levant. Ne bouge pas, ajouta-t-il en sortant.

Lucas l'entendit farfouiller un peu dans le salon avant que les lumières ne s'éteignent partout.

— Voilà, déclara Dray en revenant dans la chambre.

Il essaya de se rappeler où était le lit, mais finit par se cogner dedans et tomba sur le coin du matelas en laissant échapper un juron. Lucas mit quelques secondes à comprendre que Dray comptait purement et simplement s'installer. Puis il se rappela la fois où il avait dormi avec Dray et la nuit reposante qu'il avait passée. Alors, le sentant au bord du lit, il se décala pour lui faire de la place.

— Ça va ? Tu ne t'es pas fait mal ?

— Non, grogna Dray avant de remonter et de s'allonger sous

la couette. Allez, viens là.

Lucas ne se fit pas prier et s'installa tout contre lui.

— C'est une bonne idée.

Un simple gémissement lui répondit alors que le soldat hésitait, sans savoir où poser ses doigts. Il cala une main dans le creux des reins de Lucas.

— Je te préviens, je ne chante pas de berceuse, je suis une vraie casserole, ronchonna Dray.

— Pas besoin de chanter, s'amusa Lucas. Je me sens déjà mieux.

— Ravi de savoir que je suis une bouillotte efficace.

— Tu es plus que ça, répondit Lucas d'une voix calme.

— Vraiment ?

— Évidemment. Tu es comme un rempart contre tout.

— Lucas, gémit Dray en le serrant un peu plus contre lui pour se blottir dans son cou. Tu n'es pas obligé de souffrir tout le temps. Lâche prise de temps en temps.

— C'est trop compliqué. Et ça finit mal la plupart du temps.

— Ce n'est pas compliqué, tu fermes les yeux et tu te laisses aller. Si cela va mal, tu t'accroches à moi.

— J'essaierai, murmura Lucas, surtout pour faire plaisir à Dray, mais sans vraiment y croire.

— Dors, Dark Vador. Même les méchants ont besoin de sommeil.

Lucas ne répondit pas et se laissa à nouveau sombrer, plus détendu. Aucun cauchemar ne revint cette nuit-là et il se sentit apaisé en se réveillant dans son lit. Puis un frisson le parcourut et il remarqua qu'il était seul. Il fouilla la pièce obscure du regard, mais Dray n'était plus là. Avec un soupir et une pointe d'angoisse, il rejeta les draps et passa rapidement un jean et un sweat par-dessus son tee-shirt, sans pour autant remettre sa capuche cette fois. Il sortit de la pièce et commença à faire le tour de la maison, ouvrant même la porte de la chambre que Dray occupait.

Quand il constata qu'il n'était nulle part, la panique commença à croître sans qu'il ne parvienne à la faire taire. Il commença à tout imaginer. Des scénarios où Dray était parti, dégoûté de lui, défilaient dans sa tête. Ça y était, son ami s'était rendu compte de l'inintérêt qu'il représentait. Puis, dans son angoisse, il remarqua que la porte qui donnait sur le jardin était ouverte et il s'empressa de la pousser pour enfin trouver Dray dehors. Un profond soupir lui échappa, balayant sa peur en avisant l'homme sur sa pelouse.

Ce dernier avait enfilé un short ainsi qu'un marcel de sport et s'acharnait à faire des pompes dans l'herbe, et depuis un moment, au vu de la sueur qui imprégnait ses vêtements. Il grogna pour finir sa série avant de se remettre sur ses pieds d'un bond et voulut commencer des mouvements de bras, mais ses yeux furent attirés par Lucas. Il stoppa aussitôt, le souffle court, le sourire aux lèvres.

— Salut, toi !

— Bonjour, murmura Lucas encore un peu ébranlé par sa panique, mais soulagé de le voir là. Tu es matinal.

— Toujours, en vérité, avoua Dray en s'essuyant le front. Je ne dors pas tant que ça. Et j'en profite pour garder la forme en faisant mon entraînement du matin.

— Tu fais ça tous les matins ? s'étonna Lucas en haussant un sourcil.

— J'essaie autant que je peux. Je trouve cela important.

— Important ?

— Pour le corps et l'esprit. Bref, je file à la douche et on prend un petit déjeuner ? demanda Dray en trottinant doucement jusqu'à lui.

— Oui, vas-y. Je prépare ce qu'il faut. Tu dois avoir faim.

— J'en ai pour cinq minutes, lui assura Dray en venant embrasser sa joue avant de se diriger vers la salle de bain.

Dray revint quelques minutes plus tard, embaumant la menthe, un jean enfilé rapidement tombant sur ses hanches. Il s'était séché à la va-vite, car de nombreuses gouttes s'attardaient encore sur son dos. Il se passa une main sur la nuque en se mordant la lèvre.

— Mec, je sais que tu n'aimes pas les miroirs, mais tu n'en as pas un chez toi ? Je dois me raser sinon, demain, je vais ressembler à un ours.

— Non, je n'ai pas de miroir du tout, répondit Lucas qui avait sorti plusieurs paquets et tout posé sur la table.

— Merde… Dis, ça te dérange de me raser ? S'il te plaît.

— De te… Mais je risque de te faire mal !

Dray s'étonna avant de hausser un sourcil.

— Tu ne te rases pas, toi ?

— Si, évidemment. Mais c'est très différent. De le faire sur soi ou sur quelqu'un d'autre.

— Allez, s'il te plaît. Au pire, je ne suis pas à une coupure près, OK ? demanda Dray avec une mine ennuyée.

— D'accord, céda Lucas, mal à l'aise, se mordillant les lèvres.

— Je vais chercher mon rasoir, s'empressa aussitôt de dire Dray avec un sourire ravi. Merci !

En quelques secondes, il ramena tout ce dont il aurait besoin.

— Tu veux qu'on se mette où ?

— Assieds-toi là, souffla Lucas, visiblement tendu. Je vais ouvrir le volet.

De la lumière. Les volets qui étaient tout juste entrouverts ne laissaient passer qu'un filet de lueur qui ne suffirait pas à voir correctement. Lucas sacrifiait son obscurité bienfaisante, car il ne voulait pas prendre le risque de blesser Dray. Ce dernier prit la chaise et s'installa avec un sourire.

— Tu sais qu'on m'a déjà rasé avec un couteau de chasse ? Je suis sûr que tu te débrouilleras mieux.

— La personne qui t'a fait ça au couteau devait être assurément plus douée que moi, murmura-t-il en remettant sa capuche, plissant les yeux sous la lumière soudain accrue.

— Non, pas vraiment. Il a fait exprès de me couper, soupira Dray avec amusement. Il n'a pas aimé perdre le pari où son gage était de faire ça pendant une semaine.

— Quel drôle d'idée de parier ça, murmura Lucas en attrapant la mousse, en versant dans sa main avant de faire face à Dray avec hésitation.

— On s'ennuie rapidement quand on n'a rien à faire sur une base, expliqua Dray en prenant le poignet de Lucas pour amener sa main sur sa joue. Je te fais confiance.

La main, et chaque muscle de Lucas, se figèrent en entendant ces mots. Dray lui faisait confiance. Lucas sentit un frisson parcourir tout son corps et cela le réchauffa. Alors il commença à répartir la mousse avec ce sentiment étrange au fond de lui.

— Et sur quoi pariiez-vous pour passer le temps ? demanda-t-il pour se redonner contenance et ne pas faire attention à la panique qui frôlait son être.

Il ne fallait pas s'attarder sur l'idée qu'il pouvait blesser Dray. Surtout alors qu'il attrapait le rasoir. Ce dernier lui dédia un grand sourire, admirant pour une fois Lucas d'un autre angle, se disant qu'il viendrait bien mordiller ce menton devant son nez.

— Sur tout et n'importe quoi. Sur notre nourriture, sur notre tour de douche, ce qu'on allait recevoir de notre famille. Mais le plus souvent, c'était avec de la nourriture. Car la vraie nourriture, c'était souvent un luxe.

— Ça arrivait souvent que vous soyez cantonnés à la base ?

Lucas inspira profondément pour s'évertuer à demeurer calme et commença par le haut de la joue droite, progressant lentement et précautionneusement pour ne pas couper Dray.

— Ça arrivait, éluda Dray, fixant Lucas si concentré.

Il le trouvait vraiment beau, appliqué de cette manière. Ses yeux bleu sombre avaient quelque chose de fascinant.

Lucas aurait voulu poursuivre la discussion, mais il avait peur de relâcher son attention et de faire une bêtise, alors il se mordilla la lèvre et poursuivit sans se presser. Il rinça plusieurs fois le rasoir puis changea de côté. Il hésita ensuite, mais finit par poser le bout de ses doigts dans le cou de Dray en se penchant.

— Il faut que tu lèves un peu la tête.

— Tout ce que tu veux, murmura Dray en s'exécutant et posant ses mains sur les hanches de Lucas pour le rapprocher un peu.

Lucas mit toute son application à raser sous le menton de Dray, essayant de faire assez vite pour ne pas le laisser dans cette position inconfortable trop longtemps, tout en faisant attention à ne pas le couper.

— Voilà, finit-il par dire pour que Dray baisse la tête et qu'il s'attaque au-dessus des lèvres.

— Tu te débrouilles très bien, assura l'ancien soldat, son visage bougeant le moins possible.

Mais ses doigts ne furent pas du même avis que son visage. Ils glissèrent doucement sur le tissu du t-shirt en petits cercles et, en un rien de temps, se retrouvèrent en dessous. Lucas frémit et écarta le rasoir presque aussitôt en lui jetant un regard légèrement agacé.

— Ne fais pas ça. Je vais te couper, Dray.

— Mais… Te voir comme ça, à t'occuper de moi…, gémit-il en fermant les yeux.

— Eh bien quoi ? interrogea Lucas en donnant les derniers coups de rasoir avant de se redresser pour observer le résultat.

Il fut soulagé de voir que c'était plus que correct. Il n'avait pas fait de coupures ou de désastre. Il restait bien encore un peu de mousse, mais cela semblait bien fait, et le soulagement chassa l'angoisse qui l'avait tenu jusque-là. Il attrapa une petite serviette et commença à essuyer le reste de la mousse. Un bras passa soudainement autour de son bassin et la seconde d'après, il se trouvait à califourchon sur Dray.

— Parce que je trouve ça atrocement excitant…

Les yeux vert sombre de Dray étaient chargés de désir, fixant les lèvres pleines. Lucas eut du mal à réaliser ce que Dray venait de faire et de dire. Il eut une expression choquée avant de rougir violemment.

— Je t'ai juste rasé, bredouilla maladroitement Lucas.

— Je sais, ce n'est pas pour ça.

— Je ne comprends pas alors.

— Tu étais si concentré sur moi. D'habitude, tu fuis souvent le regard, mais là, tu me fixais, directement. Là, juste devant moi. Au-dessus de moi.

— Juste parce que je t'ai regardé ? répéta Lucas avec stupeur.

— J'attends tes yeux sur moi depuis tellement longtemps, gronda Dray.

— Ce n'est pas comme si je ne t'avais jamais observé, répondit Lucas en baissant la tête, clairement mal à l'aise.

— J'aime tes yeux. J'aime te voir concentré et ne plus avoir l'air apeuré, comme souvent.

— Des fois, tu es un mystère complet pour moi, soupira Lucas.

— Pourtant, il n'y a rien de plus simple que moi. J'ai seulement envie de toi.

Lucas eut un sourire gêné. Parce que c'était justement cette phrase qui faisait qu'il ne comprenait rien. Comment pourrait-on avoir envie de lui ? Lui qui n'était rien, si abîmé par la vie, le corps marqué par son passé. Et pourtant, Dray n'arrêtait pas de le lui répéter. Au point qu'il avait encore envie d'essayer de le croire.

Il ne parvint pas à répondre, la gorge trop serrée et, à la place, pour ne pas voir l'air de Dray s'assombrir à cause du manque d'estime totale que Lucas avait de lui-même, ce dernier vint déposer un court baiser au coin de ses lèvres. Dray ne le laissa pas se retirer et captura ses lèvres avec un empressement non feint, resserrant sa prise sur son bassin. Car Dray était comme ça. Si Lucas laissait une ouverture, il n'avait franchement pas envie de la rater. Pourtant, il donna un simple coup de langue avant de se retirer, gardant les yeux fermés.

— Si tu savais combien tu mets mes nerfs à rude épreuve, gronda-t-il presque férocement.

— Juste parce que je te regarde ?

— Pour plein de choses. Mais surtout parce que je sais que je ne peux pas te dévorer quand j'en ai envie. Je ne veux pas revivre l'épisode de l'hôpital. Surtout pas.

— Désolé de t'avoir fait peur, grimaça Lucas en baissant la tête. Mais tu peux m'embrasser si vraiment tu veux. Si ça t'aide.

La fin de sa phrase avait été murmurée à voix très basse, comme s'il n'assumait pas vraiment ce qu'il venait de dire, et ses joues rosirent légèrement. Il aimait quand Dray l'embrassait. Le contact de ses lèvres avait un côté rassurant qui l'enflammait. Qui ramenait dans chaque parcelle de son corps cette sensation de vie qu'il redécouvrait avec Dray.

— Lucas, je ne veux rien que tu ne veuilles pas toi-même. Tu comprends ça ? Je veux que tu le veuilles, que tu en aies envie, pour ne pas culpabiliser après. Pour ne pas te faire de mal.

— Je ne culpabilise pas parce que tu m'embrasses, bredouilla Lucas en se triturant les doigts. Je t'ai déjà dit que j'aimais que tu le fasses.

La bouche de Dray vint aussitôt retrouver la sienne. Il l'embrassa encore une seconde, juste comme ça, car il n'arrivait pas à se retenir.

— Mais je peux le faire autant que tu le veux, tu sais, finit-il par dire en déposant sa tête sur son épaule droite.

— Oui, tu me l'as déjà dit, bredouilla maladroitement Lucas. Mais toi tu as besoin de plus.

Dray rit une seconde.

— Je ne te force pas. J'aime te découvrir petit à petit. Je n'ai juste pas l'habitude d'attendre.

— Pourquoi attendre ? Tu pourrais avoir mieux que moi, osa péniblement Lucas d'une voix essoufflée, le regard baissé.

Dray se redressa aussitôt, lui jetant un regard presque noir.

— C'est toi que je veux et personne d'autre, c'est clair ? Si je voulais la facilité, j'aurais accepté la proposition de Thomas. Mais ce n'est pas ce que je veux. Ce que je veux, c'est toi et ta timidité. Toi et ton corps un peu cassé. Toi et ta gentillesse. Toi et ta douceur. Toi tout simplement. C'est tout ce que je veux.

— Pourtant Thomas est tellement mieux que moi. Ce n'est pas très logique que tu refuses sa proposition.

— Lucas. Qu'est-ce que je viens de dire ? Thomas ne m'intéresse pas plus que ça. Je… Je couchais uniquement avec lui par facilité. Mais ce n'est pas ce dont j'ai envie.

— Mais je…

Lucas s'interrompit lui-même. Même s'il lui répétait encore qu'il ne comprenait pas pourquoi Dray avait envie de lui, il savait déjà que ce dernier garderait juste son air fâché en lui vantant des qualités dont Lucas ne réalisait même pas l'existence.

— D'accord. Tu as envie de moi alors.

Il le disait, mais n'y croyait qu'à peine. En fait, il était choqué par cette simple phrase. C'était tellement inconcevable pour lui. Et pourtant Dray le tenait encore contre lui, l'embrassait, le lui répétait inlassablement.

— Répète-la encore. Cela sonne drôlement bien entre tes lèvres innocentes et chastes, le taquina Dray avec amusement.

— Ce n'est pas drôle, s'offusqua Lucas en levant brièvement les yeux vers Dray.

— Je ne me moque pas. J'ai la soudaine envie de t'entendre me dire plein de choses indécentes avec cette petite voix si mignonne, s'amusa Dray avant de lui embrasser le nez et crochetant ses mains dans le dos de Lucas.

— Tu as vraiment des envies bizarres, soupira Lucas,

hésitant à poser ses mains sur les épaules de Dray.

— Et toi ? Tu n'as aucune envie ? Aucun fantasme ? Jamais ?

— Je n'en sais rien. Je ne pense pas vraiment à ces choses-là.

— Avant non plus ? Tu ne vas pas me dire qu'à l'adolescence, tu n'en avais pas ? T'es un mec. Tes hormones ont dû te jouer des tours, mec ! Moi, j'ai même cru que j'étais hétéro, c'est dire.

— Si, j'ai eu des envies quand j'étais jeune, marmonna Lucas. Évidemment. J'ai essayé des choses comme tout le monde.

— Oh, tu ne peux pas me sortir ça et ne pas m'en dire plus. Dark Vador a fait des choses.

Dray revint aussitôt déposer un baiser sur son visage, comme s'il ne pouvait pas s'empêcher de le toucher. Mais il était bien, là, avec Lucas au-dessus de lui, contre lui. C'était tellement agréable. Il tendit même le bras vers un paquet de gâteaux pour en glisser un devant la bouche de Lucas. C'était un parfait petit déjeuner en toute intimité.

— C'est un peu gênant, soupira ce dernier en mordant pourtant dans le gâteau que tenait Dray. Tu es sûr que tu veux que je te parle de ça ? C'était comme dans une autre vie.

— Je veux tout savoir de toi, Lucas.

— OK, lâcha Lucas avec embarras en cherchant comment commencer. Dans une voiture. C'était ma première fois. Beaucoup de copains se vantaient déjà d'avoir fait ça, mais je n'en croyais pas beaucoup. Et j'avais envie d'essayer.

— Oh. Je croyais que tu étais vierge, s'excusa Dray avec un sourire. Et alors, c'était bien ? Une voiture, ce n'est pas vraiment le plus pratique. Ta copine était jolie ?

— Elle était jolie, c'était une des pompom girls qui encourageait l'équipe. Elle m'a raccompagné un soir après une fête, et dans sa voiture, eh bien voilà… Ce n'était pas pratique, mais ça n'avait rien de désagréable.

— Mais Monsieur était un vrai Don Juan ! Tout de suite une pompom girl ! Et tes copains t'ont incité à faire autre chose ?

— Eh, j'étais un grand sportif, co-capitaine de l'équipe. J'avais seize ans, c'était l'âge. Il y a eu une deuxième fille, une autre pompom girl, Elena. Elle était vraiment mignonne et très gentille en plus. Et puis il y a eu Daniel, je l'ai rencontré au club de lecture. Je l'aimais beaucoup et j'ai commencé à me poser des questions sur la sexualité en général.

Dray s'étouffa avec son gâteau en comprenant que c'était un garçon. Il toussota un moment avant de se redresser en lui jetant un regard en coin.

— Pardon ?

— Quoi ? J'essayais des choses, se défendit Lucas. Et puis j'adorais passer du temps avec Daniel. Il a eu l'air blessé quand je l'ai présenté à Elena et j'ai compris qu'il espérait autre chose, qu'il ressentait plus pour moi. Certains copains se sont moqués, mais ça m'a fait réfléchir. Et quand ça s'est mal terminé avec Elena, je suis allé m'expliquer avec lui et on a décidé d'essayer. C'était assez nouveau pour nous deux.

— Stop… Je… Merde. Je ne m'y attendais pas du tout. Et qu'as-tu fais avec Daniel ?

— Pas grand-chose. Quelques mois après, il y a eu l'accident.

— Désolé, grimaça aussitôt Dray. Tu es bisexuel en fait ? Moi qui avais peur de te choquer !

— Sûrement, je ne me suis jamais attardé sur le sujet après l'accident. On n'a jamais été très loin avec Daniel, alors je ne sais pas si ça compte. Et puis, j'ai l'impression aujourd'hui que c'était une autre personne.

— Tu sais, qu'il y ait eu l'accident ou non, c'était il y a longtemps. Tu évolues obligatoirement avec le temps. Il y a des choses que tu aimais étant gosse et que maintenant tu n'aimes plus. Les gens changent. C'est le temps qui fait ça. C'est pareil pour tout.

— Quand Daniel est venu à l'hôpital après, il a pleuré en me voyant, révéla Lucas à voix très basse. Il s'est enfui au bout de deux minutes et n'est jamais revenu. Les choses ont arrêté d'évoluer pour moi après cet accident.

Dray releva soudainement le visage de Lucas, cherchant à capter son regard.

— Je ne fuirai pas, Lucas. Je ne suis pas ce connard. Je veux rester là. Il faudrait vraiment que tu me chasses pour que je parte. Le temps a passé, tu sais. Les choses changent. Toujours. C'est inévitable.

— Tu fais changer les choses.

— Eh bien, continuons sur cette lancée alors.

— J'aime bien cette idée, accepta Lucas en venant caresser la joue de Dray du bout des doigts.

— J'espère bien.

Lucas eut un sourire hésitant, déposa un baiser léger sur la joue de Dray et finit par l'imiter : il posa son front contre son épaule et resta là, entre ses bras, profitant du moment. Les bras de Dray se refermèrent sur lui, le collant un peu plus à sa peau nue. Ils restèrent ainsi un long moment, chacun savourant la présence de l'autre. Tout simplement.

— Merci de m'avoir raconté, murmura Dray.

— Tu as demandé.

— Mais tu n'étais pas obligé. Alors merci, c'est tout.

— De rien, finit par bredouiller Lucas.

Dray le gratifia d'un nouveau sourire, vint encore lui voler un baiser avant de tapoter une cuisse.

— Tu sais que si tu restes comme ça, contre moi, je vais vouloir que tu te déshabilles aussi, déclara-t-il avec amusement.

— Pardon, souffla Lucas en se redressant pour se relever. Tu veux peut-être manger un peu ? Ça doit donner faim ton sport du matin.

— J'aurais préféré faire un autre sport, si tu veux savoir, s'esclaffa Dray en se levant à son tour. Je reviens, je vais m'occuper de tout ça.

Et en quelques secondes, Dray était parti ranger ses affaires de toilettes. Lucas se laissa tomber sur une autre chaise avec un soupir et les joues rouges. Être avec Dray le secouait toujours. C'était un concentré de vie. Un shoot d'adrénaline. Une dose massive d'émotions.

— J'adore quand tu rougis, chuchota la voix grave de Dray, revenu prendre un gâteau et croquant dedans à pleines dents. Mange. Sinon l'infirmière va me gronder.

— Bien, commandant, accepta Lucas en attrapant un gâteau tout en lui jetant une œillade amusée.

Affronter l'invisible, anéantir le souvenir

Dray était parti faire les courses. Cela l'irritait que Nelly ramène à manger. Lucas ne comprenait pas vraiment pourquoi, mais il l'avait laissé faire, incapable de le suivre. Dray avait dit n'en avoir que pour une demi-heure. Lucas releva une nouvelle fois les yeux sur la pendule et l'angoisse monta d'un cran. Parce que cela faisait presque quarante-cinq minutes qu'il était parti. Et l'idée, infime au début, que Dray ne reviendrait pas, commençait à prendre de l'ampleur. Il essayait de se dire que c'était ridicule, que Dray avait juste du retard. Dray n'arrêtait pas de lui dire et de lui répéter qu'il ne partirait pas à moins qu'il veuille le chasser, qu'il avait envie de lui, qu'il l'aimait bien, qu'il voulait rester. Mais il y avait tellement d'autres possibilités plus crédibles. Surtout qu'il était parti en voiture. Lucas dut fermer les yeux alors que la vision de Dray, bloqué dans son véhicule, retourné sur le toit, l'assaillait avec violence. Il devait se raisonner.

Mais plus le temps passait et moins la raison avait d'emprise sur Lucas. À dire vrai, il était déjà étonné d'avoir tenu si longtemps sans s'écrouler en tremblant. Parce que l'angoisse l'étouffait peu à peu, rendant sa respiration courte et hachée. La peur de se retrouver soudain seul, comme avant, lui nouait les tripes. Il avait si chaud. La terreur de ne plus jamais voir Dray près de lui le faisait frissonner de partout, et quand il regarda à nouveau l'horloge, il céda à tous ses tremblements en fermant les yeux.

Dray ne reviendrait pas. Quel fou il avait été de croire tout cela. Alors il se laissa tomber au sol, ses muscles encaissant le choc.

— Je suis rentré, Lucas, déclara soudainement la voix de Dray dans l'entrée. Je suis désolé, il y avait un monde pas possible au magasin. Lucas ?

Les pas de Dray se firent entendre dans la cuisine pour déposer les sacs avant de revenir vers le salon. Dès qu'il vit le jeune homme au sol, il se précipita et le prit dans ses bras pour le caler.

— Hé… Qu'est-ce qui se passe ? On avait dit pas de panique, murmura-t-il calmement en cherchant son regard. Je suis là.

— Dray, gémit Lucas.

Dray était revenu. L'idée ne chassa pas l'angoisse qui s'était déjà propagée en lui. Comme si elle avait déjà perdu son origine, trop grande pour être éteinte d'un simple souffle. Car même si Dray était revenu, d'autres ne reviendraient jamais. Et lui, il était là, à profiter de Dray, de sa joie, de sa vie. Comme s'il avait le droit au bonheur.

— Je suis rentré, je suis là. Je ne pars pas. Allez, tu sais ce que tu dois faire. Regarde-moi. Allez…

Les doigts de Dray remontèrent à son visage, le caressant délicatement avant de commencer à réciter l'alphabet entrecoupé de phrases douces pour le rassurer. Lucas finit par fixer Dray et s'obligea à essayer de respirer normalement. Il y parvint à partir du I. Puis les lettres défilèrent et avec elles, il arriva à reprendre sa respiration. Peu à peu, il retrouva un semblant de calme et ses tremblements se calmèrent.

— Voilà, parfait. Respire bien. Calque-toi sur moi, susurra Dray en lui caressant les cheveux. Ça va mieux ?

— Oui, souffla péniblement Lucas en fermant les yeux.

— C'est parce que je suis en retard ? J'ai hésité à t'envoyer un message en plus. Je suis désolé.

— Ce n'est rien. J'ai essayé de ne pas paniquer, désolé.

— T'excuse pas. Je ne pense vraiment pas que faire des crises soit ton passe-temps préféré.

— Non, soupira Lucas en se calant contre Dray.

Il n'avait plus la moindre force et il lui faudrait sûrement plusieurs minutes avant de se relever. Mais Dray prit les devants, passant ses bras autour de lui pour le porter jusqu'au canapé, l'entourer dans un plaid et le reprendre contre son torse. Lucas se laissa faire, ses tremblements finirent par s'apaiser alors qu'il se détendait contre Dray. Après de longues minutes, il se sentit calmé et retrouva un fil de pensée rationnel et cohérent. Il rouvrit les yeux et observa Dray sans bouger.

— Tu devrais ranger les courses.

— Je peux te laisser ? Ça va aller ? Je n'en ai que pour une minute de toute façon.

— C'est bon, Dray, ça va aller.

— Je reviens, dit-il en se levant, non sans déposer un baiser sur son front.

L'ancien soldat se dépêcha d'aller en cuisine et, en quelques minutes, reprenait sa place contre Lucas.

— Tu veux parler ? finit-il par demander.

— Non. On pourrait peut-être regarder un film ?

— Tu es sûr ?

— Il n’y a rien à dire, Dray. Tu es parti plus longtemps que prévu, ça m’a fait un peu paniquer et c’est tout, soupira Lucas.

— Je n’avais que quelques minutes de retard, Lucas. Tu ne peux pas paniquer pour ça.

— C’est plus fort que moi, Dray, je t’ai déjà expliqué.

— Je sais bien que c’est plus fort que toi, mais pourquoi ne pas me croire quand je te dis que je reviens ?

— J’ai essayé d’y croire, mais passé les premières dix minutes, je n’y arrivais plus, avoua piteusement Lucas. Et il aurait pu t’arriver n’importe quoi. Un accident, ajouta-t-il avant de se taire, sa voix se cassant.

— Pourquoi ? Tu sais que je suis prudent au volant.

— Pourquoi toutes ces questions ? s’agaça Lucas en se relevant. On s’en fiche du pourquoi.

— Non, parce que si je ne sais pas pourquoi, je ne peux pas t’aider. Je ne te peux pas te protéger. J’en ai besoin pour être ton rempart, car je dois savoir quoi affronter, déclara calmement Dray.

— Je ne t’ai jamais demandé ton aide ou ta protection, rétorqua Lucas. Je panique, je suis comme ça, tu ne peux rien y changer.

Dray se leva rapidement, croisant ses bras puissants, se grandissant, faisant paraître Lucas plus frêle.

— Tu m’as demandé de faire partie de mon unité. Tu m’as dit que j’étais ton commandant. Alors, si, je te protège. Parce que je le veux. Et que tu me l’as demandé.

— Et c’était très bien comme tu faisais jusqu’à maintenant, trancha Lucas.

— Non. On faisait avec. Mais je suis un soldat. J’affronte,

j'élimine. Mais sans connaître mon ennemi, je ne peux pas le faire.

— Il n'y a pas d'ennemi dans un cas comme celui-là, Dray, soupira Lucas alors que ses épaules s'affaissaient. Il n'y a rien à affronter.

— Si. Tu te bats toutes les nuits avec. Ne me prends pas pour un imbécile. Cela ne sert à rien de me repousser. Il faut bien plus que tes petits bras pour que je bouge.

— Je ne veux pas te repousser. Et je ne te prends pas pour un imbécile. C'est juste que j'ai appris à faire avec, c'est comme ça.

— Moi, je ne veux pas faire avec.

Lucas sentit un violent frisson le parcourir tandis qu'il lui tournait le dos, croisant les bras pour se protéger.

— Alors malgré tout ce que tu dis, tu finiras par partir, parce que je ne sais pas comment faire autrement.

— Si, tu n'as qu'à me parler. C'est aussi simple que cela.

— Te parler ? répéta Lucas en se tassant sur lui-même. Mais je ne fais que ça, Dray. Je n'arrête pas. Je te raconte même des choses que je n'ai jamais osé raconter à mon psy. Qu'est-ce que tu veux que je te dise d'autre ?

— De quoi tu rêves la nuit ? proposa Dray.

— Je ne me souviens pas de mes rêves quand je me réveille.

— Tu parlais de feu.

— Peut-être, je ne m'en souviens pas, je te dis.

— Tu appelais quelqu'un.

— Dray, tu pourrais me répéter mot pour mot tout ce que j'ai dit, ce sera toujours la même réponse, je ne m'en souviens pas.

— Tu es sûr ? Cela ne fait pas écho à quelque chose que tu as vécu ? demanda Dray avec assurance.

— Arrête, cela suffit maintenant, le coupa Lucas en se tournant vers lui. Je vois où tu veux en venir, mais ça non plus, je ne m'en souviens pas.

— Si tu en rêves la nuit, c'est que c'est quelque part là-dedans, déclara Dray en montrant sa tempe. C'est que tu t'en souviens. Tu sais, j'ai fait un syndrome post-traumatique après ma première mission. Je n'aime pas les psys et c'est à cause de ça, mais le raconter m'a aidé. Tu te sens mal, pitoyable quand tu le fais. Mais il ne te reste qu'à remonter ensuite.

— Et quoi ? Tu vas prendre une pelle et une pioche pour aller fouiller mon subconscient ? ironisa Lucas d'une voix aigre qui ne lui ressemblait pas.

En fait, il était terrorisé. Il ne voulait pas se souvenir. Il ne voulait plus se rappeler. Parce qu'il savait que c'était terrifiant, et il avait pris grand soin de tout enterrer.

— Non, cela ne marchera que si tu y penses, toi. Que si tu veux aller mieux. Que si tu veux avoir une vie avec moi. Sortir, partir en vacances. Tu as envie de rester jusqu'à tes vieux jours seul, où tu finiras mort dans un coin, et qu'on ne te retrouvera que des mois après ?

— Je l'aurai bien mérité en tout cas.

— Putain, Lucas ! finit par exploser Dray en levant les mains au ciel, complètement désespéré, mais décidé à frapper encore plus fort. Arrête de te braquer comme ça. Je ne te veux aucun mal. Je ne veux que ton bien. Et je préférais crever avec toi dans un coin plutôt que de t'abandonner. Tu n'as pas le droit de te laisser aller. Tu ne peux pas te perdre. Tu gâches le souvenir de ceux qui sont morts.

— Je ne gâche rien du tout, tout le problème est là. Ils sont morts !

— Et alors ? Qu'est-ce que cela fait ? s'écria Dray aussi fort que lui.

Lucas fut choqué et le fixa avec horreur.

— Ça fait de ma vie un cauchemar perpétuel.

— Pourquoi ? Tu ne te souviens de rien de toute manière.

— Je me souviens de ce que c'était avant qu'ils ne disparaissent. C'est ça le cauchemar.

— Donc, tu ne veux juste pas être seul. Tu fais un caprice à ton âge, c'est pitoyable…

— Ça n'a rien d'un caprice, se récria Lucas, stupéfié et choqué.

Il avait déjà oublié pourquoi il se disputait avec Dray, comment ils en étaient arrivés là. Alors il se détourna, pris de nausée. Il ne voulait pas ça. Dray était en train de juger. De *le* juger. De juger son comportement et de le condamner parce qu'il ne faisait pas les choses comme il fallait. Exactement ce à quoi Lucas s'était attendu au début. Les gens le jugeaient toujours. Ils étaient souvent dégoûtés. Parfois, ils avaient pitié. Avec les années, il avait donc réduit les contacts pour éviter ces réactions qui le rendaient malade. Que Dray finisse par y arriver à son tour l'écœura et l'anéantit en même temps. Au moins, cela allait le vacciner. C'était une piqûre de rappel assez vive pour qu'il n'oublie plus. On ne pouvait pas le désirer, on ne pouvait pas l'apprécier. À un moment ou à un autre, il était toujours jugé. Et il finirait seul, exactement comme Dray l'avait dit. Ce qu'il trouvait amplement mérité.

— Alors, qu'est-ce que c'est ? reprit Dray. Vas-y, dis-moi ! Explique-moi si je suis si stupide ! Puisque monsieur est au-dessus de ça.

— Je ne suis au-dessus de rien du tout, geignit Lucas. Je ne devrais même pas être ici.

— Tu devrais être où alors ?

— Je devrais être enterré avec ma famille, à la place de Lily, souffla Lucas à voix très basse.

— Pourquoi à la place de Lily ? demanda Dray en croisant les bras, l'air dubitatif.

— Parce qu'elle était sur mon siège. On a échangé nos places juste avant le crissement de freins. Je devrais être mort, laissa tomber Lucas en se ratatinant, incapable de regarder Dray.

— Tu crois pouvoir prévoir le futur ? Tu as juste voulu arrêter une dispute fraternelle.

— Et, résultat, Lily est enterrée entre ma mère et mon frère.

— Ce qui est arrivé à ta sœur aurait très bien pu arriver là où tu étais.

— Cela m'est égal ce qui aurait pu ou non arriver, murmura Lucas en venant tirer sa capuche, comme si ce simple geste pouvait le cacher de la honte infinie qui le noyait. Tout ce que je vois, moi, c'est que je suis vivant et pas le reste de ma famille. Ils n'ont pas eu la moindre chance de goûter au bonheur, pourquoi j'y aurais droit ? Je fais avec la vie, mais je n'ai pas vraiment le droit. Tu voulais parler, Dray, eh bien, voilà.

— En gros, tu renies toutes les années que vous avez passées ensemble en disant que ce n'était pas le bonheur. Tu ne crois pas qu'ils ont déjà assez souffert ? Tu veux en plus leur arracher tout ça ?

— Tais-toi, gémit Lucas. Tu ne sais pas ce qu'ils ont traversé.

— Non, et toi non plus. Tu ne t'en souviens même pas.

— Mais je sais qu'ils ont souffert.

— Je ne te crois pas.

— Quoi ?

— Tu ne sais pas comment ils ont souffert. Tu ne sais pas comment ils ont eu mal. À quel point.

— Arrête, gémit Lucas en se tournant vers lui, pâlissant brutalement alors que ses mains se mettaient à trembler un peu. Tu n'as pas le droit de parler d'eux.

— Pourquoi ?

— Tu ne les connaissais même pas. Tu n'étais pas là. Tu ne sais rien.

— Alors, explique-moi, Lucas, s'adoucit Dray. Raconte-moi.

— Je ne peux pas. Je ne veux pas, gémit Lucas en fermant les yeux.

— Je ne vais pas te juger, Lucas. J'essayais juste de te pousser à bout. Tu as la tête dure. Tu n'auras plus besoin de le redire après. Ni d'y repenser.

— Mais je ne veux pas m'en souvenir, murmura-t-il, vaine supplique.

Dray s'approcha de lui, doucement, comme s'il avait peur de le faire fuir. Il prit son visage pour le regarder et les traits de Dray étaient quasi aussi tristes que ceux de Lucas. Cela lui avait coûté de dire toutes ces choses horribles. Mais Lucas n'avait plus besoin qu'on le dorlote à ce stade. Il avait besoin qu'on le pousse en avant, et tant pis si cela leur faisait du mal à tous les deux. Alors Dray colla son front contre le sien.

— Juste une fois, murmura-t-il. Pour moi.

— C'est difficile, répondit Lucas en fermant les yeux alors

que son souffle se faisait plus haché.

— Mais je suis là. Je ne pars pas. Sens mes mains. Je reste contre toi.

— Je n'en suis pas capable, Dray, suffoqua Lucas.

— Bien sûr que si, l'encouragea Dray avec un sourire triste. Tu es fort, Lucas. Tu l'as oublié, mais moi, je le vois.

— Mais je me souviens juste du crissement de freins, gémit Lucas dans un murmure désespéré. La voiture noire était en face et il y a eu ce son strident. Alors j'ai fermé les yeux.

— Et après ? Qu'est-ce qu'il s'est passé ensuite ?

— Je me souviens, bredouilla Lucas avec peine, le souffle haché. Je pouvais voir la tôle toute froissée, il y avait du verre partout sur le béton. Et du rouge coulait, sur la carrosserie noire.

Les doigts de Dray serrèrent une seconde son visage et Lucas poussa un soupir pour se donner du courage.

— C'est bien. Et ensuite ?

— Il y avait un bras, qui en sortait, tout écorché. Sur le béton, mais je n'arrivais pas à voir à qui il était, la personne était encore dans la voiture noire. Mais elle était retournée. Elle était sur le toit, dit Lucas, en puisant avec peine dans ses souvenirs. J'ai eu du mal à le comprendre parce que ce que notre voiture était dans le même sens. Puis j'ai commencé à ressentir la douleur, se rappela Lucas avec horreur en peinant à retrouver son souffle, ses jambes tremblant si fort qu'il crut qu'il allait s'effondrer.

Dray le serra aussitôt contre lui, collant son visage au sien. Cela allait être une épreuve pour eux deux. Il ne voulait que consoler Lucas, le rassurer, lui dire que c'était fini. Mais il fallait que ça sorte. Que le venin qui courrait dans son corps et son esprit s'en aille.

— Tu avais mal où ?

— Presque partout. Le torse. Là où passait la ceinture. La tête. J'ai entendu quelqu'un tousser. Juste devant moi. J'ai voulu tourner la tête et ça m'a fait mal partout. J'ai aperçu le pare-brise et le visage de maman. Elle essayait de sourire. Elle m'a regardé. Elle a essayé de me dire quelque chose. Mais je ne voyais que le virage derrière. Il y a un bus qui est apparu. Je ne me souviens que du bruit atroce qu'il a fait en nous percutant.

— Mon Dieu, murmura Dray en fermant les yeux. Il vous a percutés ?

— De plein fouet. La voiture a glissé sur des mètres et des mètres, gémit Lucas en s'accrochant à Dray, incapable de tenir debout plus longtemps. Quand elle s'est arrêtée, je ne voyais plus la voiture noire.

C'était comme si les souvenirs n'avaient attendu que ce moment, car ils déferlaient à présent en lui, tout revenait en bloc, avec l'horreur et la terreur. C'était aussi effrayant et douloureux que dix ans auparavant. Et soudain, il comprit qu'il fallait que ça sorte. Il était coincé dans ces heures, il s'en était fait une prison. Il avait besoin d'en parler. Il en avait eu besoin quelques mois après l'accident mais, à cette époque, il n'avait eu personne, sa vie n'était pas stable, et il avait fini par tout enfermer. Y revenir avait semblé trop difficile. Mais aujourd'hui, ça coulait et il voulait que ça sorte.

— J'ai appelé maman, mais elle ne répondait plus. La douleur s'est amplifiée et en baissant les yeux, j'ai vu que le choc avait brisé la tôle de notre voiture. J'en avais un énorme morceau logé dans la cuisse. Et j'ai entendu papa. J'ai eu un mal fou à me tourner vers lui. Il avait une voix sifflante, ça m'a effrayé. Papa était toujours sûr de lui, un véritable roc, ferme et rassurant. Mais là, il respirait avec peine, son visage était tout blanc, il avait du sang partout sur lui, des écorchures. Il m'a dit que ça irait. Qu'on allait nous sortir de là. Et il m'a demandé comment allaient Lily et Nathan. Quand j'ai essayé de me tourner vers eux, la douleur s'est accrue, j'ai vu trouble. J'ai dû m'évanouir parce que papa n'arrêtait pas de m'appeler quand j'ai rouvert les yeux. J'ai fini par lui répondre et j'ai vu Nathan.

La voix de Lucas se brisa de manière brutale. Il se rappelait avec tellement de précision de Nathan. Nathan qui avait son visage et son corps, son jumeau, son frère, était toujours assis dans son siège. Ses bras pendaient selon un angle étrange alors qu'il n'était retenu que par sa ceinture. Son visage était écorché de partout, comme le reste de son corps. Et le morceau de tôle qui s'était figé dans la cuisse de Lucas avait traversé l'abdomen de Nathan.

Dray le serra un peu plus contre lui, essayant de lui apporter un peu de réconfort.

— J'ai eu envie de vomir, geignit-il en cherchant son souffle. Il avait du sang partout. La tôle lui a ouvert le ventre et tout coulait sur son torse, jusqu'à son visage, le long de ses bras, pour aller s'amasser sur le toit de la voiture. Et il regardait le vide. Droit devant lui, sans vraiment rien voir. Lorsque le sang a coulé dans ses yeux, j'ai détourné le regard. Mais je ne pouvais pas bouger. Je crois que j'ai hurlé. J'ai dû crier et me débattre. Parce que j'ai eu si mal que j'ai perdu la notion du temps. Quelque chose a tiré ma ceinture. Ça m'a étranglé. J'avais envie de hurler encore. Puis j'ai entendu la voix de Lily. Je ne sais même pas comment, j'ai réussi à attraper sa main. J'entendais la voix de papa qui essayait de nous rassurer derrière, mais je ne me sentais plus capable de bouger. La douleur irradiait de partout. J'avais l'impression que ma tête allait exploser. Je voulais vraiment rassurer Lily, elle avait l'air si fragile. La voir écorchée de partout, avec du sang sur sa peau blanche, ça m'a démoli. Je voulais pleurer, mais pas devant elle. Alors j'ai serré sa main. Elle a essayé de parler, mais sa voix était cassée ; je me suis souvenu l'avoir entendue crier pendant le choc. Elle a tenté d’appeler maman, mais maman ne répondait plus.

Il se souvenait avoir vu ses bras qui pendaient, ses jambes avaient une position bizarre aussi, coincées entre le siège et l’avant de la voiture, cabossé, pliées même. Il s’était juste tourné vers Lily. Il ne voulait pas penser à ça. Comme Nathan. Il ne voulait pas savoir. Alors il commença à répéter les mêmes mots que son père. Que ça se passerait bien, que tout allait s’arranger.

— À un moment, il y a eu des sirènes. Des voix partout. J’ai dit à Lily que les pompiers étaient là et qu’ils nous sortiraient de là. Les pompiers, elle les adorait. C’était ses héros. Elle a souri quand je lui ai dit qu’elle allait les voir.

Lucas ne se rendit même pas compte qu’il pleurait. Il revoyait encore le visage de sa sœur, couvert de sang et d’écorchures, aux lèvres trop pâles et tremblantes, qui souriait quand même. Mais elle pleurait aussi à ce moment-là. Il revoyait chaque détail avec tellement de précision qu’il avait envie de mourir à cet instant. C’était si douloureux. Pire que toutes les souffrances qu’il s’était infligées au cours de ces dernières années. Il entendait encore son souffle rauque et difficile.

— Ils ne pouvaient pas nous sortir de la voiture, poursuivit péniblement Lucas dans un murmure. Avec la voiture, l’essence, il y avait des risques d’explosion. Lily a paniqué un peu, avait du mal à respirer, et ils ont eu du mal à la calmer. Elle a essayé de se détacher, la ceinture lui faisait mal. Je pense qu’elle avait des côtes brisées, car elle hurlait. Mais nos ceintures étaient bloquées. J’ignore ce qui s’est passé, car ils sont restés longtemps un peu à côté, je pense qu’ils n'arrivaient pas à se décider. C’est là que papa a arrêté de parler.

Sans que Lucas ne s’en aperçoive, Dray l’avait attiré dans le canapé. Il l’avait calé entre ses jambes, l’entourant de ses bras, de son affection, pour l’aider, le soutenir, car il ne pouvait, hélas, faire que ça. Il aurait aimé être capable d'empêcher tout ça, mais il n’en avait le pouvoir. Et cela lui brisait le cœur.

— Continue, Lucas, c'est bien, murmurait-il à ses lèvres, essuyant de ses doigts les larmes qui ruisselaient sur ses joues.

— Un pompier a dit à Lily qu'elle était très courageuse. Que quand elle sortirait de là, elle ferait un tour dans son camion. Il lui a demandé son nom pour la faire parler. J'ai dû perdre connaissance, parce que quand j'ai rouvert les yeux, elle n'était plus là. Je ne sais pas comment ils ont fait, mais ils sont parvenus à la sortir. Je n'avais jamais eu aussi peur de toute ma vie qu'à ce moment-là, où j'ai repris connaissance alors qu'elle était partie. Jusque-là, je ne pensais qu'à Lily, mais elle n'était plus là. J'ai entendu une sirène s'éloigner et j'ai compris qu'ils l'emmenaient. J'ai paniqué alors. J'ai voulu sortir. Vraiment. J'ai bougé dans tous les sens à m'en faire si mal que je me suis à nouveau évanoui en appelant mon père. Mais papa ne répondait plus. J'ai oscillé un moment, plusieurs fois, entre l'inconscience et la réalité.

La panique avait été si grande à ce moment-là. L'angoisse. La première crise était née à ce moment. Face à la mort. La sienne. Celle de ses proches, tout autour de lui. Car il avait eu beau se refuser à le penser, il savait déjà qu'ils étaient morts. D'abord sa mère quand le bus les avait percutés. Nathan, traversé par la tôle. Puis son père qui s'était tu. Ils étaient morts. Et face à la mort, il n'avait pu que pleurer, implorer, paniquer, désespérer.

— . La tôle a grincé, la voiture gémissait et j'appelais papa, je voulais qu'il me rassure encore. Je voulais entendre sa voix parce qu'il ne pouvait pas être mort aussi. Il y a eu des cris dehors. J'ai eu chaud. J'ai compris qu'il y avait le feu quelque part. J'ai compris que j'allais mourir. Et j'ai juste pensé à Lily. Le siège de Lily a pris feu, et j'ai été soulagé qu'ils l'aient déjà sortie. Le morceau de tôle figé dans ma cuisse a été arraché en même temps et la douleur a été telle que j'ai hurlé à en cracher mes poumons. Ma manche a pris feu et ça s'est propagé au reste de mon sweat. Quand ça a atteint mon visage, j'ai perdu connaissance pour de bon, acheva Lucas d'une voix brisée. Parce que quand j'ai rouvert les yeux après ça, j'étais dans un hôpital, couvert de bandages et sans aucune famille.

— Je suis tellement désolé, gémit Dray en se serrant contre lui, laissant échapper quelques larmes alors qu'il berçait le corps menu de Lucas contre lui. Mais je suis fier de toi. Tu as réussi. C'est bien. Lucas, je suis très fier de toi ! Maintenant, tu n'es plus tout seul. Je suis là. Je ne pars pas. Et pardon pour ce que j'ai dit tout à l'heure. Je ne voulais pas te blesser, mais c'était le seul moyen… Mais je suis si fier. Tu es fort, Lucas. Incroyablement fort.

— Je ne me sens pas fort, Dray, gémit Lucas qui laissait échapper sanglot sur sanglot. Je me sens si pitoyable. Je suis terrorisé.

— Je suis là, Lucas. Accroche-toi à moi. Si tes forces t'abandonnent, je te tiendrai. Mais tu es fort, Lucas. Tu es un survivant. Et tu n'as rien fait de mal. Faut que tu te pardonnes.

— Je ne voulais pas être un survivant, parvint à articuler Lucas avant d'étouffer dans ses propres larmes et de se terrer contre Dray, s'accrochant à lui de toutes ses maigres forces.

— Moi, j'en suis heureux. Car j'ai pu te connaître, t'apprécier. Tu as su faire le pont entre mon frère et moi. Tu es capable de plein de choses, Lucas. C'est vraiment horrible ce qui est arrivé à ta famille et je comprends que cela soit dur. Mais tu peux le faire. J'ai confiance en toi.

Lucas fut incapable de répondre et il se serra contre Dray, la gorge nouée, les tripes tordues, alors que les souvenirs ne semblaient plus vouloir le quitter. Il n'arrivait pas à voir comme ça. Tout ce qu'il savait pour le moment, c'était qu'il avait perdu les siens. Malgré les années, il n'arrivait pas à pleinement accepter cet état de fait. Il se sentait toujours aussi seul et abandonné. Pouvoir pleurer dans les bras de quelqu'un qui le rassurait et le berçait était inespéré pour lui. Alors il ne se posa pas plus de questions et laissa échapper toute son angoisse, toute sa peine, emportées par ses larmes qui ne cessaient de couler.

— Pleure autant que tu veux, Lucas, chuchota Dray en lui caressant les cheveux. Libère-toi du passé. Il n'y a que ça à faire.

Et c'est ce que fit Lucas pendant un long moment. Il donna libre cours aux larmes comme il l'avait fait avec les souvenirs, en s'agrippant à Dray. Son corps tremblait un peu. Au bout du compte, il finit par se calmer et se concentra un instant sur sa respiration, se forçant à la ralentir un peu.

— Pardon, murmura-t-il péniblement.

— Ne t'excuse pas. Il n'y a rien à pardonner, le rassura Dray en frottant tendrement son dos. Tu devrais te reposer.

— Je n'ai pas envie d'être tout seul, implora Lucas sans le lâcher.

— D'accord, d'accord, capitula Dray en tirant le plaid jusqu'à eux. Je ne bouge pas alors.

— Mais tu vas t'ennuyer, s'inquiéta Lucas qui se sentait pourtant incapable de le laisser partir.

Il se sentait si faible et vulnérable, c'était ridicule. Mais avoir Dray près de lui atténuait sa vulnérabilité, sa peur. Un rempart. Il n'arriverait pas à être seul en cet instant. L'ancien soldat brandit soudainement la télécommande comme s'il s'agissait d'une arme.

— Repose-toi tranquillement, déclara-t-il en l'encourageant à s'appuyer davantage sur lui. Je te l'ai dit, je reste avec toi.

Lucas se laissa aller et ferma les yeux, se répétant les derniers mots de Dray, parce qu'il voulait tellement y croire. Les doigts de Dray retrouvèrent ses cheveux et lui offrirent des caresses tendres, laissant la télé en sourdine. Lucas se détendit un peu sous les effleurements et il sombra très rapidement dans un sommeil léger. La crise puis les souvenirs l'avaient vidé de toute énergie. Aussi il s'endormit tout contre Dray, les dernières larmes glissant sur ses joues humides.

Dray soupira presque de soulagement en le sentant sombrer. L'entendre lui confier ce qu'il avait entendu lui avait fait mal. Il tenait vraiment à Lucas. Sans parler du fait que cette peur, cette souffrance, il les connaissait un peu. Merde, il n'aurait jamais pensé que l'accident de Lucas eût été un tel calvaire. Dray avait espéré presque égoïstement que Lucas se serait évanoui en quelques minutes et se serait réveillé à l'hôpital. Mais non. Il en avait vécu une bonne partie. Et Dray regrettait les paroles qu'il avait dû prononcer pour le pousser dans ses derniers retranchements. Rien de ce qu'il avait dit à Lucas n'avait été vrai. Chaque jour, il s'attachait davantage à ce jeune homme. Il voulait son bonheur. Jamais il ne le laisserait pour compte. Il resserra un peu plus son bras autour du corps menu de son compagnon et déposa un baiser sur son front.

— Je suis là, Lucas, murmura-t-il dans ses cheveux. Je te protégerai à présent.

Lucas dormit des heures durant avant que son corps affaibli ne retrouve ses forces. Il finit par papillonner des paupières et se redressa, doucement, tentant durant une fraction de seconde d'identifier l'endroit où il se trouvait. Puis il se souvint et ferma les yeux un bref instant avant de chercher Dray qui n'était plus allongé près de lui. La vague de panique n'eut pas le temps de l'atteindre, car il entendit du bruit dans la cuisine et se leva pour le rejoindre. Dray était devant une casserole, la fixant comme si elle était sur le point d'exploser. Entendant des pas, il se tourna vers Lucas pour lui offrir un superbe sourire.

— Bonjour, toi, souffla-t-il aussitôt en l'invitant à venir plus près, la main tendue.

— Que fais-tu ? s'enquit Lucas en agrippant ses doigts.

— J'essaye de te faire à manger, expliqua Dray en l'attirant contre lui et déposant un baiser léger sur ses lèvres. Mais je te préviens : je ne sais faire que des pâtes.

— C'est bien, des pâtes, murmura doucement le jeune homme en savourant le contact de Dray qui le rassura.

— Je me disais qu'il faudrait que tu manges après toutes ces émotions.

— Oui, j'ai faim.

Dray se tourna soudain vers lui, la mine assurément triste.

— Tu sais que je ne voulais pas te blesser délibérément ? Tu le sais ça, hein ?

— Tu voulais juste que je parle, soupira Lucas en hochant la tête.

— Oui. Je ne voulais pas manquer de respect ni bafouer la mémoire de ta famille. Je ne minimiserai pas ce qu'il t'est arrivé. Jamais, tu m'entends ?

— C'est bon, Dray, j'ai compris, le rassura Lucas en levant une main hésitante qu'il posa sur la joue de son ami.

— Je m'en veux de t'avoir blessé, même si c'était pour la bonne cause, soupira-t-il en se collant contre sa main.

— Viens là, murmura Lucas, le tirant un peu vers lui pour lui faire un câlin.

Dray ne se fit pas prier et le serra contre lui avec force. Il avait besoin de le sentir là, dans ses bras.

— Je suis si fier de toi, chuchota-t-il à son oreille.

— Je ne me sens pas fier, avoua Lucas d'une petite voix. Je me sens juste mal.

— Ça ira mieux, promit Dray. J'en suis sûr.

— J'ai du mal à y croire désormais.

— Pourquoi ?

— Parce que ça fait dix ans et je me sens encore plus mal qu'au jour même de l'accident.

— Mais c'est comme si tu étais resté dans cette voiture pendant dix ans. Maintenant, tu vas pouvoir t'en sortir. Tu vas pouvoir avancer.

Lucas ne s'en sentait pas la force. Alors il se contenta de resserrer sa prise sur Dray. Et il se cala plus étroitement contre lui. Il ne voulait plus penser à rien. Dray déposa quelques baisers sur son crâne avant de se tourner vers la casserole.

— Attends une seconde, déclara-t-il.

Rapidement, il égoutta les pâtes et mit un peu de beurre.

— Voilà, c'est tout ce que je sais faire en matière de cuisine, déclara-t-il, gêné. Donc du jambon avec, cela te va ?

— Oui, c'est bien, murmura Lucas qui sortait déjà les couverts et les assiettes.

— Nelly est passée pendant que tu dormais, elle te salue. Je n'ai pas voulu te réveiller.

— D'accord, souffla Lucas en se laissant tomber sur une des chaises.

Il se sentait étrangement amorphe, incapable de réagir à quoi que ce soit, et il resta simplement assis là, à fixer son assiette. Une fourchette apparut devant son visage.

— Je peux te donner la béquée si tu veux, dit Dray avec un sourire doux. Je peux aussi te donner le bain après.

— Je ne suis plus un enfant, soupira Lucas en saisissant la fourchette.

— Non. Mais tu n'as pas l'air bien, alors je fais les efforts à ta place.

— Ne fais pas ça, tu n'es pas… un garde-malade ou je ne sais quoi d'autre.

— Non. Je fais ça, car je tiens à toi. Parce que j'ai juste envie de te chouchouter.

Lucas hocha la tête et commença à manger en silence. Décrire le pire jour de sa vie avait sûrement quelque chose à voir avec son apathie, mais il s'était presque attendu à être soulagé. Depuis le temps que son psy l'incitait à tout déballer ! Et au lieu de ça, il était morose, déprimé, amorphe, sans force. C'était agaçant. Il en avait les nerfs à fleur de peau.

Ils mangèrent au silence et Dray débarrassa avant de faire la vaisselle. Il revint ensuite contre Lucas pour le câliner encore. Il voulait sûrement compenser, lui apporter l'amour dont Lucas était privé depuis si longtemps. Tant pis si cela le faisait ressembler à une nounou.

— Tu veux aller te laver ? demanda-il doucement.

— Oui, ça me fera du bien.

— Tu… Tu as besoin de quelque chose ? proposa aussitôt Dray en le suivant.

— Je sais me laver, Dray, répondit Lucas avec un timide sourire en coin en lui jetant un regard par-dessus son épaule.

— T'es sûr ? s'amusa-t-il à son tour. Je ne prendrai pas de place.

— Quoi ? balbutia soudain Lucas en comprenant qu'il parlait de venir avec lui dans le bain.

— Je peux te frotter le dos. Tu ne dis jamais non à mes caresses en général.

Dray était prêt à tout pour changer les idées de Lucas, pour le sortir de cette torpeur dans laquelle il semblait plongé.

— Tu veux me frotter le dos ?

Il ouvrit le robinet et sentit le rouge lui monter aux joues.

— Ou autre chose, ricana Dray en restant à la porte.

— Comment ça, autre chose ?

— Tu ne comprends vraiment pas la subtilité, hein ? Je disais que je peux te faire du bien, Lucas.

— Du bien !?

— Te donner du plaisir.

— J'avais compris, bredouilla maladroitement Lucas. Mais je ne sais pas si c'est une bonne idée.

— C'est une proposition, Lucas. Je peux aussi t'aider à te détendre. Avec un massage par exemple. Je veux juste que tu te sentes bien. Rien de plus.

— Je ne… Dray, tenta Lucas en inspirant profondément. Je viens de te raconter ce qui a été le pire jour de toute ma vie. Je ne peux pas et je ne veux pas me sentir bien. Pour l'instant, j'ai seulement l'impression qu'un bus m'est passé dessus pour la deuxième fois de ma vie. Je me sens mal, d'accord ? Alors je vais prendre mon bain et probablement aller ouvrir un album photo, parce que j'ai toutes ces horribles images dans la tête, de ma famille couverte de sang, à l'envers, écorchée, et que j'aimerais me souvenir d'eux autrement que comme ça quand j'irai me coucher ce soir.

Dray soupira et hocha lentement la tête. Il aurait dû s'en douter, et même s'il ne voulait pas laisser Lucas, il le devait. Alors il s'avança d'un pas, déposa un rapide baiser sur le front.

— Pardon. Je serai dans ma chambre si tu as besoin de

quelque chose, déclara-t-il avant de sortir.

Lucas le regarda passer la porte alors que ses épaules s'affaissaient. Il se trouvait minable. Il ne s'était pas senti capable, avant de sombrer dans le sommeil, de s'éloigner de Dray qui avait été un soutien, un rempart. Et maintenant, il le chassait purement et simplement, sans même parvenir à le retenir ou à s'excuser. Il se sentit soudain si seul, si nul. Toujours aussi paumé.

Pourtant il referma la porte lorsque Dray eut quitté la pièce et enleva ses vêtements. Aujourd'hui, il avait l'impression de laisser partir sa famille. Il s'était accroché à eux, à leurs souvenirs, durant dix ans, et il venait de lâcher le dernier qu'il avait d'eux. Comme s'ils lui échappaient. Qu'il lui fallait leur dire au revoir une bonne fois pour toutes.

Alors il prit son bain, seul. Il lui fallut un bon moment, prenant garde à ne pas solliciter ses cicatrices. Une fois vêtu d'un jogging gris et de son sweat, il retourna vers le placard du salon, morose. Il ne croisa pas Dray en chemin.

Il prit son temps pour ouvrir les portes, resta planté devant les étagères un bon moment, à les contempler. Il s'était toujours interdit d'y fouiller hors des jours anniversaires. Celui de leur accident ou celui d'un des membres de sa famille. Pourtant, il finit par s'y résoudre et attrapa une boîte. Des albums photo. Il passa des heures à les regarder. Comme pour effacer l'horrible image qu'il gardait de Nathan éventré, le regard vide et les bras pendants. Celle de sa mère, tordue dans son siège, le corps désarticulé. Celle de son père et de son sang qui coulait le long du siège, qui ne parlait plus. Celle de Lily qui serrait sa main, avec ses lèvres pâles et son regard suppliant.

Quand il arriva au terme de la boîte, il pleurait doucement, silencieusement et il caressa la dernière photo de famille du bout des doigts.

Cela lui semblait impossible de vivre sans eux. Même après avoir tout raconté. Il ne parvenait pas à faire son deuil, à ne plus souffrir à chaque instant. Durant son sommeil, chacune de ses pensées leur était tout autant dédiée. Le poids de la solitude lui coupa le souffle et, soudain, il ne la supporta plus. La culpabilité était tellement oppressante, la honte si étouffante. Il avait besoin de respirer, d'oublier. Il se releva en laissant l'album par terre, la boîte sortie et le placard ouvert pour se diriger vers la chambre de Dray. Quelques larmes roulaient encore sur ses joues quand il ouvrit la porte en tâtonnant dans le couloir dont il n'avait pas allumé la lumière.

Dray ne dormait pas, allongé dans son lit, le torse dénudé, le reste du corps sous la couette, son ordinateur allumé sur le côté. Mais il n'y prêtait aucune attention, les yeux rivés sur des plaques militaires qu'il tenait du bout des doigts en les faisant tournoyer. Il releva un visage triste vers Lucas, mais se reprit immédiatement et lui sourit.

— Quelque chose ne va pas ? murmura-t-il d'une voix plus faible que d'habitude.

Voir la tristesse dans les yeux de Dray balaya au loin toute les hésitations que Lucas avait ressenties en passant le seuil de sa porte. Il traversa la pièce sans un mot avant de se laisser tomber dans le lit de Dray pour se coller à lui, en quête d'une étreinte. Dray ne dit pas un mot, refermant le pc pour le poser par terre, et prit Lucas dans ses bras. Il se mit à lui caresser les cheveux avec tendresse. Lucas se cala contre lui, sentant sa chaleur contre lui, le tirant des méandres de sa solitude honteuse et coupable.

— Tu sais… Tu ne les oublieras jamais, chuchota Dray d'une voix étrangement basse. Petit à petit, cela va s'effacer. Mais des souvenirs précis resteront toujours. Des détails. Et quand tu ne t'y attendras pas, ils vont revenir…

— Tu dis ça comme si tu savais, souffla Lucas d'une voix cassée, à peine audible.

— Je te l’ai dit. Tu n’es pas le seul à avoir des cauchemars, ni un choc post-traumatique. J’en ai fait un à ma première mission en Irak.

— Qu’est-ce qu’il s’est passé ?

Dray se serra un peu plus contre lui.

— Un enfant est apparu sur la route. Il avait une bombe qu’on n’avait pas vue. Il s’est fait sauter. Un de mes nouveaux coéquipiers est mort. Mais ce qui m’a le plus choqué, c’est que je n’arrivais pas à me souvenir du visage de l’enfant. Je me souviens de ses vêtements et des trous ici et là. Mais je suis incapable de me rappeler son visage. On avait échangé quelques mots, pour lui dire de reculer, et il a déclenché l’engin. C’était artisanal. Le bruit était vraiment horrible… Je suis incapable d’entendre du pop-corn éclater maintenant. Cela me met dans un état second.

Dray commença à rire jaune, se moquant de lui-même.

— Je peux entendre des balles siffler à mes oreilles, mais le bruit du pop-corn, je n’y arrive pas. C’est stupide.

Lucas éprouva de la peine pour Dray. C’était tout simplement horrible, et il ne parvenait pas à imaginer ce qu’un homme pouvait ressentir à voir un enfant se faire sauter, emportant ses coéquipiers dans la mort, juste devant ses yeux. Il n’avait pas de mots pour consoler Dray. Il ne voulait pas dire que ce n’était pas grave, que c’était fini, que ce n’était rien parce que, tout ça, c’était faux, c’était creux, c’était des mensonges. Alors il prit sur lui, ses doigts se desserrèrent un peu, et il commença à prodiguer des caresses hésitantes et maladroites dans le dos de Dray pour le calmer et le rassurer.

— Le pop-corn tout fait, c’est bon aussi, finit-il par dire faiblement.

Dray eut un rire étranglé avant de hocher la tête.

— Surtout avec de la compagnie, ajouta-t-il doucement. Juste pour te dire qu'on peut vivre avec. Le propre de l'homme, c'est que rien n'est vraiment insurmontable. La terre ne nous avale pas soudainement. Alors on doit continuer. Juste continuer. Tu peux le faire, Lucas.

— Pour l'instant, j'aimerais juste rester là, avec toi, murmura-t-il dans un souffle tranquille.

— Vendu, souffla Dray en venant poser sa main dans le creux de ses reins. Je crois que j'en ai besoin aussi.

Lucas se raccrocha à lui en fermant les yeux. Il ne savait pas s'il était capable de reprendre un tant soit peu le cours normal de son existence après avoir passé autant de temps à se replier sur lui-même, à se renfermer dans sa honte et sa culpabilité toujours bien présentes. Il ignorait même s'il en avait envie. Cependant, quand il était avec Dray, il se découvrait des désirs différents. Comme s'il le tirait vers le haut, hors de toutes ses souffrances. Il ignorait s'il en était capable, mais ce soir, il n'avait plus la force de se poser de questions. Il voulait juste être avec Dray. Il se découvrit l'envie de retrouver un peu de paix, de sérénité, alors même qu'il avait oublié le sens de ces mots. Ils finirent par s'endormir, blottis l'un contre l'autre.

Le diamant qui s'ignore

Lucas jeta un regard en coin à son psy et se tritura les doigts en baissant les yeux. Le docteur continuait de le regarder tranquillement, jouant avec son stylo, attendant qu'il se décide. Dray avait déposé Lucas le matin même avant de repartir, promettant de venir le reprendre dès la fin de sa séance. Leur matinée avait été silencieuse après une nuit tout aussi calme. Lucas avait du mal à se défaire de son humeur morose, et même chez son psy, alors qu'il avait appris peu à peu à lui parler ouvertement, il n'y parvenait pas ce matin.

— Lucas, finit par murmurer le psychiatre en observant son patient assis sur la banquette, tassé sur lui-même. J'ai l'impression que tu as quelque chose à m'annoncer, mais que tu n'y arrives pas. Tu sais que tu peux tout me dire, n'est-ce pas ?

Lucas hocha la tête en regardant ses doigts comme s'ils étaient une curiosité passionnante. Évidemment. Le docteur avait été le premier à l'écouter. C'était lui qui l'avait amené à parler à nouveau, à s'ouvrir aux discussions, lui qui lui avait redonné le sentiment qu'il pouvait s'exprimer sans paraître invisible ou dégoûtant. Il prit donc sur lui, inspirant profondément.

— Je lui ai raconté, lâcha-t-il abruptement.

— À Dray ?

— On s'est disputé, enfin je crois qu'il l'a fait exprès, soupira Lucas. Parce que j'ai paniqué et qu'il a refusé de continuer à faire avec. Il a dû gober tout ce que vous avez dit à l'hôpital.

Le psy sourit en remontant les lunettes sur son nez avant de noter quelque chose sans lâcher Lucas du regard. Il arborait un air détendu, comme s'il était amusé que Lucas fasse mine de lui en vouloir pour ce qu'il avait pu dire.

— Donc tu t'es souvenu de l'accident et tu lui as raconté.

— Je lui ai dit tout ce dont je me souvenais. Et c'était horrible. Je ne voulais pas me rappeler de tout ça.

— Comment te sens-tu maintenant ?

— Morose, déprimé. J'ai même repoussé Dray hier soir, je ne voulais plus le voir, je voulais être seul. Et ça n'a rien changé, je me sens toujours incapable de vivre sans eux, je n'ai même pas envie d'essayer. Vous vous êtes trompé !

— Tu es en train de finir de faire ton deuil, Lucas. Ce que tu ne t'étais jamais permis de faire. Il faut simplement que tu recommences à t'ouvrir, comme tu avais commencé à le faire. Je ne te dis pas que ça va être facile, mais je pense que, maintenant, il faut juste que tu trouves la force d'essayer.

— Je n'ai même pas envie d'essayer.

— Pour l'instant. Qu'en pense ton ami ?

— Pour quelqu'un qui n'aime pas les docteurs, il est étonnamment du même avis que vous, grommela Lucas en se tortillant toujours les doigts avant de soupirer. Il a subi un choc post-traumatique également, vous savez.

— L'armée ?

— Oui. Pourtant, quand je le regarde, il n'est pas du tout comme moi. Il est plein de vie, il est fort, il sourit si facilement, et il a l'air de n'avoir peur de rien. Je suis si faible comparé à lui, Docteur. Je ne sais même pas comment il peut supporter de me toucher, je me sens pitoyable.

— Lucas, murmura le médecin en se penchant vers lui. Tu n'étais qu'un enfant et tu n'avais personne pour t'aider à te reconstruire. Tu as été trimbalé d'hôpitaux en familles d'accueil qui n'avaient pas la compétence pour t'accompagner et t'aider à surmonter ce choc. Dray était déjà adulte et a dû voir des psys tout à fait aptes à l'aider à vaincre son traumatisme. Tu n'es pas plus affecté par le choc post-traumatique que lui parce que tu es faible, mais parce que tu étais seul et trop jeune. Discutes-en avec Dray, tu verras que vos expériences et vos ressentis sont très différents. Tu as juste été entraîné dans une spirale infernale, ce qui n'a fait qu'aggraver les choses. Mais ta force, c'est que tu as conscience de ta maladie, tu connais les symptômes, et ça t'aidera à remonter la pente. Il faut que tu commences à croire en toi.

Durant l'heure restante, Lucas parvint à lui parler aussi franchement qu'à son habitude. Lorsque le docteur Kamar déclara la fin de la séance, Lucas avait l'impression d'avoir été de nouveau secoué dans un *shaker*. Il n'arrivait même plus à définir ce qu'il ressentait vraiment. Il salua son médecin et le quitta d'un air presque absent, un peu second, et descendit pour rejoindre Dray qui l'attendait déjà en bas. Sans doute avait-il vu que Lucas n'était jamais à l'aise dans la rue, pleine de passants, et il avait donc fait en sorte d'arriver avant que l'entretien ne se termine. Il attendait dans la voiture, moteur éteint. Lucas monta et s'attacha rapidement.

— Ça s'est bien passé ? demanda doucement Dray avec un sourire.

— Je crois, soupira Lucas en continuant son petit manège avec ses doigts. Merci d'être venu me chercher.

Dray posa une main sur les siennes et noua ses doigts aux siens. Il attira sa paume à sa bouche et y déposa un baiser.

— Cela ira mieux, murmura-t-il.

— Je t'envie d'arriver à y croire…

— Il faut te laisser du temps, dit simplement Dray en se redressant.

Il se tourna, prit une petite boîte de pâtisseries sur la plage arrière et la déposa sur les genoux de Lucas.

— Cadeau de réconfort.

— Tu me nourris trop.

Pourtant Lucas eut envie de sourire ; cela lui fit plaisir que Dray pense à lui, même quand ils n'étaient pas ensemble, et lui ramène des petites douceurs. Il ouvrit la boîte qui contenait une tartelette aux fraises joliment décorée.

— Oh, crois-moi, tu peux prendre encore cinq ou six kilos avant même de te poser des questions, se moqua Dray avec un sourire. Où veux-tu aller à présent ?

— D'habitude, je rentre à la maison, murmura Lucas en prenant une fraise entre ses doigts pour la savourer avant de refermer précautionneusement la boîte.

Dray suivit la fraise du regard et toussota légèrement.

— C'est toi qui décides, déclara-t-il en détournant le regard.

— Tu en veux une ? demanda Lucas en remarquant son manège.

— Non, déclara presque froidement Dray. Surtout pas.

— Pardon, je pensais..., s'excusa Lucas en se ratatinant dans le siège pour caler la boîte à plat sur ses cuisses.

— Lucas, je fais tout pour te laisser du temps. Vraiment. Mais à te voir faire ça, bon Dieu, je trouve cela érotique. Terriblement érotique.

Lucas rougit violemment sous sa capuche.

— Je n'ai fait que manger une fraise, s'excusa-t-il.

— Je ne t'en veux pas. Mais mes nerfs sont mis à très rude épreuve depuis que je vis chez toi, avoua Dray.

— Pardon. On devrait peut-être rentrer.

— Ne t'excuse pas. C'est autant une torture qu'un plaisir.

Lucas hocha doucement la tête, mais n'ajouta rien. Dray sourit et démarra. Lucas surveillait moins les alentours qu'au début, même s'il ne paraissait toujours pas à l'aise dans la voiture, et ce quand bien même Dray roulait encore doucement. Ce jour-là pourtant, il fixa la petite boîte, caressant le bord avec une certaine fascination. Quand ils furent parvenus à destination, il attendit que le moteur s'éteigne pour se détacher et sortir de la voiture.

— Alors qu'est-ce que tu veux faire aujourd'hui ? demanda Dray en le suivant jusqu'à la maison.

— Je pensais peindre, murmura distraitement Lucas avant de bredouiller : mais on peut faire quelque chose tous les deux si tu veux.

— Oh. Non, non, fais ça, dit Dray. Je suis fier de toi si tu veux peindre à nouveau. Moi, je vais monter la cabane de jardin. Comme ça, tu seras tranquille.

— Ne te sens pas obligé, je le ferai sinon, lui dit Lucas, gêné, tandis qu'ils pénétraient dans la maison.

— T'inquiète, cela me fera travailler un peu. Je ne me bouge pas beaucoup les fesses depuis que je suis ici. Et cela m'occupera la tête. Tranquillise-toi.

— D'accord, souffla Lucas en posant la boîte sur la table de la cuisine. Tu sais, si tu as besoin de bouger... Enfin, je veux dire, ne te sens pas obligé de rester tout le temps avec moi.

— Cela me fait plaisir. Ce qui me manque surtout, ce sont mes ballades en moto, avoua Dray avec un air rêveur. Mange donc ce gâteau avant de peindre.

— Tu peux la ramener, si tu veux. Il y a de la place dans le garage, murmura Lucas en indiquant la porte derrière la cuisine. Je ne l'utilise pas.

— Ça ne te dérangerait pas ? Je pensais que… Enfin. Comme tu n'aimes pas ça.

— Tant que tu ne m'obliges pas à monter dessus, elle ne me dérange pas, assura Lucas. Va voir le garage, si ça te va, tu peux l'y garer, je ne m'en sers pas.

— Parfait. Il me faut des outils de toute façon.

Dray se dirigea vers le garage, non sans avoir déposé un baiser sur la joue de Lucas, murmurant un « merci » au passage.

La pièce était presque vide, il n'y avait qu'un établi au fond sur lequel étaient entreposés quelques outils bien rangés. Il trouva une boîte en plastique qui lui permit de prendre ceux dont il avait besoin rapidement sans s'encombrer. En revenant dans la cuisine, il put voir Lucas, les doigts pleins de crème, qui fourrait un morceau de fraise dans sa bouche. Il avait ôté sa capuche pour pouvoir manger plus à l'aise et de la crème resta collée au bord de ses lèvres lorsqu'il s'immobilisa subitement en apercevant Dray. Il rougit et s'empressa de lécher ses doigts, les yeux baissés.

Dray le fixa une seconde, avant de calmement poser ses outils et, en quelques enjambées, se retrouver contre Lucas, agrippant son poignet. La seconde suivante, l'index de Lucas était dans sa bouche. Dray ne le quitta pas du regard. Lucas écarquilla les yeux, rougissant violemment tout en fixant Dray avec stupeur. Mais Dray ne s'arrêta pas là. Il laissa sortir délicatement le doigt, avec un bruit de succion indécent, avant que sa langue n'apparaisse, s'enroulant autour de celui d'à côté. Il entreprit de lécher consciencieusement le majeur, y prenant un plaisir non feint, car il grogna légèrement avant de se retirer.

— Je t'aidais juste à te nettoyer, déclara-t-il d'une voix presque rauque, les yeux pleins de désir.

— Ça paraissait…, murmura Lucas d'une voix étranglée, que Dray trouva très érotique.

— C'est toi qui as commencé, susurra Dray en relâchant son poignet. Je t'avais prévenu.

— Je pensais que tu mettrais plus de temps, s'excusa Lucas en rougissant.

— Je n'aurais jamais voulu rater un tel spectacle.

— Alors je la finirai tout à l'heure, murmura Lucas d'un ton presque taquin en se détournant pour se diriger vers les chambres.

— Prépare-toi à une autre attaque de ma langue si je t'attrape, gronda aussitôt Dray en le fixant avec envie.

— Une attaque ? répéta Lucas en se tournant vers lui.

Il hésita avant de lui poser la question suivante.

— Qu'est-ce que tu me ferais ?

Dray reposa ses outils, mais se retint de le rejoindre. Lucas avait visiblement décidé de jouer avec ses nerfs. Pourquoi pas…

— Je referai ce que je viens faire, avant de remonter sur le poignet. On t'a déjà léché le poignet ? C'est une peau affreusement fine et sensible. Tu sentiras mes lèvres avec une précision insoutenable. Après, je me dirigerai vers ton cou, léchant ta carotide pour ensuite la mordiller juste pour le plaisir de t'entendre gémir. Car je suis sûr que je peux te faire gémir rien qu'avec ça. Je viendrai ensuite embrasser ton menton, y passant peut-être la langue juste pour le plaisir aussi, pour enfin arriver à ta bouche. Je l'embrasserai d'abord fougueusement, car j'aurai dû mal à me retenir plus longtemps. Après, je viendrai mordre ta lèvre inférieure pour ensuite la lécher. Car tes lèvres sont délicieuses, et je suis sûr qu'avec le goût de la crème et de la fraise, cela serait succulent.

Dray sourit, heureux de son petit speech, avant de sourire

innocemment alors que Lucas était visiblement gêné et rougissait davantage.

— Enfin, quelque chose dans ce goût-là, ajouta-t-il.

Lucas le fixait, affreusement mal à l'aise. Et des souvenirs refluèrent progressivement. Parce que lui aussi avait trouvé les lèvres de Dray délicieuses. Il s'en était fait la réflexion avant de perdre le cours de ses pensées la fois où Dray lui avait donné du plaisir. Penser à ce moment fit remonter tous les autres souvenirs de Dray l'embrassant, le caressant, et il se tortilla, très embarrassé alors que son corps réagissait soudain aux mots et aux images qui défilaient dans son esprit. Il ne savait absolument pas quoi faire.

Lorsqu'il ouvrit la bouche, aucun son n'en sortit, et il finit par tourner les talons, trop gêné, incapable d'aller vers Dray alors qu'il avait pourtant envisagé, l'espace d'un bref instant, de s'approcher pour l'embrasser et retrouver ce goût qui l'avait enivré.

— Bonne peinture, s'écria Dray en riant avant de sortir à son tour dans le jardin.

Lucas l'écouta rire et sentit le trouble l'étreindre, comprenant que Dray s'était moqué de lui. Un peu. Pourtant il ne s'en offusqua pas et saisit une de ses toiles. Il perdit la notion du temps dès qu'il commença à peindre, se laissant emporter par les couleurs, par ailleurs souvent sombres, qu'il choisissait. Il étalait simplement la toile à même le sol et peignait selon son inspiration du moment. Ça ne représentait pas grand-chose la plupart du temps. Pourtant, ce jour-là, quand il regarda ce qu'il venait de réaliser, bien des heures plus tard, il put reconnaître la scène. On y voyait deux voitures cabossées, renversées, à quelques mètres l'une de l'autre, un autocar vert se profilant à l'arrière-plan. Lucas eut à nouveau envie de pleurer en détournant les yeux. Pourtant il se sentait mieux que la veille au soir, ou que le matin même. Selon toute évidence un peu moins déprimé.

Il regagna la cuisine sans un mot et s'installa pour finir sa tartelette. Oui, il n'était plus amorphe, il retrouvait un semblant d'énergie. Sûrement grâce à Dray qui lui changeait les idées, qui continuait d'alimenter son existence morne avec son trop-plein de vie, ses envies et son regard plein de désir. Avec sa joie communicative, son rire moqueur et ses expressions riches et variées.

Après avoir englouti la dernière fraise, Lucas gagna le jardin pour prendre une bouffée d'oxygène, tout simplement pour essayer de revenir à la vie, parce qu'avec Dray, il se surprenait à oublier qu'il était minable et faible.

Dray avait déjà monté la structure de la cabane ainsi que deux pans de mur. Il travaillait sous le soleil, avec énergie et entrain, donnant des coups de marteau qui faisaient trembler les planches. Mais même s'il était en sueur, un sourire flottait sur ses lèvres comme s'il était heureux. Car il s'agissait bien de ça. Il était heureux de faire quelque chose de ses mains, d'éloigner les cauchemars qui avaient refait surface à cause de leur conversation de la veille. Il se retourna en apercevant Lucas dans l'embrasure, et ne put s'empêcher d'éclater de rire.

— Tu as la peinture sur la joue, s'écria-t-il en posant son marteau, puis ses gants.

— J'en ai aussi plein les mains, répondit Lucas en montrant ses doigts maculés de diverses couleurs.

— Mais t'es vraiment crade, le taquina Dray en lui faisant signe d'approcher.

— Je ne fais pas attention quand je peins.

Le geste de Dray fut si rapide que Lucas n'eut pas le temps de voir venir. Il saisit le tuyau d'arrosage toujours à portée de main pour les plantations, le programma en pluie fine et arrosa copieusement Lucas dans un grand éclat de rire. Lucas eut un mouvement de recul avant de rire à son tour, contaminé par Dray.

Il finit pourtant par s'immobiliser, juste quelques secondes, fermant les yeux en sentant les gouttes sur son visage.

— Ce n'est pas très gentil, dit-il, amusé, en regardant Dray, sans pourtant chercher à échapper au jet qui l'arrosait copieusement.

— Comme ça, je suis sûr que tu seras propre pour le dîner, poursuivit Dray du même ton moqueur avant de tourner le tuyau vers le ciel, pour s'arroser et se rafraîchir en même temps.

— Propre, mais trempé, fit remarquer Lucas en baissant les yeux vers son sweat qui dégoulinait.

— C'est peut-être une manière détournée de t'inciter à te déshabiller, proposa Dray avant de rire de sa bêtise.

— Vraiment ? s'enquit Lucas en lui jetant un regard curieux et un peu gêné.

— Je blague, Lucas, le titilla Dray en fermant l'eau et essorant son tee-shirt comme il put.

Mais le vêtement ne faisait que lui coller davantage à la peau.

— J'ai toujours du mal à savoir…

— Oh, mais si tu veux te déshabiller, je ne suis pas contre !

Dray soupira puis ôta son vêtement pour l'essorer plus facilement.

— De toute manière, il va falloir rentrer. Il est temps de manger. Je finirai demain.

— D'accord, souffla Lucas en le suivant.

Il repoussa complètement sa capuche une fois de retour à l'intérieur et dézippa son sweat trempé. Il ne portait rien dessous. Quand il faisait chaud, il éliminait les couches inférieures, incapable de sortir sans la protection de son sweat à capuche.

— Je vais enfiler quelque chose de sec, murmura-t-il en allant vers la chambre. Et de propre.

Dray l'arrêta dans son élan, lui prit délicatement le bras et le força à se tourner vers lui. Il le fixa quelques secondes et parcourut son corps des yeux, ce corps qu'il n'avait jamais vu. La dernière fois, la chambre de Lucas était dans la pénombre, il n'avait pas pu le détailler correctement. Dray était complément hypnotisé par tant d'épiderme à découvert. Sa main se leva toute seule, écartant un peu le pull. Le torse était fin, peu musclé mais bien dessiné, toute la partie gauche était recouverte par la peau brûlée cicatrisée. Les stigmates partaient du milieu du cou et traçaient une ligne en biais aux bords irréguliers jusqu'au-dessus de sa hanche gauche. Partout ailleurs l'épiderme était lisse, pâle et doux. La main de Dray sembla prendre vie tandis que ses yeux étudiaient la chair comme s'il s'agissait d'une œuvre d'art. Finalement, le pouce de l'ancien soldat toucha la pointe du téton droit et Lucas en eut le souffle coupé. La main de Dray poursuivit sa course vers le bas, frôlant les côtes avec retenue, fasciné de pouvoir enfin toucher et voir. Lucas appuya soudain sa main sur celle de Dray pour la plaquer fermement sur son ventre.

— Tu me chatouilles, souffla-t-il en fermant les yeux, respirant profondément alors que la conscience aiguë de la paume de Dray réchauffait son être.

Dray souffla bruyamment avant de fermer les yeux, essayant de se retenir. Le passage à l'hôpital lui avait clairement servi de leçon. Mais là, le sentir sous ses doigts, comme ça, sans préparation…

— Tu as la peau douce, murmura-t-il, la gorge nouée.

— Pas partout, prévint Lucas en rouvrant les yeux pour le regarder. Mais merci… Je crois.

Dray plongea ses yeux dans les siens, laissa de nouveau glisser sa main, toujours avec légèreté, et ses doigts vinrent finalement effleurer le bord d'une cicatrice, provoquant une légère grimace chez Lucas.

— Ça ne me gêne pas que tu me touches, souffla-t-il avec peine. Mais fais attention, ça me fait toujours mal.

— C'est dans ta tête, chuchota Dray en revenant tout de même à une zone de peau intacte. J'ai pu les toucher pendant que tu dormais sans que tu réagisses.

— Ça fait des années que les médecins me le disent et, pourtant, j'ai toujours mal.

— Ferme les yeux, ordonna soudainement Dray.

Dès que Lucas obtempéra, Dray se laissa tomber à genoux et déposa un tendre baiser au milieu du ventre plat. Cela surprit Lucas qui se retint de bouger et vint poser une main sur l'une des épaules de Dray.

— Qu'est-ce que tu fais encore ? demanda-t-il doucement.

— Je t'aide. Pense à mes lèvres. Juste à ça.

Lesdites lèvres se déplacèrent aussi légèrement que les doigts l'avaient fait, le caressant pour se diriger vers une hanche.

— Dray, ce n'est pas une bonne idée.

La bouche s'arrêta aussitôt avant que Dray ne pousse un léger soupir et ne pose son front contre le ventre plat.

— J'ai encore fait un truc qu'il ne fallait pas ? bredouilla-t-il faiblement.

— Non, le rassura Lucas avec précipitation en baissant les yeux vers lui. Tu peux m'embrasser, mais juste, pas les cicatrices.

Dray refusa de le regarder. Il déposa simplement un autre baiser près de son nombril, puis se remit sur ses pieds.

— Tu devrais aller te changer avant d'attraper froid.

— Oui, bredouilla Lucas un peu mal à l'aise.

Dray ne put s'empêcher de soupirer, prenant son vêtement mouillé pour aller l'étendre dehors. Il alla ensuite se changer dans sa chambre et fit un détour par la cuisine pour essayer de préparer quelque chose de comestible.

— Attends, je vais t'aider, murmura la voix de Lucas derrière lui.

Il avait juste enfilé un tee-shirt, mais il tenait un de ses éternels sweats serré dans sa main. Il paraissait visiblement mal à l'aise, voire angoissé de ne pas porter son pull à capuche. On pouvait distinguer la cicatrice de son bras gauche, laissée à nu. Le vêtement dissimulait son épaule, mais permettait de percevoir son cou et le reste de son visage, crispé comme jamais. Pourtant, il posa son sweat sur la chaise d'un geste nonchalant avant d'ouvrir un placard pour y prélever quelques ingrédients. Tout son corps était tendu, angoissé.

— C'est moi qui suis censé m'occuper de toi…

Pourtant Dray ne fit pas un geste pour l'arrêter, l'observant simplement, une fesse appuyée sur un meuble. Dray savait parfaitement que Lucas cherchait uniquement à lui plaire. Il agissait toujours ainsi lorsqu'ils se disputaient. Lucas fournissait par ailleurs beaucoup d'efforts, et il culpabilisa davantage. Car à chaque fois que l'ancien soldat essayait de l'aider, il était visiblement à côté de la plaque. Ce qui attristait Dray qui avait l'impression de céder à ses bas instincts. Il n'avait eu pour objectif que d'esquisser un léger contact pour que Lucas comprenne que tout n'était pas synonyme de douleur. De toute évidence, cela n'avait pas marché et voir Lucas lutter alors que c'était lui qui avait merdé, le déprimait clairement.

— Et tu n'es pas obligé non plus de… enfin…

Dray ne finit pas sa phrase, expliquant d'un simple geste de la main pour montrer son torse.

— C'est moi qui ai foiré le truc, ajouta-t-il.

— Tu es chez moi, c'est toi l'invité, et même si je ne suis pas très bon en relations sociales, je crois me souvenir que, techniquement, c'est moi qui dois m'occuper de toi, réfléchit Lucas sans cesser de s'activer. Et tu n'as rien fait foirer.

Dray soupira avant de se reprendre. Il fit rouler ses épaules pour ensuite s'approcher de lui.

— Dis-moi ce que je peux faire pour t'aider alors, demanda-t-il. Pour la cuisine.

— Tu peux découper les légumes, proposa Lucas en désignant ce qu'il avait sorti.

— Vendu.

Dray obéit, coupant grossièrement les carottes sans grande délicatesse. Lucas le regarda à la dérobée, tout en s'occupant de la viande, et finit par sourire.

— Tu es doué pour plein de choses, mais la cuisine, ce n'est vraiment pas ton truc, s'amusa Lucas en posant ce qu'il faisait pour s'approcher de lui. Que mangeais-tu quand tu vivais seul ?

— Je t'avais prévenu. Les sandwichs, c'est la vie, s'amusa Dray. Et les plats tout préparés. Mais sache que je suis très doué pour allumer un barbecue.

— Ce n'est pas grave, tu sais, je me débrouille bien en cuisine. J'ai dû suivre des ateliers avant d'avoir le droit de vivre seul.

— Comment ça s'est passé ? Je veux dire, c'est toi qui voulais être tout seul ?

— Quand le docteur a commencé à s'occuper de moi, il y a trois ans, ça a été une des premières choses à laquelle il a pensé. Il disait qu'être seul m'obligerait à faire face et à surmonter beaucoup de mes difficultés. Ça m'a fait envie quand il en a parlé, alors j'ai suivi les ateliers auxquels il m'inscrivait pour y parvenir.

— Tu en as fait beaucoup ?

— Cuisine, bricolage, jardinage, tout ce qui était nécessaire. J'aimais bien les ateliers. J'ai rapidement attaqué la peinture par exemple. Cela m'occupait un peu la tête.

— Comme le piano ?

— Non, ça j'ai appris quand j'étais jeune. J'ai arrêté en entrant au lycée. J'ai aussi suivi un cours, même si je savais déjà jouer à l'époque. Quand le professeur a déménagé, personne n'a repris le flambeau. J'avais quand même le droit d'utiliser le piano durant la journée, alors je jouais seul.

— Comment as-tu eu cette maison ?

— Elle appartenait à mes parents. C'était leur toute première maison, avant qu'ils ne déménagent dans la grande que je t'ai montrée. Ils n'ont jamais pu la revendre, mais ils ne pouvaient pas rester là. Maman adorait raconter la panique que ça a été quand ils ont su qu'elle attendait des jumeaux. C'était trop petit et elle voulait qu'on soit dans la même chambre, au moins au début et, ici, les pièces étaient trop petites. Et tout un tas d'autres raisons que mon père énumérait avec amusement.

— Cela fait quoi d'avoir un jumeau ?

— Tu n'es jamais vraiment tout seul, se souvint Lucas, pensif, en rassemblant tout ce que Dray avait déjà coupé pour le mettre dans la poêle. Tu vois ton visage tous les jours, sans miroir. Des fois, je savais ce qu'il avait fait de sa journée, comment il se sentait, juste en le regardant. Et *vice versa*. On n'avait pas besoin de parler pour se comprendre. Mais on avait des goûts très différents, on s'en amusait beaucoup.

— On arrivait à vous différencier ?

— Nos parents oui, nos amis aussi, sauf quand on le faisait exprès. Ça faisait beaucoup rire Nathan de jouer à ce petit jeu, mais dès qu'il fallait aller au basket, il riait moins. Il était mauvais, s'amusa Lucas. Il ne mettait pas un panier. Lily y arrivait aussi. Daniel ne se trompait jamais non plus.

— Il devait y avoir des choses que tu ne savais pas faire, toi non plus ?

— Ah ça ! Nathan était doué en chimie. Je n'ai jamais compris l'intérêt qu'il y trouvait. Il était très bon à l'école en général. J'avais la moyenne là où lui était premier de la classe. Il adorait la chimie, ça et aussi construire des choses. Il a bricolé à Lily une super maison de poupées, elle en était fan.

— J'aurais aimé les rencontrer, dit doucement Dray.

— Tu aurais adoré Nathan. Il avait mon visage, mais un esprit vif. Et il adorait les blagues.

— Je n'en doute pas un instant.

Dray lui sourit avec douceur avant de se tourner vers lui d'un air plus grave.

— Tu m'en veux ?

— Non, pourquoi je t'en voudrais ? s'étonna Lucas en le regardant, un peu surpris.

— Quelque chose que j'aurais dit ou fait. La plupart du temps, j'agis à l'instinct et je raconte tout et n'importe quoi. J'ai l'impression que ces derniers jours, je nage en eaux troubles. Je veux juste m'assurer que je ne te dérange toujours pas en étant ici.

— Tu ne me déranges pas, Dray. Je te l'ai dit, j'aime quand tu es là, ça me rassure. Je ne t'en veux pas.

— OK. On est *clean* alors ?

— Bien sûr. Tu étais inquiet ? Que je sois fâché contre toi ?

— Ou que j'aie fait quelque chose qui t'aurait paru inapproprié. Enfin… Oui, je t'ai embrassé, mais disons que je n'ai pas vraiment ressenti de refus de ta part. Comme je te le disais, j'y vais toujours au *feeling*, mais on ne sait jamais. Les malentendus peuvent très vite surgir.

— Oh oui, répondit Lucas en se tassant, un peu gêné. Ça aussi, je t'ai dit, j'aimais bien. Si j'osais, je…

Il s'interrompit en rougissant légèrement, se tournant pour remuer sa préparation sur le feu.

— Il n'y a pas de refus de ma part, ne t'en fais pas pour ça. C'est juste que des fois, je ne me sens pas vraiment capable de… eh bien, je n'en sais rien en fait. Je n'ai jamais eu ce genre de relation, alors j'ai peur de mal faire.

— Je ne te demande rien, tu sais, soupira Dray en se lavant les mains. Et si quelque chose ne va pas ou t'intrigue, rien ne t'empêche de demander. Je connais la situation. Je ne suis pas un étranger.

— Je sais. Mais des fois, c'est gênant ou angoissant alors je n'ose pas toujours. Et c'est difficile pour moi d'aller vers toi, même si j'en ai envie. J'ai du mal à savoir comment faire, comment m'y prendre. Ou je n'ose simplement pas.

— Fais juste ce dont tu as envie. Ne t'oblige à rien. Tout à l'heure, je voulais te montrer qu'un contact sur tes cicatrices pouvait ne pas être douloureux, c'est tout. Il n'y a aucune obligation, chaque relation est différente, tu sais. On peut donner de l'affection de bien des manières. Cela dépend des gens, des envies, des besoins. Il faut simplement trouver la bonne manière. Mais sache que tes cicatrices ne me dérangent absolument pas, au cas où tu n'aurais pas remarqué. Cela fait partie de toi. Tu portes l'histoire de ta vie sur ton corps.

— J’ai vu, Dray, souffla tristement Lucas.

— Cela te gêne que cela me soit égal ?

— Oui, avoua Lucas. Tu ne devrais pas avoir envie d’y toucher, c’est bizarre.

— Alors, dis-toi que je suis bizarre, s'esclaffa Dray avant de regarder Lucas évoluer dans la cuisine. Tu sais, une fois, j’ai couché avec un mec qui était recouvert de tatouages, on ne voyait que la peau des mains et des pieds. Je te jure, il y en avait partout. Je ne savais même pas qu’on pouvait en faire à certains endroits. Toi, c’est un peu pareil. Il y en a qui ont des cicatrices, des tatouages, des boutons d’acné, une barbe géante, un surplus de peau. Personne n’a un corps parfait, Lucas. Le fait que tu aies des cicatrices ne change rien au fait que tu as un très beau corps, que tes muscles sont élégants. Tu sais, les plus beaux diamants sont ceux qui ont un défaut, une particularité inédite.

— Je n’ai rien d’un diamant, bredouilla un Lucas rougissant.

— Tu ne peux pas le savoir, souffla tendrement Dray. Tu ne te vois pas.

— Je sais de quoi j’ai l’air, soupira Lucas en éteignant le feu. C’est prêt.

— Tu crois savoir. Tu n’es pas objectif.

Lucas ne répondit pas, sachant déjà que Dray et lui ne tomberaient jamais d’accord sur ça. Dray ne voyait que du bon en lui alors qu’il abhorrait son existence dans sa globalité. Il préféra se taire et sortit les assiettes pour que Dray puisse les servir.

— On va voir Max demain ? proposa brusquement Dray, sentant qu’il valait mieux changer de sujet.

— Oui, c’est une bonne idée.

— Je n’ai pas eu le temps de lui trouver quelque chose cette fois…

— Je vais regarder ce que j'ai, je dois avoir un vêtement qui lui plaira, le rassura Lucas en s'installant pour manger.

— Tu n'es pas obligé, tu sais. Tu fais déjà tellement pour Max.

— Je ne fais que jouer avec lui. Et en plus, il m'aide plus que je ne l'aide…

— Max est formidable, déclara fièrement Dray.

— Tu peux être fier de lui, confirma Lucas en commençant à manger. C'est un super petit garçon.

Dray se contenta de sourire un peu niaisement, complètement gaga de son petit frère.

— Ma sœur aussi est bien, ajouta-t-il avec un clin d'œil.

— Je suis obligé de te croire sur parole.

— C'est sûr que la dernière fois, pour faire connaissance, c'était un petit peu compliqué…

— Si j'avais été prévenu et que tu ne dormais pas, je n'aurais peut-être pas paniqué comme ça, s'excusa Lucas d'un sourire triste.

— Je ne t'en veux pas, voyons ! La situation nous a échappé à tous les deux, de toute manière.

— Oui, c'était trop de nouveautés en une soirée.

— Un jour peut-être alors…

— Oui, on essaiera, murmura Lucas à voix basse avant d'avaler une bouchée de légumes.

— Je suis soulagé que tu ne rejettes pas l'idée d'emblée. Tu as fait des progrès.

Lucas haussa les épaules pour toute réponse, ne sachant pas

s'il faisait véritablement des progrès. L'idée l'angoissait toujours autant, mais c'était la sœur de Dray et Maxime. S'il devait rester un petit moment dans leur vie, il finirait par la croiser de nouveau tôt ou tard.

Rien à aimer

La voiture se gara sur le parking et Lucas observa l'institut avec une pointe de joie. Il avait envie de voir Maxime et de passer une bonne journée avec Dray et lui. Il s'assura que sa capuche dissimulait bien son visage tandis qu'ils montaient les quelques marches. Ils passèrent l'accueil sans s'annoncer, le personnel les connaissait bien à présent. Lucas cherchait déjà Maxime des yeux alors qu'ils arrivaient dans la grande salle de jeu, et il trouva le petit garçon en train de tripoter distraitement les pages d'un livre coloré, sans vraiment le regarder. Il affichait un air absent, comme souvent, mais Lucas sut que ce n'était pas un bon jour car, aujourd'hui, Maxime ne prêtait aucune attention à ce qu'il faisait. Les couleurs ne semblaient pas l'attirer. Ils s'arrêtèrent juste à l'entrée de la salle et Lucas s'accroupit. Il savait que Maxime les avait vus arriver, il ne les regardait presque jamais, mais il se précipitait toujours vers eux.

Pourtant ce jour-là, il mit un moment avant de se lever, presque à contrecœur, et de se diriger vers eux. Lucas sortit un petit tee-shirt vert de sa poche et le lui tendit dès qu'il arriva près de lui. Maxime le toucha du bout des doigts avant de porter son index à sa bouche et de regarder ailleurs, dissipé. Puis il s'éloigna d'un pas imprécis alors que Lucas se relevait.

— Ce n'est pas un bon jour, murmura-t-il très bas à l'attention de Dray.

— Je vois ça, soupira celui-ci en regardant tristement

Maxime. Max, appela-t-il doucement en s'approchant.

Mais son frère s'assit simplement dans un coin, attrapant un objet pour le faire tourner entre ses doigts, regardant distraitement par la fenêtre. Dray soupira une nouvelle fois, hésitant sur l'attitude à adopter en pareil cas. Cela faisait longtemps que Maxime n'avait pas eu de mauvais jour, il avait presque oublié. Il prit alors une des voitures de couleur dans les nombreuses caisses et vint s'asseoir non loin de Maxime en jouant avec, espérant attirer l'attention de son frère. Après de longues minutes, Maxime lui jeta un regard apathique, mais son visage resta distrait et un peu abattu. Lucas finit par s'asseoir près d'eux, mais aucun des objets ne semblait parvenir à capter son intérêt.

— Tu veux que j'essaie le piano ? finit par demander Lucas en observant Dray qui affichait une moue triste.

— Oui. En général cela marche bien.

Lucas posa une main sur l'épaule de Dray en signe de réconfort avant d'aller s'installer au piano. Il dut essayer plusieurs morceaux avant de capter l'attention de Maxime. Mais l'enfant ne le regarda pas avec son expression coutumière. Nulle fascination dans ses yeux. Il finit par se lever, vint s'asseoir tout contre le piano, comme s'il voulait sentir les vibrations de l'instrument, et ferma les yeux, paraissant écouter la musique. Alors Lucas choisit une mélodie un peu plus lente et enchaîna sur plusieurs autres au rythme similaire. Maxime eut un bref sourire à un moment donné, mais garda son air distrait. Lorsque Lucas s'arrêta, il recommença à faire tournicoter l'un de ses jouets dans ses mains.

— Je crois qu'on va pouvoir y aller, finit par dire Dray, la gorge un peu serrée.

— On peut revenir demain, si tu veux, proposa Lucas en refermant le couvercle du piano.

— On verra.

Lucas déposa le tee-shirt sur les genoux de Maxime en guise d'au revoir et l'enfant passa légèrement les doigts dessus. Lucas lui adressa un sourire triste avant de se lever pour de bon et de sortir de l'institut avec Dray. Ce dernier garda les mains dans les poches de son blouson de cuir, la tête basse, lui aussi perdu dans ses pensées. Il monta dans la voiture comme un automate et s'immobilisa, le regard dans le vide.

— Dray, ça va aller, souffla Lucas, posant une main hésitante sur sa cuisse. Il ira mieux demain.

— Je sais. J'avais juste… oublié.

Sa main vint tout de même attraper la sienne, la serrant pour chercher un peu de réconfort. Lucas s'y agrippa, caressa la peau de Dray du bout des doigts. Au bout de quelques minutes, Dray se redressa.

— On va rentrer si tu veux bien…

Mais il n'attendit pas vraiment la réponse et mit le contact. En une quinzaine de minutes, ils étaient à la maison. Dray alla directement dans sa chambre, laissa la porte ouverte, s'assit sur le lit, une main dans les cheveux. Lucas hésita longuement, passa même plusieurs fois devant la porte. Mais en voyant Dray quelque peu prostré, il essaya de passer outre son angoisse, finit par s'arrêter sur le seuil et poussa la porte. Il n'aimait pas du tout l'air que Dray arborait : triste, peiné, le regard un peu vague, dans le vide. Alors il entra et se baissa devant lui.

— Je peux faire quelque chose pour toi ? Tu n'as vraiment pas l'air bien, Dray.

— Il n'y a rien à faire. J'avais oublié que Maxime ne pourra jamais être normal. J'avais espéré, bêtement, que comme il allait mieux ces derniers temps, peut-être qu'il pourrait revenir à la maison et que… Mais c'était stupide.

— Je suis désolé, Dray, souffla Lucas, sentant une bouffée de tendre affection et de compassion monter en lui.

Lucas hésita, mais s'avança un peu pour enlacer Dray. Il n'avait pas de mots, et il n'était pas sûr qu'une telle peine puisse être ainsi soulagée. Maxime serait toujours différent, il n'avait pas une maladie contre laquelle on pouvait lutter et qui finirait par guérir. Lucas essaya donc d'apporter un peu de réconfort à Dray comme il le pouvait, de façon maladroite peut-être, mais sincère. Dray sembla d'abord surpris, avant de le serrer à son tour avec force, dissimulant son visage dans son cou, comme un enfant qui chercherait à être consolé. Dray caressa délicatement les cheveux de Lucas, inspirant à pleins poumons pour s'imprégner de son odeur. Cela le rassurait un peu. Lucas frotta son dos et sa nuque avec douceur, il embrassa même doucement sa tempe, se sentant impuissant.

Dray se laissa bercer et déposa à son tour quelques baisers sur la joue de Lucas, les yeux fermés.

— Ne me traite pas avec autant de douceur, soupira-t-il faiblement. Je ne suis pas en état de faire preuve de patience, là.

— Je veux juste faire en sorte que tu ailles mieux, lui souffla Lucas sans s'écarter, embrassant à nouveau sa tempe avec tendresse.

Mais Dray laissa échapper un grognement sourd avant de caresser sa joue et de prendre ses lèvres avec passion. Car Dray n'aimait pas non plus être triste, il préférait remplacer certaines émotions par d'autres, bien meilleures. Il attira Lucas et se laissa tomber en arrière sur le lit. Lucas suivit le mouvement, répondant au baiser sans cesser de caresser le visage de Dray. Il était prêt à tout pour chasser la tristesse et l'embrasser n'était définitivement pas un gros sacrifice pour lui, il en redemandait. Les émotions que ces baisers faisaient naître en lui étaient si puissantes qu'il ne parvenait pas à se rassasier. Rapidement, les choses s'emballèrent lorsque Dray se mit à se frotter contre lui, laissant une plainte frustrée mourir sur les lèvres de Lucas. Son excitation était plus que palpable à présent.

— Lucas, gronda Dray toujours sans ouvrir les yeux, tu me tortures…

— Je…

Lucas eut un mouvement de recul et se mordilla la lèvre tout en observant Dray entre deux étreintes. Voir Dray dans un tel état fit naître en lui de nouvelles émotions. La tristesse avait déserté son visage et Lucas ne voulait plus que ça change. Toutefois l'idée de torturer Dray ne lui plaisait pas davantage. Alors, dans un élan de courage, l'une de ses mains descendit le long du torse musclé en une longue caresse sensuelle.

— Je peux peut-être t'aider, osa-t-il d'une voix très basse, tentant maladroitement d'assumer ses mots, les joues rouges.

Pourtant les yeux de Dray s'ouvrirent subitement tandis qu'il agrippait la main de Lucas, dans un geste un peu brusque.

— Je ne veux pas revivre l'épisode de l'hôpital. J'ai eu trop peur pour toi.

— Tu es avec moi. Si ça ne va pas, je te promets de te le dire, murmura Lucas, mal à l'aise.

— Tu me le jures ?

— Juré, Dray.

Sa voix n'était qu'un souffle à peine audible, mais il voulait tant aider Dray à oublier. Dans le même temps, il se sentait presque angoissé de ressentir cette vague de désir au fond de lui. Dray le fixa un long moment avant de le relâcher, reprenant simplement ses lèvres, mais avec beaucoup plus de douceur et de tendresse.

— Ne fais rien dont tu n'aies vraiment envie.

Ce fut sa bénédiction pour continuer.

— Je veux juste t'aider, Dray. Chasser cet air triste et torturé de ton visage, avoua Lucas en hésitant.

— Alors continue, c'est parfait.

Sa main vint caresser le dos de Lucas.

— D'accord, souffla Lucas un peu rassuré en l'embrassant alors que sa main reprenait son exploration.

Il caressa le torse, s'aventura sur son ventre lisse, déçu qu'il y ait autant de vêtements. Il tira un peu sur le tee-shirt, caressant la peau ainsi découverte du bout des doigts, juste un instant, savourant sa douceur, puis descendit plus bas pour caresser la bosse sous le pantalon. Il fut récompensé par un râle profond tandis que Dray donnait un violent coup de reins en avant et prenait ensuite une fesse en coupe dans chaque main pour se coller un peu plus à Lucas.

— C'est bon, grogna-t-il.

Lucas fut presque étonné par cette réaction, mais pour le coup, cela annihila totalement sa peur de mal faire, et il en profita pour accentuer ses caresses d'une main tandis que, de l'autre, il tentait maladroitement de défaire la fermeture du pantalon. Il n'en eut pas le temps. Dray passa un bras autour de ses hanches pour le renverser. L'instant d'après, ce dernier le regardait avec envie, couché dans son lit provisoire. Il n'attendit pas que Lucas puisse paniquer et préféra reprendre ses lèvres alors que ses mains dézippaient le pull et tiraient le tee-shirt vers le haut. Lucas l'aida même à tout enlever, sans réfléchir une seule seconde.

— Tu inverses les rôles, murmura Lucas en le fixant d'un regard sombre.

— Tu ne veux pas ? demanda Dray en laissant sa bouche descendre sur le torse découvert, pour s'attarder sur un téton.

— Oh, si, laissa échapper Lucas sous l'emprise des lèvres de Dray.

— Parfait.

Dray poursuivit ses baisers le long du ventre, prenant soin d'éviter les cicatrices. Ses mains déboutonnaient déjà le pantalon de Lucas. Il commença à lui lécher le nombril pendant que ses mains descendaient le vêtement par petits coups secs sur les hanches de Lucas. Puis Dray remonta pour l'embrasser à pleine bouche, incapable de résister plus longtemps. Parce que c'était si bon et qu'il en mourrait d'envie depuis belle lurette. Il voulait explorer chaque centimètre de la peau de Lucas. Il ne savait plus où il en était, alors il mordillait ses lèvres, tentant de se retenir pour ne pas écraser Lucas sous son poids, dans sa fougue à peine contenue.

— Dray, gémit Lucas, assailli par mille sensations.

Il avait l'impression d'exploser, car Dray le touchait partout, l'embrassait partout où il le pouvait, et Lucas peinait à ordonner ses pensées ou à mettre des mots sur ce qu'il ressentait. Pourtant sa gêne n'était plus aussi prédominante. Alors il glissa ses mains sous le tee-shirt de Dray, le tirant vers le haut avec l'intention de le lui ôter. Parce qu'il n'oubliait pas que c'était à lui d'agir pour faire disparaître la tristesse et la frustration de son compagnon. L'ancien soldat rugit son agacement, se sentant entravé dans ses mouvements, alors il se redressa sur les cuisses de Lucas et passa prestement le vêtement au-dessus de sa tête.

Il contempla un instant la vue, Lucas alangui dans son lit, décidant qu'il s'agissait de l'endroit exact où il devait être. Les mains de Dray retrouvèrent le corps souple, palpant partout avant que sa main, aventureuse, ne se glisse dans le pantalon de Lucas pour commencer à le caresser lascivement alors que sa bouche venait mordiller délicatement son menton. Lucas se cambra doucement sous l'attouchement, ressentit la première vague du plaisir inonder son corps, faisant disparaître tout le reste alors que l'une de ses mains allait effleurer le ventre dénudé de Dray. Il secoua la tête en fermant les yeux, cherchant à rassembler ses esprits.

— C'est moi qui devais t'aider, articula-t-il péniblement, le souffle coupé par le plaisir et l'excitation.

— Crois-moi, t'entendre gémir me change les idées, le taquina Dray avec légèreté, laissant son pouce remonter doucement sur le gland rougi.

— Et toi ? tenta d'articuler Lucas.

Mais sa voix se transforma en gémissement alors qu'il s'accrochait à Dray, arqué sous le flot des sensations.

— Touche-moi, touche-moi autant que tu veux, gémit Dray en venant mordiller ses lèvres. Tout ce que tu veux.

La main de Dray attrapa d'ailleurs la sienne pour lui faire toucher son ventre, puis remonter sur son torse.

— Je n'attends que ça, ajouta-t-il à l'oreille de Lucas avec de la lécher.

Lucas frémit en sentant sa langue. Il finit par caresser chaque portion de peau qui passait à sa portée, redessinant les contours des muscles gonflés avec application.

— C'est bon, gémit Dray en pressant son bassin contre le sien.

Merde, cela faisait trop longtemps qu'il ne s'était pas autorisé un plaisir solitaire et trop longtemps que ce corps le narguait. Sa peau le brûlait au moindre contact et était bien plus sensible qu'habituellement. Et même si le toucher de Lucas était encore incertain, c'était plus qu'agréable.

Il finit par retirer la main du pantalon de son amant pour prendre appui sur le matelas et butiner encore et encore les lèvres souples, voulant laisser le champ libre à Lucas. Ce dernier poussa un soupir satisfait, sans cesser de caresser, souriant presque sous les baisers de Dray. Il balada ses mains partout, traçant chaque portion de peau, de la nuque au creux des reins, de la clavicule au bas des hanches, avant de buter sur le bord du pantalon. Finalement, de ses doigts un peu tremblants, il déboutonna la braguette pour aller explorer un peu plus bas. Dray se colla à Lucas, glissant sa tête dans son cou, le léchant pour retenir son grognement.

— Vas-y, n'hésite pas, chuchota-t-il avant de l'encourager d'un autre coup de basin.

En l'entendant, Lucas ne douta plus et glissa ses mains dans le pantalon enfin ouvert pour commencer à le caresser. Lorsque ses doigts se refermèrent sur la peau douce et chaude, il frémit tout entier et tenta de se concentrer, alors qu'il commençait à aller et venir doucement, guettant le moindre son, la moindre réaction de Dray. Ce dernier se cambra dans un grondement alors qu'une de ses mains venait farfouiller dans les cheveux de Lucas.

— Encore…

L'une des mains de Lucas ressortit pour baisser maladroitement le pantalon alors qu'il continuait ses flatteries de l'autre. Il adorait les grognements de Dray. Plus que de la vie, il y avait du plaisir. Lucas adorait le sentir contre lui, se cambrer, réclamer.

— Plus fort, sanglota presque Dray en revenant chercher sa bouche pour l'embrasser voracement. Ne t'arrête pas.

Lucas s'empressa de lui obéir, resserrant sa prise, ramenant son autre main pour le cajoler partout autour, dessous, dessus, serrant ses fesses alors qu'il continuait, comme Dray l'avait demandé. Répondant à son baiser avec voracité. La langue de Dray tenta de le capturer avec la même passion mais, rapidement, le souffle saccadé de l'ancien soldat ne le lui permit plus et il rejeta la tête en arrière, son bassin ayant complètement pris vie.

— Ah putain, s'étrangla-t-il presque. Je vais venir…

Lucas l'observa avec une fascination sans bornes, découvrant des expressions totalement nouvelles qui l'empêchaient de s'arrêter. Dray ferma les yeux, sa respiration se bloquant, alors qu'il s'arquait un peu plus contre Lucas. Il jouit en un puissant jet chaud dans la main de Lucas pour se laisser retomber sur lui, reprenant une respiration complètement hachée.

— Putain, merci.

Lucas parvint à tourner la tête pour déposer un baiser tendre dans le cou de Dray. L'ancien soldat mit plusieurs minutes à se reprendre et à se redresser sur un coude pour venir l'embrasser langoureusement.

— Tout va bien ? chuchota-t-il faiblement.

— Moi ça va, répondit timidement Lucas. C'est à toi qu'il faut poser la question, je crois ?

— Je vais extrêmement bien, gloussa Dray avant de déposer quelques baisers doux là où il le pouvait. Tu me permettrais de te soulager à mon tour ?

— Euh, oui, murmura un Lucas rougissant.

Dray le récompensa d'un autre baiser et se redressa sur les coudes.

— J'ai faim de toi, avoua-t-il avec un doux sourire.

Il retira délicatement la main de Lucas de son pantalon, l'essuya rapidement avec le tee-shirt tombé à côté d'eux et la posa doucement au-dessus de la tête de son amant. Il vint aussitôt déposer ses doigts sur son visage, le redessinant, autant que les cicatrices le lui permettaient. Il lui caressa le nez, puis les joues, dérivant sur son cou et son torse. Il se mit à y dessiner des arabesques que seul lui pouvait voir, jouant un instant avec un téton puis le recouvrir d'un baiser. Ses mains continuèrent leur route pendant qu'il finissait de faire durcir un peu plus le bouton de chair.

— Ta peau est douce, murmura-t-il en frottant sa joue contre le ventre de Lucas, collant son torse contre l'érection tendant son boxer. Et tu sens tellement bon.

— C'est très…

Lucas hésita, fermant les yeux sous la pression qu'exerçait Dray, se mordillant la lèvre alors que sa main avait attrapé le drap au-dessus de sa tête pour le serrer, voulant se laisser faire, que Dray puisse procéder comme il souhaitait.

— Je crois que tu dirais érotique. C'est très érotique.

Dray ne put s'empêcher de rire, calé contre son ventre avant de recommencer à y déposer quelques baisers.

— Et ce n'est pas fini, assura-t-il. Je ne m'arrêterai que lorsque ton corps sera saturé de plaisir, qu'il sera tendu sous mes effleurements, et que je te sentirai décoller… Tu me fais confiance ? ajouta-t-il en léchant sa hanche droite, exempte de cicatrice.

— Oui, complètement, souffla Lucas d'un ton convaincu.

— Magnifique, s'émerveilla Dray qui commençait à tirer sur le boxer de Lucas en embrassant chaque morceau de peau qu'il dévoilait.

Lucas gémit autant de surprise que de plaisir, sa main libre caressant les cheveux de Dray. Les lèvres de l'ancien soldat continuèrent leur incursion, évitant pour l'instant son érection. Il continua sur le haut de ses cuisses, descendant le boxer dans la foulée autant qu'il le pouvait. Il remonta ensuite sa langue jusqu'à ses bourses, les prenant quelques instants en bouche, avant d'atteindre le sexe dressé qu'il lécha sur toute sa longueur. Il suçota le gland avec gourmandise. Lucas sursauta presque sous le coup de la sensation, son corps se tendant vers Dray. Les sensations étaient exquises et il en perdit toute pensée rationnelle. Il aurait dû se sentir gêné, sûrement l'arrêter même, mais cette notion d'embarras ne parvint pas jusqu'à son esprit, devancée par le plaisir.

Dray prit son temps pour déguster ce qu'il avait entre les lèvres, suçotant lentement, juste pour le plaisir de sentir Lucas frémir encore et encore. Mais rapidement, cela ne lui suffit plus et il engloutit le membre, amorçant une longue succion dans le seul but de le faire gémir. Lucas ne parvint pas à réprimer une plainte mais se retint de bouger. La sensation était indescriptible, le plaisir s'infiltra en lui, enrobé qu'il était dans un cocon érotique.

Dray raffermit sa poigne sur la hanche de Lucas, alors que son autre main lui griffait la cuisse. Les gémissements de son compagnon le rendaient fou de désir. Il pouvait sentir sa propre excitation renaître doucement. Il avait tellement envie de plus mais, à ce stade, cela aurait été irresponsable. Alors il intensifia ses va-et-vient, s'amusant même à grogner quelques fois, sachant que cela ferait vibrer sa gorge.

— Oh, Dray, geignit Lucas en resserrant sa main sur la nuque de Dray.

Le désir monta en flèche et Lucas sombra, emporté par une vague de plaisir plus puissante que les autres. Frémissant de tout son être, il gémit longuement alors que l'extase s'emparait son corps. Dray sourit avant de le lécher consciencieusement. Il remonta ensuite sur le ventre, semant des baisers tout au long du chemin, s'amusant à titiller un téton en passant, pour enfin arriver à sa bouche.

— Tout va bien ? demanda-t-il avec un sourire, déposant un baiser délicat sur sa joue.

— Ça va, souffla Lucas qui avait du mal à reprendre contact avec la réalité.

— Je suis content alors, répondit Dray d'une voix enjouée tout en s'allongeant auprès de lui pour l'enlacer.

Lucas se cala contre lui sans attendre, avec un naturel qui ne lui était absolument pas familier. Il ne voulait pas être loin de Dray, pas alors que d'étranges sensations trouvaient encore écho en lui. Les souvenirs qu'il en avait gardé étaient tellement lointains. Sa mémoire retrouvait enfin ces sensations oubliées, et son corps semblait suivre le même chemin. Lucas avait besoin de contact et de chaleur. *De tendresse,* découvrit-il avec stupeur. Il voulait jouir d'un peu de sérénité avant de laisser la peur refaire surface. De plus, Dray était détendu, parvenait à sourire, semblait avoir retrouvé son comportement habituel. Lucas voulait en profiter. Les doigts de Dray se posèrent à la base de sa nuque, la massant doucement. L'autre main se nicha sur sa hanche, jouant à la limite des cicatrices avec douceur.

— Je suis heureux que tu ne paniques pas.

— Pour l'instant, je plane un peu, rétorqua Lucas d'un ton amusé.

S'il avait pu, il aurait ronronné. C'était si agréable de se faire dorloter, cajoler. Dray recommença à embrasser son visage, picorant ses joues avec un plaisir évident.

— J'aime quand ton visage est paisible comme ça… Tu es beau.

— Non, je ne le suis pas. C'est toi qui es beau, nia Lucas, effleurant la bouche de Dray du bout des doigts comme s'il l'enviait. Tu as un sourire au coin des lèvres, comme si tu étais heureux. Tu es plein de vie.

— Mais je suis heureux grâce à toi, avoua Dray en grimpant un peu plus sur Lucas pour happer ses lèvres et partager un baiser langoureux.

— Grâce à moi ? répéta Lucas en l'observant avec

étonnement, comme s'il ne parvenait toujours pas à y croire.

— Tu as cherché à me réconforter, avec douceur, tu as voulu me changer les idées. Merci. Merci beaucoup.

— Oh, c'était un plaisir, chuchota doucement Lucas en se calant plus près de lui.

Savoir qu'il avait réussi à changer les idées de Dray, à chasser sa tristesse, fit monter une chaleur bienfaisante dans le cœur de Lucas. Il était si fier, ravi d'avoir apporté un peu de bonheur à Dray, qu'il se sentit tout aussi heureux.

— Mais pour moi aussi, c'était un plaisir, s'amusa Dray alors que sa main venait glisser sur une fesse de Lucas et la serrer doucement. Vraiment. Quand tu veux.

— Tu… Tu n'en as pas assez ? s'étonna Lucas en reculant la tête pour pouvoir le regarder, un peu gêné.

— Je n'ai pas dit ça, le taquina Dray qui le fixait avec énormément de douceur dans le regard. Je dis juste que si un jour tu as besoin ou que tu as envie, je suis ton homme.

Il entreprit de caresser la joue de Lucas pour le rassurer.

— Je maîtrise très bien le garde-à-vous, tu sais, ajouta-t-il avec un clin d'œil rieur qui fit rougir Lucas.

— Je n'oserai jamais, avoua Lucas du bout des lèvres, avec un sourire timide.

— Mais tu viens de le faire !

— Je voulais juste te réconforter. Je ne pensais pas que ça finirait comme ça !

— Vraiment ? Je t'avais prévenu pourtant.

— Je n'allais pas partir. Tu avais l'air triste, je n'aimais pas ça.

Dray se redressa soudainement en fronçant les sourcils.

— Tu veux dire que tu t'es forcé ?

— Non, bien sûr que non, répondit aussitôt Lucas. Tu tires toujours des conclusions bizarres. C'est juste que j'essayais de te consoler, tu as transformé ça en… ça. Et j'étais d'accord. C'est juste que je n'oserais jamais demander ce genre de chose. C'est compliqué à expliquer.

Dray poussa un soupir de soulagement avant de revenir picorer son cou.

— Il n'y a aucun mal à demander ce genre de chose. Et si vraiment ce sont les mots qui te gênent, les gestes peuvent suffire.

— J'ai déjà du mal à t'embrasser sans rougir, soupira Lucas en fermant les yeux sous les baisers.

— Hm, et tu es si mignon quand tu fais ça, gémit Dray avant de lécher le lobe de son oreille.

— On dirait que tu veux recommencer, souffla Lucas en tournant la tête pour lui laisser plus d'accès.

Il préférait se détourner. Parce que lui ne se trouvait pas mignon ou beau. Mais il ne voulait pas gâcher l'humeur de Dray. Après tout, s'il était parvenu à le rendre un peu heureux, c'était tout ce qui comptait. C'était tout ce qu'il souhaitait.

— J'aimerais bien, avoua Dray, mais pas maintenant. Je ne veux pas trop affoler ton petit cœur. Je veux prendre soin de toi. Alors…

Il se redressa sur un coude et commença à rhabiller Lucas. Il se sentait bien, c'était étrangement agréable. Presque apaisé, à peine gêné.

— Alors ? finit-il par demander alors que Dray avait laissé sa phrase en suspens et restait immobile.

— Alors je ne te quitte pas des yeux pendant les prochaines vingt-quatre heures. Donc ce soir, tu dors avec moi. Je te laisse choisir la chambre. Je veux juste m'assurer que tout va bien.

Ses traits reflétaient l'étendue de son inquiétude.

— Je t'ai fait si peur que ça ? grimaça Lucas en l'observant.

Dray prit le temps de se remettre sur le dos, rattachant son pantalon, puis se redressa avant de répondre.

— J'ai eu très peur, oui, lorsque Nelly a parlé des secours, et le fait que tu sois parti de cette manière, loin de moi, sans savoir ce que tu avais vraiment, sans savoir si j'allais te revoir. Je me sens coupable également. Car j'ai l'impression que c'est de ma faute ; je connaissais la situation et je n'ai pas agi en conséquence. Je n'ai pas réfléchi avec ma tête, je suis laissé embarquer, car tu me rends fou. Ton baiser m'avait retourné l'esprit J'ai l'impression que tu crois que je sais tout faire, mais c'est faux. Je ne suis qu'un homme avec ses peurs et ses envies, et je commets beaucoup d'erreurs.

Lucas l'observa en silence et quand il se tut, après une brève hésitation, se rapprocha de Dray et glissa sa main dans la sienne.

— Tu n'as pas à te sentir coupable, Dray, ce n'était pas du tout ta faute. C'était moi. Je sais que tu n'es qu'un homme, que tu ne sais pas tout faire. Je t'ai vu cuisiner, rappela Lucas avec un sourire amusé. Je suis désolé de t'avoir fait peur, mais je t'ai juré de te prévenir si ça n'allait pas. Pour l'instant, ça va. Je me sens juste bien. Parce que je suis à côté d'un homme peut-être pas parfait, mais plein de vie, qui me donne presque l'envie de vivre à nouveau aussi.

Dray ouvrit la bouche, mais fut incapable de prononcer quoi que ce soit. Il attira simplement Lucas contre lui, dans une étreinte puissante.

— Je veux tellement que tu sois heureux, murmura-t-il avec douceur.

— Peut-être que grâce à toi, ça a des chances d'arriver,

souffla Lucas à voix basse, comme s'il peinait à y croire lui-même.

— Je ferai tout ce que je pourrai. Absolument tout. Parce que j'ai envie de faire plein de choses avec toi. Je me disais qu'on pourrait avoir une véritable relation.

— J'espère en être capable un jour, avoua Lucas sans oser le regarder.

— Tu peux le faire. Tu es plus fort que ce que tu penses.

— On verra, répondit vaguement Lucas avant de se redresser pour embrasser chastement sa joue. Ne te transforme pas en garde-malade, je n'en ai pas besoin d'un nouveau. Toi, ça me va bien.

— Oh, mais j'adore l'idée pourtant. Garder ce corps contre le mien, là comme ça…

Dray commença à lui toucher le ventre puis à le chatouiller dans un grand éclat de rire. Lucas rit à voix basse, sans pour autant s'écarter.

— Je t'assure que jamais mes gardes-malades n'ont agi comme ça.

— Ça c'est parce que mon corps s'accorde au tien. Divinement bien. Alors toujours contre ?

— Je ne veux toujours pas d'un garde-malade. J'en ai assez des gardes-malades et des infirmières. Je suis sûr qu'il y a mieux.

— Alors que veux-tu que je sois en mieux ? demanda Dray.

— Eh bien, si on a une relation, ça ne fait pas de toi… Euh, un petit copain ? Je ne sais pas comment on dit aujourd'hui.

Dray saisit soudainement son visage, sentant son cœur battre plus fort dans sa poitrine. Incapable de prononcer un mot, il l'embrassa langoureusement, prenant son temps. Dieu qu'il était heureux ! Lucas reconnaissait enfin qu'ils avaient une relation, et c'était parfait. Peu importe le terme exact, Dray était ravi. Ils allaient enfin de l'avant. Ensemble. Comme un vrai couple.

— Petit copain, copain tout court, tout me va, assura-t-il.

— C'est mieux que garde-malade, non ? s'enquit Lucas en rougissant un peu.

— Un million de fois mieux !

Cela ravit Lucas qui parvint à sourire et embrassa Dray au coin des lèvres. Mais l'ancien soldat tapota sa bouche avec amusement, comme une demande.

— Allez…

Lucas rougit légèrement, hésita juste un peu avant de s'exécuter et de l'embrasser tendrement, allant jusqu'à poser une main sur sa joue.

— Tu vois, tu y arrives, le félicita Dray avant de se redresser. Allez, sortons de cette chambre remplie de tentations.

— D'accord…

Dray alla chercher un nouveau tee-shirt et l'enfila avant de glisser ses mains dans le dos de Lucas, se calquant sur son pas, avançant un pied puis l'autre en même temps que lui.

— Je ne veux pas arrêter de te toucher.

— Tu n'aides pas la tentation à s'éloigner, j'ai l'impression.

— J'ai dit s'éloigner de la chambre. Pas de toi.

— Il va bien falloir. Si tu veux qu'on finisse la cabane, sinon ça ne va pas être pratique.

— La cabane, je l'ai commencée, je la finis. Laisse-moi faire.

— On pourrait la finir tous les deux.

— Bon, OK, mec, soupira Dray en venant se nicher dans son cou. Mais je t'aide pour la cuisine ce soir alors.

— Ça me va. C'est un bon compromis.

— Je suis doué pour la négociation, je suis l'aîné de la fratrie !

— Je vois ça.

— Mais tu as intérêt à mettre des gants et surtout à ne pas te blesser. Tu n'as officiellement plus de garde-malade, dit Dray en le lâchant enfin, se dirigeant vers l'extérieur.

— Je ne vais pas me blesser !

— Bien, attrape.

Dray lui lança les gants avant de se diriger vers la boîte à outils. Il en sortit plusieurs, ainsi que des clous qu'il mit dans sa poche arrière.

— Allez, Dark Vador, on va conquérir cette cabane, déclara-t-il en lui donnant une planche pour qu'il la maintienne pendant qu'il la fixait.

Lucas s'exécuta et ils passèrent un long moment à finir la cabane, échangeant plaisanteries et baisers volés au détour d'une fixation de planche. Lucas souriait souvent et laissa même échapper quelques rires, appréciant de pouvoir bricoler avec Dray. D'ordinaire, il faisait toujours tout tout seul, et aujourd'hui, il se rendait compte que c'était difficile de l'envisager à nouveau.

À l'abri derrière les haies de son jardin, en compagnie de Dray, il se sentait presque joyeux, simplement content d'être là. C'était tellement rare qu'il le savoura, répondant timidement aux taquineries de Dray. Ils firent une pause à la mi-journée pour partager un repas qu'ils préparèrent ensemble, Lucas riant de la maladresse de Dray en cuisine, et ils terminèrent la cabane vers le milieu de l'après-midi.

Couvert de poussière, Lucas décida de se doucher et de se changer avant toute autre chose. Dray le laissa y aller le premier. Il mit l'eau à couler et se débarrassa de ses vêtements avec un sourire distrait. Il ferma les yeux alors que la vapeur d'eau envahissait la pièce silencieuse. Il se lava soigneusement, prenant garde à ses cicatrices, comme à son habitude et sortit après un long moment. Se laver lui demandait toujours beaucoup de temps à cause des précautions qu'il prenait pour ne pas se faire mal. Lorsqu'il enroula la serviette autour de sa taille, plus d'une heure après, ses doigts tremblaient un peu, et il ferma les yeux en sentant l'angoisse refluer en lui, une vague après l'autre, évinçant la joie et le bien-être.

Il garda les paupières closes en tentant de la repousser. Dray était dans la pièce à côté, tout irait bien, et il voulut se convaincre qu'il n'avait aucune raison de paniquer. Vraiment aucune. Puis il se souvint de la dernière fois où il s'était senti aussi serein. Bien des années auparavant. À l'époque non plus, il n'avait eu aucune raison de paniquer. Il riait avec Lily, il jetait des regards complices à Nathan, alors que ses parents discutaient à l'avant. Puis il y avait eu le crissement des freins. Le sang. La panique. Le feu. La mort.

L'angoisse prit possession de lui, il commença à trembler violemment, mais il refusa de se laisser tomber au sol. Il ne voulait plus céder à la panique, même s'il doutait d'y parvenir. Parce qu'elle se propageait, tel un virus sans vaccin. Il avait chaud et froid en même temps, il avait du mal à respirer, tremblait et chacun de ses muscles était si tendu qu'ils lui faisaient mal.

— Dray, gémit-il d'une voix pitoyable.

Mais personne ne vint. Dray ne devait pas l'entendre, parce qu'il parlait trop bas, que Dray était trop loin, et la panique l'envahit un peu plus. Il était incapable d'envisager que Dray parte, lassé de lui. Dray n'avait de cesse de lui répéter qu'il ne le quitterait pas, alors il voulait le croire. Pourtant, l'angoisse continuait de gagner du terrain, accompagnée de cette sensation de mort imminente. Hanté par des visions de sang et d'horreur, il se força à avancer vers la porte et s'accrocha à la poignée.

La solution aurait été de se laisser tomber, de sombrer et de se relever plus tard, mais il ne voulait plus se soumettre. Il voulait combattre. Comme il l'avait promis à Dray. Alors il ouvrit la porte et atteignit le couloir, prenant appui contre le mur, tremblant sur ses jambes qui le portaient à peine.

— Dray, implora-t-il de nouveau.

Il y eut du bruit dans le salon.

— Qu'est-ce qu'il y a ? Tu acceptes finalement que je te… Putain !

En arrivant dans le couloir, Dray oublia sa répartie en voyant l'état de Lucas. En trois enjambées, il fut près de lui. Il l'aida à se poser contre le mur avec douceur.

— Eh bien, ça n'aura pas traîné, grommela-t-il en relevant le visage de Lucas. Hé, je suis là, tout va bien. Respire calmement. Il n'y a que toi et moi. Juste nous.

Les yeux de Lucas s'accrochèrent à ceux de Dray comme un désespéré, se concentrant uniquement sur sa voix. Il se força à inspirer tandis que sa main tremblante s'agrippait au soldat. Son cœur qui battait la chamade se calma peu à peu, et il se concentra pour respirer plus calmement.

— Voilà, parfait. Reviens vers moi, chuchota Dray avec un sourire. Je veux que tu restes près de moi, Lucas. Parce qu'on est bien ensemble. Allez, souffle lentement.

— Ça va, bredouilla-t-il.

La panique régressait doucement, chassée par la voix de Dray, son contact, son regard, son sourire. Lucas garda sa main dans la sienne jusqu'à ce que son souffle reprenne un rythme normal.

— Évidement que ça va, tu es Dark Vador ! plaisanta Dray avec douceur pour le détendre. Tu es imbattable. Écoute-moi cette respiration lente et tranquille. Je suis fier de toi. Tu reprends le contrôle de plus en plus rapidement.

Dray l'attira contre lui avant de lui caresser les cheveux pour le cajoler un peu. Et Lucas se laissa faire, profitant de la joie de Dray et de ses gestes tendres pour finir de se calmer. Il était presque étonné d'être parvenu à lutter. Il n'aurait certainement pas réussi seul, mais le fait d'avoir la volonté de se battre contre ses crises était nouveau pour lui. Il avait abandonné depuis si longtemps. Aujourd'hui il ne voulait plus faire avec. Avec Dray à ses côtés, il se sentait la force d'affronter l'avenir.

— Merci, finit-il par murmurer d'une voix presque sereine. D'être là.

— Mais le plaisir est pour moi. Je te signale que je squatte chez toi, lui murmura Dray en picorant son visage de baisers.

— Je trouve ça bien.

— Pareil.

Dray hésita un instant à dire qu'il ne pourrait pas non plus rester indéfiniment ici. Qu'il faudrait bien qu'il rentre chez lui. Sa mère l'appelait régulièrement pour lui demander quand il reviendrait, ne voyant plus sa voiture. Dray s'était senti obligé de la rassurer, lorsqu'elle lui avait expliqué qu'elle pensait qu'il était reparti sur les routes, exactement comme lorsqu'il avait quitté l'armée. Pauline avait beau se moquer de son besoin pathologique de protéger tout le monde, leur mère était pareille.

Il ne dit rien, sachant que cela ne serait pas facile pour Lucas de le voir partir. Il n'en avait pas vraiment envie non plus, mais ce jour arriverait tôt ou tard.

Lucas frémissait sous les baisers de Dray. La panique s'était totalement dissipée, ne restaient que la tendresse et l'affection qu'il ressentait pour le soldat. Il ne se sentait plus aussi bien que plus tôt dans la journée, mais au moins, les tremblements et l'angoisse avaient disparu. Il ressentit un frisson et finit par réaliser qu'il n'avait que sa serviette sur lui.

— J'ai froid. Je vais aller m'habiller.

— Dommage, le taquina Dray en glissant une main sur ses reins. Je t'aime bien comme ça, moi…

— J'ai la nette impression que tu me préfères sans vêtements, gloussa Lucas en rougissant un peu.

Dray fit mine de réfléchir à la chose, pendant qu'il massait la hanche du jeune homme.

— Non, les deux. J'aime aussi avoir le plaisir de les retirer, répliqua-t-il avec amusement.

— Des fois, je trouve tes envies bizarres !

— Vraiment ? Pourtant, j'essaye de me contenir, je te jure.

Dray se remit sur pied et tira Lucas à lui. Il l'accompagna jusqu'à sa chambre, un bras protecteur passé autour de lui.

— Ce n'était pas un reproche, clarifia Lucas en lui jetant un regard en coin.

— Bizarre veut dire louche pour moi.

— Pas louche, mais incompréhensible pour moi !

— Si tu veux, la prochaine fois, je me laisse déshabiller, rétorqua Dray avec un clin d'œil. Tu verras comment c'est plaisant.

— Mais ton corps est beau, ne put s'empêcher de souffler le jeune homme en rentrant dans sa chambre, se dirigeant vers sa commode.

— Lucas, le réprimanda aussitôt Dray, resté à la porte.

— Oui, je sais, soupira l'interpellé en sortant un sweat, un jean propre ainsi qu'un boxer. Pourtant, c'est la vérité.

— Non, c'est TA vérité. Comme quand tu t'enfermes pendant tes crises. D'accord, prenons le problème autrement, proposa Dray en croisant les bras. Pourquoi n'est-ce pas beau, d'après toi ? Et qu'est-ce qui n'est pas beau ?

— Oh Dray, ne te fais pas plus bête que tu ne l'es, s'agaça Lucas en lui faisant face, montrant la peau brûlée de son torse. Ça ne vient pas de moi. Ce n'est pas beau. La peau est fripée, rêche, et l'aspect est répugnant.

— Et c'est ce que tu te dis quand tu vois mes cicatrices à moi ? demanda Dray tout aussi tranquillement, sans se fâcher.

— Ça n'a rien à voir. Tes cicatrices sont petites. Et le reste de ton corps est suffisamment… bien fait, bredouilla Lucas.

— Non, c'est que, comme pour moi, elles te rappellent comment tu les as eues. Elles te rappellent ce que tu as traversé. La douleur que cela a engendré. Chaque fois que je vois ma cicatrice au ventre, je pense que certaines personnes me trouvent répugnant et estiment que je ne mérite pas de vivre. Chaque fois que celle de mon épaule me fait souffrir quand il fait trop froid, je repense à mon camarade qui était avec moi et qui n'a pas pu s'en sortir, ainsi qu'à la famille quasi complète qui est morte avec. C'est pour ça que tu ne les aimes pas, Lucas. C'est parce que ces cicatrices sont des preuves tangibles de ce qu'il s'est passé, et qu'il faut les affronter chaque jour, sans répit.

— Peut-être, admit Lucas après un long silence, le fixant d'un air triste. Peut-être qu'il y a de ça. Tu as sans doute raison. Mais elles restent répugnantes. Et pas que pour moi. Si je sortais dans la rue comme ça, les gens seraient écœurés et grimaceraient en me voyant. C'est un fait. Je ne comprends pas pourquoi, toi, tu aurais envie de les toucher.

— Parce que cela fait partie de toi, soupira Dray, peiné,

avant de détourner le regard. La plupart des gens ne connaissent pas le malheur, ils vivent comme s'ils connaissaient tout et jugent sans savoir. Mais moi, ça me va, Lucas… Parce que je t'aime comme ça. Pour toi tout entier.

Merde, il l'avait dit. Et c'était vrai. Il aimait vraiment Lucas. De cet amour-là. Parce qu'il n'avait que ça à dire pour plaider sa cause. Il ne nourrissait pas un fétichisme bizarre pour les cicatrices ni un plaisir malsain à connaître sa souffrance. Non, la vérité était que Dray était un homme amoureux. Il avait commencé par respecter Lucas grâce à Maxime, puis ils étaient devenus amis et ensuite confidents. Et presque sans vraiment le vouloir, comme si c'était la chose la plus logique qui soit, il était passé à l'amour. C'était comme ça. Il n'allait pas se le cacher indéfiniment par peur de mal agir envers Lucas. Il n'avait certes pas eu beaucoup de liaisons, mais il estimait que l'honnêteté était importante dans n'importe quelle relation.

Lucas le fixa comme s'il venait de parler dans une autre langue. Il le contempla longuement, dans un silence presque gênant avant de froncer les sourcils, face à un dilemme.

— Tu quoi ? Enfin, Dray, gémit-il avec tristesse. Il n'y a rien à aimer chez moi. Mon corps est mutilé, tout est source de panique pour moi. Je suis incapable d'accomplir la plupart des choses qui sont normales pour tous les autres. La simple idée d'avoir une relation avec toi m'effraie au plus haut point. Je ne comprends déjà pas pourquoi tu restes, alors tu ne peux pas me dire ça. Tu ne peux pas m'aimer.

— Lucas, rien que pour ton art, cela me suffirait, soupira Dray en se massant la nuque, trouvant que d'un coup, ce n'était peut-être plus une si bonne idée d'avoir avoué. J'aime t'écouter quand tu joues du piano, que ça soit ici ou à l'institut. J'ai été voir tes peintures et je les aie aimées. J'aime ce que tu as fait de ton jardin. Tu es doué de tes mains, tu crées des choses concrètes et magnifiques. Ensuite, il y a ton caractère doux, tendre, rempli de patience. Mais j'ai aussi remarqué que tu avais l'esprit vif pour certaines choses. J'aime aussi que tu sois un peu décalé, je trouve cela adorable. Je reste parce que je suis heureux d'être avec toi, j'aime la tranquillité qu'il y a entre nous.

— Moi aussi, j'aime cette tranquillité, avoua maladroitement Lucas, incapable de détourner son regard de Dray.

Il avait les yeux humides. L'idée que Dray puisse l'aimer était tellement improbable, tellement surréaliste. Parce qu'inconsciemment, il s'était toujours dit que Dray finirait par partir. Il s'empêchait d'y penser parce que dans l'avenir immédiat, il savait que Dray tiendrait parole. Mais qu'il l'aime ? C'était tellement impossible qu'il fut incapable de retenir les premières larmes qui glissèrent le long de ses joues.

Il éprouvait un vrai bonheur à entendre ses mots, mêlé à un désespoir profond qu'il avait du mal à s'expliquer. Dray venait de déclencher une tornade et de tout retourner en lui. Une fois de plus. Il n'était déjà pas logique qu'il veuille le toucher, le déshabiller, l'embrasser, passer du temps avec lui. Alors l'amour, c'était juste … impossible.

Lucas laissa tomber sa logique qui ne correspondait plus à rien et traversa la chambre pour enlacer Dray de toutes ses maigres forces. Il passa les bras autour de la taille du soldat et se colla à lui aussi fort qu'il le put. L'ancien soldat l'accueillit avec un sourire triste, lui caressant les cheveux et y déposant un baiser rassurant.

— Pourquoi pleures-tu ? murmura-t-il à son oreille. Ce n'est pas censé faire cet effet-là. Tu aurais préféré que je ne le dise pas ?

— Tu dis toujours les choses ouvertement, ça fait partie des qualités que j'apprécie chez toi, souffla Lucas à voix basse.

— Alors qu'est-ce qu'il y a ? Je n'aime pas te voir pleurer, demanda Dray en venant essuyer ses larmes avec ses pouces pour finir par embrasser son nez.

— Je n'en sais rien, avoua Lucas en retenant un sanglot. Ça me semble tellement impossible que tu puisses m'aimer.

Les lèvres de Dray s'étirèrent un peu plus avant de le ramener contre son torse.

— Pourtant, c'est le cas. Désolé d'ébranler tes convictions, mec !

— Tu n'as pas ébranlé quoi que ce soit, Dray. Tu détruis tout. Tu as tout anéanti. Et aujourd'hui, je me surprends à avoir envie d'essayer de vivre, d'avoir une relation avec toi, d'être heureux. Et je ne sais même pas comment te remercier pour tout ce que tu fais tous les jours.

— Ne pas me jeter dehors serait un bon début, proposa Dray en lui embrassant le front. Lucas, tout va bien, tu sais. On va à ton rythme. Comme tu le veux.

— Bon sang, jamais je ne te jetterai dehors, s'indigna Lucas en levant les yeux vers lui. J'aime que tu sois là, et je ne veux même pas imaginer ce que ce sera quand tu rentreras chez toi.

— On verra ça au moment opportun, d'accord ? Là, tu vas aller t'habiller avant d'attraper froid. Et sans pleurer, sans paniquer, d'accord ?

Lucas hocha la tête en s'écartant un peu, essuyant ses joues humides d'un revers de bras. Dray sourit doucement, caressant sa joue, avant de sortir.

— Je t'attends dans le salon, d'accord ?

— D'accord, souffla Lucas en se détournant pour aller s'habiller.

— Et si tu as besoin d'aide…, souffla Dray en s'éloignant, non sans avoir laissé un regard coquin glisser le long du dos de

Lucas.

— Je croyais que ton truc, c'était plutôt de les enlever, répondit celui-ci, le dos tourné.

Il retira la serviette de ses hanches, la balançant sur son lit avant d'enfiler son boxer puis son pantalon.

— J'ai dit que les deux m'allaient, s'écria Dray depuis le couloir, voulant tout de même respecter l'intimité de Lucas.

Lucas rougit, mais termina de s'habiller avant de le rejoindre dans le salon. Ils regardèrent un film pour terminer la journée sur une note plus paisible. La semaine suivante fut plus calme, plus sereine, Lucas savourant la quiétude qui existait entre eux.

L'impossibilité d'être normal

Dray avait profité de ces deux semaines avec Lucas autant que possible. Il avait gardé un œil sur lui et n'avait eu à désamorcer que quelques crises. Rien de vraiment conséquent. Et Dieu qu'il était rassuré. Il avait eu peur de donner trop d'informations d'un coup, alors il avait été sage côté tactile. Lucas avait réussi à gérer sans trop de souci. Dray était fier de lui. Lucas ne s'en rendait pas compte, mais il faisait des progrès énormes ces derniers temps.

Alors c'était ce qui avait motivé sa décision : il allait devoir rentrer chez lui. Lucas semblait aller bien et son exposition avait lieu à peine deux semaines plus tard et il avait encore tellement à faire. Dray redoutait par contre la réaction de Lucas. Alors après son entraînement du matin, la douche et le petit déjeuner, il était en train de faire la vaisselle lorsqu'il finit par se décider à lui parler, non sans une certaine angoisse.

— Tu sais… Ça fait un moment que je suis là, commença-t-il lentement.

— Oui, répondit Lucas qui essuyait et rangeait ce que Dray lavait. Et ?

— Et tu vas bien, soupira Dray incertain.

C'était rare qu'il ne dise pas les choses directement mais là, il appréhendait.

— Ah, soupira Lucas en perdant son sourire. Le garde-malade au fond de toi est rassuré et tu veux rentrer, c'est ça ?

Après tout, Dray ne s'était installé ici que pour « quelques jours », afin de s'assurer qu'il allait bien après l'épisode de l'hôpital. Il était évident qu'il allait repartir, mais Lucas avait fini par faire abstraction de ce détail. Il se sentait bien quand Dray était là, alors il ne voulait pas songer à son départ.

— Ne dis pas ça comme ça, grimaça Dray en coupant l'eau pour se tourner vers lui. Je ne peux pas rester ici indéfiniment non plus.

— Je sais. Donc tu veux rentrer aujourd'hui ?

— Oui. Sauf si tu veux que je reste un peu plus.

— Tu dois préparer ton exposition, répondit Lucas en hochant négativement la tête, pliant le torchon après s'être essuyé les mains. Et tu dois manquer à ta famille.

— Je te demande ce que, toi, tu veux. Je peux rester si cela ne va pas. De plus, on va être amenés à se revoir. Ce n'est pas comme si on allait se séparer.

— Je sais qu'on va se revoir, soupira Lucas en s'appuyant contre le plan de travail, baissant les yeux sur le torchon qu'il lissait d'un geste distrait.

Mais ce serait différent, Il avait pris l'habitude de l'avoir près de lui en permanence. Ça le rassurait. Il hésita et poussa un soupir avant de se décider à lui parler franchement.

— J'aime quand tu es là, je savais que tu finirais par repartir, et je n'aimais pas cette idée. Mais mon psy dit que je ne dois pas te retenir, car je risque de devenir dépendant de toi. De penser que je ne peux faire les choses bien que quand tu es là.

— Ce n'est pas faux, soupira Dray en fronçant le nez. Tu es fort tout seul, tu n'as pas besoin de moi. Je ne veux pas être une source de problèmes. Mais Lucas…

Dray prit le torchon et s'essuya rapidement les mains avant de prendre le visage du plus jeune en coupe.

— Si tu veux que je reste un peu, pas de problème. Je ne veux pas te laisser en sachant que tu pourrais faire des crises violentes. Tu crois que tu arriverais à te débrouiller tout seul ? Parce que moi, je pense que tu peux le faire.

— Je crois que j'aimerais essayer, bredouilla Lucas.

Il était bien avec Dray. Il n'avait pas la moindre envie de le voir partir. Pourtant il ne le dit pas à voix haute. Il ne voulait pas le retenir même s'il en mourait d'envie. Dray avait sa vie. Il ne devait pas l'envahir. Même son psy était d'accord. Mais rien ne serait pareil sans lui. Tout allait sembler si fade, sans vie. Triste et désert. C'était difficile pour Lucas d'envisager son départ. Mais il lui devait bien ça.

— On va se revoir. Je pourrais repasser. On ira voir Maxime. On pourra même retourner à mon repaire dans la forêt. Ou aller manger une glace, n'importe quoi. Ce n'est pas parce que je pars de chez toi qu'on ne se reverra pas. On pourra s'appeler aussi, à défaut de s'envoyer des messages.

— Je sais, on va faire ça, se résigna Lucas avec un sourire un peu triste.

— Je pourrai revenir le week-end ou même toi, tu pourras venir passer un peu de temps chez moi. Ça me ferait plaisir.

— Oui, c'est une idée. On pourrait essayer.

— Ça me va alors, conclut Dray avant de l'embrasser délicatement. Et tout va bien se passer, d'accord ?

— D'accord, souffla Lucas à voix basse avant d'oser l'enlacer doucement.

Dray le cajola un peu, puis alla préparer ses affaires. Cela fut rapide, étant parfaitement ordonné, et il sortit ses clés de voiture.

— Je vais déposer mon sac et je reviens chercher ma moto, déclara-t-il en revenant vers Lucas. Mais… Cela te dirait de rencontrer ma sœur ? Je vais avoir besoin de quelqu'un pour me ramener ici. Et je me disais que pour se voir quelques minutes, devant chez toi, cela serait une bonne idée.

— Tu veux l'amener ici ? s'étonna Lucas avec une pointe d'appréhension.

— Elle va me déposer pour que je reprenne ma moto. Alors peut-être que sur le perron, tu pourrais la saluer ? Si tu ne veux pas qu'elle entre, elle n'insistera pas. J'aimerais juste vous présenter officiellement.

— Mais tu…, bredouilla Lucas avec peine. Tu lui as parlé de moi ?

— Un peu, avoua Dray avec un sourire. Tu es important pour moi. Et je partage quasiment tout avec ma sœur. Je lui ai juste dit que j'étais avec quelqu'un et que cette personne était spéciale. Rien de plus.

— Spéciale ? Mais… Enfin, elle va s'attendre à quelqu'un de… comme Thomas non ? rougit Lucas en baissant les yeux.

— Alors déjà, le reprit Dray en l'attirant contre lui, tenant sa taille serrée, tu es magnifique. Ensuite, ma sœur a dû rencontrer deux des personnes que j'ai fréquentées, c'est tout. Dont une avec qui cela ne s'est pas très bien passé. Parce qu'elle le trouvait trop superficiel. Avec toi, je suis sûr que tout ira bien.

— J'espère, soupira Lucas en baissant la tête.

— Ne stresse pas, voyons. Elle est très gentille. Tu veux bien alors ?

— On peut essayer, bredouilla le jeune homme avant de se

blottir contre Dray.

— Merci. Cela compte beaucoup pour moi.

Dray l'embrassa délicatement. Lucas retrouva un sourire timide, s'accrochant au tee-shirt de Dray, le caressant dans le dos du bout des doigts. Dray le câlina encore un moment avant de se détacher de lui.

— Allez, j'y vais et je reviens dans vingt minutes, d'accord ?

Lucas hocha la tête en reculant un peu.

— À tout à l'heure alors.

Dray revint vers lui, déposa un dernier baiser avec un clin d'œil avant de prendre son manteau et de partir. Lucas resta un long moment à fixer la porte qui s'était refermée sur son amant, puis soupira alors que ses épaules s'affaissaient. Il finit par fermer les yeux en écoutant le calme et le silence qui reprenaient leurs droits dans la maison. C'était étrange, l'idée d'être à nouveau tout seul. Il eut une bouffée d'angoisse, mais il secoua la tête et la repoussa. Dray allait revenir et il était hors de question qu'il le trouve par terre et évanoui. Il se dirigea donc vers la chambre pour reprendre l'un de ses sweats à capuche. Il faisait l'effort pour Dray, mais il n'assumerait pas de montrer l'état de son visage à une inconnue, même si c'était la sœur de Dray. Puis il rangea un peu la maison en attendant son retour. S'occuper l'aida à gérer la soudaine anxiété de se retrouver à nouveau seul.

Il entendit frapper et la porte s'ouvrit.

— C'est moi, s'écria Dray sans s'avancer, son casque à la main, restant dans l'entrée.

Lucas le rejoignit en tirant sa capuche, la gorge un peu serrée, se triturant les doigts. Mais Dray l'accueillit avec un grand sourire, tendant la main vers lui.

— Je suis content que ça aille, confia-t-il avec douceur.

— Tu as fait vite, répondit Lucas en prenant sa main.

— Tu me manquais, expliqua Dray en l'attirant vers lui pour embrasser sa joue et le caler contre son torse.

Il se tourna ensuite vers la porte, laissant voir Pauline.

— Lucas, voici ma sœur Pauline. Pauline, voici l'homme avec qui je te trompe, dit Dray en s'appuyant un peu contre Lucas.

Lucas rougit violemment sous sa capuche et se ratatina tout contre Dray alors que la jeune femme, restée sur le pas de la porte, lui souriait.

— Enchantée de te rencontrer enfin, Lucas.

Il hocha la tête, la respiration un peu courte, comme s'il était essoufflé, et il s'accrocha au tee-shirt de Dray pour ne pas paniquer. L'ancien soldat lui frotta le dos, en signe de soutien, avant de se tourner vers sa sœur.

— Il est timide.

— Je vois ça, s'amusa Pauline en les regardant faire. C'est mignon.

Lucas rougit et rabattit davantage sa capuche pour s'assurer que la jeune femme ne pouvait pas voir son visage. Elle avait des traits communs avec Dray, c'était indéniable. Pauline possédait en tout cas le même sourire que son frère, plein de vie. Elle était rayonnante, ses yeux pétillaient, et il se sentit encore plus intimidé.

— Ah ! s'écria Dray en venant poser un baiser sur la capuche. Tu vois, j'ai raison !

— Première leçon pour toi, Lucas, Dray a toujours raison, même quand il a tort, s'amusa tranquillement Pauline.

— Hé ! Commence pas à lui raconter des trucs comme ça, toi, répondit aussitôt Dray dans un grand éclat de rire.

Lucas posa la main à plat sur le ventre de Dray, savourant les vibrations de son éclat de rire qui remontait le long de son bras alors qu'il observait l'échange entre frère et sœur avec fascination. Pauline rit doucement en retour.

— Quoi ? Il faut bien qu'il sache à quoi s'attendre !

— Tu dis ça comme si j'étais horrible !

— Non, pas horrible, rigola la jeune femme. Tu es surprotecteur et persuadé d'avoir toujours raison, c'est très différent.

— Tu dis ça uniquement parce que je n'ai pas aimé tes trois derniers petits amis, répliqua aussitôt Dray, continuant ses gestes apaisants dans le dos de Lucas.

— Cela fait juste partie de ton côté surprotecteur. Crois-moi, Lucas, il va falloir le calmer un peu.

Lucas se contenta de hausser les épaules et de hocher la tête, la gorge trop nouée pour oser parler. Pauline avait pourtant l'air gentille et son côté pétillant devenait vite rassurant, mais il était toujours aussi intimidé. Dray lui tira puérilement la langue avant de serrer Lucas contre lui.

— Tu devrais être contente, je te lâche du lest comme ça, mais sache que je me tiens au courant de ton avancée avec Bastien…

— Bastien est adorable et tu as intérêt à ne pas lui faire peur, répondit la jeune femme.

— Moi, je ne l'ai pas trouvé si bien que ça, ronchonna Dray en détournant le visage. Je ne suis pas convaincu qu'il prenne soin de toi comme tu le mérites.

— Je suis assez grande pour prendre soin de moi, soupira

Pauline en levant les yeux au ciel, pourtant elle souriait toujours.

— Non, je te l'ai déjà dit, tu es toujours ma petite sœur, peu importe si tu vieillis. Tu te souviens… quand je t'essuyais le visage, car tu ne savais pas manger correctement.

— Ne dis pas des choses gênantes, grimaça Pauline en lui tapotant l'épaule.

— Tu vois que ce n'est pas marrant, se réjouit Dray avant de se redresser un peu. Allez, on va rentrer.

— Je te retrouve à la maison. Ravie de t'avoir rencontré, Lucas. À bientôt, j'espère.

Lucas hocha la tête et la regarda s'éloigner avant de lever les yeux vers Dray. Il attendit qu'elle soit montée dans la voiture pour murmurer à voix basse :

— Elle a l'air gentille.

— Je te l'avais dit. Tu vois, tu n'as même pas paniqué. Je suis fier de toi. Tu veux un baiser de récompense ? proposa-t-il avec une moue amusée.

— Et un d'au revoir aussi, osa Lucas en rougissant un peu.

— Tu deviens gourmand ? J'aime ça…

Dray vint chercher ses joues, pour ensuite l'embrasser tendrement pendant un long moment, profitant, savourant cette peau, ce goût dont il allait être privé pendant un long moment.

— Ça va aller, murmura-t-il doucement.

— Oui, répondit Lucas à voix basse en passant les mains sur le torse de Dray. Et on se revoit bientôt.

— Demain ? Je ne pourrai pas passer l'après-midi avec toi, mais on peut se voir en soirée.

— D'accord. De toute façon, je vais chez le docteur en début d'après-midi. Le soir, c'est bien.

— Parfait, alors au revoir, toi, murmura Dray avant de l'embrasser encore. Tu n'oublies pas de m'appeler en cas de problème, d'accord ?

— Promis.

Dray eut une moue triste avant de se détacher, et attrapa ses clés de moto et son casque qu'il avait abandonnés sur un meuble et prit la direction du garage. Lucas écouta le moteur s'éloigner en soupirant et alla dans le bureau pour peindre. Il se figea, contempla les toiles empilées contre le mur, posées à même le sol. Dray n'avait pas voulu qu'il les détruise le temps qu'il était ici, et Lucas les avait stockées là en attendant de décider quoi en faire. Il y en avait à peine une dizaine. Il eut envie de prendre un couteau et de les lacérer. Voir les scènes de l'accident qu'il avait peintes l'insupportait. Cela lui rappelait des souvenirs qu'il ne parvenait plus à refouler aussi bien depuis qu'il avait tout raconté à Dray.

En fin de compte, il saisit une autre toile, sa palette et ses pinceaux pour commencer à peindre. Il y passa des heures, jusqu'à ce qu'il fasse nuit, et quand il se redressa, il se sentit épuisé, presque essoufflé, et contempla son œuvre avec un air triste. Pourtant il n'eut pas envie de détruire celle-ci.

C'était un portrait de Dray. On l'y voyait tourné à demi vers celui qui contemplait la toile, il arborait un sourire joyeux, et son regard semblait pétiller. Lucas soupira en rangeant son matériel avant d'aller poser la peinture contre un autre pan de mur. Il quitta la pièce pour gagner sa chambre. Il se glissa dans son lit sans manger, sans même se changer, et se recroquevilla sous les couvertures en position fœtale. Ses larmes commencèrent à couler, silencieuses.

Ça n'allait pas du tout. Il n'aimait pas retrouver sa solitude. Sentir la maison si silencieuse. Personne à appeler dans la pièce d'à côté si jamais ça n'allait pas. Personne avec qui se mettre à table ou regarder un film. Dray lui manquait déjà et il n'arrivait pas à passer outre cette nouvelle absence. Il en voulait à son psy de l'avoir poussé à laisser partir Dray. Il savait vivre sans Dray, il l'avait déjà fait, il avait été seul depuis si longtemps. Mais il n'avait plus envie de cette solitude.

Il finit par sombrer d'épuisement et ne se réveilla que tard le lendemain. Il soupira, s'obligea à se lever, peu motivé, le ventre gargouillant, et mangea une brioche. Il eut du mal à se décider, mais alla finalement profiter du beau temps dans le jardin et désherber autour de ses fleurs. S'activer l'aida à se sentir un peu mieux, et voir la cabane que Dray lui avait reconstruite le fit même un peu sourire. Mais il ne se sentait pas aussi bien que lorsque Dray était là.

Ce fut donc ce qu'il dit à son psy durant la séance suivante. Il lui avoua se sentir incapable d'être seul, il était angoissé d'être isolé à nouveau. La séance dura si longtemps que Lucas en ressortit à nouveau indécis, perdu, complètement remué. Ces derniers temps, il ne savait plus que faire ou que penser. Tellement de choses étaient arrivées et il avait du mal à suivre. Il était perdu, ses émotions allaient et venaient si vite qu'il en avait le tournis. Avant, il n'y avait que les crises et la solitude. À présent, il avait découvert qu'il pouvait se sentir bien et parvenir à sourire. Alors il voguait d'un état à l'autre, perdu, incapable de se comprendre lui-même. Heureusement ce soir-là, Dray lui évita d'imploser en venant passer la soirée avec lui.

Il sembla content de trouver Lucas "bien", et ce dernier en profita pour lui faire un câlin. Découvrant que ça lui manquait, qu'il avait moins de mal à venir se coller à lui, qu'il aimait le contact de Dray, sa chaleur, sa douceur, son odeur.

Ils passèrent plusieurs soirées ensemble, dès que Dray le pouvait, car il était très occupé avec les préparatifs de l'exposition dont la date approchait. Pourtant, il trouva le temps d'emmener Lucas dans son coin secret pour partager une glace, à l'institut pour jouer avec Maxime et il parvint même à le conduire au cinéma. Pour un vieux film rediffusé à une heure où il n'y avait presque personne, il n'eut à désamorcer qu'une seule crise de panique, lorsque quelqu'un se leva juste derrière eux pour quitter la salle, bousculant le siège de Lucas en passant.

Au début, chaque fois que Dray repartait, Lucas avait du mal à se motiver. Puis Dray revenait le voir, soulagé et ravi de le trouver en bonne forme, et ils passaient un bon moment. Chaque fois qu'il réapparaissait, Lucas prenait confiance. Parce que Dray était là, il semblait toujours le rejoindre, et il ne voulait pas que Dray le trouve effondré par terre. Apprendre à repousser les crises seul était difficile. Il n'y parvenait que rarement. Mais lorsqu'il y arrivait, il se sentait presque fier. La sensation était étrange. Mais personne n'était là pour être fier avec lui, alors il se sentait à nouveau triste. Il avait l'impression de se noyer dans une spirale infernale, de solitude, de tristesse. Différente d'avant, parce qu'aujourd'hui, il ne se laissait plus entraîner vers le fond pour s'y noyer. Il luttait pour regagner la surface. S'il y parvenait, peut-être pourrait-il avoir une vie qui ressemblerait à quelque chose. Il pourrait songer à aller au restaurant avec Dray. Aller à cette exposition qui angoissait le soldat, mais si importante pour lui. Peut-être pourrait-il faire partie de la vie de Dray pour de vrai.

La plupart du temps, cela lui semblait totalement impossible. Mais parfois il se prenait à espérer. D'être normal un jour. Peut-être que c'était envisageable, après tout.

L’importance d’une photo avec lui

Dray, crispé, tenait son verre de cidre, se sentant clairement étouffer. Il aurait dû être heureux : il y avait plus d’une trentaine de personnes présentes à son exposition. De quoi se réjouir pour lui qui n’en espérait pas plus de cinq. Mais voir tous ces gens parler de son travail, les regarder disséquer ses œuvres, était angoissant. Mais qu’est-ce qui lui avait pris de se lancer dans cette aventure ? C’était stupide. Ce n’était que des photos. Rien d’autre.

Malgré tout, certaines personnes qu’il ne connaissait pas étaient venues le féliciter pour son travail. Cela lui avait semblé tellement bizarre. Ensuite, il avait entendu les autres. Ceux qui dénigraient clairement. Et il ne savait pas comment réagir. Alors il chercha l’aide d’un visage familier, en lissant la veste de costume qu’il avait enfilée par-dessus l’un de ses tee-shirts. Il tomba enfin sur sa sœur et sa mère en train de deviser devant un paysage désertique où une seule fleur avait poussé. Sa sœur releva la tête et croisa son regard. Elle l’observa quelques secondes avant qu’un sourire moqueur n’étire ses lèvres. Elle embrassa sa mère sur la joue pour venir le rejoindre, une flûte à la main.

— Tu as une tête d’enterrement, le taquina-t-elle en arrivant vers lui.

— Ne te moque pas, gémit faiblement Dray en passant un bras autour de ses épaules pour la serrer une seconde contre lui. Merci d'être venue.

— Comme si j'avais pu louper ça. Maman me disait qu'elle est très fière de toi.

— Merci. Même si je sais qu'elle n'est définitivement pas objective, soupira Dray en se détachant, jouant avec le fond de son verre. Je n'arrive pas à croire que tu m'aies entraîné là-dedans.

— Oh Dray, regarde. Les gens admirent ton travail. C'est tellement mieux que de le laisser pourrir dans un tiroir.

— Un ordinateur n'est pas un tiroir, se moqua une seconde Dray avant de perdre son sourire. Tous ne sont pas de cet avis. Certains sont plus… critiques.

— N'écoute que ceux qui comptent. C'est-à-dire moi, maman, Oh… et ton petit copain. Je croyais qu'il n'aimait pas la foule ? demanda Pauline en fixant une silhouette encapuchonnée qui venait d'entrer.

Tassé sur lui-même, Lucas eut du mal à lever la tête pour contempler la première photo, la plus proche de l'entrée. Il sursautait dès que quelqu'un le frôlait et s'écartait le plus rapidement possible.

Dray se retourna, prêt à démentir, en disant que Lucas ne pouvait jamais être là, mais il demeura sans voix en le voyant. C'était bien lui. Il était là, il était venu, et Dray avait peine à y croire. Oubliées l'angoisse et la tristesse.

— Je te laisse, frangine, déclara-t-il aussitôt en se précipitant vers Lucas.

Dray bouscula quelques personnes, s'excusant à la volée, mais ses yeux verts ne quittaient pas la forme sombre qu'était Lucas. Il était venu et c'était fantastique.

— Lucas, s'écria-t-il, ému, en arrivant enfin près lui. Je n'arrive pas à le croire.

— Dray, souffla Lucas avec soulagement en se tournant vers lui. Tout va bien ?

Mais l'ancien soldat l'attira contre lui dans une étreinte chaleureuse.

— Merci d'être venu, gémit-il à son oreille.

— C'était important pour toi, souffla le jeune homme. Alors je voulais être là.

Dray se détacha avec peine.

— Si je pouvais, je t'embrasserais de suite, souffla-t-il en lui massant la nuque à travers le tissu pour remplacer le baiser. Tu n'imagines pas le bien que cela me fait. Mais ça va aller ? Tu ne paniques pas ?

— Je ne suis pas à l'aise, grimaça Lucas en remettant sa capuche en place. Je suis un peu angoissé, mais pour l'instant, je ne panique pas.

Les lèvres de Dray s'étendirent en un sourire.

— Tu veux que je t'accompagne pour commenter les photos ?

— Oh, une visite guidée par l'artiste en personne ! J'en serais honoré.

— Dis pas ça. Je ne suis pas un artiste, grogna Dray en se frottant la nuque, alors que de son autre main il pointait la première photo. Eh bien, voilà.

— On dirait que pour une fois, ce n'est pas moi qui me… Comment dis-tu ? Me dévalorise. Tes photos sont magnifiques. Tu es un artiste.

— J'ai entendu des personnes qui disaient le contraire…

Dray secoua la tête avant d'essayer de sourire à nouveau.

— Mais Pauline a raison. Il n'y a que vous qui comptiez. Et je te préviens, tu vas voir ma mère.

— Quoi ? Non, gémit Lucas en se ratatinant sur lui-même.

Il n'avait pas poussé la réflexion beaucoup plus loin que son idée initiale, c'est-à-dire venir parce que c'était un moment important pour Dray, et qu'il s'en voudrait de le louper juste parce qu'il avait laissé la peur l'habiter.

— Ne t'inquiète pas, elle n'est pas... vraiment au courant pour moi. Alors déjà, tu ne seras qu'un ami. Et Pauline sera là. Tu la connais. Elle est gentille.

— Pourquoi tu ne lui as pas dit ? s'enquit Lucas en passant à la photo suivante.

Il préférait parler pour ne pas penser à l'angoisse au fond de lui. Rencontrer la mère de Dray. La terreur de la foule autour de lui. L'anxiété du lieu inconnu.

— Je ne sais pas. Ce n'est pas facile pour moi de dire ça. Je crois que mes parents ont toujours eu des soupçons, mais je ne l'ai jamais dit. Ni jamais présenté officiellement quelqu'un. Pauline est la seule qui sache.

— D'accord. Tu es vraiment proche de ta sœur, n'est-ce pas ?

— Je l'adore, avoua Dray en contemplant sa photo sans la voir. J'aurais aimé qu'on puisse avoir la même complicité avec Maxime.

Mais avant que l'un ou l'autre puisse dire quelque chose, une très belle rouquine dans un joli blazer noir s'approcha d'eux. La quarantaine, elle était élégante et souriait de toutes ses dents artificiellement blanchies. Elle posa immédiatement une main sur le bras de Dray en se penchant un peu trop près de lui.

— Dray, mon chou, il y a des gens qui aimeraient te rencontrer, car ils sont fascinés par tes photos. Tu veux bien venir ? Oh, je suis Margareth Palnity. C'est ma galerie, se présenta-t-elle rapidement.

L'ancien soldat sourit par réflexe avant de comprendre et de se tourner vers Lucas.

— Oui, mais…

— Allons, ton ami peut rester une seconde seul, le coupa Margareth avec un autre sourire. Dray, ça marche. Beaucoup de personnes sont intéressées par ton travail.

— Lucas ? interrogea Dray, mal à l'aise.

— C'est bon, bredouilla celui-ci d'une voix à peine audible. Vas-y.

— Je reviens aussi vite que possible, grommela gauchement Dray, avant de se faire embarquer de force.

Lucas le regarda s'éloigner, replié sur lui-même. L'angoisse courut dans ses veines, et il inspira profondément pour calmer ses tremblements. Les photos. Oui, il allait regarder les photos. C'était les photos de Dray, c'était important pour lui, alors Lucas allait les détailler attentivement. Cela lui ferait penser à autre chose, il oublierait peut-être sa panique. Non, il n'y avait aucune chance qu'il l'oublie. En fait, il ignorait complètement comment il avait pu tenir jusque-là.

Parce que programmer le taxi avait été une épreuve. La route inconnue, une torture. Il avait mis plus d'un quart d'heure à descendre de la voiture. Se retrouver dans un lieu inconnu l'avait crispé des pieds à la tête. Et il y avait des gens partout, qu'il devait éviter, ne pas toucher, qui ne devaient pas le voir. Il ne savait pas du tout comment il faisait pour avancer d'une photo à l'autre. Parce qu'il aurait déjà dû sombrer depuis longtemps. Mais il ne voulait pas faire ça à Dray. C'était important pour lui.

Alors il contemplait ses œuvres en se forçant à respirer.

— Bonjour, Lucas.

La voix douce le fit s'arrêter, mais il fut incapable de relever la tête. Il resta simplement là, à fixer le bout de ses chaussures, à se triturer les doigts.

— Je voudrais te présenter notre mère, Alice. Maman, c'est Lucas, un ami de Dray. C'est lui le musicien qui a aidé Maxime.

— Ravie de vous rencontrer, s'écria aussitôt Alice en lui tendant la main, posant l'autre sur son épaule.

Lucas sursauta violemment, s'arrachant à l'étreinte d'Alice comme s'il s'était brûlé, et il se tassa encore plus sur lui-même. Il voulut s'excuser, mais il avait la gorge serrée, son souffle avait du mal à parvenir jusqu'à ses poumons.

— Pardon, Maman, je ne t'ai pas prévenue. Lucas est un grand timide, il ne parle pas beaucoup. Ça va aller ? ajouta Pauline à l'intention de Lucas.

Il hocha la tête en recommençant à s'entortiller nerveusement les doigts, incapable de relever les yeux vers les deux femmes qui paraissaient pourtant gentilles.

— Excusez-moi, Lucas, reprit Alice d'une voix douce. C'est que je vous suis tellement reconnaissante. Il a l'air mieux quand je vais le voir, et Dray ne cesse de nous montrer des photographies de notre Maxime. Il est si rayonnant, je ne sais comment vous remercier de l'aider.

Il se contenta de hocher à nouveau la tête, conscient de l'émotion dans la voix d'Alice.

— C'est bien, reprit Pauline plus tranquillement, que tu sois venu à l'exposition. C'est une étape importante pour Dray. Je crois qu'il est vraiment ému que tu sois là.

— Je…

Le mot sembla arracher la bouche de Lucas tellement il était rauque, rompu. Comme si sa gorge était obstruée. Pourtant, il eut une conscience aiguë de l'attention des deux femmes concentrée sur lui.

— C'était important pour lui.

Chaque mot était haché, sa voix était complètement essoufflée, comme s'il venait de courir des kilomètres, et c'était à peine assez articulé pour être compréhensible. Il releva un peu la tête pour apercevoir le visage de Pauline et Alice. Mais quand il vit le sourire de Pauline, il sut qu'elle avait réussi à comprendre sa phrase brouillonne.

— Oui, confirma-t-elle. C'est bien que tu partages ce moment avec lui.

— Regardez-le, reprit Alice avec un sourire fier en observant Dray qui discutait avec un groupe de gens. Un véritable artiste.

— Il va juste falloir l'en persuader maintenant, pouffa tranquillement Pauline.

Dray finit par s'excuser auprès de ses admirateurs en voyant que Lucas s'était retrouvé avec sa mère et sa sœur. Il était reconnaissant à sa sœur ne pas le laisser seul, mais il imaginait sans mal combien cela devait être dur pour Lucas.

— Me revoilà, dit-il en se plaçant près de Lucas, effleurant discrètement sa main. Je vois que tu as rencontré les femmes de ma vie, Lucas.

Celui-ci hocha la tête, se retenant à grande peine d'agripper la main de Dray, se rappelant au dernier moment qu'il n'avait rien avoué à sa mère.

— Alors, les critiques sont bonnes ? s'enquit Pauline.

Dray se frotta la nuque, détournant le regard.

— Ça va, marmonna-t-il, gêné.

— Donc ça valait le coup de la faire, cette exposition, déclara la jeune femme.

— Tu as du talent, Dray, ajouta sa mère.

— C'est vrai, approuva Lucas d'une voix chevrotante, avec peine.

— Vous n'êtes clairement pas objectifs, plaisanta Dray en se redressant, un peu intimidé. Mais merci tout de même. Je crois que Margareth est contente aussi. Il semble que certaines soient déjà vendues.

— Ah, tu vois, s'exclama Pauline avec fierté. C'est que ça plaît !

— Oui, j'en suis le premier surpris.

— Je te l'avais bien dit, se vanta Pauline.

— Frimeuse, le taquina Dray avant de l'embrasser sur la joue. Merci.

— C'est avec plaisir. Ah, voilà Bastien, se réjouit-elle. Viens, maman, il est temps que je te le présente. Avant que Dray ne le fasse fuir, ajouta-t-elle avec un regard qui se voulait assassin envers son frère, mais démenti par son éternel sourire.

Elles s'éloignèrent tranquillement vers un beau jeune homme en costume dont le visage s'illumina en les apercevant.

— Tu crois que je peux lui casser la gueule maintenant ? grommela Dray en fixant ledit jeune homme, avec un regard noir.

— Non, ce serait mal vu, je pense, que l'auteur de l'expo déclenche une bagarre, murmura Lucas en posant une main sur le bras de Dray. Et Pauline a l'air de l'apprécier.

— Je ne l'aime pas, grommela-t-il en se détournant pour sourire à Lucas. Je n'arrive pas à croire que tu sois là.

— Moi non plus, avoua Lucas du bout des lèvres.

— Je suis vraiment très, très, très fier de toi, souffla Dray en se rapprochant de lui, essayant de se contenir.

— Je suis étonné de ne pas avoir paniqué. Mais je suis content de pouvoir être là pour toi.

Dray allait reprendre la parole, mais on lui claqua la hanche, et il se tourna vers Margareth qui sourit.

— Viens avec moi, chéri.

— Margareth…

— Non, non, il faut que tu ailles parler aux visiteurs. On s'était mis d'accord.

Dray gémit faiblement pour se pencher ensuite vers Lucas et embrasser sa joue. Il lui souffla un discret « je t'aime » à l'oreille avant de repartir avec une mine triste.

— Je te ramène, mima-t-il avant de se faire embarquer.

— Mon taxi m'attend, souffla Lucas à voix basse.

Dray le regarda, marchant à l'envers, le visage abattu, mais avant qu'il n'ait pu parler, Margareth l'avait déjà présenté à d'autres personnes. Lucas l'observa un moment, puis finit par faire le tour de l'exposition pour s'empêcher de paniquer en se focalisant sur autre chose. Il s'attarda sur quelques photos, en trouva certaines magnifiques. Quand il se sentit vraiment oppressé et il quitta la salle pour prendre l'air.

La nuit tombait, et il n'y avait personne à l'extérieur de la galerie Même s'il ne connaissait pas l'endroit, le fait que les alentours soient déserts l'aida à relâcher un peu la pression. Et son taxi vert était toujours garé contre le trottoir d'en face, l'attendant pour partir. Alors même s'il n'était pas totalement rassuré, il parvint à surmonter la crise qu'il avait senti approcher.

Un groupe de gens quittant l'exposition le fit sursauter, et il se terra dans un coin, le temps qu'ils disparaissent à l'angle de la rue. Il se tourna vers la porte qui s'était refermée, et sa gorge se noua. Il aurait voulu aller dire au revoir à Dray avant de partir, mais l'approcher alors qu'il était entouré d'autant de gens qui discutaient bruyamment, l'effrayait. Alors il le regarda à travers la porte vitrée. Il ne comprit qu'au dernier moment que Pauline l'avait vu, car elle le rejoignit dehors, et il se tassa sur lui-même.

— Je lui dirai au revoir de ta part si tu veux y aller, murmura la jeune femme en lui adressant un sourire doux.

— Merci, bredouilla péniblement Lucas après de longues secondes de silence.

Il hocha la tête à son intention quand elle lui adressa un dernier signe de main et il traversa la rue d'un pas rapide, la nuque ployée, pour rejoindre son taxi. Il y grimpa et s'attacha rapidement, le chauffeur repliant son journal pour mettre le contact et le ramener chez lui.

Lorsque Lucas referma la porte de sa maison, il put enfin respirer. Le poids qui comprimait ses poumons s'amenuisa, et il prit de longues inspirations. L'anxiété revenait à un niveau acceptable, tolérable. L'ombre d'une autre crise s'envola et il gagna le séjour. Il s'installa près de la table basse où était posé le nouveau puzzle qu'il avait entamé la veille. Il aimait bien en réaliser, cela l'aidait à se concentrer, et à l'époque où il était seul, cet exercice tranquille semblait espacer ses crises d'angoisse. Alors il y s'y raccrocha tout naturellement afin d'éteindre l'anxiété intense générée par la soirée.

Un peu plus d'une heure plus tard, on tambourina à la porte. Il sursauta violemment et se leva pour aller ouvrir, vérifiant que sa capuche était en place. Il se retrouva aussitôt devant Dray qui poussa la porte et entra comme en terrain conquis. Ce dernier l'enlaça immédiatement. L'étreinte était écrasante, presque féroce, faisant reculer Lucas. Il eut à peine le temps de se rendre compte de ce qu'il se passait que Dray l'embrassait passionnément.

Il frémit des pieds à la tête avant de réussir à se détendre et poser les mains sur la taille de Dray. Malgré sa surprise infinie, le baiser l'échauffa presque aussitôt, et son corps se tendit vers Dray alors que sa langue faisait sa curieuse et venait goûter les lèvres de son partenaire. Il avait encore un léger goût d'alcool. Mais Lucas était vraiment soulagé de le voir.

— J'ai eu envie de faire ça dès que je t'ai vu, murmura Dray en le poussant dans le salon avant de reprendre ses lèvres.

Dray voulait parler, mais il n'avait pas envie de quitter la bouche de Lucas pour autant.

— Quand ma sœur m'a dit que tu étais parti, cela m'a brisé le cœur, ajouta-t-il en descendant doucement la capuche du jeune homme.

— Désolé, s'excusa Lucas, le souffle un peu court. Je voulais te dire au revoir, mais il y avait tellement de monde autour de toi… Je ne voulais pas tout gâcher en paniquant. C'était ta soirée.

— Et elle a été éblouissante grâce à ton arrivée surprise.

— Tant mieux si ça t'a fait plaisir. Je ne voulais pas manquer ça.

Dray reprit aussitôt ses lèvres, arrachant sa veste pour la jeter à l'aveuglette dans le salon, alors que ses mains revenaient serrer le corps fin contre le sien. C'était si bon de pouvoir enfin l'avoir contre lui. La joie de l'avoir vu affronter toutes ses peurs rien que pour lui… Dieu, comme Dray sentait son cœur sur le point d'exploser.

— Je t'aime, susurra-t-il en prenant le visage de Lucas entre ses mains, du moins autant qu'il le pouvait à cause des cicatrices.

— Alors embrasse-moi encore, frémit Lucas qui frissonnait de la tête aux pieds.

— À tes ordres.

Dray revint ravir ses lèvres, alors que ses mains se glissaient sous le pull. Il voulait tout : savourer son odeur, son goût, son corps, tout. Il n'avait pas assez bu pour être ivre, mais la présence de Lucas suffisait. Il se sentait galvanisé par une force qui le poussait vers lui. Alors il le fit reculer sur le canapé, venant s'asseoir à califourchon sur lui l'instant d'après. Et Lucas lui rendit son baiser en frémissant, émoustillé par l'empressement de Dray. Ses doigts remontaient sur le ventre de Lucas pour le caresser et, sans le vouloir, il toucha une cicatrice sur une cote. Il le sentit à la texture différente, mais alors qu'il allait se retirer, il fut déconcentré une seconde. Lucas ne réagissait pas. Il n'avait pas mal. Dray sourit dans le baiser, comprenant que Lucas avait la tête suffisamment ailleurs pour ne plus penser à son corps, à ses douleurs. Et Dray fut étrangement touché que Lucas se laisse ainsi aller entre ses bras. Cela gonfla son cœur de bonheur tout en l'excitant davantage. Sa langue vint alors aussitôt se glisser dans le cou de Lucas pendant qu'il commençait à onduler du bassin.

Lucas poussa un soupir alors qu'il frissonnait, et ses mains se glissèrent sous le tee-shirt de Dray pour effleurer sa peau. Il avait envie d'essayer de le contenter de nouveau, de l'entendre supplier pour un infime frôlement de ses doigts. Il se souvenait de la manière dont Dray l'avait imploré pour qu'il le touche. Alors il se lança, attentif au moindre geste de Dray, pour savoir s'il lui procurait le plaisir escompté.

L'ancien soldat se laissa déconcentrer avec plaisir, gémissant contre les lèvres de Lucas pour en avoir plus. Lucas allait le rendre fou, il le voulait tellement. Pourtant, s'il essayait de reprendre conscience, rien que le fait de se frotter comme ça devait toucher la cicatrice de sa hanche. Mais pas une seule fois

Lucas ne montra de signes de douleur. Alors Dray se laissa vraiment aller. Oubliant son éternelle retenue. Il enleva le pull de Lucas, arrachant le sweat et le tee-shirt en même temps, avant de mordiller chaque morceau de peau qu'il voyait.

Lucas laissa échapper un gémissement sourd à la première petite morsure. Il avait tellement de mal à garder le fil de ses pensées quand Dray le touchait. Cela devenait le bordel dans sa tête, et la peur, ordinairement envahissante, se faisait expulser par le plaisir, l'oubli, l'abandon, le désir. Une kyrielle d'émotions se battaient pour dominer en lui, et il n'arrivait plus à penser correctement. Ce qui expliquait sans doute qu'il ose déposer des baisers lents, un peu timides, sur les épaules de Dray. Sa langue chatouilla même la peau exposée de l'homme qui s'agitait au-dessus de lui.

— Lucas, appela faiblement Dray en rejetant la tête en arrière.

Sa main fourragea dans les cheveux de Lucas pour le faire venir plus vite alors que son corps entier se tendait. Sentir Lucas aussi enclin à participer, à agir, tordait le ventre de Dray. Il sentait sa peau s'enflammer comme jamais, sa respiration devenir saccadée. Mais soudainement, ce ne fut plus assez, il voulait encore plus. Alors sans lâcher la nuque de Lucas, il commença à essayer de déboutonner le pantalon de celui-ci de son autre main.

Lucas frémit en le sentant faire, mais préféra continuer à promener sa bouche sur la peau de Dray. Il la trouvait délicieuse. Il ignorait comment c'était possible, mais elle était exquise. À tel point que lorsque Dray lui laissa l'accès, ses lèvres et la pointe de sa langue se frayèrent un chemin sensuel jusqu'au cou offert, remontant lentement jusqu'à son oreille. Ses mains continuaient de caresser la peau douce, s'enivrant de son contact, de sa chaleur.

— Tu me rends fou, fut tout ce que Dray pu dire avant de reprendre ses lèvres.

Il réussit enfin à descendre la braguette du jean de Lucas pour glisser sa main dedans. Il se suréleva une seconde pour sortir sa prise et, encore une fois, Lucas ne montra aucun signe de douleur alors que Dray touchait sa hanche abîmée. Dray sourit, entamant déjà un rapide va-et-vient.

— Détache mon pantalon, susurra-t-il en léchant sa lèvre inférieure pour sentir Lucas frémir. Je veux faire quelque chose.

Lucas s'empressa de s'exécuter, non sans semer mille caresses sur son passage. Il laissa échapper un gémissement et recommença à embrasser la peau de Dray en encaissant les vagues de plaisir déferlant lui. Il vint enfin à bout de la fermeture et glissa ses mains dans le pantalon, sous le boxer, pour aller serrer les fesses de Dray alors que son corps se tendait vers le sien, comme pour chercher plus de contact. Dray grogna sa satisfaction, s'approchant autant qu'il le pouvait, mais il se sentait presque gauche, emporté par son désir. Pourtant, il réussit à effectuer sa manœuvre et sa main s'ouvrit un peu plus pour y serrer leurs deux érections palpitantes.

Dray poussa un râle profond, incapable de se calmer, reprenant presque avec hargne la bouche offerte. Il voulait Lucas, au point que cela lui faisait si mal, qu'il peinait à respirer. Sa main s'affola et la deuxième vint l'aider pour effectuer un mouvement à la fois souple et agréable, formant un écrin de chaleur.

Lucas gémit d'une voix rauque et basse, et l'une de ses mains serra la fesse de Dray alors que l'autre sortait du pantalon, parcourait tout le dos de Dray avant de venir s'accrocher à sa nuque, répondant au baiser avec une passion embrasée. Les sensations étaient si intenses qu'il avait l'impression de devoir s'accrocher pour ne pas se perdre dans le plaisir.

— Putain, jura Dray, donnant des coups de reins avec énergie.

Il se colla autant qu'il pouvait, essayant de caser sa grande stature contre celle, plus fine, de Lucas. Il savait qu'il allait venir, mais il en voulait encore, il n'était pas rassasié de ce bras autour de lui, de cette bouche contre la sienne, de cette main presque possessive sur son postérieur. C'était tout ce qu'il avait toujours voulu. Il voulait ces moments intimes avec Lucas, il voulait se sentir proche, sentir sa confiance. Il releva les yeux, fixant ceux si bleus de Lucas, et cela suffit à le faire décoller. Ses mains se badigeonnèrent de blanc, alors qu'il continuait à donner quelques coups de reins pour prolonger cet orgasme qui le laissa pantelant, amenant à son tour Lucas à l'extase.

Lucas fut incapable de lâcher le regard de Dray, alors qu'il jouissait avec un gémissement grave entre les mains chaudes, la peau de sa fesse sous sa paume. Lorsque Dray s'immobilisa, Lucas avait le souffle court, le corps encore frémissant, mais il ne parvint pas à bouger ou à dire quoi que ce soit, ayant l'impression de planer. Dray se pencha en avant, la respiration saccadée, ses mains toujours sur eux, et finit par poser son front contre le sien.

— Je t'aime, susurra-t-il dans un souffle.

— Et je crois bien que moi aussi, avoua Lucas d'une voix rauque, très basse.

La respiration de Dray accusa un nouveau raté alors qu'il fronçait les sourcils.

— Tu crois ?

— On travaille dessus avec le docteur, soupira Lucas qui rougit violemment. Parce que j'ai encore du mal à analyser ce que je ressens. Et ce que je ressens pour toi est bien plus fort que de l'amitié ou de la simple affection. Alors je crois que c'est de l'amour. Oui, je pense que je t'aime.

— Tu…, commença Dray avant de se stopper avec un sourire doux. Embrasse-moi. Embrasse-moi comme tu le ressens…

Lucas avait les joues très rouges, le souffle encore un peu haché, mais sa main, se trouvant toujours sur la nuque de Dray, se posa sur sa joue qu'il caressa du bout des doigts avant d'avancer le visage pour joindre ses lèvres à celles de Dray. Il ne put s'empêcher de continuer à caresser sa joue alors que ses lèvres se mêlaient à celles de Dray avec tendresse et douceur, sans le forcer, se contentant de les câliner avec tout l'amour qu'il sentait au fond de lui. Dray se laissa faire, répondant lentement, profitant avec une joie sans fin. Lorsque Lucas se redressa, les yeux de Dray restèrent fermés pendant de longues secondes, savourant encore ce baiser chaud et délicat. Cela avait été si intense que Dray avait l'impression que Lucas venait de lui faire l'amour rien qu'avec ses lèvres.

— Merci, gémit-il faiblement avant de se laisser tomber contre lui, cachant son visage dans le cou de Lucas. Tu parles beaucoup de moi avec ton psy. Tu lui parles de ce qu'on fait aussi ?

— Parce que tu es important pour moi, bredouilla Lucas. Et tu provoques des tas de sentiments que j'ai oubliés, que je ne comprends pas. Pour ce qu'on fait…, ajouta-t-il en rougissant, glissant une main dans les cheveux de Dray. Je crois qu'il a un peu deviné quand j'ai rougi. Mais je n'ai pas dit grand-chose. J'ai l'impression que ça n'appartient qu'à nous, et j'ai envie de le garder.

Dray gémit presque douloureusement en lui mordant délicatement le cou.

— Tu es trop mignon, geignit-il comme si cela provoquait une douleur physique. Comment tu veux que je reste de marbre ?

— Pourquoi voudrais-tu rester de marbre ? demanda Lucas en caressant ses cheveux.

Les mains de Dray se détachèrent enfin de leurs sexes, et il s'essuya rapidement sur son tee-shirt avant de venir prendre le visage de Lucas en coupe, l'embrassant langoureusement, enroulant amoureusement sa langue autour de la sienne.

— Parce que j'ai peur de ce que je pourrais te faire si je me laissais aller. Je ne veux pas te mettre la pression. Alors j'attends, notant les fabuleux progrès que tu fais en ce moment.

Lucas fronça les sourcils en caressant les cheveux et la nuque de Dray d'un geste léger, presque distrait. Il n'aimait pas l'idée que Dray ne soit pas vraiment lui-même avec lui. Il comprenait sa logique, parce qu'il avait conscience de son état, de son comportement anormal, mais il n'appréciait pas l'idée que Dray doive se retenir, ne puisse pas être lui-même. Ce fut la première fois depuis des années qu'il voulut vraiment être normal.

— Je t'aime, Dray, déclara Lucas avec plus de certitude qu'il n'en avait jamais eue.

Parce que ça devenait une vérité et ce, un peu plus à mesure qu'il passait du temps avec cet homme. Parce que Dray l'avait pris tel qu'il était et l'aidait à s'en sortir un peu plus chaque jour. Dray lui offrit un grand sourire et l'embrassa encore plus tendrement.

— Merci, Lucas. J'ai vraiment beaucoup de chance de t'avoir.

— Non, c'est plutôt moi le chanceux, s'amusa Lucas.

Dray roula des yeux avant d'entourer Lucas de ses bras, se posant contre lui, sur son épaule abîmée pour voir s'il allait finir par s'en apercevoir.

— Attention ! Ne t'appuie pas trop là.

— Il y a quelques minutes, cela ne t'inquiétait pas, souffla Dray en déposant un baiser aussi léger qu'une plume sur une cicatrice.

— Il y a cinq minutes, tu ne t'appuyais pas dessus.

Dray redressa la tête, les pupilles encore dilatées par l'orgasme.

— Lucas, ce n'est pas la première fois que je touche tes cicatrices, et il y a cinq minutes, je me frottais presque à celle de ta hanche. Pas une seule fois tu n'as pensé à la douleur, murmura-t-il comme un secret.

— Celle de la hanche est moins sensible que les brûlures, je crois, bredouilla Lucas avec un froncement de sourcils.

— Maintenant que j'y pense, je crois que pendant nos égarements, j'ai quasiment toujours touché une de tes cicatrices ou de tes brûlures, emporté dans l'action.

— Si tu y avais touché, j'aurais eu mal, murmura Lucas, perplexe.

— C'est ce que j'ai voulu te montrer la dernière fois. Lorsque tu n'y penses plus, il n'y a plus de douleur. Tu me l'as dit toi-même, que la douleur était psychologique.

— C'est ce qu'on m'a toujours dit, admit Lucas dans un soupir. Mais j'ai toujours eu mal quand même.

— Tu as eu mal là, quand je t'ai embrassé ? demanda doucement Dray en passant un doigt léger le long de la bordure de la cicatrice.

— Ce n'était pas aussi agréable que quand tu m'embrasses ailleurs.

— C'est normal, la peau ne réagit pas de la même manière. Mais si déjà tu ne souffres plus, ce serait déjà un grand pas en avant. Je ne veux pas te faire mal. J'aimerais pouvoir te caresser des pieds à la tête.

— Quelle drôle d'idée, souffla doucement Lucas en amenant ses mains sur les côtes de Dray.

La peau de Dray se recouvrit aussitôt de frissons, alors qu'il se cambrait un peu pour faciliter le contact.

— Si tu savais…, dit-il avec un clin d'œil.

— Un jour, peut-être que tu pourras… satisfaire toutes tes envies bizarres, bredouilla Lucas avec gêne.

— Ne dis pas « bizarres », gronda Dray en venant mordre son épaule intacte. Et je ne veux pas le faire si ça ne t'intéresse pas. Dans tous les cas, on a le temps. Je ne pensais même pas qu'on en arriverait là le week-end dernier.

— Dray, je suis dans la nouveauté, j'ignore ce qui m'intéresse ou non. Ce que tu viens de faire m'intéresse grandement, ajouta Lucas visiblement gêné, mais je n'en savais rien avant que tu le fasses. C'est pour ça que je te dis qu'il faudrait explorer tes envies… nouvelles, si tu préfères.

La main du soldat remonta sur sa nuque pour le caresser, alors que Dray collait leurs fronts ensemble avec un sourire coquin.

— Alors on va continuer à essayer plein de choses, taquina-t-il bassement. Tant que tu le veux, on laissera place à nos envies. Car si tu veux tenter quelque chose, tu peux aussi, Lucas. Mon corps est à toi au même titre que mon amour.

— J'aime l'idée d'essayer avec toi.

Lucas hésita, mais finit par combler l'espace entre eux pour l'embrasser tendrement, juste un petit peu, parce qu'il adorait savoir que ses lèvres lui appartenaient un peu. La pensée que Dray était à lui, corps comme amour, était étrange, mais si plaisante. Si agréable. Rassurante. Enivrante.

Dray le laissa faire, maîtriser le baiser comme il le désirait, car c'était bon. Lucas continua donc à le caresser, pendant un moment, savourant la tranquillité, la douceur entre eux.

— Dis-moi, demanda Dray en lui embrassant le cou, remontant jusqu'à son oreille. Il commence à faire très froid dehors. Tu crois que tu m’offrirais l’asile pour la nuit ? Juste pour ne pas me prendre la future tempête que je sens venir, tu vois ?

— Bien sûr. Tu es toujours le bienvenu ici, quelle que soit la météo.

— Mais on a dit que je ne devais pas rester là trop longtemps. Donc il me faut une excuse, aussi bidon soit-elle. Et je vais dans ma chambre tout seul… sans personne… ou… tu me proposes autre chose ?

— Tu viens juste m’aider à bien dormir ? Je ne fais pas de cauchemar quand tu es là.

— Présent, mec, déclara aussitôt Dray en s’enroulant autour de lui. Tout ce que tu veux.

— Alors voilà notre excuse.

— C’est vrai qu’elle est mieux qu’une tempête de neige par quinze degrés la nuit, s’amusa Dray avant de le fixer. Tu fais encore beaucoup de cauchemars ?

— Je n’ai pas l’impression que ça ait beaucoup changé.

Dray soupira fortement, lui offrant encore un câlin, puis se releva souplement. Il voulut remettre convenablement son tee-shirt, mais les traces de sperme séché le firent grimacer. Il enleva le vêtement, le laissant à côté de Lucas. Il rattacha son pantalon, puis tendit la main vers son compagnon.

— Alors laisse-moi t’offrir une nuit de répit, proposa-t-il avec un sourire.

Lucas glissa ses doigts sans hésitation dans ceux de Dray, et il se releva avec son aide pour remettre son pantalon en place.

— Ça ne se refuse pas.

— Je suis une superbe bouillotte, confirma Dray en l'entraîner vers la chambre et stoppa net après quelques pas. Tu as mangé ?

— Je n'ai pas faim, le rassura Lucas avec un sourire. Mais si tu veux manger, j'ai des restes dans le frigo.

— Cela ne répond pas à ma question, soupira Dray en fronçant les sourcils. Est-ce que tu as mangé aujourd'hui ?

— Ce matin, oui. Après, j'avais l'estomac trop noué.

Dray roula des yeux et le lâcha pour se diriger vers la cuisine.

— Va te préparer pour dormir, souffla-t-il simplement.

— D'accord, répondit Lucas en s'éloignant déjà.

Il gagna la salle de bain et ôta son pantalon pour ne garder que son boxer auquel il ajouta un tee-shirt large, puis il revint vers la cuisine pour trouver Dray, qui arrivait avec une simple coupelle de fruits, l'air penaud.

— Tu pouvais aller au lit !

— Nous pouvons y aller ensemble.

Dray roula des yeux et prit la main de Lucas pour l'entraîner.

— Je vais finir par croire que tu as peur du noir, se moqua gentiment Dray en traversant la maison, ouvrant la porte.

— C'est juste que j'aime être avec toi.

— Tu es définitivement trop mignon pour ton bien, conclut Dray en le poussant vers le lit, alors qu'il déposait la coupe sur les draps pour pouvoir enlever son pantalon.

Lucas s'installa, se glissant sous la couette en veillant à ne pas renverser la coupelle de fruits, et le regarda tranquillement faire. Le soldat prit place à côté de lui, se pelotonnant contre l'oreiller, pour l'attirer contre son flanc et prendre un grain de raisin. Il le présenta devant la bouche de Lucas avec un sourire.

— Tu me donnes la béquée ?

Dray admira le fruit disparaître entre ses, les caressa du pouce, lentement et sensuellement, appréciant leur texture douce.

— Pour être sûr que tu manges au moins, susurra-t-il délicatement. Mais sers-toi si tu veux. Tant que tu le fais, je m'en fiche.

— Je mange, tu sais, dit Lucas sans se servir pour autant. Sauf quand je suis trop angoissé par quelque chose.

— Et tu étais angoissé aujourd'hui à cause de moi ? Enfin, par l'exposition ? Je peux difficilement te faire la morale, je n'ai pas beaucoup mangé non plus.

— Tu étais vraiment anxieux, à cause de tout ça.

Il l'avait remarqué durant les jours précédents, et c'était une des raisons qui faisait qu'il avait voulu y aller.

— Carrément, soupira Dray, laissant sa tête retomber sur l'oreiller avec un grand sourire. Mais Margareth m'a dit qu'on avait déjà vendu quatre photos !

— C'est génial, Dray. Tu dois être content. Et l'anxiété a dû s'alléger un peu.

— C'est un véritable soulagement, tu veux dire !

— Tant mieux. Mais tu sais, je n'en doutais pas une seconde. Tu es plein de talent.

— Cela n'empêche qu'il aurait pu n'y avoir personne, grimaça Dray. Margareth a fait un super travail de ce côté-là.

— Elle était très jolie, bredouilla Lucas en prenant un peu de raisin. Elle t'a beaucoup accompagné.

— Elle en pince pour moi, confirma Dray en piquant un grain. Enfin pour mon corps. Elle a tenté de me tripoter.

— Cela ne m'étonne pas, lâcha le jeune homme, la tête basse, fixant la coupe de fruits.

— Et c'est tout ce que cela te fait ? s'amusa Dray en venant caresser ses cheveux.

— Non. Mais j'essaie de ne pas m'angoisser. Parce qu'elle est vraiment mieux que moi, elle s'intéresse à toi et saurait te combler. Alors j'essaie de me rassurer en me disant que tu m'as dit que tu étais homo, que tu m'aimais, que tu resterais avec moi. Mais si je m'écoutais, je paniquerais.

— Oh quel progrès, le félicita Dray en venant lui embrasser le front. Mais je t'avouerais qu'un peu de jalousie ne me dérangerait pas. Pourtant tu as raison, il n'y a aucun risque. Je la laisse flirter, elle sait parfaitement que je suis gay. Je n'ai pas voulu lui annoncer. Elle a vu quelques clichés en travaillant sur des photos… De mes exs. Elle s'est tournée vers moi et m'a dit que c'était dommage, et qu'elle n'allait pas arrêter pour autant de me toucher, que c'était du gâchis de ne pas profiter d'un corps comme le mien, et que c'était encore mieux s'il n'y avait aucun risque, car elle aime toujours son mari. Elle aime la beauté comme elle dit. Alors je la laisse faire. Elle n'a jamais été trop loin. Juste une main trop appuyée et des petits surnoms.

— Il vaudrait mieux que je ne la vois pas trop faire, parce que je risquerais de paniquer.

— Mais non, le rassura Dray. Je te promets que ce n'est rien. C'est ce qu'elle a fait pendant l'expo. Rien de bien passionnant. Et je préfère largement quand c'est toi. Entre tes doigts, avec ta délicatesse, j'ai toujours l'impression d'être fragile.

— Tu aimes avoir cette impression ? s'étonna Lucas en s'allongeant, la tête sur son épaule, après une hésitation. Parce que tu n'as pas l'air fragile du tout, au contraire.

— Pourquoi cela te surprend ? Je n'ai pas dit que j'étais fragile, souffla Dray en posant la coupelle sur la table de chevet.

Il prit le temps de s'enrouler autour de Lucas, essayant de toucher le moins de cicatrices possible, avant de reprendre :

— J'aime juste l'idée d'être traité avec douceur et respect. J'ai eu une relation qui n'a pas été tendre. Je me suis laissé embarquer dans quelque chose que je ne voulais pas. C'était pendant une de mes permissions longues. Cela n'a duré que quelques semaines, mais j'ai appris à savourer beaucoup de choses après. La douceur, entre autres choses.

Lucas hésita, mais finit par lever la main et caresser la peau du ventre de Dray qui était juste devant ses yeux, du bout des doigts, avec toute la tendresse dont il était capable.

— Désolé pour toi.

— Ce n'est pas grave, le rassura Dray en fermant les yeux pour profiter. Ce n'était juste pas quelque chose pour moi. Je sais ce que je veux dans une relation maintenant.

Lucas déposa un baiser tendre sur l'épaule sur laquelle il se trouvait, sans cesser ses caresses, s'avouant intérieurement qu'il n'espérait qu'une chose : correspondre à ce que Dray attendait d'une relation. Dray finit par l'embrasser sur le front avant de s'étirer pour éteindre la lumière. Il vint ensuite se coller contre Lucas, se calant contre son cou.

— Bonne nuit, Lucas.

— Bonne nuit, Dray. Je suis content que tu sois venu.

— Non, c'est moi qui te remercie. Tu es formidable, Lucas, murmura Dray qui commençait déjà à s'endormir.

Lucas eut un sourire et embrassa Dray une dernière fois avant de le laisser sombrer. Il l'avait plus que mérité. Lui se sentait presque heureux. Il avait fait beaucoup de sa journée, il réalisait des progrès, mais il s'en rendait à peine compte. Non, ce qui le faisait se sentir si bien, c'était d'avoir réussi à aller à un événement important pour Dray sans rien gâcher. *Peut-être qu'une relation était envisageable après tout*, songea-t-il avant de s'endormir, apaisé, sachant que, cette nuit, il ne ferait pas de cauchemars.

Le reflet d'un monstre qui disparaît

Lucas soupira et tira sur sa capuche dans un réflexe absurde alors qu'il était toujours assis à même le sol de son salon, contre un mur. Ses doigts trituraient le contour de son colis, encore enveloppé dans son emballage. C'était rectangulaire, pas très grand, 40 par 30 centimètres au maximum, et il sentait le relief des bords. C'était lisse, très plat. Et cela le fit soupirer de nouveau. Il savait parfaitement ce que c'était. Il l'avait commandé quelques jours auparavant, pour progresser. Encore une discussion avec son psy. Il avait refusé de le faire lorsque le docteur Kamar l'avait proposé, il trouvait ça stupide.

Pourtant, il était là maintenant, devant le colis proprement emballé, et il poussait soupir sur soupir. Il trouvait ça bête. Ça ne changerait rien à sa vie. Ça allait juste le confronter à sa propre existence. Ce qu'il refusait obstinément, parce qu'il la détestait. Mais désormais, il commençait à se dire qu'il ne pouvait plus la rejeter complètement. Parce qu'il s'y trouvait des choses bien. Aujourd'hui, il y avait Dray. Et Maxime. Lucas commençait à reprendre plaisir à se lever le matin alors qu'avant, il le faisait par automatisme et dans la souffrance. Mais il ne pouvait plus se renier complètement, ça ne marchait plus.

Il arracha le papier d'un coup sec, le son brisa le silence lourd de la maison, et il fixa son reflet sombre dans le miroir qui se trouvait sous l'emballage. Il ne voyait qu'une ombre. Sa capuche dissimulait parfaitement son visage et ses cicatrices. Il dut se forcer à lever la main pour la repousser. Puis il fixa son reflet. Il y voyait à peine à cause du peu de luminosité de sa maison claquemurée, bien qu'il fasse plein jour dehors. Il leva sa main abîmée sur son visage, comme pour l'effleurer du bout des doigts, mais n'y toucha pas, restant à quelques millimètres de la peau.

Il avait changé. Il était différent de son souvenir, et il se demanda si Nathan aurait eu le même visage que lui s'il avait été encore en vie. Il l'imagina aussitôt, avec un réalisme qui lui coupa le souffle. Il crut même discerner dans le miroir un visage lisse, aux traits réguliers et masculins, à la fois semblable et différent du sien aujourd'hui. Ce regard pétillant de joie et d'intelligence. Ses joues couvertes d'une barbe naissante, ses lèvres pleines étirées par un sourire séducteur. Un bel homme, plein de joie de vivre. Il l'eut à ses côtés pendant une fraction de seconde. Comblant le vide de son être, il eut son jumeau près de lui et il l'entendit rire de façon si réelle que cela lui étreignit douloureusement le cœur. Il le devinait si heureux, à travers le lien fusionnel qu'ils avaient toujours partagé, leur permettant presque de sentir l'autre.

Cette vision s'effaça, lui donna envie de pleurer, alors que le vide en lui reprenait ses droits. Il se contint alors qu'il fixait ses traits presque trop délicats. Il n'était pas maigre à faire peur, mais il lui manquait sans doute quelques kilos, c'était indéniable. Ses yeux bleu sombre étaient un peu enfoncés et paraissaient plus grands à cause de son manque de poids, et certaines mèches venaient les cacher. D'une main légère, il chassa ses cheveux un peu trop longs qu'il apercevait en bataille sur sa tête, et ses doigts se dirigèrent vers le bord de ses cicatrices.

Il se souvenait encore de la douleur intense lorsque le feu l'avait dévoré. Puis lors des soins, de la cicatrisation. Mais ça n'avait plus tout à fait le même aspect que la dernière fois qu'il avait vu son visage. C'était comme son bras, ce qui était logique. Juste de la peau rugueuse, plus sombre, striée. On voyait à peine la bande de peau au-dessus de son oreille où les cheveux ne poussaient plus.

Et à son grand étonnement, il ne trouva rien de répugnant.

Peut-être était-ce parce que Dray n'arrêtait pas de lui dire qu'il était mignon ou beau. Que son psy n'avait jamais eu de réaction de rejet, et qu'il l'obligeait à enlever sa capuche à chaque séance. Mais il ne trouva pas ça repoussant. Pas très beau peut-être, pas commun non plus, mais pas dégoûtant. Pour la première fois depuis des années, se voir dans un miroir ne lui donna pas envie de hurler, de le briser. Il ne nia pas sa propre existence, il la toléra.

Il se releva avec un soupir et se dirigea vers la salle de bain en gardant l'objet contre lui. Une fois dans la pièce, il fixa un instant la vis au-dessus du lavabo, là où il y avait eu un miroir avant son installation. Il l'avait jeté avec fureur à l'époque, s'écorchant les doigts sur le verre brisé, mais il n'avait jamais pris la peine d'ôter la fixation. Il finit par regarder derrière le miroir, trouvant le crochet et le suspendit avec un autre soupir. L'objet paraissait sans doute ridicule, car il était trop petit pour être là, mais il s'en ficha. Il avait un miroir et n'en revenait pas lui-même. Lucas quitta la pièce en remettant sa capuche et retourna au salon pour se remettre à son puzzle en attendant que Dray vienne le chercher pour aller voir Maxime.

Mais lorsque Dray toqua, il n'était pas seul. Pauline se trouvait à côté de lui et lui adressa un salut de la main avec un grand sourire.

— On en avait parlé, dit Dray, incertain.

Lucas sentit la vague d'appréhension le gagner, mais il inspira profondément. Il connaissait Pauline, il serait avec Dray et Maxime dans un lieu familier, alors il parvint à refréner la panique et à simplement hocher la tête en sortant, refermant la porte derrière lui.

— Bonjour, souffla Dray en embrassant sa tête par-dessus sa capuche comme il le faisait souvent.

— Bonjour, répondit Lucas dans un souffle bas, se tournant vers eux en se tassant un peu sur lui-même.

Dray le prit contre lui, juste quelques secondes, avant de se tourner vers sa sœur, avec un sourire.

— C'est quand vous voulez, assura Pauline pour ne pas les presser.

— Allons-y alors, osa Lucas en glissant sa main dans celle de Dray.

Ils gagnèrent tous les trois la voiture avant que Dray ne demande à sa sœur de monter à l'arrière, pour ne pas changer des habitudes de Lucas qui paniquait toujours à cette place. Dray en avait touché quelques mots à sa sœur. Pauline sourit et s'installa aussitôt à l'arrière. Le trajet fut rapide jusqu'à l'institut. Dray leur offrit un visage bienveillant à tous les deux avant de sortir. Il prit la main de Lucas et attira sa sœur de l'autre côté, un bras autour de ses épaules.

— Tu sais, si Maxime est dans un mauvais jour, cela ne changera rien à d'habitude, murmura-t-il doucement.

— Alors on réessaiera un autre jour, répondit Pauline en haussant les épaules, souriant malgré tout.

— Je sais que je dis souvent que c'est magique ce que Lucas fait avec Maxime, mais je ne veux pas que tu sois déçue, d'accord ?

— Ça ne peut pas être pire que d'ordinaire, répondit Pauline tout en lui donnant un faux coup à l'épaule. Arrête de t'en faire pour moi, je sais comment est notre frère.

Dray lui tira la langue puis l'embrassa sur le front.

— Je fais ce que je veux, déclara-t-il en lâchant les deux, pour leur ouvrir la porte.

— Ça, j'ai remarqué. Et je suis certaine que Lucas aussi, dit Pauline en entrant à sa suite. Ça va aller si on est trois ? Ils nous disent toujours de ne pas venir le voir à plus de deux.

— Je pensais peut-être que… je pourrais y aller avec Lucas au début et après je vous laisserai tous les deux, proposa Dray en jetant un regard vers Lucas pour avoir son avis.

— Tu… Vous devriez peut-être rester tous les deux avec votre frère, murmura Lucas à voix basse. Et tu n'as plus besoin de moi pour jouer avec lui.

— Tu as peur de rester avec moi ? s'enquit Pauline en haussant un sourcil amusé, le faisant rougir sous sa capuche.

Lucas n'eut pas le temps d'articuler une réponse qu'il vit Maxime qui s'approchait d'eux, d'un pas toutefois plus hésitant que d'ordinaire.

— Comme vous voulez, finit-il par dire en se tournant vers Maxime, s'accroupissant en sortant un objet de sa poche.

Une simple bille multicolore que Maxime récupéra au creux de sa paume avec un sourire.

— Il vient vraiment, murmura la voix de Pauline un peu en arrière.

— C'est magique, n'est-ce pas ? dit tendrement Dray en s'agenouillant à son tour, sortant une nouvelle cape vert pomme de sa veste.

Maxime rit doucement en attrapant la cape, la faisant glisser entre ses doigts avec un air fasciné.

— Incroyable, admit Pauline alors qu'il se détournait, emportant la cape et la bille vers l'une des boîtes de jeu.

— Lucas a découvert qu'il était fasciné par les couleurs, expliqua Dray qui se redressait doucement, fier comme un paon, aussi bien de son petit frère que de Lucas.

Lucas les laissa discuter et suivit Maxime, le regarda fouiller dans l'une des boîtes, éparpillant des objets à tout-va, et Lucas observa le coffret d'à côté, y trouvant la cape arc-en-ciel de Maxime. Il la sortit, ainsi que plusieurs autres jouets dans lesquels Maxime refit un tri. Dray vint le rejoindre, choisissant un objet parmi ceux-là, pour commencer à le bouger devant Maxime afin d'attirer son attention.

— Alors comment ça va, champion ? demanda-t-il avec douceur.

Maxime rit en agitant les mains vers l'objet et attrapa la cape rouge que Lucas avait sortie pour lui tendre.

— Je crois que c'est sa préférée, s'amusa Lucas.

— Évidemment, c'est un super-héros !

— Tu devrais lui remettre, murmura Lucas en regardant Maxime qui caressait le tissu d'une main, tendant l'autre vers Dray. Je crois qu'il n'attend que ça.

Dray hocha la tête et la prit délicatement. Il l'ouvrit tout aussi lentement et la déposa sur Maxime avec hésitation, ne souhaitant pas brusquer l'enfant. Mais à peine quelques secondes plus tard, le tout était attaché sans problème et son frère riait tranquillement, tapotant dans ses mains puis se remettait à fouiller dans la boîte. Lucas le regarda faire en attrapant la cape verte que Dray venait d'apporter. Elle s'attachait au cou grâce à deux scratchs tout simples. Suivant son intuition, il accrocha l'une des attaches à la cape arc-en-ciel, reliant les deux vêtements entre eux. Puis il reproduisit la manœuvre avec la bleue et la jaune. Dray avait apporté une couleur différente à chacune de ses visites. Lucas finit donc par lier toutes les capes ensemble et cela attira l'attention de Maxime qui le fixait avec fascination, comme lorsqu'il l'observait jouer au piano.

— Regarde, souffla Lucas en prenant les deux derniers scratchs.

Il agita l'ensemble et Maxime eut un regard émerveillé en venant prendre les attaches des doigts de Lucas qui le laissa faire. Puis il fit quelques pas en arrière, entraînant le méli-mélo avec un rire enchanté. Dray l'observa faire avec un sourire doux puis se tourna vers Pauline, ému.

— Tu vois comme c'est fantastique…

— Il a l'air tellement heureux, murmura Pauline qui n'osait pas s'approcher.

Lucas se mordit la lèvre en la remarquant, debout un peu plus loin, visiblement attendrie de voir son frère si enthousiaste. Elle était si semblable à Dray quand il les rejoignait au début que Lucas surmonta son angoisse pour lui tendre un tube de rouge à lèvres. Pauline parut hésiter, mais Maxime fixa le tube noir, tout juste agrémenté d'un gros point violet au bout. Pauline s'en saisit avec hésitation.

— Regarde, murmura Lucas avec peine en attrapant un autre tube de rouge.

Il prit la cape jaune et jeta un coup d'œil à Maxime, jaugeant son expression. Maxime aimait le mélange de couleurs, et il n'y avait aucune logique, cela variait d'un jour à l'autre, il fallait simplement que la fusion des deux lui plaise. Lucas jugea que cela lui allait et dessina une vague forme d'oiseau. À peine eût-il fini, que Maxime riait en faisant bouger la cape dont il tenait toujours les lanières.

— Essaie.

Pauline se mordit la lèvre avec une pointe d'anxiété, mais posa un genou à terre et attrapa la cape bleue, ouvrant le tube.

— La verte, l'interrompit Lucas qui fixait Maxime.

Son regard suivit la pointe du rouge à lèvres à la teinte violet sombre. Pauline qui traça quelques fleurs sur la cape et Maxime rit en tapant dans ses mains avant même qu'elle finisse, bougeant le tout. Dray se glissa doucement vers sa sœur, souriant, avant de prendre une photo avec l'appareil qu'il avait pensé à emmener. Il comprenait sa sœur, il avait ressenti cet espoir, cette joie immense qui parcourrait son corps. Maxime parvenait enfin à communiquer avec eux. Parvenait à rire et sourire. Adieu les cris et les pleurs qui avaient accompagné sa naissance jusqu'à son départ. Enfin leur petit frère semblait heureux et, pour eux, c'était quelque chose de tellement énorme, merveilleux.

— Tu as fait rire Maxime, Pauline, souffla Dray en baissant son appareil pour qu'elle se rende vraiment compte de ce qu'elle venait de faire.

— C'est incroyable, il a l'air si ouvert, si enthousiaste, s'extasia Pauline, incapable de lâcher Maxime du regard. D'habitude, il se contente de rester dans son coin comme si nous n'étions pas là.

— Attends de le voir quand Lucas joue.

— Joue ? Ah, le piano, comprit Pauline avant de se tourner vers Lucas. Le premier truc qui a attiré Maxime vers toi, c'est ça ?

— Il aime bien quand je joue, articula Lucas en sortant des billes de la boîte pour les poser sur la cape bleue.

Maxime l'agita légèrement, faisant rouler les billes vers Lucas qui les repoussa, et cela sembla amuser Maxime qui recommença.

— Lucas est un très bon pianiste, expliqua Dray en

continuant de prendre quelques photos discrètement, ne voulant pas perturber Maxime. Notre petit frère est fasciné par ses doigts et les sons. Exactement comme les couleurs. Je crois que Lucas attire les mâles de notre famille, ajouta Dray avec un rire.

— Il est doué, admit Pauline alors que Lucas faisait rouler les billes vers elle, accrochant le regard de Maxime.

Elle imita le geste de Lucas et les dirigea sur les capes. Maxime les renvoya vers elle d'un mouvement doux en riant.

***

Lucas releva la tête vers le miroir de son lavabo, fixant un instant son propre regard avant de se diriger vers ses cicatrices avec un soupir. Non, définitivement, il ne trouvait toujours pas ça beau. Pourtant Pauline n'avait pas réagi le matin même. Dray avait ôté sa capuche pour l'embrasser en le raccompagnant après leur visite à Maxime.

Cela faisait presque trois mois que Pauline les accompagnait et jouait avec Maxime. Elle avait l'air aussi heureuse que Dray, à chaque fois. Du moins, à chaque fois qu'ils tombaient dans un bon jour. Lucas parvenait à discuter avec elle plus naturellement et, parfois, il se surprenait à se sentir presque aussi à l'aise avec elle qu'avec Dray. À certains moments plus qu'à d'autres, mais c'était assez régulier.

Lorsque Dray avait repoussé sa capuche pour l'embrasser quelques jours plus tôt, il n'avait même pas protesté. Il n'avait juste pas osé la regarder tout de suite. Il ne voulait pas se sentir laid, voir sa mine dégoûtée. Mais elle avait dit qu'il avait tort de se cacher, parce qu'il était fort mignon. Elle avait ri. De son rire léger, joyeux. Alors il avait rougi.

Il ne se trouvait toujours pas beau en se regardant dans son petit miroir mais, après tout, si cela allait au frère comme à la sœur… Il quitta son reflet des yeux avec un soupir sans replacer sa capuche. Il ne la mettait plus quand il était dans la maison. Même quand Dray était là.

Leur relation avait évolué. Doucement, mais elle n'avait de cesse de progresser. Lucas se faisait à l'idée d'une histoire et à tout ce que cela impliquait. Il n'hésitait presque plus avant d'enlacer Dray ou de l'embrasser. Ils mangeaient souvent ensemble, parfois ils s'accordaient une nuit tous les deux. Lucas était même parvenu à retourner chez Dray et à y dormir. Plusieurs fois. Il s'y sentait plus à l'aise maintenant.

D'une façon générale, il était plus détendu lorsque Dray était là. Il aimait pouvoir glisser sa main dans la sienne, déposer un baiser sur sa joue, sa tempe ou ses lèvres. L'enlacer et sentir sa chaleur. Sentir son corps et ses muscles contre le sien.

Lucas avait appris à être plus à l'aise avec la part intime de la relation. Il parvenait même à initier les choses. Surtout depuis la première fois où il avait osé, parce qu'il avait vu la réaction de Dray. Que ce soit lui qui vienne l'avait rendu presque fou, et cela avait plus qu'encouragé Lucas à reproduire la chose. Alors il commençait à prendre des initiatives avec ses mains et sa bouche. Il aimait entendre Dray gémir, le sentir frémir.

Il se demandait souvent si ce qu'ils avaient était une relation normale. Lucas ne s'en était jamais senti capable, mais cela commençait tout de même à s'en approcher un peu. En tout cas, il se surprenait à aimer ce qu'ils construisaient. Et à s'en sentir heureux. Ce qui l'aidait à surmonter toute angoisse.

— Lucas, hurla soudainement Dray qui venait d'entrer chez lui.

Il quitta la pièce pour gagner le salon, souriant d'avance de l'arrivée de Dray.

— Je suis là.

Dray peinait à entrer dans la maison, le sapin qu'il tenait dans ses bras ayant du mal à passer la porte.

— Cadeau ! s'écria-t-il avec un grand sourire en voyant Lucas arriver. Je trouvais que cela manquait !

— Un sapin ? s'étonna Lucas en venant l'aider sans réfléchir. Je ne fête pas Noël, je te l'ai dit.

— Mais Noël, c'est magique ! Quand on peut avoir tout ça, il faut le faire, s'exclama Dray en posant le sapin dans l'entrée.

Lui qui avait passé de trop nombreux Noëls au front, ne souhaitait plus en rater un seul. Il prit le temps de refermer la porte avant d'attirer Lucas à lui par la taille pour voler un baiser.

— Bonjour, toi, susurra-t-il en caressant sa joue.

— Tu n'en fais qu'à ta tête, s'amusa Lucas en posant un baiser tendre sur ses lèvres.

— C'est ta faute, tu me rends fou, pouffa Dray en le serrant contre lui.

— J'aime ça, souffla Lucas en l'embrassant de nouveau.

— Attends que je t'attrape, toi !

— Ah, que voilà une bonne idée, rit tranquillement Lucas sous ses doigts. Attrape-moi.

Dray lui sourit avant de l'attirer à lui et, la seconde suivante, Lucas était sur son épaule. Le soldat se mit à tourner.

— Ou est-ce que je vais pouvoir mettre ce gros paquet ? se demanda-t-il en donnant des petites tapes sur les fesses près de sa tête.

— Comment ça « gros » ? Et tu vas me donner envie de vomir. Dommage, parce que j'ai une jolie vue.

— Tu pourrais avoir une meilleure vue autrement, répliqua Dray en le faisant descendre contre lui, le gardant sur son ventre et le portant toujours dans ses bras. Toi, moi, à moitié nus… Dans un bain peut-être ?

— Oh, j'aime cette idée, souffla Lucas en déposant des baisers dans le cou de Dray.

Dray gémit faiblement, tournant la tête pour lui laisser plus de place, le serrant davantage contre lui.

— Tu triches…

— On a énoncé des règles ? s'enquit Lucas en goûtant la peau du cou du bout de sa langue.

— Tu deviens beaucoup trop doué, plaisanta Dray avant de venir chercher sa bouche pour l'embrasser passionnément. Tu me donnes beaucoup trop envie, si tu veux mon avis, Petit Lutin des bois.

— Je crois que j'y ai pris goût, avoua Lucas en venant poser une main sur sa nuque. À toi.

— Très bonne nouvelle, si tu veux mon avis.

— Et j'ai très envie d'avoir cette vue, rit tranquillement Lucas en l'embrassant de nouveau.

— Hum, très tentant, affirma Dray en se frottant un peu contre lui, montrant son excitation, pourtant il fit redescendre Lucas au sol, déposant un baiser chaste sur ses lèvres. Mais pas maintenant. On a un sapin à décorer, mauvaise graine. Ne m'entraîne pas vers le côté obscur, même si celui-là m'emmène dans ta chambre.

— Je n'ai rien pour le sapin, je ne fête pas Noël, donc je n'ai aucune déco. Tu es sûr, pour la chambre ?

Dray sourit avant de lui donner une petite tape sur les fesses et un autre baiser sur la joue.

— Dark Vador…, grommela-t-il en tirant un peu sur son

jean pour essayer d'être plus à l'aise malgré son érection qui pulsait. Attends-moi là, mec !

Le soldat ressortit pour revenir aussitôt, brandissant un gros sachet plastique d'où jaillissaient des guirlandes colorées.

— Tu crois que tu peux garder ce que tu viens de me proposer au chaud, pour qu'on puisse reprendre ça après ?

— Sans doute, soupira Lucas en contemplant le sac. Tu es sûr ? Pour Noël ?

— Pourquoi ? Tu ne veux pas ? s'étonna Dray en sortant une guirlande pour la passer autour du cou de Lucas. On peut te décorer si tu es jaloux du sapin, ajouta-t-il avec un rire. Tu es adorable comme ça.

— Je ne suis pas jaloux du sapin, s'amusa Lucas en retirant la guirlande, le gratifiant d'un baiser. C'est juste que ça ne signifie plus grand-chose pour moi, Noël. Depuis le temps que je ne le fête plus.

— Pourquoi donc ?

— Je...

Lucas s'interrompit et se mordilla la lèvre, cherchant ses mots, son regard devenant triste.

— Le premier Noël après, j'étais dans une famille d'accueil. Je n'étais pas encore majeur. C'était comme tous les Noëls que j'ai toujours connus. Le sapin, les cadeaux, le repas de réveillon. Mais ça m'a juste fait prendre conscience à quel point ils n'étaient plus là. Je me suis senti encore plus seul. Et je ne voulais pas de cette réalité, de cette solitude. Alors j'ai arrêté. Je n'ai plus fêté Noël quand ça a été possible d'y échapper. C'était plus simple pour moi.

— Cela sera différent, Lucas, murmura Dray en l'attirant à lui, le cajolant avec douceur. En parlant de ça..., continua-t-il en jouant avec la guirlande. Je me disais qu'on pourrait le fêter. Ensemble. Tous les deux, et ensuite avec ma famille.

— Toute ta famille ? demanda Lucas d'une voix un peu plus hésitante.

— Eh bien… ouais. Enfin, mes parents et ma sœur. Passer le réveillon tous les deux, et le jour de Noël avec eux. Pour le repas.

— D'accord, murmura Lucas en reprenant la guirlande qu'il accrocha dans le sapin.

Il ne s'était pas attendu à ça. Certes, c'était devenu plus simple avec Pauline, mais de là à passer Noël dans leur famille… Il n'était tellement pas à l'aise avec cette idée qu'il préféra s'éloigner un peu. S'attardant sur un sapin qu'il ne voulait pas spécialement décorer non plus.

— Tu n'es pas obligé d'accepter si tu ne veux pas, soupira Dray en ramenant Lucas à lui. Mais je me disais que… je pourrais peut-être te présenter à mes parents. Officiellement.

— C'est bon, je t'ai dit, je vais essayer. Juste que ça m'angoisse un peu, expliqua Lucas en posant une main sur le bras de Dray. Et ça va être dur de ne pas pouvoir t'embrasser alors que tu es tout près de moi. Ou même te prendre la main.

— Lucas. Je viens de dire « te présenter » officiellement. Pas rencontrer. Tu as déjà vu ma mère en plus. Ça signifie que je veux leur dire que tu partages ma vie. Que je veux rester avec toi pour longtemps, et que j'en suis très heureux. Voire au comble du bonheur.

— Tu… quoi ? s'étonna Lucas en levant un regard surpris vers Dray. Mais tu ne voulais pas leur dire. Pourquoi changer d'avis ?

— Parce que je ne veux pas te cacher comme un vilain secret. Je suis heureux avec toi, comme jamais. Je ne peux pas crier au monde que je t'aime, mais je peux au moins le dire à mes parents. Je ne veux pas avoir à me retenir de te prendre la main ou de t'embrasser. Je ne veux plus me cacher. Je n'ai jamais ressenti de choses aussi fortes. Alors je ne me cacherai pas. Je veux que tout le monde sache que tu es à moi. Enfin… Sauf si bien sûr, tu ne veux pas.

— Si, je suis d'accord, répondit aussitôt Lucas en glissant ses mains dans celle de Dray. Je suis juste surpris. Mais oui, d'accord. Dis-leur. Mais… Enfin s'ils ne le prennent pas bien, je ne te promets pas de réussir à ne pas paniquer.

Dray eut un faible sourire avant de l'attirer contre son torse, se cachant dans son cou.

— D'accord, je te calmerai si ensuite tu m'offres l'asile pour la nuit, comme je n'aurai plus de chez-moi.

— Tu sais que tu es toujours le bienvenu.

— Mais cela devrait bien se passer, tenta de se convaincre Dray en se cachant un peu plus dans le cou de Lucas.

— Je l'espère de tout cœur, murmura celui-ci en glissant une main dans les cheveux blonds pour les caresser tendrement. Bon, on le fait ce sapin ?

— Tu ne veux pas que je te décore, toi ?

— Encore une idée bizarre, gloussa Lucas en glissant un bras autour de sa taille.

— Un peu de couleurs, c'est pas mal.

Dray sourit puis vient prendre le sapin, l'avançant dans l'entrée.

— On le met où ?

— Dans le salon, dans le coin, proposa Lucas venu l'aider.

Ils l'installèrent rapidement et Dray retourna chercher de

nouvelles décorations. Il les passa à Lucas et, de temps en temps, continua à en disposer sur lui. Lucas le laissait faire, levant les yeux au plafond, mais avec un sourire. Parce que Dray continuait à apporter de la joie dans sa vie, et Lucas profitait de chacun de ces moments. Alors il décora entièrement le sapin. Il finit par reculer pour regarder leur œuvre.

— C'est coloré.

— Cela ne ressemble pas à grand-chose, pouffa Dray en le prenant dans ses bras.

— Étonnamment, je l'aime bien…

— Moi aussi, affirma Dray en lui embrassant les joues avant de sortir son téléphone. Fais un sourire.

Et avant que Lucas ne comprenne, Dray avait pris un selfie avec le sapin en fond.

— Ah Dray, gémit Lucas en détournant la tête. Tu sais que j'ai du mal avec les photos quand je n'ai pas ma capuche.

— Je sais. Mais je veux garder une trace de ces souvenirs ensemble. Tu verras plus tard, dans quelques années, tu seras content de les revoir.

Dray se rapprocha de Lucas avec une mine de chien battu, se penchant en avant pour avoir l'air moins grand.

— Tu vas me punir ? demanda-t-il avec, malgré tout, un petit sourire en coin qu'il n'arrivait pas à cacher.

— On dirait que tu aimes cette idée, s'amusa Lucas en l'embrassant au coin des lèvres, toujours heureux de le voir sourire.

— Eh bien, cela dépend de ce que tu fais pour me punir, roucoula Dray en s'enroulant autour de lui.

— Je n'ai jamais puni quelqu'un, murmura Lucas comme

s'il réfléchissait vraiment à l'idée. Cela va me demander une longue réflexion.

— Lucas, c'est une blague… Pour me faire pardonner, le taquina Dray. À quoi tu penses, dis donc ?

— J'en sais rien. Pas d'idée précise justement, mais cela semblait te plaire.

— Arrête de tout faire pour me plaire, c'est gentil, mais inutile.

Dray clôtura la conversation d'un baiser avant de l'attirer vers le canapé.

— On a un sujet important à aborder, déclara-t-il solennellement.

— Vraiment ? s'enquit Lucas, un sourcil haussé, presque étonné de voir Dray si sérieux d'un coup.

— Oui, j'aimerais savoir si tu veux quelque chose de précis pour Noël ?

— Ah, tu veux dire un cadeau, demanda Lucas après un court silence de réflexion. C'est ça la chose importante ?

— Oui !

— Je n'ai besoin de rien, Dray.

— Il n'y a rien dont tu aies envie ? Pas forcément un objet, mais on pourrait aller quelque part, ou faire quelque chose que tu aimes, proposa Dray en lui prenant la main. J'ai vraiment envie de te gâter.

— Non, pas vraiment. Et tu n'es pas obligé de trouver quelque chose.

— Notre premier Noël ensemble. C'est important pour moi, admit Dray. Tant pis, je trouverai tout seul.

— Tu n'en fais toujours qu'à ta tête de toute façon, répéta

Lucas en embrassant sa tempe avec tendresse.

— C'est vrai. Je l'admets. Je suis coupable, s'amusa Dray.

— Je t'aime comme ça, répondit le jeune homme qui l'enlaça avec un sourire.

— J'adore quand tu me dis ça…

— Je sais, et j'aime te le dire. Ça rend tout ça plus réel.

— Il serait temps qu'après plusieurs mois de relation, tu t'y fasses effectivement.

— Je n'y peux rien si ça me semble trop beau pour être vrai. Si tu parais trop bien pour moi, soupira Lucas en se passant une main dans les cheveux avec un sourire contrit.

— Trop bien pour toi ? Non mais, qu'est-ce qu'il ne faut pas entendre !

— C'est mon impression, c'est tout.

— Si tu veux, je te rappelle les dégâts dans ta cuisine il y a trois semaines, ricana Dray en le faisant monter sur ses genoux.

— J'aime aussi quand tu mets le désordre, répondit tranquillement Lucas, une main posée sur la nuque de Dray pour la caresser doucement. Que tu rates des choses. Ou même que tu nous serves un truc noir. On n'en mange pas beaucoup, mais j'aime te voir essayer, venir t'aider.

— Là, c'est carrément toi qui sauves nos estomacs, si tu veux mon avis. Mais tu as au moins repris du poids. Et puis, c'est un peu comme si tu étais mon chevalier, alors ? Puisque tu viens me sauver…

— Oh oui, sourit Lucas, enchanté par cette image. Il ne me manquerait plus que la monture. Ainsi je pourrais la chevaucher et accourir à ton secours.

Dray éclata de rire, puis esquissa une moue faussement

boudeuse.

— C'est moi le chef, normalement. Je ne suis pas une princesse enfermée dans le plus haut donjon.

— Tu n'as rien d'une princesse, tu es grand, beau et fort, s'amusa Lucas.

— Et je manque d'un peu de seins.

— Tu es parfait comme tu es.

— Tout comme toi. Et j'adore particulièrement tes yeux.

Lucas ne répondit rien et se rapprocha de Dray. Il fut presque délicat en s'emparant de ses lèvres et sa main glissa sur sa joue alors qu'il l'embrassait avec tendresse et douceur. Sa langue effleura même la lèvre inférieure de Dray en une caresse douce. Un gémissement lui répondit avant que Lucas ne se cambre vers lui, alignant leurs bassins. Les bras de Dray se resserrèrent sur le corps fin. Il avait envie de le serrer tellement fort, de l'accrocher à lui et de le garder pour toujours. Il entrouvrit la bouche, laissant paresseusement sa langue rencontrer sa jumelle, se sentant frémir. Dray pourrait presque vouer un culte à la douceur de Lucas qui mettait ses sens en feu.

— Et j'adore ta tendresse, susurra-t-il faiblement.

Dray se rappelait encore de cette relation où on l'avait obligé à jouer à des jeux sexuels beaucoup trop violents pour lui. Étouffer quelqu'un pendant qu'il faisait l'amour n'était clairement pas son truc, peu importe si cela décuplait les sensations de son partenaire. Avec Lucas, tout était instinctif, presque simple, malgré son traumatisme. Sans parler de sa douceur et de sa fragilité qui faisaient fondre le cœur de l'ancien soldat.

Lucas sourit alors que sa main remontait de la joue de Dray vers son oreille, avant que ses doigts ne s'enfoncent dans ses cheveux avec douceur. Tendre caresse.

— Tu me tortures, geignit Dray en laissant les mains de Lucas le parcourir, sentant un frisson d'excitation mordre son estomac. Tu as trouvé ta punition ? ajouta-t-il en câlinant le ventre plat sous le pull.

— Pas vraiment, tu as une idée ? s'amusa Lucas qui déposa une ligne de baisers dans son cou.

— Tais-toi, grogna Dray.

Il se redressa, assis, attrapant une fesse dans chaque main, pour effectuer une délicieuse friction entre leurs bassins.

— Ah, revoilà le Dray chef, s'amusa Lucas en retenant un gémissement, ses mains descendant le long du torse de Dray pour se glisser sous le tee-shirt et remonter dans une caresse sensuelle.

— Tu me fais perdre tous mes moyens à m'aguicher comme cela, murmura Dray, le corps arqué.

L'ancien soldat ne réfléchit pas plus et commença à mordiller la peau du torse de Lucas après avoir relevé son pull. Il laissa sa langue se frayer un chemin jusqu'à un téton qu'il s'amusa à suçoter, tirant un soupir satisfait à Lucas qui remonta une main dans les cheveux de Dray alors que l'autre caressait les contours des muscles du ventre.

— Ce pourrait être une punition ça, finit par murmurer distraitement Lucas. Ne plus pouvoir donner d'ordres, que ce soit moi qui commande.

Dray fronça les sourcils, étonné. Il prit le temps d'embrasser plus chastement Lucas avant de le fixer.

— C'est ce que tu veux ? Que je te laisse faire ?

— Je n'en sais rien, répondit Lucas avec gêne. J'ai dit ça comme ça.

— Tu veux essayer ? continua d'insister Dray avec un sourire amusé. Je sais que tu adores les nouvelles choses.

— Tu aimerais ça ? Je ne suis même pas certain que je saurais par où commencer, s'amusa Lucas, riant un peu de lui-même.

— Alors essaye, souffla Dray en l'embrassant délicatement. Mais tu risques de devoir me rappeler à l'ordre.

— Je ne sais pas si je saurais faire ça. Et je ne veux pas essayer si tu sais que tu n'aimes pas ça.

— Fais, je veux essayer aussi. Je te fais confiance. Et comme je te l'ai déjà dit, avant je donnais des ordres, mais j'en recevais également.

Dray scella ses paroles d'un baiser volé. Lucas poussa un soupir, se mordillant la lèvre avec hésitation alors que sa main ralentissait ses caresses.

— Alors embrasse-moi mieux que ça, ordonna-t-il d'une voix douce.

— Hm, ça, c'est un ordre qui me plaît, souffla Dray en remontant sa main sur la joue de Lucas pour l'approcher.

Il prit son temps pour poser ses lèvres sur les siennes, d'abord dans un effleurement, puis un contact plus appuyé. Il donna une maigre succion puis entrouvrit la bouche, laissant sa langue caresser une lèvre, la redessinant d'un trait léger, pour enfin s'engouffrer dans la bouche de Lucas, explorant avec lenteur, savourant les sensations, cherchant à le faire frémir. Lucas gémit presque entre ses dents alors que son corps se tendait vers Dray. Sa main qui caressait le ventre dur passa dans son dos afin qu'ils puissent se rapprocher. Il venait plus au contact, pour sentir sa chaleur, tenant sa nuque, répondant au baiser lent qui éveillait son excitation. Dray grogna à son tour, se retenant d'enlever le pull qui le gênait pour découvrir davantage de peau. Il finit pourtant par laisser la langue de Lucas tranquille, revenant donner quelques coups sur un morceau de lèvre.

— J’espère que c’était un meilleur baiser, s’amusa-t-il avec un clin d’œil.

— Oh oui, soupira Lucas en remontant le tee-shirt de Dray pour qu’il l’enlève.

Ce dernier obtempéra, levant les bras pour laisser son amant faire tout ce qu’il voulait. Lucas s’empressa de faire passer le vêtement par-dessus la tête de Dray et le poser à côté d’eux, puis ses mains explorèrent la peau qu’il venait de mettre à nu. Il se décolla un peu pour pouvoir se pencher et approfondir son voyage avec ses lèvres. L’ancien soldat se cambra sous chaque attouchement, devant se faire violence pour ne pas coucher Lucas sous lui, prendre le contrôle. Mais Dieu qu’il en avait envie.

— Qu’est-ce que j’ai le droit de faire ? demanda-t-il en fermant les yeux, laissant tout de même ses mains remonter sur le bassin de Lucas.

— Me toucher, ça tu peux, souffla Lucas qui frémissait.

Il prenait son temps et embrassait chaque portion de peau, ses doigts arrivant au pantalon qu’il déboutonna sans hâte, presque avec précaution. Les mains de Lucas agrippèrent les fesses de son amant pour les serrer une seconde, alors que Dray cherchait sa bouche comme un affamé. Ce dernier finit par se redresser, encerclant le corps fin pour l’embrasser où il le pouvait, complètement hors de contrôle. Lucas le rendait fou de désir, et Dieu qu’il aimait ça.

Lucas sentit son excitation monter en flèche. Il adorait sentir Dray perdre sa retenue, frémir ou le serrer contre lui. Surtout lorsque c’était lui qui le provoquait. Avec ses lèvres et ses mains. Et cela amenait Dray à en faire autant. Lucas avait alors du mal à garder intact le fil de ses pensées, rendues plus floues par toutes les sensations. L’une de ses mains coincées entre leurs deux corps parvint à se glisser dans le pantalon ouvert pour saisir le membre de Dray et commencer à le caresser sensuellement.

Dray gémit aussitôt, se cambrant pour se glisser davantage entre ces doigts qui lui faisaient tant de bien. Il se mordit légèrement les lèvres.

— Et si on allait dans la chambre ? susurra-t-il sensuellement. On sera plus à l'aise…

— Tu ne sembles pourtant pas mal à l'aise, s'amusa Lucas alors que ses lèvres exploraient de nouveau la courbe de son cou.

— Hm, je veux plus de place… Je veux pouvoir savourer ton corps comme il se doit.

— Tu es surtout très exigeant, souffla Lucas en l'embrassant juste sous l'oreille. Mais d'accord, allons dans la chambre.

Les mains de Dray agrippèrent aussitôt les fesses de Lucas et, par la force de ses abdominaux, il se leva et poussa sur ses jambes, gémissant légèrement sous l'effort.

— J'aime te voir nu entre des draps, je trouve cela érotique, avoua Dray en l'embrasant encore.

— Alors allons-nous déshabiller entre les draps premier prix de mon lit, pouffa Lucas, accroché au cou de Dray.

L'ancien soldat raffermit sa prise et avança lentement, attentif à son tendre fardeau qui entreprenait tout ce qui était possible pour le déconcentrer.

— On pourra les froisser aussi ?

— Comme si on s'était gênés jusque-là, souffla Lucas en venant enrouler ses jambes autour de Dray, les croisant pour coller leurs bassins, sa main toujours entre eux, provoquant un frottement et une proximité qui lui tirèrent un frisson de plaisir.

— J'aime quand tu me dis ça…

Mais sa voix mourut dans un geignement rauque. Sa prise se desserra d'ailleurs, et il dut s'aider du couloir pour rester stable.

— Triche pas comme ça tant qu'on n'est pas arrivé à bon port, sinon on va finir au sol. Et dans la douleur cette fois…

— Ah oui, ce serait dommage.

Dans son murmure, Lucas desserra les jambes pour toucher le parquet, en profitant pour caresser de nouveau Dray dans son mouvement.

— Mais j'aime ta voix pleine de plaisir, avoua-t-il dans un souffle en déposant une traînée de baiser sur la peau dévoilée, reculant d'un pas chaque fois que Dray avançait.

— Si tu continues comme ça, tu vas entendre plus que ma voix, grommela ce dernier en essayant comme il le pouvait de se serrer davantage contre son compagnon.

Il ne voulait pas lâcher le corps en face de lui. Lucas était devenu une drogue et il n'arrivait plus à s'en passer.

— Vraiment ?

Les bras de Dray se refermèrent soudainement contre lui pour le soulever et, quelques secondes plus tard, Lucas se faisait plaquer contre le lit.

— Voilà, sourit Dray en reprenant sa bouche.

Lucas hésita, répondant au baiser, et fit basculer Dray pour se retrouver au-dessus, n'y arrivant que parce que l'autre homme le laissa faire. Mais il voulait tenter de mener un peu la danse, comme il l'avait proposé plus tôt. Pas vraiment donner des ordres, mais essayer de prendre plus d'initiatives. Il reprit la bouche de Dray alors que sa main caressait le torse encore humide de ses baisers.

— Ah, je t'aime, murmura Dray en fourrageant dans ses cheveux pour l'encourager.

Ses autres doigts remontaient sa cuisse, venant redessiner sa hanche puis tirer sur le tee-shirt pour le retirer. Lucas se redressa, le temps d'ôter son vêtement avant de revenir vers Dray. Il l'embrassa du cou à ses lèvres alors que ses mains se faisaient caressantes, achevant d'ôter le pantalon. Puis elles effleurèrent les jambes de Dray en remontant, ses doigts s'attardant sur ses hanches pour mieux se perdre sur l'aine. Puis l'une de ses mains se saisit de l'érection palpitante alors que l'autre se faufilait entre les cuisses musclées.

Pendant ce temps-là, sa bouche mordillait sensuellement le lobe d'une oreille. Lucas frémissait de partout, il voulait que Dray soit aussi submergé que lui. Car il ne cessait de se noyer dans la tendresse, l'amour et la joie que Dray lui offrait chaque jour, et il voulait l'emporter avec lui. C'était si bon, ces moments qui n'appartenaient qu'à eux. Lucas s'oubliait complètement, prenant autant de plaisir à donner qu'à recevoir.

— Hm, putain, Lucas, gémit doucement Dray en se cambrant pour s'enfoncer plus fort dans la main.

Les bras de l'ancien soldat le tiraient à lui pour l'embrasser. Il tentait désespérément de se fixer sur autre chose pour ne pas sombrer, ensorcelé par cette créature au-dessus de lui, remplie de luxure. Dray n'avait pas la même délicatesse, perdu dans les méandres du plaisir, mais il essaya de défaire à son tour le pantalon de Lucas, incapable de prendre son plaisir seul.

Mais Dieu que Lucas ne lui facilitait pas la tâche ! Le jeune homme finit pourtant par l'aider, ne cessant pas de le caresser de son autre main, s'extasiant d'entendre Dray gémir ainsi, surtout son nom.

— Je crois que je commence à comprendre quand tu dis avoir envie de me dévorer, s'amusa Lucas, le souffle rendu court par l'excitation, alors que ses lèvres reprenaient leur périple sur le torse de Dray, descendant lentement mais sûrement.

— Tu vas arrêter de dire que c'est bizarre, alors ? demanda Dray en passant ses doigts dans le dos de Lucas, le flattant dans des mouvements amples.

Dray finit pourtant par glisser sa main entre eux pour prendre l'érection palpitante de Lucas entre ses doigts. Il se déplaça ensuite un peu pour tenter d'agripper la sienne par la même occasion.

— Attends, souffla Lucas du bout des lèvres en se décalant un peu pour continuer à descendre vers le ventre plat. J'ai envie de te savourer.

Et alors qu'il finissait sa phrase, sa langue effleura le gland de Dray avant de descendre lentement le long de son sexe, comme s'il le dégustait lentement pour en goûter toute la saveur. La respiration de Dray se bloqua tandis qu'il se retenait de bouger. Cela faisait déjà un petit moment que Lucas s'essayait à cet exercice et si, au début, il était un peu maladroit, à mesure qu'il le pratiquait, Dray avait envie de s'enfoncer sans relâche dans cet antre si accueillant.

— C'est bon, grommela-t-il en passant une main légère dans les cheveux qui lui chatouillaient les cuisses.

Il avait remarqué que cela rassurait beaucoup Lucas lorsqu'il lui affirmait qu'il faisait les choses bien. Et cette fois encore, ce fut le cas. Lucas en frémit même alors qu'une de ses mains venait caresser l'intérieur de la cuisse de Dray. Sa langue se balada lentement, goûtant chaque morceau de peau avant qu'il ne penche un peu la tête pour le prendre complètement en bouche. Les hanches de Dray répondirent aussitôt avec un sursaut de plaisir. L'ancien soldat retint son gémissement, essayant de se concentrer pour ne pas se laisser aller. Les lèvres de Lucas n'étaient posées qu'à un endroit, mais son corps entier brûlait d'un feu qui ravageait tout sur son passage.

La bouche de Lucas commença à aller et venir autour du sexe de Dray, difficilement tant il était excité lui aussi. Mais il adorait sentir Dray perdre le contrôle, submergé par le plaisir.

Alors il essaya de s'appliquer, pour lui tirer un gémissement, retenant ses propres désirs. Mais ce fut un puissant grommellement qu'il obtint, quelque chose entre contentement et fureur. Un peu comme les sentiments de Dray à cet instant. Ce dernier n'en pouvait plus d'attendre. Ou alors c'était parce qu'il avait décidé de révéler la vérité à ses parents qu'il se décida à aller plus loin… Il agrippa la nuque de Lucas, bougonnant un « attends », en s'asseyant.

La bouche de Lucas l'avait à peine quitté qu'il l'attira dans un baiser passionné, dégustant son propre goût sans même s'en soucier. Là, à cet instant, tout ce qu'il voulait, c'était Lucas.. Lucas, Lucas, Lucas.

Dray passa un bras ferme autour de lui, le soulevant sans vraiment d'effort, pour le plaquer contre les draps, le tout sans jamais abandonner la bouche qui lui avait fait perdre la tête. Pourtant, il finit par la quitter, descendant rapidement dans une myriade de baisers qui tiraient des soupirs impatients à Lucas. Son corps se tendait vers Dray à chaque nouveau mouvement, excité mais ravi de l'avoir poussé à bout. Cette pensée lui tira un sourire amusé malgré son corps consumé par l'envie.

— C'était moi qui devais prendre les commandes, s'amusa-t-il d'une voix rauque.

— Je suis sûr que tu as tout fait pour que je craque, répondit aussitôt Dray en lui léchant le ventre. Tu me fais confiance ? Je peux essayer quelque chose ?

— Tout ce que tu veux, répondit aussitôt Lucas avec une confiance infinie, glissant ses mains dans les cheveux de Dray.

Le soldat sourit, déposant un unique baiser sur le ventre doux pour ensuite reprendre sa route, quasi affamé. Il réfléchit à peine, prenant Lucas en bouche, entamant aussitôt une succion douce et sensuelle. Il s'arrêta quelques minutes plus tard, remplaçant dans sa bouche le sexe de Lucas par son propre doigt.

Il le lécha puis reprit l'érection de son compagnon entre ses lèvres. Le doigt vint doucement caresser les bourses de Lucas en alternance avec ses coups de langue. Puis il finit par s'égarer encore, taquinant l'entrée plissée, avant de s'y insérer aussi délicatement que possible. Dray commença subtilement à chercher quelque chose en Lucas, souhaitant uniquement apporter autant de plaisir qu'il le pouvait.

— Dray, gémit Lucas en se tortillant, un peu gêné.

Mais le nom ressemblait plutôt à un encouragement, alors qu'il cherchait à comprendre où Dray voulait en venir. Puis Dray toucha cet endroit en lui et déclencha une vague de plaisir telle qu'il se cambra sans pouvoir retenir un gémissement.

— Laisse-toi aller, conseilla Dray en laissant sa langue tourner autour du gland.

Les doigts de Lucas se crispèrent dans les cheveux de Dray alors qu'il encaissait les vagues de plaisir, ne sachant même plus d'où ça venait. Il perdit complètement le fil de ses pensées, ne ressentant plus que la bouche de Dray, sa chaleur. Tout le reste n'existait plus. L'ancien soldat, attentif à ses moindres mouvements, retira doucement son doigt, continuant de jouer avec sa langue autour du gland rougi. Sa main vient aussitôt se glisser entre ses propres jambes. Il voulait vraiment passer au stade supérieur, être enfin unis. Alors ce fut dans cette optique-là qu'il commença à se préparer lui-même, laissant sa bouche garder Lucas au bord du précipice.

Jugeant qu'il était assez prêt, Dray finit par enlever ses doigts et libéra l'érection de Lucas avec un bruit de succion, terriblement mélodieux à ses oreilles. Il remonta ensuite sur le corps offert, reprenant les lèvres de Lucas.

— Tu me fais toujours confiance ? demanda-t-il en léchant sa lèvre. Tu veux qu'on utilise un préservatif ?

— Tu poses vraiment des questions bizarres, souffla Lucas

à mi-voix. Je te fais confiance, et je ne pense pas qu'il y ait besoin, si ?

— J'ai fait un test il y a plusieurs mois, depuis que je t'attends, mais c'est à toi de décider, déclara Dray en revenant quêter un autre baiser.

— Je te fais confiance, se contenta de répondre Lucas en l'embrassant tendrement.

Dray sourit avant de se redresser en position assise, à cheval sur les cuisses de Lucas. Il caressa un peu son torse, toucha son ventre, et finalement se releva pour aller chercher quelque chose dans son pantalon. Il revint tout aussi vite, le poing serré, posant sa bouche sur les jambes de Lucas, remontant au nombril.

— Ça risque d'être un peu froid, souffla-t-il en ouvrant avec les dents un petit carré de plastique.

Du lubrifiant en sortit pour se répandre sur l'érection de Lucas.

— Désolé, mais je suis plus âgé que toi, il faut prendre un petit peu soin de moi, ajouta Dray dans un rire.

— C'est largement supportable, le rassura Lucas sans cesser de l'observer d'un regard intense.

Dray sourit et glissa sa main jusqu'à l'érection de Lucas pour l'amener contre son entrée et se laisser légèrement tomber. Il serra un peu des mâchoires lorsqu'il le sentit pénétrer en lui. Cela faisait tellement longtemps, mais Dieu que la sensation était agréable.

— Dray.

Son nom s'échappa des lèvres de Lucas alors qu'il le regardait faire avec effarement, se mordant la lèvre inférieure, le corps secoué du plaisir de se retrouver en Dray. C'était à la fois étroit et brûlant. Il posa les mains sur les hanches de son amant, devant retenir son propre mouvement de reins. Parce que c'était délicieux. Il adora être en lui dès les premières secondes.

L'ancien soldat commença à respirer fortement, se mordant les lèvres. Il continua pourtant à descendre lentement, et il poussa enfin un soupir en s'asseyant complètement sur les cuisses de Lucas. Dray prit sur lui, se penchant en avant, sentant Lucas bouger délicieusement en lui. Il caressa la joue de Lucas avec douceur.

— Ça va ? demanda-t-il dans un souffle.

— Oui, s'étrangla Lucas, les doigts crispés sur les cuisses de Dray. C'est… bon. Mais c'est à toi qu'il faut poser la question.

Dray sourit doucement, venant quérir ses lèvres, prenant le temps de l'embrasser, ses mains s'égarant sur son torse.

— J'attendais ça depuis longtemps, avoua-t-il avant donner un petit coup de reins, essayant de ne pas écraser Lucas.

Le gémissement de Dray fut beaucoup plus profond cette fois, et il essaya de l'éteindre contre les lèvres de Lucas.

— Vraiment ? demanda Lucas en caressant tendrement ses cuisses, encaissant le plaisir engendré. On va essayer de faire ça bien alors.

Les yeux vert et or de Dray se braquèrent soudainement dans ceux d'un bleu profond de Lucas alors qu'il cessait tout mouvement.

— La position ne te dérange pas ? demanda-t-il, presque anxieux.

— Non, le rassura Lucas sans cesser de caresser les hanches de Dray avec douceur, ayant une conscience aiguë des muscles serrés autour de son sexe, dans un contact bien plus qu'intime.

Dray sourit faiblement, ayant du mal à se contrôler et à rester calme alors qu'il n'avait envie que de bouger, de savourer enfin leur union. Il déposa un baiser chaste sur les lèvres de Lucas avant de se redresser à bout de bras, légèrement tremblant.

— On continue, alors ?

Il avait besoin de savoir que ce n'était pas trop pour Lucas, que cela n'allait pas le déranger après, que les regrets n'avaient pas leur place ici.

— J'aime bien cette idée, déclara doucement Lucas en glissant une main sur la nuque de Dray pour l'embrasser tranquillement à son tour, sans empressement.

Leurs langues se retrouvèrent délicatement, s'enroulant l'une autour de l'autre pour se câliner. Dray s'assit, jetant un regard malicieux à Lucas et donna un puissant coup de reins. Il était temps qu'il passe aux choses sérieuses. Tout le corps de Lucas se tendit vers Dray alors que le mouvement amenait une nouvelle vague de plaisir intense, et il se mordit légèrement la lèvre pour ne pas gémir. Sa main posée sur la nuque de Dray descendit s'emparer du sexe délaissé pour le caresser avec langueur. Dray grogna son approbation et enserra Lucas dans ses bras, glissant son visage dans son cou pour se cacher, presque gêné de prendre autant de plaisir. Lucas, lui, bougeait comme il le pouvait, rêvant de le pénétrer toujours plus profondément. Dieu que c'était bon.

Lucas enroula un bras autour de taille son amant, l'embrassant là où il le pouvait, continuant à caresser son sexe en retenant ses propres gémissements. Il avait l'impression que Dray était partout, et il nageait dans un plaisir infini. Le sentir autour de lui, si serré, lui donnait envie de gémir. Sans cesser ses caresses, il commença à amorcer des mouvements de bassin lents, doux, pour accompagner les ondulations de Dray. S'enfoncer en lui un peu plus dans cette danse lente le fit frémir intégralement. C'était délicieux, exquis, et Lucas avait envie de plus, que ça dure un peu, de continuer à le savourer encore.

Dray faisait tout pour ne pas serrer trop fort Lucas, pour ne pas se laisser emporter, mais c'était au-delà de ses forces. Un tourbillon de sensations prenait place en lui, dévorant tout sur son passage. Son seul point d'ancrage était les épaules frêles de Lucas qu'il enferma entre ses mains, sa bouche venant dévorer le cou offert pour ne pas crier sa satisfaction. Bouger lui demandait un effort conséquent, sa respiration se faisait la malle, mais il n'aurait arrêté pour rien au monde. Il voulait tout de Lucas, et il allait tout lui donner.

Le sang de Lucas s'enflammait complètement. Il tentait de graver ces sensations exquises en lui, mais il avait l'impression d'être emporté par une avalanche d'émotions alors que Dray bougeait sur lui, autour de lui, qu'il accordait ses mouvements aux siens. Que le soldat augmentait la cadence de ses caresses sur son sexe, qu'il serrait sa taille comme pour s'assurer de ne pas être seul à se perdre dans le plaisir.

— Je ne tiens plus, grogna Dray en prenant sa bouche pour un baiser plus que désordonné.

Il se pressa contre Lucas, l'envie de ne faire plus qu'un le prenant, avant de jouir dans un halètement discret qui mourut sur les lèvres, barbouillant de blanc la main de Lucas. Ce dernier ferma les yeux, répondant au baiser avec passion alors qu'il donnait quelques derniers coups de reins en Dray, venant à son tour dans un râle étouffé par le baiser, la tête lui tournant tant c'était bon.

Les gestes ralentirent jusqu'à finalement s'arrêter, mais la respiration de Dray avait du mal à se calmer, alors qu'il caressait les cheveux de Lucas avec tendresse. Il le fixa avec des yeux remplis de douceur, heureux qu'il lui ait fait suffisamment confiance pour aller jusque-là. Lucas tendit même le cou pour poser un baiser délicat au coin des lèvres de Dray.

— Je t'aime, Dray, murmura-t-il en laissant retomber sa tête, le regard pétillant d'une étincelle de bonheur.

— Moi aussi, Lucas, moi aussi.

Dray l'enlaça pendant plusieurs secondes avant de se tortiller légèrement. Avec un geignement peu masculin, il finit par se dégager du sexe de Lucas pour venir s'allonger à côté de lui. Lucas se cala aussitôt contre lui, déposant un baiser tendre sur son épaule sur laquelle il posa sa joue, un sourire étirant ses lèvres.

— Pas de regrets ? demanda Dray en jouant avec une mèche trop longue.

— Des regrets ? Non, pourquoi j'en aurais ?

— Je voulais m'assurer que tout allait bien. Je suis toujours un peu angoissé que tu fasses une crise quand on teste de nouvelles choses, avoua-t-il à mi-mots.

— Pour l'instant, je me sens bien. Mais tu devrais rester avec moi durant les prochaines heures, juste pour être sûr.

— Hum, mais si je reste, je risque d'avoir les mains baladeuses, s'amusa Dray en commençant à glisser lesdites mains partout.

— Raison de plus pour rester.

En vérité, Lucas faisait beaucoup moins de crises qu'avant. Surtout quand Dray était là. Plus le temps passait, plus il était à l'aise. Certaines situations l'effrayaient encore, mais dans le cadre de la maison, si Dray était là, il parvenait à désamorcer la crise. Chez Dray aussi. L'extérieur, c'était encore un peu difficile. La foule l'angoissait. Il était toujours terrifié en voiture. Mais chez lui, il parvenait presque à être normal. Parfois.

— Je ne vais plus repartir, le taquina Dray en déposant de petits baisers où il le pouvait pendant que ses mains parcouraient le corps de Lucas.

— Vraiment ? Plus jamais ? Tu veux emménager là ?

— N'oublie pas que mes parents risquent de me virer bientôt pour ce qu'on vient de faire, soupira Dray.

— Eh bien, tu seras chez toi ici, le rassura Lucas en voulant le caresser.

Il soupira et attrapa un tee-shirt pour essuyer sa main.

— Cela te dirait un tour dans la salle de bain ? proposa Dray en le voyant faire.

— Ensemble ?

— Tu as dit que je devais te surveiller…

Sa bouche descendit sur le torse de Lucas, et cela fit sourire Lucas qui passa une main douce dans ses cheveux.

— Tu as raison. Une très étroite surveillance.

— Alors allons-y.

Dray se redressa et grimaça une seconde en sentant la semence de Lucas couler.

— Vraiment besoin d'une douche, déclara-t-il en tendant la main.

Lucas la saisit et se leva avec son aide pour se diriger vers la salle de bain, une légère appréhension au ventre. Depuis que Dray lui avait fait remarquer qu'il n'avait pas toujours mal à ses cicatrices, il y avait trois mois de cela, il n'avait de cesse à réfléchir à ce phénomène étrange. Car il ne pouvait se cacher que lorsque Dray et lui avaient des contacts plus qu'intimes, comme à l'instant, peu importait où Dray le touchait, il n'avait jamais mal. Il ne le réalisait que rarement sur le moment.

Mais dès qu'il y pensait, il se rendait compte que Dray l'avait touché là où il était censé avoir mal et que, sur le coup, il n'avait rien senti. Ça avait été un déclic, et plus le temps avançait, plus la chose évoluait étrangement. La douleur n'était plus lancinante, fulgurante comme autrefois. Après trois mois, cela s'était mué en une forme de gêne. Le toucher n'était pas agréable, mais c'était devenu supportable. Comme si la brûlure guérissait enfin. Lentement, mais sûrement. Et son psy avait trouvé ça logique, ce qui l'avait irrité un peu mais, au moins, il n'avait plus aussi mal. Il parvenait à prendre des douches normales, si l'eau n'était pas trop chaude ni trop forte, mais il n'avait jamais essayé avec Dray.

Celui-ci l'attira soudainement dans ses bras, passant une main sous ses fesses pour le soulever contre son torse.

— Ne t'inquiète pas, on fera comme tu le sens, mon petit Dark Vador.

— J'espère juste que tu ne prends pas tes douches trop chaudes…

— J'étais à l'armée, jeune homme. La douche chaude était un luxe la plupart du temps. Alors tout me va. Un bain sinon ? Je sais que c'est ce que tu préfères.

— C'était juste plus pratique pour moi, pour gérer la douleur, expliqua Lucas. Je peux prendre une douche s'il n'y a pas trop de pression et avec de l'eau presque fraîche.

— À vos ordres, seigneur, s'esclaffa Dray en le déposant dans la baignoire.

— J'aime ça, rit Lucas en l'attirant avec lui.

Dray prit le temps de l'embrasser avant d'ouvrir l'eau et de l'ajuster.

— Comme ça ?

— Ce n'est pas mal, le rassura Lucas avec une légère grimace. Juste moins de pression.

Cela fut rapidement réglé, et Dray commença doucement à passer l'eau sur le corps de Lucas avec envie et délicatesse. Lucas se laissa faire quelques minutes, fermant les yeux, savourant la douceur de Dray. Il finit pourtant par rouvrir les paupières pour observer l'homme qui lui faisait face. L'eau ruisselait sur son corps nu, dessinant chaque muscle de ses gouttes, il en suivit quelques-unes des yeux avec un sourire léger. Dray était magnifique, et Lucas ne se retint pas, levant la main pour dessiner des doigts le contour de la cicatrice qu'il avait sur le bas ventre.

— Merci d'être dans ma vie, Dray, murmura-t-il soudain.

Il avait le cœur envahi de tendresse. Dray apportait tant de bonheur et de joie dans son existence qui n'était avant que souffrance et solitude.

— Tu n'as pas à me remercier pour ça, c'est moi qui me suis imposé, répondit simplement Dray en prenant un peu de savon, frottant ses mains et commençant à savonner le corps de Lucas avec ses doigts.

— Je suis heureux que tu te sois imposé. Mais je sais me laver, tu sais, reprit-il avec amusement en posant une main sur l'épaule de Dray.

— C'est juste pour te surveiller, savoir directement ce qui ne va pas…

— Ah oui, pour ça tu dois me toucher partout et m'embrasser, souffla Lucas en glissant ses mains sur les hanches de Dray pour le rapprocher de lui.

— Tu vois, tu as compris l'intérêt de la chose, répondit-il dans un ricanement joueur.

— Oui effectivement, c'est très intéressant !

— Je t'aime, chuchota-t-il à son oreille.

— Moi aussi, je t'aime tellement.

Le baiser fut incroyablement doux et suave, avant que Dray ne se décide à les rincer.

— Tout va bien ?

— Oui. Je me sens étrangement heureux.

— Je parlais de la douche, mais je prends aussi.

— La douche aussi, s'amusa Lucas avec un petit rire. Désolé, je crois que je plane encore un peu. Trop de plaisir, ça m'a fait tourner la tête.

— Hm, cela me donnerait presque envie de recommencer alors, mais on va attendre un peu que tu te remettes. Et j'ai un cadeau à trouver.

Dray sourit puis ferma l'eau et alla chercher une serviette sous le regard amusé de Lucas qui sortit de la baignoire, gouttant sur le tapis de bain. Dray l'emballa délicatement dans le linge, et lui embrassa le bout du nez.

Juste une question de tolérance

La soirée du 24 fut magique. Dray avait tout prévu. Il avait débarqué chez Lucas à 19 heures pile, un repas d'un très bon traiteur sous le bras. Il avait également enfilé une veste de costume ainsi qu'une chemise pour l'occasion. Le repas fut tranquille et agréable, tout ce qui leur fallait. Un verre de rouge sur le canapé pour s'offrir leurs cadeaux avait parfaitement complété l'ambiance feutrée. Dray s'était décidé sur un kit complet de peinture pour son amant. Il aurait aimé pouvoir faire plus, mais les yeux de Lucas s'étaient illuminés en voyant cela, alors c'était parfait. La suite de la soirée avait été aussi douce, entre les draps chauds de la chambre.

Et maintenant, Dray, assis dans le canapé, en costume complet pour l'occasion – obligé avec sa mère qui voulait qu'ils soient tous tirés à quatre épingles –, fixait le cadeau de Lucas. Il joua encore et encore avec la simple petite carte qui avait fait fondre son cœur de soldat. Ce n'était pas grand-chose, une carte de réservation d'un restaurant avec une date et une heure. Mais c'était l'espoir d'avoir une vie normale, l'idée que Lucas se faisait des pas en avant. Sans avoir besoin de son aide, désormais. Et c'était fantastique. Il était si fier de lui. Cela atténuait légèrement l'angoisse qui croissait un peu plus dans ses veines à mesure que l'heure de partir chez ses parents se rapprochait. C'était stupide, car il n'était pas un jeune adolescent dépendant d'eux. Pourtant c'était bien ses parents, c'était sa famille qu'il protégeait autant qu'il le pouvait, lui qui était parti en guerre pour rendre le monde meilleur et plus sûr. Alors l'idée de les perdre, l'idée qu'ils le jugent répugnant comme une partie de ses hommes, lui faisait horreur.

Mais cette carte, si simple, lui rappelait que quelqu'un était là pour lui. Quelqu'un qui l'acceptait comme il était. Et qui était prêt à se faire violence pour avancer. Pour être avec lui. Cela donnait du courage à Dray.

Alors il allait l'imiter. Pour Lucas. Et il savait de toutes les manières que Pauline était de son côté depuis le début. Il entendit soudain un bruit venant de la chambre, puis le son d'une porte qui claque.

— Tu es prêt, Lucas ? demanda Dray en se levant pour le rejoindre. On va finir par être en retard, sinon.

— Non, gémit pitoyablement le jeune homme depuis la chambre.

Lorsque Dray y arriva, il put le voir debout devant le miroir, installé le mois dernier à sa demande. Lucas était vêtu d'une jolie chemise bleu nuit et d'un élégant pantalon noir, observant son reflet d'un air angoissé, un sweat dans l'une de ses mains tremblantes. Il semblait à deux doigts de la crise de panique. En fait, il avait voulu être élégant pour cette journée, mais l'idée de sortir sans son sweat, de présenter son visage aux parents de Dray, le terrifiait. Sauf que son sweat était moche, et il ne voulait pas faire honte à Dray. Sans solution, l'angoisse montait, et il sentait déjà la terreur l'étouffer. Son amant sourit avec douceur, comprenant parfaitement ce qui était en train de se passer. Il s'avança pour se placer derrière Lucas, un bras autour de sa taille.

— Tu es très bien comme ça, magnifique même, chuchota-t-il à son oreille. Mais quelque chose me dit que cela ne sera pas aussi simple… Calme-toi d'abord. Écoute mon cœur dans ton dos. Là, on n'est que tous les deux pour l'instant.

Lucas ferma les yeux pour se concentrer sur le battement de cœur, et il l'écouta longuement, patiemment, se focalisant sur lui pour oublier tout le reste. L'angoisse se calma un peu, mais ne disparut pas complètement. Alors il resta contre Dray, bascula la tête en arrière pour la poser sur son épaule, et se contenta d'écouter sa respiration. Des lèvres vinrent aussitôt lui picorer le cou, alors que les mains de Dray se posaient sur son ventre et commençaient à le caresser avec des gestes apaisants.

— Là, voilà, détends-toi. Je suis heureux que tu fasses un effort, mais si tu paniques déjà, quand tu seras chez mes parents, ce sera pire.

Dray remonta à sa tempe, le cajolant pour le tranquilliser.

— J'ai envie de t'arracher ta chemise, mais je ne pense pas vraiment que ce soit le propos. Mais je peux peut-être te proposer une alternative.

— Vraiment ? s'enquit Lucas d'une petite voix. Laquelle ?

— Tu me laisses faire ? demanda Dray en se détachant de lui pour aller vers son sac de rechange.

— Vas-y, soupira Lucas en le regardant s'éloigner. Ça ne peut pas être pire que ça.

Dray chercha un long moment dans son sac pour en sortir une grande écharpe foulard qu'il plia en deux et noua doucement autour du cou de Lucas, cachant ainsi les cicatrices qui s'y trouvaient, mais aussi une partie de ses joues. Et si Lucas penchait le visage, le tissu en recouvrait la moitié. Dray continua en ébouriffant un peu ses cheveux, les plaçant de manière à cacher les marques sur sa tempe, avant d'amener Lucas au miroir.

— Comme ça ? proposa-t-il en se plaçant de nouveau dans son dos.

Lucas pencha un peu la tête, voûtant la nuque, en se regardant. Il passa une main tremblante dans ses cheveux décidément trop longs pour les réarranger un peu et poussa un soupir accablé.

— Et s'ils me détestent ? Qu'ils trouvent ça répugnant ? demanda Lucas d'un ton affligé.

— Ma mère t'a déjà vu, rappela Dray. Et elle n'a pas été choquée, au contraire. Crois-moi, pour ça, il n'y aura pas de problèmes. Et mon père est médecin. Alors tout va bien. Respire.

— Elle n'a pas vu mon visage… Si elle est dégoûtée…, gémit Lucas avant s'inspirer fortement. Pardon, je vais essayer de me calmer.

— Elle ne sera pas dégoûtée, le rassura Dray en lui caressant la tête. Regarde, ma sœur a même dit que tu étais mignon la première fois.

— Ta sœur est aussi bizarre que toi, soupira Lucas en se tournant pour l'enlacer, en quête de réconfort.

— Ce sont mes parents qui nous ont faits, c'est donc logique qu'on se ressemble…

— Et pourtant, ça m'angoisse. On devrait y aller avant que je ne décide de me planquer quelque part.

Dray se redressa, lui frottant les bras, l'air un peu triste.

— Tu préfères mettre ton sweat ?

— Je vais l'emmener, décida Lucas en se redressant comme il le pouvait, la nuque pourtant un peu ployée, comme pour se cacher dans l'écharpe. Je suis désolé, ce devrait être à moi de te rassurer.

— Ne t'inquiète pas, je me doutais que tu serais angoissé. Je suis déjà très heureux que tu acceptes de venir. Cela compte beaucoup pour moi.

— Je sais, c'est pour ça que je veux être là pour toi. J'espère que tes parents t'accepteront, mais si ce n'est pas le cas, je veux être là pour te tenir contre moi et te consoler.

— Je t'aime, souffla Dray avant de l'embrasser. Allez, on y va.

— D'accord.

Lucas prit le temps d'inspirer profondément, serrant son sweat dans une main avant de parvenir à quitter la chambre. Il ramassa son trousseau, mais s'arrêta devant la porte. Il se posa la question quelques secondes, mais il eut beau chercher, il ne se souvint pas de la dernière fois où il était sorti dans la rue sans se cacher. Il lui fallut un bon moment pour réussir à ouvrir cette foutue porte.

Il quitta la maison, voûté comme jamais, les cheveux cachant son visage, les yeux fixés sur ses chaussures pour ne pas relever la tête. Lorsqu'il verrouilla derrière Dray, la panique coulait dans ses veines et sa main tremblait en glissant la clé dans la serrure. Il se sentait étouffer. Alors il fit la seule chose rassurante qui était à sa portée, il vint glisser l'une de ses mains dans celle de Dray pour trouver la force d'aller jusqu'à la voiture sans sombrer dans une crise de panique. L'ancien soldat l'attira aussitôt contre son torse, et c'est comme ça qu'ils firent le trajet jusqu'à la voiture.

— Dis-toi que c'est comme si nous allions chez moi, déclara Dray en bouclant sa ceinture.

— Oui, on va chez toi, souffla Lucas, tassé sur son siège.

Dray lui tapota la main pour le rassurer et prit la route. Le chemin fut rapide, sûrement trop pour Lucas. Dray se gara non pas au fond sur le côté pour rejoindre son chalet, mais juste devant la grande maison de bois. Puis il fit le tour pour aller ouvrir la portière de Lucas et lui prit la main.

— Tout va bien se passer, murmura-t-il, aussi bien pour

convaincre Lucas que lui-même.

Lucas ne put que hocher la tête et serrer la main de Dray. Il tremblait légèrement et avançait complètement courbé, avait du mal à respirer, mais il cala son pas sur celui de Dray pour aller jusqu'à la maison. Sous le porche, l'ancien soldat l'embrassa sur la joue puis libéra sa main pour toquer.

— Tout ira bien, répéta-t-il dans un chuchotement.

Lucas n'eut pas le temps d'essayer d'articuler une réponse que la porte s'ouvrit. Son cœur se serra une seconde, il se sentit étouffer avant que le soulagement ne détende son corps un bref instant à la vue du sourire scintillant de Pauline.

— Si vous êtes aussi stressés que vous en avez l'air, Noël ne va pas être gai, rit-elle en lui faisant un clin d'œil.

— Très marrant, grogna Dray en l'attirant dans une accolade. Joyeux Noël, frangine.

— Joyeux Noël, répondit-elle en lui embrassant la joue. Prêts ?

— On va dire ça, soupira Dray en se tournant vers Lucas.

— On va faire au mieux, tenta de se rassurer ce dernier d'une voix tremblante.

— Allez, les encouragea Dray, on peut le faire.

Lucas hocha la tête en gardant la nuque ronde, observant le visage de Pauline qui n'avait pas du tout l'air inquiète et qui leur fit signe d'entrer.

— Allez, c'est la fête !

— Je suis content d'être là, avoua Dray en enlevant son blouson dans l'entrée.

— Je suis contente que vous soyez là aussi, tous les deux, répondit la jeune femme en jetant une œillade à Lucas qui rougit en se tassant sur lui-même.

— Je te l’avais dit, s'amusa Dray avant d’entendre quelqu’un approcher.

La matriarche de la famille arriva avec un grand sourire, parée d’un beau tablier coloré, pour venir prendre son aîné dans ses bras.

— Je suis tellement contente que tu sois là. Nous avons passé vraiment trop de Noëls séparés, lui souffla-t-elle pour ensuite se tourner vers Lucas.

Elle fit un geste pour le prendre dans ses bras, mais se ravisa avec un sourire contrit.

— Merci d’être venu, Lucas. Je suis très honorée que vous soyez là. Dray et Pauline ont eu une excellente idée de vous inviter. J’espère que vous aimez la dinde. C’est moi qui l’ai cuisinée.

— Ce sera parfait, bredouilla maladroitement Lucas sans oser relever la tête.

— Papa est au salon, il est arrivé il y a dix minutes, reprit Pauline.

— Oh, soupira l’ancien soldat, gêné.

— Sois gentil, Dray, reprit sa mère en lui tapotant l’épaule pour ensuite se retourner vers la cuisine. Pauline, sers-leur un verre pendant que je finis tout ça.

Dray sourit et se tourna vers Lucas, se penchant un peu pour lui parler doucement.

— Tout va bien ?

— Je crois, bredouilla vaguement Lucas d’une voix un peu tremblante.

— Venez, dit Pauline en lui adressant un signe

d'encouragement. On va s'installer. Ça ira mieux une fois au chaud.

Dray sourit, rangea son blouson dans le placard, puis posa sa main dans le dos de Lucas pour le pousser à avancer.

— Ne t'inquiète pas, Pauline a juré de nous protéger, se réjouit-il en regardant sa sœur.

— Je donnerais ma vie pour sauver la vôtre, ajouta-t-elle d'un ton mélodramatique si exagéré que Lucas laissa échapper un rire bref et léger.

— Eh bien, nous voilà bien avec ta force de mouche, ironisa Dray.

— Hey, tu sais que je vous défendrais avec vaillance.

— Parce qu'il y aura besoin qu'on se défende ? s'enquit la petite voix tremblante de Lucas.

— Évidemment que non, s'esclaffa Pauline alors qu'il arrivait au salon, y découvrant un homme plongé dans la lecture d'un article médical, un verre à la main.

— Bonjour, papa, souffla Dray en s'avançant vers lui. Tu ne devrais pas travailler aujourd'hui !

— Noël est toujours la période la plus chargée, répondit son père en relevant la tête avec un sourire indulgent. Comment vas-tu ?

— Très bien et toi ?

— Un peu fatigué. Tu veux quelque chose ? Pauline, tu lui sers un verre ainsi qu'à son ami, rajouta le père en apercevant la silhouette tassée de Lucas.

Ce dernier se ratatina sur lui-même en sentant le regard sur lui. L'ancien soldat prit le verre tendu par Pauline et se tourna vers Lucas.

— Merci, frangine. Voici Lucas, papa. C'est grâce à lui que Maxime a fait autant de progrès ces derniers temps, lui apprit Dray en passant discrètement une main dans le dos de celui-ci pour l'avancer, mais surtout pour le soutenir.

— Enchanté, bredouilla Lucas d'une voix hachée.

— Ah, c'est vous Lucas, déclara aimablement le père en se levant, posant son dossier sur la table. Merci de tout ce que vous faites pour mon fils. Je suis Christian.

Il lui tendit la main, et Lucas mit de longues secondes pour parvenir à tendre la sienne. Il maudit les manches de sa chemise, plus courtes que celles de son sweat, qui laissaient apparaître les cicatrices sur sa main et son poignet. Mais il fut soulagé de pouvoir endurer le contact de cette brève poignée de main avec le père de Dray.

Dray fit rapidement signe à sa sœur de servir un verre à Lucas pour l'occuper.

— Il est un peu timide, avoua simplement Dray avec un sourire, le tirant sans vraiment s'en rendre compte vers lui.

— Je ne mords pas, les rassura le père de Dray. Enfin, passons au salon, je crois que votre mère nous a préparé un apéritif plus que conséquent.

— Maman prépare toujours trop à manger, s'amusa Dray. Je me demande comment tu arrives à garder la ligne, Pauline.

— Le sport.

— Tu parles, elle nous ressert tous, mais pas elle. Elle a toujours été maline, s'amusa leur père en prenant la direction de la salle à manger.

Il s'installa à table sur laquelle étaient déjà dressés des plats garnis de gâteaux apéritifs.

— Pauline a toujours été rusée, s'esclaffa Dray dans un éclat de rire.

Il se dirigea vers la porte menant vers la cuisine et passa la tête.

— Tu as besoin d'aide, maman ?

— Tu files de là, tu es un monstre dans une cuisine, s'écria Alice en le poussant avec un gant sous le rire de Dray.

— Quelle idée aussi, ricana Pauline en le regardant revenir vers eux. Tout le monde sait que tu es une catastrophe ambulante en cuisine.

Elle tira une chaise pour inciter Lucas à s'installer avec eux, ce qu'il fit silencieusement, le souffle un peu court, tendu par l'angoisse qui le tenaillait depuis qu'il était entré. C'était terrifiant. Très stressant pour lui de se retrouver au milieu d'une famille qui interagissait normalement. Heureusement qu'il connaissait bien Pauline en plus de Dray, et qu'il avait déjà entraperçu Alice. Car le père avait une stature impressionnante, un bel homme, plein de charisme et d'autorité. Légèrement plus grand que Dray, son regard vert était chargé de sévérité, quelques mèches blanches parsemaient ses cheveux coupés court d'un brun éclairci. Vêtu d'une chemise blanche, il dégageait quelque chose d'élégant et d'intimidant qui mettait Lucas mal à l'aise. Il ne paniquait pas, mais uniquement parce que Dray était proche, avec Pauline, et que l'homme ne s'intéressait pas du tout à lui. Dray revint aussitôt se poster de l'autre côté de Lucas, et profita de la table pour lui caresser la main afin de le réconforter, en piochant un petit four.

— Mais c'est que maman fait si bien à manger aussi…

— C'est toujours moins réussi quand tu l'aides, rappela Pauline avec un sourire moqueur.

Dray lui tira puérilement la langue, pour poursuivre en lui demandant des nouvelles de son travail, heureux de se retrouver avec sa famille. Sa mère arriva d'ailleurs avec des toasts et vint trinquer avec eux.

— Alors, on porte un toast à ce Noël en famille, fit Christian en levant son verre. Enfin un ! Plus un ami, ajouta-t-il en jetant un regard en coin à Lucas qui dut s'empêcher de trembler en tenant sa coupe. J'aime voir mes deux enfants réunis, leurs répliques me manquent sinon.

— Christian a raison, souffla Alice avec un grand sourire. C'est un vrai bonheur d'avoir toute la famille. Dommage qu'il manque quelqu'un…

La voix de la femme mourut entre ses lèvres, et Dray se leva pour passer un bras autour de ses épaules.

— Je suis heureux d'être là aussi, affirma Dray en trinquant avec sa mère après avoir déposé un baiser sur sa tempe. Et qu'on soit tous ensemble, c'est merveilleux, ajouta-t-il en levant sa coupe vers Lucas.

Ce dernier parvint à la lever un peu plus en réponse, malgré ses doigts un peu tremblants. Il trempa les lèvres dans le breuvage une fois que tout le monde l'eut fait, puis reposa sa coupe avec soulagement, content d'avoir réussi à ne pas en renverser. Alice fila ensuite en cuisine, et Dray reprit sa place à côté de Lucas, écartant exagérément les genoux pour toucher celui de Lucas.

Le repas se passa étrangement bien, et Dray peinait à se décider pour intervenir, ne voulant pas gâcher ce moment familial qu'il avait trop peu partagé dernièrement. Pourtant, il devait le faire, il le devait à Lucas, il devait la vérité, et son amour n'était pas une tare. Peu importe ce qu'on pouvait dire. Il passa la main sans y réfléchir sur sa hanche, là où se trouvait sa cicatrice, et soupira légèrement. Il ne vivrait plus caché. Jamais plus.

Il posa doucement son verre, pour se redresser, et retint sa mère qui allait débarrasser la dinde.

— Attends, maman, j'ai quelque chose à vous dire, souffla-t-il lentement.

— Tu ne vas tout de même pas repartir, s'angoissa-t-elle aussitôt.

— Mais non, maman ! Arrête, rit Dray, presque dépité.

— Pourquoi tu imagines tout de suite le pire ? s'amusa Pauline pour détendre l'atmosphère.

Lucas s'était ratatiné sur son siège, mais il parvint à glisser une main tremblante sous la table pour la poser sur la cuisse de Dray, comme pour l'encourager.

— Laissez-le donc parler, toutes les deux, intervint Christian en posant les coudes sur la table, observant son fils avec une grande attention.

— Eh bien, c'est juste pour vous dire que je suis avec quelqu'un en ce moment, commença Dray, mais il fut rapidement coupé par sa mère.

— Enfin ! J'avais tellement hâte. Quand est-ce que tu nous présentes cette personne ? s'enthousiasma-t-elle.

Dray se tourna vers elle, fixant ses yeux et, sans réfléchir, la phrase sortie presque naturellement.

— C'est Lucas.

Il vit sur le visage de sa mère de la surprise, sa bouche forma un O parfait, alors qu'elle baissait un peu la tête, gênée. Mais elle ne semblait pas dégoûtée. Elle n'avait pas le même regard que Henry ce jour-là. C'était tout ce qu'il voulait, alors il se tourna vers son père. C'était sa réaction qui l'angoissait le plus. Dray ne s'entendait pas spécialement mal avec son père. Ils étaient juste différents et Christian toujours accaparé par son travail, très peu présent. Les choses avaient d'ailleurs empiré à l'arrivée de Maxime. Christian s'était éloigné de toute sa famille. Dray, trop prompt à l'énervement et voyant que cela blessait sa mère et sa sœur, lui en avait voulu. Les deux hommes de la maison avaient toujours eu l'habitude de finir chaque conversation par une dispute. Dray s'énervant, Christian fuyant.

Ce dernier posa son regard sur Lucas dont les doigts tremblants se serrèrent malgré lui sur la cuisse de Dray, puis Christian poussa un profond soupir en se pinçant légèrement l'arête du son nez. Il laissa finalement retomber sa main sur la table, gardant une posture un peu crispée.

— J'espérais que ce genre de préférence te serait passée avec l'armée, soupira-t-il en observant son fils.

— Christian, le réprimanda sa femme.

— L'armée n'a rien à voir avec l'orientation sexuelle, papa. Ce n'est pas comme si on pouvait changer ça. Et je ne vois pas comment tu pourrais savoir ce que je faisais de ma vie, vu que tu n'es jamais là.

La main de Dray se glissa aussitôt dans celle de Lucas. Ils y étaient. Le moment fatidique.

— Ce n'est pas parce que je n'étais pas là que je n'ai pas fait attention à ce que tu faisais et ce que tu devenais, soupira son père avec une pointe d'agacement. Quand tu es rentré, j'ai supposé que tu aurais envie d'une vie plus rangée, tranquille, avec une famille. Ce que Lucas ne peut pas t'offrir, aux dernières nouvelles.

— On peut parfaitement être une famille à deux. Et ce n'est pas pour ce que tu t'es occupé de nous que tu peux parler d'avoir des enfants ! De plus, si vraiment on en a envie, on pourra adopter. Et quand bien même, cela n'a rien à voir avec la personne que j'aime. Et arrête de mêler l'armée à ça ! grogna Dray en tapant du poing sur la table.

— Dray, calme-toi, tenta d'intervenir Alice. On peut parler

sans s'énerver.

— Il faut toujours que tu réagisses trop vivement, tu as toujours été trop impulsif, soupira son père en s'accoudant à sa chaise, l'observant avec un soupir. Tu t'emportes trop vite pour tout.

— Papa, n'essaie pas de l'agacer davantage, tempéra Pauline. C'est important ce qu'il nous dit là, il n'a pas besoin de tes reproches.

— Alors quoi ? Tu veux juste que je dise..., reprit Christian d'un ton plein d'ironie en haussant les épaules. Hm, disons, que je suis ravi, que je te souhaite tout le bonheur du monde avec ton... homme et que j'espère vous revoir pour la galette des Rois à la maison.

— Dis une seule chose sur Lucas..., le menaça Dray en se penchant vers son père, l'air soudainement mauvais.

— Quoi, tu vas me frapper ? rétorqua Christian d'un ton dur.

— Papa ! se récria Pauline avec indignation.

— Mais vous allez arrêter tous les deux ! s'agaça à son tour Alice.

— Je ne vais pas te frapper, pas besoin. Je veux juste défendre ce qui est important pour moi. Je suis amoureux fou de Lucas. Et je suis désolé qu'une chose aussi simple que belle ne te plaise pas. J'ai déjà dû abandonner l'armée à cause de ça, je ne perdrai pas en plus la personne que j'aime.

— Fais ce que tu veux, finit par soupirer Christian en repoussant sa chaise, se levant avec un soupir. C'est toujours ce que tu fais de toute façon.

Il tourna les talons et se dirigea vers la porte.

— Alors c'est tout ? grogna Dray en se levant à son tour, sa mère posant une main sur son bras pour qu'il ne s'approche pas de son père. Tu fuis encore ? Comme tu fuis toute la famille ? Il n'y a que ton travail qui compte, c'est ça ?

Mais Christian lui adressa un geste vague de la main avant de sortir de la pièce, claquant la porte.

— Laisse-le digérer, souffla Pauline.

— C'est toujours pareil avec lui, s'agaça Dray, grognant, pour retourner ensuite s'asseoir, et son regard revint vers Lucas, espérant qu'il n'ait pas paniqué.

Mais ce dernier glissa sa main dans la sienne, redressant assez la tête pour qu'il puisse voir un sourire tremblant qui se voulait rassurant sur ses lèvres. Dray y répondit.

— Ne lui en veux pas, soupira Pauline. Il finira par revenir prendre le dessert avec nous.

Dray s'empara de la main de Lucas pour venir déposer un baiser dessus. Il offrit ensuite une moue rassurante à sa sœur, puis se tourna vers sa mère.

— J'ai gâché ton magnifique repas.

— Ne t'inquiète pas pour ça, le réconforta-t-elle. Moi, je suis contente si tu as trouvé en Lucas ce qu'il te fallait. Et Lucas a l'air d'un très bon garçon. Tu veux bien prendre soin de mon fils, Lucas ? Comme tu as vu, il est un peu sanguin…

— Maman !

— Tu permets, Dray, je parle avec l'homme qui partage ta vie, le réprimanda Alice. On ne coupe pas la conversation.

— Je ferai de mon mieux, assura Lucas d'une voix hésitante en relevant un peu la tête pour la regarder. Je vous le promets.

— Parfait, acquiesça Alice. Je vais aller chercher le dessert. Tant pis pour votre père.

— Je…, murmura Lucas avec peine. J'ai besoin d'aller me

rafraîchir. Où sont les toilettes ?

— Deuxième porte à gauche à l'étage, indiqua Alice avant de partir à la cuisine.

— Je vais t'accompagner, proposa aussitôt Dray, redoutant une crise.

— Oh Dray, s'exaspéra Pauline, il est capable de trouver les toilettes, laisse-le donc faire.

— Ça va aller, le rassura Lucas en se levant, serrant et relâchant la main de Dray.

— D'accord, grommela Dray en se dirigeant vers sa sœur pour la chatouiller. Je t'interdis de te moquer, toi !

— Tu n'as qu'à pas te montrer si protecteur, rétorqua Pauline avec amusement, riant déjà tandis que Lucas quittait la pièce.

Il hésita dans le couloir, complètement tétanisé. Il observa les escaliers puis le corridor qui rejoignait l'entrée. C'était important la famille, et il aurait voulu que celle de Dray reste unie. Il espérait que sa présence ne soit pas à l'origine de nouvelles querelles. Il ignora totalement d'où il puisa le courage qui lui fit tourner les talons pour rejoindre l'extérieur.

Lucas sortit, refermant derrière lui, en se concentrant sur sa respiration. Il se figea sur le seuil lorsqu'un regard émeraude se posa sur lui, et il dut se faire violence pour ne pas se tasser sur lui-même. Parce que Christian était là, à faire les cent pas sur la terrasse carrelée.

Lucas triturait ses doigts avec nervosité, la gorge trop nouée pour parler, mais il était venu pour ça et il n'était pas certain d'avoir beaucoup de temps. Dray allait rapidement le chercher. Pourtant les mots ne sortaient pas, et il humecta ses lèvres sèches en sentant la panique le gagner.

— Que me veux-tu donc ?

— Je suis désolé, parvint à articuler difficilement Lucas.

— Vraiment ? s'enquit Christian en haussant un sourcil arrogant. Et de quoi ?

— Que ça ne se soit pas bien passé, bredouilla péniblement Lucas.

— Ah, évidemment, ricana Christian avec une pointe de sarcasme. Tu ne pouvais pas être désolé de l'essentiel.

— Je ne peux pas être désolé de ne pas être ce que vous souhaitez pour votre fils, parvint à dire Lucas qui tremblait sous le regard trop intense et légèrement hostile braqué sur lui. Parce que vous n'avez pas les mêmes souhaits que lui. Et ce sont ses souhaits à lui qui m'importent, parce que je l'aime.

— Ça, j'avais compris. Mais il n'aura jamais une vie normale à cause de ça. Il sera toujours jugé, toujours détesté pour sa différence, et je ne souhaite pas ça pour lui. C'est pour ça que je ne suis pas d'accord avec ses choix.

— Mais, bredouilla Lucas avec peine, ça arrivera quand même. Parce qu'il a déjà fait ses choix. Ce sera juste plus dur pour lui de vivre son quotidien si son père fait partie des gens qui le jugent.

Christian le fixa de longues secondes avant d'émettre un rire bref mais moqueur qui fit se tasser Lucas sur lui-même, au point qu'il baissa les yeux vers ses pieds, la panique s'insinuant aussitôt dans ses veines.

— Et tu es en train de me donner le rôle du très méchant papa…

— Non, gémit Lucas en se mettant à trembler, relevant la tête pour l'observer, persuadé d'avoir provoqué un désastre, d'avoir soudain empiré les choses alors qu'il voulait les améliorer.

— Je veux juste qu'il soit heureux. Et ça ne me paraît pas possible avec ses choix, avec toi.

— Pourtant vous ne pouvez pas le faire changer d'avis, osa Lucas d'une voix plus ferme, ayant du mal à regarder Christian. La famille, c'est important. On n'est pas toujours d'accord entre membres, mais c'est essentiel de se soutenir quand même.

— Parce que ton père est d'accord avec ton choix, peut-être ?

— J'aurais aimé le savoir, avoua Lucas en fermant les yeux de tristesse. Mais je n'ai plus de famille.

— Je suis navré pour toi. Mais je ne vais pas dire à mon fils que je suis ravi de ses choix parce que toi, tu n'as plus de famille.

— Vous n'avez pas à être ravi, ni même à comprendre. Juste à le tolérer. Sans reproches. Pour garder Dray dans votre vie et vous dans la sienne.

Il sursauta lorsque Christian s'approcha de lui et s'immobilisa juste à un pas, une question muette dans les yeux.

— Je peux ?

Lucas observa la main de Christian se lever, et il saisit son menton avec une douceur toute professionnelle qui fit fermer les yeux à Lucas en comprenant qu'il observait la cicatrice de son visage.

— Une vilaine brûlure que tu as là. J'ai un collègue chirurgien qui pourrait sans doute te réparer ça proprement, on ne verrait plus grand-chose.

— Non, c'est bon, répondit Lucas en se dégageant.

— Tu as l'air plutôt spécial, soupira Christian. Je ne suis pas certain de comprendre ce que Dray te trouve.

— Vous n’avez pas à comprendre, répéta Lucas en l’observant, puisant le courage au fond de lui.

— Juste à tolérer, hein ? s’amusa presque Christian en le fixant avec insistance.

— Lucas, appela Dray de l’intérieur, avant qu’ils n'entendent des bruits de pas précipités et la porte s’ouvrir.

La tête de Dray apparut et, aussitôt, il se précipita vers Lucas, le tirant à lui pour l’éloigner de son père.

— Mais qu’est-ce que tu fais là ?! Tu vas attraper froid !

— Non, ça va, bredouilla Lucas en levant les yeux vers Dray avec un sourire tendre.

— Il est juste venu me chercher pour le dessert, l’interrompit Christian en haussant les épaules.

Il se dirigea donc vers la porte pour rentrer, passant à leur hauteur, hésita un bref instant, mais finit par tapoter deux fois l’épaule de Dray avant de retourner à l’intérieur de la maison.

— Qu’est-ce qu’il s’est passé ? demanda Dray en fronçant les sourcils, ne comprenant pas le geste.

— On a… J’ai essayé de discuter avec ton père, articula Lucas avec peine en glissant sa main dans celle de Dray pour la serrer.

Il avait le souffle court. Maintenant que Christian était parti, il sentait la vague d’angoisse déferler en lui et il se concentra sur sa respiration, s’accrochant à Dray en récitant l’alphabet dans sa tête.

— Bon sang, j’ai osé discuter avec ton père, réalisa-t-il avec terreur.

Dray rit avant de l’attirer contre lui, l’enlaça, le collant contre son torse chaud, commençant à lui caresser les cheveux.

— Tout va bien. Il est agaçant, mais il n'est pas méchant. Il n'a jamais mangé personne. En général, il fuit les conversations comme il l'a fait. Je dirais que tu as plutôt eu de la chance de l'avoir coincé.

— Peut-être. Je ne voulais pas que tu sois fâché avec lui. Tu as la chance d'avoir une famille. Ça aurait été dommage, murmura péniblement Lucas en se calant tout contre Dray, savourant son étreinte.

— On se dispute souvent avec papa. Si cela n'avait pas été pour ça, cela aurait été autre chose. Je t'avoue que je suis plutôt étonné qu'il ait bien réagi.

Dray se serra soudainement contre lui, inspirant son odeur, pour se rassurer.

— Je suis fier de toi, que tu aies pris cette initiative. On a parlé tous les deux.

— Je ne suis pas près de recommencer. C'était terrifiant, avoua Lucas du bout des lèvres en resserrant sa prise sur la taille de Dray.

— Pareil, gloussa Dray. Mais tout est dit, c'est tout ce qui compte.

— Tu vas pouvoir savourer le dessert sans que l'idée de tout dire te crispe, s'amusa Lucas en baladant ses mains sur les muscles dont il avait bien remarqué la tension durant ce repas.

— Tu verras que la bûche maison de ma mère est à tomber aussi. Cela mérite qu'on se concentre dessus, affirma Dray avant de prendre le visage de Lucas entre ses mains pour l'embrasser délicatement. Je t'aime.

— Bon sang, moi aussi, souffla Lucas en se détendant enfin un peu, sentant le reste de son angoisse se dissiper.

— Ravi de le savoir. Allez viens, on rentre sinon tu vas

attraper du mal.

— Oui, j'ai froid, soupira Lucas, embrassant tendrement Dray avant de se détourner pour entrer dans la maison.

Dray le suivit, referma la porte-fenêtre et revient dans la salle à manger.

— Tu as intérêt à ne pas avoir tout mangé, Pauline, s'écria-t-il avec un sourire.

— Ah, vous voilà enfin, sourit Alice. Lucas, viens donc m'aider à servir !

Lucas se précipita avec anxiété pour aider Alice, les mains déjà tremblantes d'angoisse à l'idée de renverser quelque chose et de tout gâcher. Mais il prit sur lui, essayant de faire au mieux pour accomplir ce qu'elle lui demandait, tandis que Pauline répondait déjà à son frère.

— C'est toi le gros mangeur, hein, pas moi.

— Pauline, je connais toutes les cachettes de bonbons dans ta chambre depuis que tu as cinq ans, déclara Dray en revenant à sa place, couvant Lucas du regard.

— C'est ce que je dis. Et j'ai toujours su que tu te servais, rétorqua celle-ci en lui tirant la langue.

— Je piochais juste dedans quand tu n'étais pas sage !

— C'est ça, ouais, se récria Pauline tandis que Lucas tendait les assiettes à Alice qui servait des parts de bûche, faisant passer les assiettes au fur et à mesure. Chaque fois que je n'étais pas dans ma chambre surtout.

— Voyons, jamais je n'aurais brisé ton intimité de la sorte.

— Je sais que tu fouillais, insista Pauline en plissant les yeux avec un amusement visible.

— Tout le monde le savait, intervint Christian avec un

sourire détendu.

— Alors pourquoi personne n'a pensé à acheter plus de bonbons ? demanda Dray, haussant un sourcil, étonné que son père participe à leurs petites gamineries.

— Je l'ai fait.

— Je cachais les bonbons que Christian ramenait dans les cachettes que tu vidais, intervint Alice en se rasseyant, une fois tout le monde servi. Merci, Lucas.

— Bon sang, ça veut dire que tu en as mangé plus que ce que je pensais, s'offusqua faussement Pauline, avec un air qui se voulait scandalisé, mais trahie par sa gaieté.

— Il fallait bien que je grandisse, la taquina Dray en prenant la main de Lucas pour l'aider à s'asseoir.

Le jeune homme s'installa, soulagé de ne rien avoir cassé ou gâché. Et il serra la main de Dray, parvenant à se détendre un peu malgré ces autour de lui qui agissaient tout à fait normalement.

— Ça, tu n'as manqué de rien, oui, trancha Pauline en attaquant sa bûche, poussant un gémissement à la première bouchée. Maman, elle est à tomber par terre. Délicieuse.

— Merci, ma belle, répondit Alice en commençant à manger. Je voulais vous faire plaisir.

— Goûte, murmura Dray à Lucas. Tu vas voir…

Ce dernier s'empressa de s'exécuter et en prit un morceau qui fondit sur sa langue sitôt en bouche. Toute sa saveur éclata sur ses papilles alors qu'il avalait.

— C'est délicieux, parvint-il à dire d'une petite voix.

Dray hocha la tête avant de se tourner vers sa maman pour lui sourire.

— C'est dur de se passer d'une telle cuisine quand on est à

l'armée.

— Raison de plus pour ne jamais y retourner, le taquina Pauline qui savait comme eux tous que c'était la hantise de sa mère que de le voir repartir.

— Parfaitement, ajouta sa mère. J'aurais dû te gaver de gâteaux en vérité… Mais tu n'as jamais été fichu de prendre du poids.

— Je ne vais pas repartir, maman, la rassura doucement Dray, presque mélancolique.

— Voilà une bonne nouvelle. Tu vas pouvoir te détendre un peu, Alice, souffla Christian en jetant un regard à sa femme.

Alice sourit tendrement à son mari, avant de prendre sa main. Peu importe leur emportement de tout à l'heure, elle était vraiment contente d'avoir toute sa famille auprès d'elle, et même plus. Elle posa un regard sur Lucas, le trouvant charmant, pour dériver sur sa fille.

— Pourquoi ne pas avoir invité Bastien ?

— Pour que Dray le jette à la porte ? Non merci.

— J'ai le droit de ne pas le trouver assez bien pour toi, non ? grogna Dray avant d'avaler un gros morceau de bûche.

— C'est vrai qu'il est particulièrement stupide, acquiesça Christian.

— Vous êtes pénibles, soupira Pauline en faisant semblant de bouder, mangeant sa bûche avec une moue peinée.

— Ils te protègent, dit Alice. Tu seras toujours une petite fille pour eux deux. Cela les empêche de vieillir.

— Ils sont déjà vieux et moi une grande, ce serait bien qu'ils s'en rendent compte, rétorqua Pauline avec malice, le regard pétillant, en leur tirant la langue.

— Je pourrais encore te mettre une pâtée aux jeux vidéo, alors je ne suis pas si vieux, grimaça Dray.

— Ah, j'aimerais bien voir ça, ricana Pauline avec un air moqueur.

— Quand tu veux, tu viens à la maison, répondit Dray avec le même air.

Le dessert prit rapidement fin, suivi d'un deuxième service pour certains, avant que Dray ne s'assure qu'il pouvait laisser Lucas une minute seul, le temps d'aller fumer. Il fumait de moins en moins depuis qu'il était avec Lucas, mais là, après cette révélation, il en avait besoin. Il voulait un petit moment seul pour se pencher sur ce qu'il avait fait. Il l'avait enfin avoué à ses parents. Alors quelques secondes plus tard, après que Lucas lui ait assuré que cela irait, et confié aux soins de sa mère et de sa sœur, il sortit sur la terrasse, son blouson de cuir sur le dos et savoura la première bouffée avec soulagement.

— Tu en as une pour moi ? demanda finalement la voix de son père qui refermait derrière lui.

Dray lui jeta un regard étonné avant de regarder le vieux paquet usé et de lui tendre.

— Maman ne veut pas que tu fumes, dit-il simplement.

— Je crois qu'aujourd'hui, elle ne me dira rien, répondit Christian en se servant.

— Comme quoi, cela aura eu au moins un avantage cette histoire, soupira Dray en tendant le briquet.

Christian s'en saisit et alluma sa cigarette, rendant son briquet à son fils, tirant la première bouffée avec plaisir.

— En tout cas, j'en avais besoin.

Dray ne prit pas la peine de répondre, soupirant tout en s'appuyant contre le mur, fixant dans le vide.

— Il a l’air gentil, finit par reprendre Christian avec une expression un peu perplexe.

— Lucas est adorable. Il sait prendre soin des gens. Il le fait très bien pour Maxime.

— Oui, Max avait l’air rayonnant sur les photos, murmura Christian d’une voix très basse.

— Je suis étonné que tu les aies regardées, grogna Dray avant de grimacer.

Être agressif ne servait à rien.

— Écoute, reprit-il aussitôt, que tu n’aimes pas mes choix, cela nous regarde, mais ne fais pas de mal à Lucas, OK ?

— Que tu me juges comme étant le pire des pères parce que je n’ai jamais été très présent passe encore, mais ne me fais pas passer pour un monstre. J’aime Max, et j’ai toujours fait au mieux pour lui. Et je ne fais pas de mal aux gens. Que ce soit à Lucas ou à d’autres.

Dray soupira, prenant le temps de tirer une bouffée de sa cigarette avant de répondre.

— Je n’ai pas envie de me battre avec toi. Je savais plus ou moins que vous soupçonniez la chose, mais il y a une différence entre avoir un doute et être mis devant le fait accompli. Je vous l’ai dit uniquement parce que c’est sérieux avec Lucas. J’ai envie de faire ma vie avec lui. J’ai déjà perdu beaucoup de choses à cause de ça. L’armée… J’ai quasiment été viré, car mon unité n’était plus fonctionnelle quand mes hommes l’ont découvert. On m’a fortement encouragé à prendre la porte. Alors c’est ce que je fais, papa. Je m’assume. Je n’ai plus envie de me cacher. Je suis désolé si je ne suis pas une fierté pour toi, si je te fais honte. Mais c’est ce que je suis. Je suis juste un homme qui a dévoué une partie de sa vie à la patrie qui l’a renié. Et qui trouve du réconfort auprès d’un homme d’une douceur exquise. Parce que j’ai besoin de ça. J'ai besoin de lui. Je l'aime.

Christian avait observé son fils durant son petit discours, et un sourire infime effleura ses lèvres. Il tira une bouffée de sa cigarette avant de poser sa main libre sur l'épaule de Dray en tournant la tête vers le jardin.

— Je ne suis pas là pour me battre non plus. Tout ce que je veux pour toi, c'est ce qu'il y a de meilleur. Je ne comprends pas réellement ce qu'il peut t'apporter, mais je n'ai pas besoin de comprendre. Si tu penses qu'il est ce qu'il y a de mieux pour toi, je ne vais pas me disputer avec toi pour te convaincre du contraire. Et je n'ai pas honte. Si tu es bien comme tu es, si tu t'assumes, si tu es heureux, alors cela me va.

— Je pourrais t'expliquer ce qu'il m'apporte, mais je ne suis pas sûr que tu supporterais, se moqua doucement Dray en attrapant le bras de son père pour le serrer un peu. Je ne veux pas le crier sur les toits non plus, tu sais, ni me lancer dans une croisade pour l'homosexualité. Je voulais juste que vous sachiez que j'avais trouvé quelqu'un de bien, et que je suis heureux. Ne pas avoir à me cacher si je veux lui prendre la main. Je veux me dire que je ne vous dégoûte pas au point de me poignarder, au sens figuré. Pas vous. La famille a toujours été importante pour moi. Je ne veux pas la perdre.

— Tu ne perdras pas ta famille, le rassura son père en terminant sa cigarette. On est heureux que tu sois de retour.

Et il le pensait. Christian n'était pas expansif et même s'il n'avait jamais vu l'homosexualité d'un bon œil, il était prêt à s'en ficher complètement si ça lui permettait de garder son fils. Parce que tout ce qu'il souhaitait, c'était le meilleur pour lui. Leur vision de ce meilleur était différente, alors Christian devait apprendre à croire Dray quand il se disait heureux. Tout comme il avait dû accepter que le mieux pour Maxime était cet institut.

C'était dur à comprendre pour lui, un échec en tant que père et en tant que médecin. C'était si difficile à admettre, pourtant il l'avait fait, pour le bonheur de son dernier fils. À l'époque, il s'était réfugié dans son travail pour faire face. Sa famille parfaite semblait s'écrouler, alors il avait joué aux abonnés absents. Il savait que sa réaction n'avait pas été la meilleure. L'impuissance ressentie avait été trop grande pour lui, impossible à encaisser. Il ne l'avouerait jamais, trop digne pour ça. Mais aujourd'hui, il pouvait réagir autrement. Accepter simplement. S'il ne comprenait pas, quelle importance ? Tout ce qu'il avait toujours voulu, c'était le bonheur de ses enfants, de sa femme.

— Content de le savoir, avoua Dray en s'approchant pour passer un bras autour de son père.

Ils restèrent un peu là, en silence, jusqu'à ce que Christian reprenne la parole.

— Allez, rentrons, ou les femmes vont encore se plaindre et ton homme va s'inquiéter, ajouta le père avec un sourire. Il n'a pas l'air d'être le plus serein des individus.

— Il a juste du mal à faire confiance aux gens, éluda Dray en souriant avant d'entrer dans la maison.

Son père tapota son épaule en le suivant avec un sourire au coin des lèvres. Et ils retrouvèrent les trois autres, déjà en train de commencer à débarrasser. Lucas, une pile d'assiettes dans les mains, fut soulagé de voir Dray revenir avec un air détendu, et il parvint même à lui sourire en suivant Alice qui le menait vers la cuisine pour qu'il dépose son chargement. Et finalement, ce que Lucas avait pensé être une épreuve insoutenable fut une expérience angoissante, mais enrichissante.

Épilogue

Il détestait ce miroir. Un modèle classique, posé sur un pied, au contour en bois de chêne et qui permettait de se contempler des pieds à la tête. Mais il le détestait. Il n'aimait pas l'image qu'il renvoyait. Pourtant, il acceptait enfin son existence, du moins assez pour ne plus avoir envie de le briser en se voyant, mais chaque fois qu'il contemplait son reflet, il le haïssait. Le pantalon était élégant, Pauline avait bien choisi lorsqu'elle l'avait aidé à le sélectionner sur une boutique en ligne. Elle était venue à l'insu de Dray. Elle avait aussi trouvé une chemise fine à Lucas, ajustée, très raffinée qui lui donnait un air distingué.

Mais encore une fois, il se pencha en avant pour effleurer du bout des doigts la peau striée de son visage. Il avait utilisé un lien pour nouer ses cheveux trop longs sur sa nuque, sur les conseils de Pauline, mais il détestait cela. Cela dégageait son visage et mettait donc ses cicatrices en avant, il avait l'impression de ne voir que ça. Il poussa un profond soupir en se redressant. Dans l'idée, cela ne lui aurait pas posé de souci, mais ce soir, il emmenait Dray au restaurant, et il y aurait des dizaines de personnes autour d'eux. Sans parler du fait qu'il fallait déjà s'y rendre. Il avait appelé un taxi pour que Dray n'ait pas à conduire, mais rien que l'idée l'angoissait. Parce qu'il allait falloir monter à l'arrière, et il paniquait déjà.

Et il refusait de se laisser aller à l'angoisse. C'était le cadeau de Dray. Il voulait que tout se passe bien, mais il était terrifié à l'idée de tout gâcher. Il se détourna du miroir, se dirigea vers le dernier colis reçu une heure plus tôt et en sortit un manteau neuf qui le fit soupirer de soulagement. Assez long, il lui arriverait au-dessus des genoux mais, surtout, le col montait jusqu'au menton une fois fermé, et il possédait une capuche. Lucas le passa et son corps se relâcha enfin. Personne ne verrait rien de lui tant qu'il garderait le manteau. C'était encore mieux que ses sweats. Et il remercia intérieurement Pauline. Elle était vraiment maline.

Il l'ôta en vérifiant l'heure et se tendit. Dray n'allait pas tarder. Il lui avait donné rendez-vous ici au même horaire que le taxi, d'ici cinq minutes. Il se tourna à nouveau vers le miroir et ignora son visage pour lisser sa chemise impeccable, jeta un coup d'œil à ses chaussures neuves qui le mettaient presque mal à l'aise. Il n'avait plus l'habitude d'essayer d'être élégant, de prendre soin de lui. Il espérait simplement plaire à Dray, parce que c'était son cadeau, et il voulait juste que tout soit parfait, parce que c'était ce dont il avait envie, d'un dîner normal au restaurant, et Lucas voulait être capable de lui offrir. Il se détourna, attrapant son manteau au passage, lorsqu'on toqua à la porte. Dray sûrement. Parce que le taxi, c'était son chauffeur habituel, et il attendrait simplement devant la maison. Sans doute était-il déjà là d'ailleurs. Alors Lucas alla ouvrir la porte en enfilant son manteau, trouvant Dray sur le seuil. Ce dernier fixait le taxi sans comprendre.

— Pourquoi il y a…, commença-t-il à demander avant de s'interrompre en voyant Lucas, poussant même un petit cri choqué.

Dray, dans son jean et sa veste de costume, le fixait avec des yeux brillants, contemplant le visage dévoilé, savourant l'instant, pour descendre sur le corps laissé visible par le manteau encore ouvert. Dray le fixait la bouche ouverte, complètement estomaqué, puis sourit et attira brusquement Lucas contre lui pour l'embrasser passionnément. Emporté dans l'élan, il le fit même reculer de quelques pas.

— Tu es magnifique, déclara-t-il en lui tapotant le bout du nez, effleurant son visage. Vraiment resplendissant. Il n'y a pas de mots.

— Je suis heureux que ça te plaise, répondit Lucas en souriant, rougissant même un peu. Je veux faire les choses bien, c'est ton cadeau après tout.

— Je te dirais même que si on n'avait pas la réservation, je te garderais comme ça rien que pour moi dans la chambre, souffla Dray en passant ses doigts sur le visage de Lucas, comme s'il ne pouvait pas y croire. Tu n'étais pas obligé, mais je suis diablement content que tu l'aies fait.

Dray l'embrassa encore une fois et se recula, se contentant de l'admirer.

— Tu es vraiment merveilleux, souffla-t-il en l'attirant dehors.

— La chambre peut être la deuxième partie de la soirée, s'amusa Lucas en glissant sa main dans celle de Dray.

Il referma rapidement la porte de sa maison à clé et tira la capuche de son manteau sur sa tête.

— Allons-y, le taxi va nous attendre.

— J'aurais pu conduire. Je sais à quel point cela te stresse. Tu n'étais pas obligé de chambouler toutes tes habitudes non plus.

— Je n'allais pas te laisser conduire jusqu'à ton cadeau, bredouilla Lucas qui n'était vraiment pas sûr de lui à l'idée de monter à l'arrière.

Dray sourit et l'attira à lui, passant son bras autour des épaules de son compagnon.

— C’est une délicate attention, Lucas.

— Je veux juste que tout soit parfait, avoua Lucas en se calant contre lui alors qu’ils se dirigeaient vers le taxi.

Mais pour que tout soit parfait, il fallait qu’il surmonte une de ses dernières angoisses, celle de monter à l’arrière d’une voiture. En fait, l’idée le tétanisait, et il devait vraiment prendre sur lui pour ne pas commencer à trembler. Sa gorge était serrée et il sentit l’ombre d’une crise se profiler, mais il se serra contre Dray. Il était hors de question que ça vienne tout gâcher. Il voulait offrir une soirée normale à Dray, comme il en rêvait. Et la panique n’y avait pas sa place.

— Je t’aime, souffla Dray une fois devant le taxi, et il ouvrit la porte.

— Je t’aime aussi, murmura Lucas en fixant la banquette arrière, si différente de la dernière sur laquelle il était monté.

Heureusement.

Pourtant, il se sentit se crisper. Il inspira, se concentrant sur l’objectif de cette soirée.

— Vas-y, monte, finit par ajouter Lucas. Je préfère être à droite.

La gauche, ça avait été sa dernière place. Celle juste avant que sa vie ne change. Qu’il avait offerte à sa petite sœur. *Non, il ne pouvait pas laisser Dray se mettre à cette place*, songea-t-il soudain. Il changea d’avis presque aussitôt.

— Non, je vais y aller en fait, bredouilla-t-il en se glissant sur la banquette, le corps tendu comme un arc.

Mais Dray l’arrêta dans son mouvement, le força à se tourner vers lui. Il prit ensuite son visage et respira profondément.

— Respire comme moi, ordonna-t-il tendrement.

Il s'exécuta pendant de longues secondes, mais il savait qu'il ne pourrait pas se détendre. Pas sur la banquette arrière d'une voiture. Non, le mieux était d'abréger ce moment. Le restaurant n'était pas très loin, il l'avait choisi aussi pour ça, alors il se pencha pour embrasser doucement Dray.

— C'est bon, ne t'inquiète pas. Ce soir, tu ne t'inquiètes de rien.

— N'en fais pas trop, Lucas, murmura tout de même Dray avec un sourire, sa main venant caresser sa joue. Allez, allons manger. Ce sera plus agréable, je suis sûr.

— Oui, j'espère que tu aimeras le restaurant. Pauline m'a aidé à choisir, avoua-t-il en s'installant.

Comme à son habitude, son chauffeur attendit qu'il s'attache pour démarrer et se glissa dans la circulation à une allure très modérée. Malgré cela, Lucas était plus que tendu et se tourna vers Dray, espérant que leur discussion empêche l'angoisse de croître en lui. La main de Dray attrapa aussitôt la sienne, et son compagnon lui sourit doucement.

— Oh, donc Pauline est dans le coup… Je dois la remercier ou la gronder ?

— J'ai osé lui demander un coup de main, répondit Lucas en serrant les doigts comme si sa vie en dépendait. Donc, remercie-la plutôt. J'aurais paniqué si elle avait refusé.

— Je suis content si tu n'as plus peur de Pauline. Elle t'aime beaucoup, tu sais. Tu as charmé toute la famille de toute façon. Même mon père je crois, c'est dire.

— Vraiment ? J'aime beaucoup Pauline, elle est gentille. Mais ton père me fait un peu peur. Il est très intimidant.

— Il fait cet effet à tout le monde, le rassura Dray en jouant un peu avec les doigts de Lucas. Et Pauline adore comploter dans mon dos. Je suis sûr qu'elle avait un sourire machiavélique en le faisant, ajouta-t-il avec un rire destiné à détendre un peu Lucas.

— En tout cas, elle m'a bien aidé.

— Je suis très heureux.

— C'est vrai ? s'étonna Lucas en le fixant avec un regard brillant.

L'idée de parvenir à rendre Dray heureux était magique pour lui. Comme un miracle.

— Je n'aurais jamais pensé que tu irais juste que là. Un simple restaurant m'aurait suffi. Tu as fait tellement de choses. Tu réalises d'énormes progrès en ce moment.

— J'essaie de devenir plus… normal, avoua Lucas.

— Tu avances à grands pas, je suis fier de toi.

Lucas rougit un peu, serrant sa main, l'amenant à sa bouche pour y déposer un baiser alors que le chauffeur se rangeait sur le côté et coupait le moteur.

— On y est, fit Lucas, soulagé.

— Tu vois, tu as réussi, l'amadoua Dray en ouvrant la portière.

— Plus jamais, soupira Lucas qui parvint enfin à se détendre un peu en sortant. C'est là, indiqua-t-il en désignant un petit restaurant au coin de la rue.

— Il a l'air sympa…

— C'est assez petit, et intime apparemment.

Ils arrivèrent rapidement à l'accueil et Lucas, la gorge nouée, parvint à tendre le carton de réservation au serveur qui les accueillit. Ce dernier les guida jusqu'à une table de deux dans le coin de la pièce, entre la fenêtre et un panneau de bois fleuri qui les séparait de la table d'à côté. Lucas mit de longues secondes après le départ du serveur pour réussir à baisser sa capuche puis à quitter son manteau et s'installer. Il était clairement tendu, mais il essaya de faire comme si de rien n'était. En fait, il était au comble de l'angoisse, absolument mal à l'aise d'être ainsi exposé dans un lieu public, rempli de gens qui devaient lui jeter des regards horrifiés. Mais il ne voulait pas les voir, pas savoir, c'était pour Dray tout ça, alors il concentra son attention sur la carte.

— Lucas, regarde-moi, chuchota Dray en se penchant vers lui, attendant qu'il obéisse avant de reprendre. Tu es magnifique. N'aie pas honte.

— Ça va, le rassura Lucas la gorge nouée, avec un sourire un peu tremblant. Tu sais, moi et la nouveauté… Ça ira.

— Tu me le dis si cela ne va pas, d'accord ? souffla Dray avant de sourire. Tu sais, moi et jouer au super héros…

— Ne t'en fais pas, ça ira, le tranquillisa Lucas en expirant lentement. Ce sera une soirée en amoureux parfaitement normale.

— Alors je peux te faire du pied ? demanda Dray dans un rire.

— Ça se fait dans les soirées normales entre amoureux ? s'étonna Lucas avec un air un peu gêné, comme si l'idée ne lui était pas venue.

— Il n'y a pas de soirée type, Lucas. C'est suivant les couples, les envies. Rien de plus. Ne te monte pas la tête.

— Oh, d'accord, murmura Lucas en ayant l'air de réfléchir. Eh bien, fais ce dont tu as envie alors.

— Pourquoi ne pas te plaquer sur cette table et te faire l'amour comme si demain n'existait plus ? proposa Dray en leur servant de l'eau.

— Bon sang, Dray, murmura Lucas en se tassant sur lui-même. Ne me mets pas mal à l'aise !

— Pardon. C'est sorti tout seul. Et peut-être que tu penseras à autre chose comme ça.

— Sans aucun doute, mais on devrait garder cette idée pour la fin de notre soirée, suggéra Lucas à voix basse.

Il allait se pencher vers lui mais se recroquevilla, car le serveur revint vers eux pour prendre leur commande.

— Vous avez choisi ? s'enquit-il tranquillement en sortant un carnet et un stylo de sa poche.

— Moi oui, et toi ?

Lucas hocha la tête, incapable de se redresser un peu avant de comprendre que le serveur attendait sa commande. Il déglutit difficilement alors que ses doigts se serraient sur le menu.

— Un menu saveur, parvint-il à bredouiller piteusement.

— Deux, souffla Dray, avec un cocktail du chef, ajouta-t-il en tendant sa carte avec un sourire.

Le serveur nota et ramassa les menus avant de s'éloigner. Lucas parvint à se redresser un peu après quelques secondes et vint poser sa main sur la table, comme une invitation pour que celle de Dray l'y rejoigne. Ce qu'il fit rapidement avec un sourire.

— Je suis fier de toi. Tu te rappelles notre première rencontre ? Tu te rends compte du chemin que tu as parcouru depuis ?

— Tu m'avais terrorisé, se rappela Lucas en serrant ses doigts. J'ai paniqué à ton départ, et rien que l'idée de te revoir me tétanisait. Je n'aurais jamais imaginé qu'on se retrouverait dans un restaurant tous les deux.

— J'avais clairement dépassé les bornes en même temps. Mais je suis plus qu'heureux qu'on ait pris ce chemin. Quand je me suis calmé après avoir crié, je me souviens avoir pensé que tu étais mignon. Et la seconde d'après, j'avais envie de te câliner comme un chaton abandonné.

— Mignon ? s'étrangla Lucas en le regardant avec effarement. Tu n'as pas pu me voir.

— Je n'ai pas vu ton visage, mais j'ai entendu ta voix, vu ton attitude, ton corps. Ce n'est pas parce que tu caches ton visage que tu es transparent, mec !

— Pourtant, c'était tout ce que je voulais, avoua piteusement Lucas. Mais je suis heureux que tu aies surgi dans ma vie. Tu as tout retourné, et j'en suis content.

— Tu ne peux pas demander à un ex-soldat d'être délicat, ricana Dray.

— Je crois que j'avais besoin d'être un peu secoué…

— Un tout petit peu.

— Merci de l'avoir fait, parvint à murmurer Lucas avant de se figer, car le serveur revenait.

Il déposa simplement leur entrée devant eux et repartit en leur souhaitant un bon appétit.

— Tu vois, tout se passe bien, chuchota tendrement Dray en prenant ses couverts puis une première bouchée. Et c'est délicieux. Tu as très bien choisi.

— Tant mieux si ça te plaît, dit Lucas en goûtant à son tour. C'est vrai que c'est bon.

Dray sourit en contemplant Lucas avec douceur. Il était bien ici, avec Lucas. Juste eux deux. Sans la peur, l'angoisse ou quoi que ce soit. Dray était tellement heureux de passer une soirée normale, comme si soudainement leur futur semblait paisible et simple. Tout ce qu'il avait toujours voulu. Et c'était parfait.

Le repas se déroula sans anicroche. Certes, parfois Lucas se tendait à l'arrivée du serveur, quand un rire résonnait dans la salle, quand quelqu'un passait près de leur table, mais il relançait aussitôt la discussion avec Dray et parvenait à éloigner l'angoisse qui jaillissait en lui, en se concentrant sur autre chose. Le plus difficile resta le trajet en taxi à l'arrière, et le retour ne fut pas très différent de l'aller. Ce fut le seul moment où Lucas eut le sentiment qu'il ne pourrait jamais être normal. Mais au cours du dîner, il était parvenu à se détendre un peu, et il aima ces moments passés avec Dray. Plus que tout, il aima l'expression heureuse qu'arbora son amant durant toute la soirée. Une fois rentrés, Dray ne laissa pas le temps à Lucas d'enlever son manteau qu'il l'attira contre lui pour l'embrasser délicatement.

— J'ai la permission de rester ? murmura-t-il contre ses lèvres alors que son corps était déjà en train de se coller à lui.

— Tu as même l'obligation de rester, corrigea Lucas en glissant ses mains sous le manteau ouvert de Dray. Je serais très vexé que tu partes maintenant.

— Loin de moi cette idée, crois-moi. Je veux mon deuxième dessert, le taquina Dray en le poussant dans le salon, enlevant de lui-même sa veste.

Ses lèvres étaient incapables de quitter celles de Lucas. Il avait eu envie de faire ça toute la soirée. Dray n'avait jamais trouvé Lucas aussi beau que ce soir. Certes ses vêtements le mettaient en valeur pour une fois, mais il dégageait plus d'assurance, plus de courage. Il n'était plus terrorisé, il ressemblait à un papillon qui venait d'éclore. Fragile encore, mais déjà majestueux. Le fait qu'il s'assume, qu'il ne se cache plus, semblait le rendre encore plus désirable.

— J'aime quand tu es gourmand, murmura Lucas en se laissant guider vers le salon.

— Comment te résister aussi, grogna Dray qui attrapa ses fesses pour se plaquer contre lui, lui faisant sentir son érection.

J'ai envie de toi.

— Bon sang, moi aussi, gémit Lucas en glissant ses mains sous les vêtements de Dray pour le caresser.

— Tu crois qu'on va arriver jusqu'à la chambre ? demanda Dray avec amour en déboutonnant la chemise de Lucas.

— Je crois que le lieu n'a pas d'importance.

Dray happa sa bouche, en savourant le goût, laissant sa langue en redécouvrir les contours avant d'enlever enfin la maudite chemise.

— Tout, tant que c'est toi, souffla-t-il à son oreille pour mieux descendre dans son cou.

Lucas poussa un soupir satisfait en glissant une main dans les cheveux de Dray, savourant déjà les frissons que les baisers de Dray provoquaient. Il avait tellement envie de lui. Tellement envie de plus, que son autre main continuait de caresser sa peau de manière sensuelle alors qu'ils arpentaient le couloir d'un pas incertain et lent, trop occupés par leurs attouchements. Enflammé par ces caresses préliminaires, Dray colla Lucas au mur, remontant ses jambes autour de ses hanches pour se frotter contre lui. Sa bouche vorace parcourait son visage.

— Je t'aime tellement.

— Moi aussi, gémit Lucas alors que sa main caressante venait se lover sur la fesse de Dray.

L'ancien soldat soupira d'aise avant de reprendre leur route encore plus lentement, agrippant Lucas avec fermeté. Ils parvinrent à la chambre alors que Lucas faisait tomber le tee-shirt de Dray au sol et glissait sa main sous son pantalon pour agripper ses fesses à nouveau. Il le désirait tellement que c'en était presque douloureux. Il s'empara des lèvres de Dray dans un baiser enflammé. Ce dernier se laissa tomber sur le lit, Lucas au-dessus, répondant à ses soupirs par les siens, avant d'ouvrir son pantalon pour essayer de glisser sa main à l'intérieur.

— Oh bon sang, gémit Lucas lorsqu'il y parvint, s'enflammant encore un peu plus. J'ai tellement envie de toi, Dray.

— Alors sers-toi, proposa Dray avec volupté en laissant son pouce remonter sur le haut du sexe érigé. Regarde, je suis là, tout à toi, dans ton lit… Qu'est-ce qu'il te faut de plus ?

— Que ça dure, tenta de s'amuser Lucas alors que ses mains descendaient le long du torse de Dray pour se faufiler dans le pantalon de son amant et commencer à le caresser avec douceur.

Il effleura Dray avec sensualité, se mordillant la lèvre comme s'il hésitait à ajouter quelque chose. Ses mains explorèrent le sexe de Dray, s'égarant parfois sur l'aine puis entre ses cuisses pour remonter à nouveau et recommencer. Dray sourit, avant de l'attirer par la nuque pour l'embrasser. Il joua un long moment avec sa langue, avalant son souffle, souhaitant saturer ses sens et assouvir sa propre soif. Il vint ensuite embrasser le visage de Lucas, alors que ses mains se rejoignaient sur le torse découvert, ne cherchant plus vraiment à éviter ses cicatrices.

— Pourquoi ? Tu craques déjà ? Alors qu'on est encore habillés ? se réjouit Dray en essayant de toucher tous les points sensibles qu'il avait découverts au fil du temps.

Comme, par exemple, ce petit morceau de peau dans le cou, et cet endroit à côté de l'épaule, faisant frémir Lucas.

— Pas du tout. Refais ça, ajouta-t-il dans un gémissement en prenant le sexe de Dray en main.

Dray se mordit la langue pour ne pas geindre. L'une des mains de Lucas se perdit dans ses cheveux pour caresser sa nuque, savourant les caresses que Dray lui prodiguait. La gorge de l'ancien soldat laissa échapper un grondement et il revint à cette bouche qui le rendait fou. Ses deux mains agrippèrent le bassin étroit pour chercher la friction, un exutoire à son désir. Mais son envie ne faisait qu'augmenter, emportant tout sur son passage. Il ne voulait plus attendre, il allait devenir fou.

Alors il tira sur le pantalon de Lucas pour essayer de l'enlever, voulant toucher chaque morceau de peau. Ce dernier l'aida et en profita pour ôter celui de Dray et revenir contre lui, lui tirant un gémissement. Dray passa un bras autour de sa taille, le maintenant contre lui, alors que son autre main se glissait entre eux pour se saisir de leurs deux érections. Il commença un mouvement de va-et-vient qui lui arracha un couinement, vite étouffé contre la peau de Lucas. La main de ce dernier se crispa sur la nuque de Dray, alors que les vagues du plaisir déferlaient en lui.

Il adorait sentir Dray comme ça contre lui, lorsqu'il perdait le contrôle. Entendre ses gémissements. Vibrer à l'unisson de ses mouvements erratiques. Lucas en avait le souffle court, le corps tremblant. Il était si excité que ses muscles étaient tendus à leur maximum, et ses pensées n'avaient plus rien de cohérent. Pourtant, une envie jaillit en lui alors que leurs mouvements s'accordaient avec sensualité. Elle prit de l'ampleur, nullement freinée par le plaisir que Dray était en train de leur procurer. Il vint l'embrasser avec passion, mais finit par se résoudre à l'exprimer, tellement l'envie devenait grande, prenait possession de lui.

— Dray, j'ai envie de recommencer.

Ça datait de presque trois semaines, juste avant Noël. Ils n'avaient pas réitéré depuis, mais Lucas se souvenait encore du plaisir intense qu'il avait ressenti en étant en Dray. Ils s'étaient unis, et Lucas soudain n'avait plus qu'une envie : recommencer. Pour revivre ces sensations. Dray le regarda, un peu perdu, ne comprenant pas vraiment ce qu'il voulait.

— Tu veux recommencer quoi ? demanda-t-il, cessant ses

mouvements, ayant l'impression d'avoir fait une bêtise.

— J'ai envie, bredouilla Lucas, le regard brillant, mais clairement hésitant. D'être en toi. Comme avant Noël. Enfin, si tu le veux aussi. Mais j'aimerais le refaire.

Dray sourit doucement, caressant la joue de Lucas pour l'embrasser presque délicatement.

— Je te l'ai dit, tout ce que tu veux, murmura-t-il avec tendresse.

— Bon sang, Dray, gémit Lucas sous le baiser tendre. Tu es en train de me faire perdre la tête. Mais j'ai envie de ça. Mais seulement si toi aussi.

— Évidemment que j'en ai envie, Lucas. Mais je ne voulais pas te brusquer. Si tu savais comme j'aime te faire perdre la tête.

— Tu y arrives trop bien, soupira Lucas en se pencha pour l'embrasser tendrement.

Mais Dray l'attrapa par la nuque pour dévorer sa bouche avec un gémissement plaintif.

— Tu… Tu veux faire exactement comme à Noël ? demanda-t-il alors que ses mains repartaient en vadrouille.

— Ça ressemble à une question bizarre, s'amusa Lucas qui frémissait pourtant. On peut faire différemment ?

— On peut faire tout ce qu'on veut, répondit Dray, indulgent. Mais je parlais de choses plus basiques. Comme le fait de savoir si tu voulais essayer de me préparer ou si je refaisais comme à Noël ? Parce que j'ai à la fois très envie de lécher chaque morceau de ta peau pour te sentir frissonner sous ma langue, mais je suis aussi très intéressé de voir comment tu pourrais te débrouiller.

— Dray, gémit Lucas en fermant les yeux une brève seconde. Je veux bien essayer, mais j'aimerais faire les choses bien, alors tu devras me guider.

— Je te torture, n'est-ce pas ? murmura l'ancien soldat en mordillant la lèvre devant lui. Déjà, tu vas commencer par te détendre…

Dray laissa sa main revenir sur le ventre de Lucas, pour descendre jusqu'au sexe et reprendre sa caresse délicate. Le corps de Lucas se tendit aussitôt vers lui alors qu'il poussait un soupir satisfait, le visage marqué par le plaisir de l'attouchement. Il finit par remonter les mains sur les épaules de Dray avant d'effleurer sa peau du bout des doigts, sur le visage, passant sur son cou, son torse, seulement guidé par le plaisir que Dray lui procurait.

— Parfait, maintenant tu dois juste préparer le terrain avant d'entrer en moi…

— Et je fais ça comment ? s'enquit Lucas en le fixant d'un regard assombri par le désir, alors qu'il tentait de se concentrer sur les mots de Dray pour faire les choses correctement.

Mais Dray ne l'aidait en rien, sa deuxième main rejoignant la première pour lui attraper les bourses, le torturant de la plus délicieuse des manières.

— Il faut que tu m'ouvres ici, dit-il en laissant un doigt s'égarer entre les fesses. Avec de la salive à défaut de lubrifiant.

Lucas frémit sous les doigts de Dray, ayant du mal à garder un fil de pensée cohérent, mais Dray ne semblait pas parti pour le guider plus précisément. Il se remémora alors cette fois-là, à Noël, ce que Dray lui avait fait avant de l'enfouir en lui, et il prit la décision d'imiter la chose. Il osa se décaler un peu et tracer un chemin avec ses lèvres du cou jusqu'au bas du ventre de son amant, terminant sa course sur son sexe alors qu'il se déplaçait à quatre pattes au-dessus de lui. Il prit son érection en bouche juste après avoir mouillé son propre doigt qu'il fit glisser entre les cuisses écartées. Même s'il prenait l'initiative, il ne pouvait s'empêcher de surveiller le visage et les expressions de Dray, prêt à s'arrêter si ce qu'il faisait le gênait.

— Oh, ta bouche… Dépêche-toi, grogna Dray en se cambrant de plaisir, remontant de lui-même ses jambes pour laisser plus de place. J'en meurs d'envie. Ne sois juste pas trop brusque.

Le doigt humidifié de Lucas descendit entre les fesses musclées, traçant un sillon humide, s'arrêtant à l'entrée quelques secondes alors que sa langue suivait une ligne sur le sexe de Dray, du gland jusqu'à la base. Puis son doigt passa le plus doucement possible sur le petit anneau de muscles, s'enfonçant avec la plus grande délicatesse en Dray alors que Lucas surveillait toujours ses réactions. L'ancien soldat gronda, attrapant le coussin au-dessus de sa tête, commençant à prononcer des débuts de mots, avant que sa respiration ne devienne plus erratique, le plaisir inondant ses sens. Son autre main alla fourrager dans les cheveux de Lucas, Dray essayant de rouvrir les yeux.

— C'est bon, chuchota-t-il comme s'il n'en pouvait déjà plus. Bouge doucement d'avant en arrière maintenant.

Lucas s'exécuta aussitôt, répondant à la demande de Dray tout en reprenant son sexe en bouche, accordant le mouvement de son doigt à celui de ses lèvres, lentement, mais avec envie.

— Ah, putain ! C'est ça…

Dray abaissa de nouveau les paupières, incapable de ne pas craquer en voyant les yeux bleus braqués sur lui, cette bouche indécente qui le dévorait, cette langue qui faisait des merveilles, c'était trop pour lui. Beaucoup trop. Merde, s'il avait été un adolescent, la partie serait finie depuis longtemps. Mais il était comme Lucas, il voulait profiter, il en voulait plus.

— Mets en un deuxième, articula-t-il vaguement en serrant davantage l'oreiller pour se retenir de craquer.

Lucas s'empressa de l'écouter, et avec la même délicatesse qu'avant, il joignit un deuxième doigt et reprit ses allers et retours lents et délicats, cherchant à augmenter le plaisir en Dray. Son désir à lui grandissait aussi, excité à l'idée de se glisser à la place de ses doigts. Tout son corps était tendu, impatient. Et pourtant ses mouvements étaient lents, précautionneux, il s'appliquait.

— Frotte contre les parois, gémit Dray en commençant à bouger le bassin. Vers le haut. Ah putain, oui… Là… Lucas.

Dray se redressa brusquement, incapable de rester plus longtemps sans agir, attrapant le visage de son compagnon pour l'embrasser voracement. Il passa ensuite ses cuisses fermes autour du corps de Lucas, l'attirant à lui presque désespérément.

— Viens, ordonna-t-il en jouant avec sa langue.

Lucas l'embrassa à en perdre son souffle alors que l'une de ses mains venait le guider. Il s'exécuta avec douceur, incapable de retenir un faible gémissement alors qu'il s'enfonçait lentement mais sûrement en Dray, savourant de le sentir autour de lui, si brûlant. Le plaisir s'empara de lui et l'enveloppa complètement. Il s'immobilisa pour laisser Dray s'habituer à lui.

— Je fais les choses correctement ? s'enquit Lucas avec une pointe de taquinerie, observant le visage de Dray qui semblait plus que perdu dans de délicieuses sensations.

— Tu as vraiment besoin de demander ? grommela Dray en se collant contre lui, l'entourant de ses bras. Je t'en supplie, bouge. Bouge, ou je te plaque sur le lit et c'est moi qui mène la danse.

— Je voulais juste être sûr, souffla Lucas en commençant à onduler du bassin, fermant les yeux une brève seconde face à l'intensité du plaisir.

Il put aller doucement dans un premier temps, et il aima être aussi libre de décider du rythme, libre de chercher et de trouver celui qui ferait le plus gémir Dray, ce qui l'amènerait à se tordre, à en demander encore plus. Mais une main ferme, sans être violente, l'agrippa.

— Arrête de jouer avec moi, soupira Dray en prenant sa bouche. Sinon, je te promets de me venger la prochaine fois qu'on recommence, ajouta-t-il avec un sourire, resserrant ses cuisses autour de Lucas pour l'amener encore plus profondément.

— Alors dis-moi ce que tu veux, ordonna Lucas.

— Plus vite. Plus fort. Je ne suis pas en sucre. Laisse-toi aller.

— Bien, chef, s'amusa Lucas avant de se redresser un peu.

Il posa les mains sur les hanches de Dray, incapable de détacher son regard du corps nu couché sous lui, tordu de plaisir et en demandant plus. Puis, comme toutes les fois précédentes, il s'exécuta. Il augmenta la cadence de ses coups de reins, les mouvements de son bassin, et tout son corps réagit aussitôt à l'augmentation du désir qui l'envahit avec la vitesse et la force de ses impulsions. C'était délicieux. Meilleur encore que dans son souvenir. Être en Dray, uni avec lui, c'était juste indéfinissable. Il n'y avait que de la sensualité, de la volupté. Et le voir dans cet état ne faisait qu'augmenter la satisfaction de Lucas qui l'écouta et se laissa aller, s'enfonçant en Dray avec plus de force, plus de vitesse, plus d'envie. Dray se contorsionnait sous lui, caressant le torse de Lucas d'une main, alors que de l'autre, il s'accrochait toujours au coussin au-dessus de sa tête.

Chaque coup était meilleur que le précédent et voir Lucas le surplomber de cette manière, le visage presque fier et rempli de désir, lui faisait perdre la tête. Lorsqu'il sentit l'orgasme prêt à l'emporter, il se redressa légèrement, passant un bras autour de Lucas pour se serrer contre lui, alors qu'il attrapait son érection de l'autre pour se soulager de toute cette tension. À peine quelques allers et retours plus tard, Dray laissa s'exprimer son plaisir d'un puissant grognement, mordant la peau à portée de bouche, se déversant dans sa main.

— Bon sang, Dray, gémit Lucas en l'entendant alors que le soldat marquait sa chair.

Le sentir jouir le propulsa à son tour dans l'extase, après quelques derniers coups de reins. Il ralentit avant de poser son front sur l'épaule de Dray, s'immobilisant finalement, le souffle court, le corps frissonnant. Dray se laissa choir dans le lit, caressant distraitement les cheveux de Lucas.

— Comme si tu allais te plaindre, croassa Dray d'une voix encore un peu rauque, alors qu'il se laissait bercer par le délicieux contrecoup de l'orgasme.

— Me plaindre est la dernière idée qui me serait venue à l'esprit, chuchota Lucas en déposant un baiser dans le cou de Dray.

Dray rit encore un peu, avant de tirer sur les draps pour tenter de les recouvrir et de se serrer contre Lucas, se lovant contre son torse.

— Merci pour toute cette soirée, Lucas, c'était magique, chuchota-t-il en caressant le corps offert.

— Je suis heureux si ton cadeau t'a plu.

— C'était merveilleux, je suis si content que tu puisses expérimenter ça.

— Il y a six mois, je ne m'en serais jamais cru capable. Mais je suis content de pouvoir faire tout ça et le partager avec toi.

Dray resserra ses bras, passant même une jambe autour de lui, pour l'avoir encore plus près si c'était possible.

— Oui, tu es merveilleux.

— Non, c'est toi, rectifia Lucas en fermant les yeux, calé tout contre Dray. Tu as réussi à chambouler mon existence. Je t'aime.

— Ne dis pas de bêtises. Et je t'aime aussi, ajouta-t-il avant de l'embrasser.

Lucas n'ajouta rien et se contenta de sourire, tout contre Dray. Dray avait tout chamboulé et tout retourné, et c'était exactement ce dont il avait eu besoin. Ce soir-là, malgré toutes les épreuves de sa soirée, il se sentait étrangement heureux. Alors il ne lutta pas. Quand ils se turent, il se laissa glisser dans un sommeil serein.

***

Dray sourit, alors que Lucas enlevait enfin son manteau pour profiter du soleil derrière son bungalow, à l'abri des regards. Il y avait une petite terrasse où Dray avait installé une table et des chaises. Et aujourd'hui, il faisait étrangement beau, comme un doux printemps un peu en avance. Dray avait proposé de sortir un peu, voir le soleil, et ils s'étaient installés sur les chaises. Mais Dray essayait maintenant de prendre Lucas en photo.

— S'il te plaît, tu sais que j'adore ça. C'est pour ma collection personnelle.

— Et tu sais que je n'aime pas ça, soupira Lucas en se détournant.

— C'est soit ça, ou je le fais quand tu es nu, taquina Dray en s'approchant de lui.

— Rien du tout ! grommela Lucas en tirant la capuche sur sa tête pour cacher son visage.

— Juste une ou deux, s'il te plaît. Ça fait tellement longtemps.

— Non, tu en as pris il y a deux jours, quand je jardinais, je t'ai vu faire, le contredit Lucas en lui jetant un regard un peu amusé.

— Grillé, admit Dray. Allez, s'il te plaît !

— Cherche pas, gamin, s'écria une voix sur le côté du cabanon. On a essayé de lui faire lâcher son fichu appareil pendant des années, mais cela n'a jamais marché.

Dray se retourna précipitamment alors que Lucas se tassait sur lui-même. Dray regarda l'homme s'avancer. Il était grand, noir, vêtu d'un uniforme de cérémonie tiré à quatre épingles. Son visage était grave. Ses yeux bleus fixaient intensément Dray qui se rapprocha aussitôt de Lucas, se plaçant devant lui. Le soldat se redressa alors pour exécuter un salut militaire.

— Qu'est-ce que tu fais là, Vic ? demanda Dray sans lui rendre son geste.

— Je suis venu voir mon capitaine pendant ma permission, répondit l'homme en enlevant son chapeau. Tes parents m'ont dit que tu serais là.

— Je ne suis plus ton capitaine, attaqua aussitôt Dray pour se reprendre et soupirer.

Il ne voulait pas être agressif, pourtant c'était le cas. Revoir un camarade, ici, chez lui, sans avertissement, lui faisait plus de mal que de bien. Des tonnes de souvenirs semblaient se bousculer d'un coup dans sa tête. Avec un plaisir presque coupable, Dray passa un bras autour des épaules de Lucas pour l'attirer contre lui.

— Lucas, je te présente Victor. Un ancien compagnon de l'armée qui n'a rien fait pour me défendre quand on m'a remercié.

Le bras de Lucas s'enroula autour de la taille de Dray, comme pour le rassurer. Il savait que ce n'était pas un bon souvenir pour lui et ses doigts se serrèrent sur sa hanche. Il hocha simplement la tête à l'intention de l'autre homme, incapable de bredouiller un mot, content d'avoir sa capuche. Car il ne parvenait pas à ployer la nuque en contemplant l'un des hommes qui crispaient autant Dray, responsable de trop de mauvais souvenirs.

— Je l'ai mérité, soupira Victor avant de bomber le torse comme le faisait parfois Dray pour se donner plus de stature.

— Si tu es venu pour dire du mal sur mon compagnon et moi…, commença Dray, mais Victor l'arrêta aussitôt en levant la main.

— Pas du tout, je suis venu pour présenter mes excuses, Capitaine.

Dray leva un sourcil, étonné, pour finalement grogner.

— Je ne suis plus ton capitaine, murmura-t-il en se serrant contre Lucas, cherchant un peu de réconfort.

La seconde main de Lucas se posa sur le ventre de Dray, dans une caresse douce alors qu'il ne parvenait pas à détacher son regard du dénommé Victor. Il n'aimait pas qu'il soit là. À cause de lui, Dray était tendu, il perdait son sourire et sa joie de vivre habituels. Victor croisa d'ailleurs son regard, puis il s'avança d'un pas, pour saluer encore. Sa main resta proche de son front alors qu'il reprenait la parole d'une voix forte.

— Pardon, Monsieur. Mes excuses, Monsieur. L'unité aurait dû vous épauler, Monsieur. Vous avez été notre meilleur responsable, Monsieur. Vous…

— Arrête ça, grogna Dray en lui agrippant la main levée pour l'arrêter.

Il fut presque étonné de ne pas sentir de rejet, de dégoût.

— Je suis vraiment venu m'excuser, Dray. J'ai attendu ma

permission pour venir te le dire en personne. Parce que c'est dégueulasse ce qu'il s'est passé avec Henry, et que même si j'ai aidé à l'éloigner quand il t'a poignardé, je me sens mal, car on aurait dû faire front ensemble face à cette situation. Laisser l'unité unie comme elle était. On aurait dû parler. Tu n'aurais pas dû partir. Tu étais un trop bon capitaine, tu étais fait pour l'armée.

Dray soupira, mais quelque part au fond de lui, il était heureux que quelqu'un de son unité lui dise enfin ça. Quelqu'un qui lui avait fait suffisamment confiance pour remettre sa vie entre ses mains. Il ne voulait jamais y penser, mais que personne de son unité ne prenne sa défense, n'essaye de le sauver, ou même de le soutenir, lui avait fait plus de mal qu'il n'aurait su l'avouer. Il n'avait trouvé qu'un ou deux mots de soutien anonymes, écrits à la va-vite sur des morceaux de papier chiffonnés dans son lit quand il était rentré à la base. Mais pas une parole réelle, rien.

Alors entendre soudainement ces mots, d'un homme comme Victor qui l'avait épaulé pendant de nombreuses missions à risque, Victor à qui il avait confié sa vie les yeux fermés… Qu'il lui dise enfin que finalement cela n'avait pas d'importance tout cela. Dray avait la preuve que tous les membres de son ancienne équipe n'étaient pas comme Henry. Et cela faisait un bien fou. Alors il porta son regard sur l'uniforme de Victor, cherchant quelque chose à dire pour masquer sa joie et sa gêne.

— Tu as pris du galon, finit-il par souffler avec un sourire.

Victor ne fut même pas dérangé par le changement de sujet, bombant le torse où ses nouveaux grades s'affichaient.

— Et comment ! Plutôt deux fois qu'une !

Dray sourit, retrouvant son ami, son camarade. Il finit par déposer un baiser sur le front de Lucas et se sépara de lui pour se tourner vers Victor avec un autre sourire.

— Tu parles, tu es aussi faible qu'une fillette de cinq ans !

C'est Victor qui fit le geste de l'attirer dans ses bras, et les accolades viriles s'enchaînèrent, sous le regard soulagé de Lucas, malgré l'anxiété persistante qui assombrissait toujours son regard. Mais il fut content de voir Dray s'ouvrir à nouveau, redevenir lui-même.

L'ancien soldat bouscula ensuite amicalement Victor qui éclata de rire.

— Victor, voici Lucas. Ma moitié, déclara Dray en surveillant sa réaction, testant sa soudaine acceptation.

Mais Victor hocha la tête avec un sourire, tendant la main pour serrer celle de Lucas.

— Vous devez avoir du courage pour le supporter tout le temps. Lui et ses ordres.

Lucas eut un sourire tremblant, clairement forcé, car il était mal à l'aise. Mais après quelques secondes, il parvint enfin à serrer la main de Victor.

— J'ai mes défauts aussi, qu'il supporte, finit-il par avouer d'une voix enrouée, rauque.

Victor fit semblant de ne pas le remarquer, lui offrant au contraire un grand sourire, pour finir par se tourner vers son ancien supérieur.

— Je suis content que tu aies trouvé quelqu'un.

Dray lui rendit son sourire en forçant un peu.

— Inutile de te demander si tu as écumé les bars avant de venir ?

— Non mais pour quoi tu me fais passer, s'esclaffa Victor en le poussant à son tour.

— Pour ce que t'es ! Un homme avec une femme dans chaque ville.

Victor éclata de rire, mais ne le contredit pas et pencha la tête vers Dray.

— Tu sais, je suis venu en éclaireur pour te voir. J'ai perdu à la courte paille pour affronter le grand dragon. Mais les autres aussi ont envie de te rendre visite… Pas les partisans d'Henry bien entendu, mais Peter, José et moi, on aimerait bien se retrouver comme avant.

Victor posa sa main sur l'épaule de Dray comme il l'avait déjà fait des centaines de fois en mission pour dire qu'il le soutenait et lui faisait confiance pour mener à bien leur raid.

— On s'est vraiment mal comporté. Tu as le droit de nous cracher à la gueule, mais tu nous manques. Alors peut-être qu'on pourrait juste aller boire un verre quand on aura une permission, déclara Victor, sincère, avant de jeter un regard à Lucas. Bien sûr tu peux amener Lucas. Je suis sûr que tout le monde voudrait rencontrer celui qui arrive à te supporter. Tu crois que… cela serait possible ?

Dray le fixait de ses yeux verts, à la fois touché et en colère d'entendre tout cela. Vraiment, il était soulagé qu'enfin ses compagnons, ses amis, sa deuxième famille, veuillent encore de lui. Que ses soldats aient décidé d'eux-mêmes de venir le voir, de faire le chemin jusqu'à lui. Pourtant… Pourtant, ils l'avaient tous abandonné, ils n'avaient rien fait. Dray savait parfaitement que la décision ne venait pas d'eux, mais jamais ils n'avaient manifesté un peu de soutien.

Néanmoins, de l'eau avait coulé sous les ponts. Est-ce que Dray pardonnait pour autant ? Il ne savait pas vraiment, l'arrivée de Victor était beaucoup trop soudaine. Il soupira et se passa une main dans les cheveux.

— Je ne sais pas, Victor. Je vais y réfléchir, OK ?

Un éclair de tristesse passa sur les traits de Victor, mais il finit par tapoter l'épaule de Dray.

— Je comprends, mec.

Il s'ensuivit des salutations d'usage avant que Victor ne prenne rapidement congé. Dray le regarda partir avec un air étrangement vide. Revoir soudainement Victor faisait remonter un paquet de souvenirs qu'il s'était décidé à enterrer lorsqu'il était parti, des mois auparavant, quand il avait quitté l'armée. Il embrassa donc distraitement Lucas, puis rentra sans un mot, monta les escaliers après avoir pris une housse dans un placard et alla dans sa chambre. Il déposa ladite housse sur le lit et l'ouvrit lentement. Le même uniforme que portait Victor se trouvait dedans, sauf que les galons étaient différents. Dray effleura doucement le tissu, essayant de se rappeler la fierté qu'il avait éprouvée à porter un tel uniforme.

Lucas ne tarda pas à le rejoindre, en silence, le regardant faire depuis le seuil avec un air perplexe. La visite de Victor avait l'air de l'avoir sacrément chamboulé, et c'était rare de voir Dray ainsi, sauf quand il s'agissait de Maxime. Lucas comprenait que ce qui venait de se dérouler était important pour Dray, alors il finit par passer la porte et plaça une main au creux des reins de son compagnon.

— Tout va bien ? s'enquit-il doucement.

— Oui, je suppose, souffla Dray sans le regarder, obnubilé par son uniforme. Tu sais… Quelque part, je suis content d'avoir quitté l'armée. Je passe plus de temps avec ma famille, Maxime, et ça m'a permis de te rencontrer, de pouvoir avoir une vraie relation avec toi. Mais… Mais putain, ce que ça me manque parfois, ajouta-t-il en se cachant dans sa main.

Lucas se sentit triste et l'enlaça d'un bras, calant sa hanche contre la sienne et appuyant sa tête sur son épaule. Cela ne l'étonnait qu'à moitié ce que Dray lui disait là. Cela se sentait qu'il avait été bien à l'armée, et fier. Lucas se disait parfois que s'il n'avait pas été homosexuel, Dray y serait encore. Mais ce qui l'attristait, c'était qu'il ne pouvait pas l'aider à aller mieux.

— Ça a été ton quotidien, c'est normal.

— C'était ma famille, souffla Dray en venant se nicher contre Lucas qui l'enlaça aussitôt.

— Tu vas pouvoir en revoir certains.

— Je ne sais pas. Je suis toujours en colère, je crois. Ou frustré qu'on m'ait privé de l'armée, de tout ça. Ou les deux. Je ne sais plus.

— Les revoir te permettrait peut-être de savoir et de passer à autre chose.

— Peut-être, soupira Dray en se redressant pour caresser le visage de Lucas. J'ai vraiment de la chance de t'avoir, tu sais.

— Si tu le dis, murmura Lucas. Ça va aller ?

— Oui. Mais je veux rester un peu comme ça, murmura Dray en se serrant un peu plus contre lui. Tu veux bien ?

— Évidemment, répondit Lucas en déposant un baiser dans son cou, ramenant une main sur sa tête dans une caresse douce. Autant que tu veux. Tu sais bien que j'aime t'avoir tout contre moi.

— Rappelle-moi que je ne suis pas un monstre, chuchota Dray à demi-mot. C'est tout ce qui me revient quand je pense à l'armée, là.

— Bon sang, Dray ! s'exclama Lucas avec stupeur en le serrant plus contre lui. Tu n'as rien d'un monstre. Tu es la plus belle personne qui ait traversé mon existence.

Dray se laissa étrangement faire, avant de passer un bras autour de la taille fine.

— On ne fait rien de contre nature, hein ?

— Voici la question la plus étrange que tu ne m'aies jamais posée, remarqua tristement Lucas en l'embrassant tendrement.

Bien sûr que non. Rien de contre nature.

— J'avais besoin de te l'entendre dire, s'excusa Dray avant de commencer à masser la base du crâne de Lucas. Juste une petite piqûre de rappel.

— Je comprends. Si tu as besoin, je suis prêt à te faire autant de piqûres de rappel que tu veux…

— Hm, ne me tente pas, s'esclaffa Dray en quémandant un baiser.

— Pourquoi ? J'aime bien quand tu es tenté, s'amusa Lucas en lui donnant ce qu'il venait quérir avec plaisir.

— Je n'ai pas oublié mes photos, tu sais. Et si on fait ce que tu as en tête maintenant, les photos seront sans vêtements, et tu n'auras absolument pas le choix, s'amusa Dray en venant butiner la gorge de Lucas.

— Quel dommage que ton appareil soit resté en bas ! Oublie donc tes photos, j'ai bien mieux en tête.

— Je t'aurai, tu sais, s'esclaffa Dray qui léchait déjà la commissure de ses lèvres. Mais dis-moi tout ce que tu as en tête pour l'instant.

— Je vais faire mieux, je vais te montrer, lui susurra Lucas alors que ses mains se faisaient caressantes.

Dray oublia rapidement la visite de son ancien camarade, au moins temporairement. Ses photos aussi, même si Lucas savait qu'il n'y échapperait pas longtemps. Il en profita. Dray retrouva son sourire, et c'était tout ce qui importait pour l'instant.

***

Les doigts de Lucas s'agrippèrent à la ceinture de sécurité alors qu'il se tassait sur son siège, retenant l'angoisse qui lui nouait la gorge et lui tordait les tripes.

Elle était devenue plus rare cette sensation, cette panique. Cela ne lui manquait pas. Mais parfois, elle revenait. Aujourd'hui, il l'avait attendue, pour l'affronter. Pour la vaincre.

Il dirigea son regard vers la banquette arrière et se détendit presque en voyant le petit garçon qui contemplait le paysage par la fenêtre, avec des yeux émerveillés, fascinés, et un sourire éblouissant. Maxime n'était plus vraiment un petit garçon maintenant. Il avait eu douze ans quelques semaines auparavant. Et Lucas était heureux de voir à quel point il avait évolué en grandissant. Il parlait presque maintenant. Cela ne voulait pas toujours dire quelque chose pour eux, mais il parlait.

Ils avaient découvert les voyages en voiture un an auparavant, sous le coup d'une sortie catastrophe, car Maxime s'était blessé et aucun médecin ne pouvait se déplacer. Ils l'avaient emmené malgré les cris et les pleurs. L'enfant s'était débattu longtemps, avec vigueur, et ça avait été une torture de devoir le monter dans la voiture. Puis pendant le trajet, il avait peu à peu cessé de pleurer et de hurler, il avait commencé à regarder par la vitre, sous l'œil incrédule de Lucas.

Les paysages déformés par la vitesse l'avaient fasciné.

C'était la première fois que Lucas avait demandé à Dray d'accélérer. Et Dray avait rapidement compris pourquoi. Lucas avait ravalé sa terreur le temps d'un trajet jusqu'à l'hôpital, et Maxime y était arrivé en riant malgré sa blessure à la tête. Depuis cet incident, ils parvenaient à le faire grimper dans la voiture et à l'emmener le temps d'une journée pour une virée découverte. Maxime venait de lui-même à la voiture, il parvenait même à s'attacher. Et l'avoir pour lui pendant une journée de temps en temps avait rendu Dray encore plus heureux. Ils allaient faire des pique-niques, lui avaient montré le coin secret de l'ancien soldat, l'avaient emmené chez ses parents. Malgré tout, Maxime était toujours aussi distrait, dans son univers, et il semblait soulagé de retourner à l'institut. Il resterait toujours à part. Alors ils profitaient de ces moments de bonheur.

Puis le regard de Lucas dériva sur Dray, concentré sur sa conduite, mais qui souriait, ravi d'entendre le rire de Maxime résonner. Lucas songea à sa propre évolution, que l'arrivée de cet homme avait déclenchée. Il était parvenu à s'extraire de son cocon de terreur et de souffrance. Maintenant, Lucas était capable de sortir au restaurant, il parvenait depuis peu à s'aventurer dans la rue avec Dray sans être terrifié, ils avaient pu aller au cinéma, prendre une glace. Ils avaient fini par emménager ensemble et Lucas était reconnaissant de chaque jour passé avec lui. Il avait même trouvé, six mois auparavant, un boulot à temps partiel grâce à son psy. Il travaillait avec un paysagiste, même si lui ne s'occupait que des jardins. Marc, son patron, prenait contacts et rendez-vous avec les clients, lui dressait la liste des souhaits et, durant quelques jours, Lucas passait des après-midi à refleurir des jardins, à les embellir, et son travail plaisait aux clients. Cela avait rassuré Dray, qui était plus serein désormais, assez pour se trouver lui aussi un emploi. Même si ses photos avaient un petit succès, il n'aimait pas rester inactif. Il avait également revu ses amis de l'armée. Et si, au début, Dray avait été réticent, cela lui avait procuré une joie immense.

Lucas se sentait presque normal. Petit à petit, il affrontait ses angoisses, et il en avait de moins en moins.

Il était encore incapable de monter à l'arrière d'une voiture mais, désormais, Dray roulait à des allures parfaitement normales. Comme aujourd'hui, alors qu'ils s'étaient engagés sur l'autoroute, pour aller plus vite, car c'était ce que Maxime aimait. Plus ça allait vite et mieux c'était. Oui, aujourd'hui, il était parfaitement capable, malgré sa terreur sourde et persistante, de demander à Dray la seule chose qui lui permettrait d'affronter ses angoisses tout en faisant rire Maxime. Alors il glissa une main sur la cuisse de Dray, l'autre serrée autour de sa ceinture, son regard allant trouver Maxime, et il finit par réussir à tirer les mots de sa gorge nouée.

— Vas-y, accélère.

— Tu n'es pas obligé de te forcer, répondit Dray en lui jeta un rapide regard.

— Ne me fais pas répéter, grommela Lucas. Il n'attend que ça.

Les yeux de Dray se posèrent une nouvelle fois sur lui, l'espace d'une seconde avant d'appuyer un peu sur l'accélérateur. La voiture s'élança et Lucas ferma les yeux pour s'empêcher de regarder l'aiguille du compteur qui grimpait. La peur augmenta pourtant à toute vitesse. Il eut l'impression d'entendre le crissement des freins. Ce son qui le hantait. Avec le froissement de la tôle. Son cœur bondit, accéléra sa course, et il crispa les doigts de toutes ses forces sur sa ceinture. Il ne parvenait pas à chasser ces sons affreux de son esprit. Comme s'ils étaient indissociables de la vitesse, de la voiture. Puis, cassant la spirale de panique qui était en train de l'envahir, le rire de Maxime qui résonna dans la voiture lui fit rouvrir les yeux. Lucas tourna la tête pour le regarder, sans toutefois parvenir à se détendre.

Maxime avait les deux mains posées sur la vitre, il contemplait le paysage avec une expression si émerveillée que les battements de cœur de Lucas ralentirent un peu, tandis qu'il commençait à maîtriser sa respiration. Ce qui le terrorisait tant amenait une joie infinie dans le regard de Maxime. Comme pouvait-il avoir peur de ce qui fascinait et émerveillait l'enfant à ce point ? Et le rire résonnant dans la voiture semblait prendre en chasse toutes ses peurs et ses angoisses, s'attaquer à ses tripes tordues avant de s'atteler à dénouer sa gorge et à calmer sa respiration. Lucas eut même un sourire, se moquant de lui-même. En fait, il n'avait jamais aidé Maxime. C'était l'inverse. C'était

Maxime qui lui avait ouvert une fenêtre sur le monde, qui lui avait donné une raison d'exister à nouveau. Son rire était le plus beau son de l'univers.

— Ton petit frère est magique, s'amusa Lucas en se tournant vers Dray, un sourire encore un peu tremblant au coin des lèvres.

Parce que Maxime riait derrière, il n'était plus aussi terrifié. Il était encore loin d'être serein, mais il parvenait à sourire à Dray, il ne tremblait pas et, en dépit de l'angoisse tapie au fond de lui, il n'y avait pas l'ombre d'une crise de panique en vue.

— Évidemment. C'est mon frère, fanfaronna Dray, fier comme un paon.

Et Lucas sourit en caressant sa cuisse.

— Alors accélère, et fais-le rire.

La voiture effectua un nouveau bond en avant sur l'autoroute, faisant éclater le rire de Maxime. Malgré tous ses progrès, l'enfant ne serait jamais quelqu'un de sociable, correspondant à la norme, capable de s'intégrer à la société ni même de communiquer simplement. Et pourtant Lucas le trouvait magique et merveilleux. Il était exceptionnel, et quand on prenait le temps de chercher à le comprendre, de le rendre heureux, alors sa joie était communicative, et il offrait du bonheur à l'état brut.

Dans le monde normal, Maxime était handicapé. Dans le monde décalé de Lucas, il était juste extraordinaire. Peut-être parce qu'il avait quitté la normalité aussi, qu'il avait été considéré comme handicapé, comme inapte à vivre en société. Mais il s'en fichait. Parce que pour la première fois depuis plus d'une dizaine d'années, il trouvait son existence presque parfaite. Et pour lui, pour qui ça avait été impensable, c'était un miracle. Tout ce qui comptait, c'était ces deux frères, et leur famille, qui avaient embelli son existence. Qui avaient transformé les jours d'épreuve en jours de joie.

Tu n'as pas besoin de quelqu'un qui te complète. Tu as seulement besoin de quelqu'un qui t'acceptera complètement.

Imprimé par Lightning source France :
1, avenue Gutenberg
78310 Maurepas

Imprimé en France
FROC01n1103120917
17775FR00004B/15/P
9 782375 210369